广西教育厅2020年教改重点项目“文化传承视野下的中国古代文学‘三践’教学改革研究”（2020JGZ154）

文学与艺术

—

古诗流变

王波平 著

新 华 出 版 社

图书在版编目（CIP）数据

古诗流变 / 王波平著 .—北京：新华出版社，2022. 7

ISBN 978 - 7 - 5166 - 6351 - 6

Ⅰ. ①古…　Ⅱ. ①王…　Ⅲ. ①古典诗歌—诗歌史—研究—中国　Ⅳ. ①I207. 209

中国版本图书馆 CIP 数据核字（2022）第 129313 号

古诗流变

作　　者：王波平

责任编辑：张　谦　　**封面设计**：中联华文

出版发行：新华出版社

地　　址：北京石景山区京原路 8 号　　**邮　　编**：100040

网　　址：http：//www. xinhuapub. com

经　　销：新华书店

购书热线：010-63077122　　**中国新闻书店购书热线**：010-63072012

照　　排：中联学林

印　　刷：三河市华东印刷有限公司

成品尺寸：170mm×240mm

印　　张：19. 5　　**字　　数**：350 千字

版　　次：2023 年 1 月第 1 版　　**印　　次**：2023 年 1 月第 1 次印刷

书　　号：ISBN 978 - 7 - 5166 - 6351 - 6

定　　价：98. 00 元

前　言

古诗教学的现实状况及意义。“部编本”小学语文教材大改版：古诗文占比达45%以上，其中古诗增幅达80%，由75篇变为105篇。鉴此，一方面，要提升小学语文教师的诗文水准和教学水平。通过古诗教学理论和实践的学习，进一步掌握和理解古诗的要义，洞悉要领，方能得心应手来教授古诗。另一方面，要夯实小学语文教师（含师范生）的古诗积累，提升古诗解读能力，从而积淀语文素养和文化素养。

古诗教学的实践价值及意义。理论上，教学有法。既有“以意逆志”传统解读原则，也有“吟唱诵读”等现代教学策略。实践上，教学得法。有于永正的“五重”法，窦桂梅的“整体阅读”法，王崧舟的“诗意”法，也有陈琴的“素读”法和赵志翔的“吟诵法”，方法多样，推陈出新。只有充分了解和掌握古诗，才能教好古诗。

古诗，语文教育之难，基础教育之重，国民教育之弱。研究小学古诗教学，源于以下要求：

一、时代要求。这是教育应然。教育承继传统，教育弘扬文明。中华传统文化，包括古诗文，应是中华文明的根与魂。古诗学习，不仅仅是记忆与传诵，从古诗中要能感知“社会主义核心价值观”的魅力与意义，从而增强文化自觉、自信与自强。这是时代赋予每一位中华儿女的神圣使命与责任。

二、课程要求。这是教育实然。2017年9月起，语文、历史、道德与法治三科启用“部编本”教材，因为“三科教材具有极其重要而特殊的育人功能”（郑富芝）。落实社会主义核心价值观、加强中华传统文化教育和革命传统教育是贯穿三科教材编写的原则，也就是要“打好中国底色”。加强中华传统文化教育的一种方式是在语文教材中增加古诗文，“部编本”教材中小学语文古诗文篇目增加，要能体现古诗文的教育价值与意义。语文教材“立德树人”的教育目的在古诗文教学中体现得尤为明显。

三、教学要求。这是教育使然。语文教师要履行教书育人职责，必须“正确把握语文教育的特点”，从而“全面提高学生的语文素养”。古诗文教学篇目和比重的加大，不只是向学生提出了新要求，而且对语文教师提出了新的教学要求。古诗教学目标，虽统一只有八字：朗读诗歌，背诵诗歌。但在实际教学中，朗读有技巧，背诵有方法。需要语文教师具备高妙的教学策略和高超的教学艺术，果如此，方能认真教授古诗、学习古诗。

教好古诗，是时代赋予小学语文教师的历史责任，为落实这一任务和要求，必须认真审视古诗教学的作用和意义。

一、对标课标要求。古诗学习，语言是起点，文化是终点，思维和审美是桥梁。文化的传承性、文学的审美性和人文的体悟性是古诗文学习的重点。这也是“部编本”教材增加古诗文篇目的核心价值所在。所以，只有更好地掌握和理解古诗，才能教好古诗。课标明示：“语文课程对继承和弘扬中华民族优秀文化传统和革命传统，增强民族文化认同感，增强民族凝聚力和创造力，具有不可替代的优势。”要求：“有些诗文应要求学生诵读，以利于丰富积累，增强体验，培养语感。”

二、对接学生实际。由于地域因素，民族边疆地区学生在古典文学的知识、能力和审美上显得积累不足，需强化训练和提升素养。亟须整理和编辑符合学生实际的古诗教学教材，便于学习，利于成长，助于教学。

三、对应专业发展。今天，小学教师需“知识广博、能力全面和学有专长”，不仅仅要求知识育人和能力育人，更要求文化育人；时下，小学教学中古诗文比重加大，需要重新审视古诗文教学的作用和意义。综合素养上，实现古代文学认知、体验和实践一体化。形成知识能力化、能力体验化、素养行为化。整合能力上，能力养成重在理解能力、鉴赏能力和审美能力，体现为小学古诗文教学能力。

本书从横截面角度来观照中国古代文学发展历史，以诗为主，重点理解。有利于古诗爱好者的学习和借鉴，有助于师范生古诗理论的积淀和古诗教学的实施。

体例上。透视中国古代文学发展历史脉络，以诗歌发展变化为主体，了解每一历史时期诗歌的主要内容和特征，并掌握其文学意义。全书分九章，涵盖歌谣、诗骚、乐府、唐诗、宋词、元曲，以及明清诗歌复古、新诗流变和古诗教学等。

结构上。以时间为序，分别阐述了诗歌发展的各个时期特点，为萌芽、奠基、嬗变、繁荣、转折、蜕变、终结、裂变和温习等九个时期。主要阐述诗歌发展的历史变迁，以诗人或诗歌流派为主题词，分章节而述。每章最后都有诗歌风格的总结和概括，或诗歌的时代特征，或诗歌的审美风格。

内容上。既有古诗的经典传统样式的理解，也有古诗的现代流行的解析，含新诗流变和古诗教学等。范围涵盖了古诗发展的纵向时间轴，自远古，历秦汉，经唐宋，转元明清，至近代新诗，乃至时下古诗教学等。尤其是末章为“古诗教学”，针对小学古诗教学举案说法，有的放矢。有助于师范生古诗理论的积淀和古诗教学的实施，有助于小学教育教材的完善和充实。

目　录

CONTENTS

第一章

歌谣滥觞——诗歌萌芽时期

这是诗歌的萌芽时期。

歌谣是中国最古老的文学样式。像诗，像词，也如赋，如曲。“歌咏所兴，宜自生民始也。”（《宋书·谢灵运传》）歌谣与先民的劳作相关，或是一种劳动号子，或是一种助兴曲调。歌谣有着某种节奏，形成一定语言韵律。《淮南子·道应》云：“今夫举大木者，前邪许，后亦应之，此举重劝力之歌也。”“邪许”声相应，声调有节奏。所以鲁迅说：“文学家，是‘杭育杭育派’。”①正是此理。语言声音有节奏，记录下来就成了文学。

第一节　歌谣：诗歌的源头

歌谣是民间文学的重要载体，也是诗歌的源头。歌谣最能体现一个地方风俗人情，是地域文化的直接呈现。歌谣多产生于“诞婚丧祭”等重大时刻，表达着人们的喜怒哀乐，记载乡民的精神生活和原始情感。诗歌承担记事和寓情功用。歌谣有“再现”印象，也有“表现”情感。

如《弹歌》：

断竹，续竹，飞土，逐宍。

属“再现”印象，展示原始猎歌，简洁形象。二字短语，动宾结构，动词影响或支配着被支配对象的关系乃至活动，故词组所形成意蕴的动作性和目标性非常强，一般应用于校训，如“厚德载物”“自强不息”“进德修业”等。

又如《蜡辞》：

土反其宅，水归其壑，昆虫毋作，草木归其泽。

---

① 鲁迅：《鲁迅全集》（第七卷），人民文学出版社 1957 年版，第 75 页。

属“表现”情感，为祭祀百神、感谢福佑的祝词，真挚自然。语言质朴，情致真挚。

又如甲骨卜辞：

> 癸卯卜：今日雨？其自西来雨？其自东来雨？其自北来雨？其自南来雨？

属“表现”情感，祷告祭歌，求神降福，畏惧与献媚兼具，祈求与担忧共在。一“其”字疑问语气，判断天气预报是否准确，可能影响工作或出行等活动，好作安排。遣词“西东北南”，后排序为“东西南北”，非“东南西北”地理方位排列，固定成语，遂成文学词眼。像《江南》诗：“鱼戏莲叶东，鱼戏莲叶西，鱼戏莲叶南，鱼戏莲叶北。”鱼戏莲叶于“东西南北”。《木兰辞》木兰采买，依“东市”“西市”“南市”“北市”而买。郑板桥《题竹石画》赞竹：“任尔东西南北风”。“东西南北”固定成语，文学色彩浓郁，非地理词汇。

又如《易经》卦辞：

> 六二：屯如，邅如；乘马，班如。匪寇，婚媾。

卦辞情事皆有，“事”为“再现”印象，透露出原始婚姻由抢婚制向偶婚制转变的信息；“情”为“表现”情感，“寇”字有敌与亲之别，“媾”字具战与和之分，对于婚姻，“爱情两个字真辛苦”。辞中绘马状“屯如”“邅如”和“班如”，马逡巡不前，原地回旋。啥情况？抢亲的！我看不像，原来是接亲的。“匪寇，婚媾”二词写出了吉凶未卜的结果和一种徘徊的心理。正说明了文字的直观性和暗示性，也是解梦和测字的理论所在。像《十五贯》况钟《访鼠测字》，抓住娄阿鼠心虚心理，测字推理，依据判案，猜测在合理间证实。像《三国演义》中魏延梦“角”，解梦有吉凶两兆。像《李自成》中崇祯测字，三字“友”“有”“酉”的解读，既有现实事实的体察，也有未来结局的预测，模棱两可却又蕴涵清楚。

又如《击壤歌》：

> 日出而作，日入而息。凿井而饮，耕田而食。帝力于我何有哉！

击壤游戏，民风歌谣。前四句“再现”印象，“作、息、饮、食”记录着先民淳朴的农耕文化；后一句“表现”情感，“帝力”谓天命，现自食其力，“帝力”谓皇帝，展自得其乐。此种“景情结合”方式，直启诗词以及散文创作模式。律诗结构：首尾抒情，中间写景，情景交融；阕词章法：上阕写景，下阕抒情，情景相生；散文体例：寓情于景，借景抒情，情景一体。“一切景语皆情语也”①（王国维），情景有致，诗意盎然。

又如《南风歌》：

南风之薰兮，可以解吾民之愠兮。

南风之时兮，可以阜吾民之财兮。

辞达而意显，声曼而情婉。既有“再现”印象，描写南风之状：“薰”“时”，清凉而舒缓；也有“表现”情感，体验南风之致：“解愠”“阜财”，福泽万民，煦育万物。“南风”据传为虞舜所作，乐曲反映着生民的情感和情绪，“南风”有情韵。“凯风自南，吹彼棘心”（《诗经·邶风·凯风》），喻母爱为温暖的“南风”。陶渊明《时运》篇云：“有风自南，翼彼新苗。”南风吹来，把踪迹留在一大片正在抽芽的绿苗上，那些禾苗欢欣鼓舞，像鸟儿扇动着翅膀。“南风”作用甚大，既吹拂禾苗生长又令人倍感欣慰。诗句情景融合，着意精巧，不说民生，却民意高涨。

又如《越人歌》：

今夕何夕兮，搴舟中流。

今日何日兮，得与王子同舟。

蒙羞被好兮，不訾诟耻。

心几烦而不绝兮，得知王子。

山有木兮木有枝，心悦君兮君不知。

这是中国最早的翻译作品。将越语翻译成楚语，重在“表现”情感，体现民族和谐，讴歌爱情。“山有木兮木有枝，心悦君兮君不知”，山有木，木有枝，自然事理，心悦君，君不知，社会情理，借“枝”与“知”的谐音双关，将事理与情理融合，表情委婉，达意悠长。“爱你在心口难开”，却用“山有木兮木有枝，心悦君兮君不知”一句诗来诗意表达，将激动紊乱的意绪梳平，十分理性地描述自己心情，用非常情感化的叙事来“表现”，抒情艺术化，用字平易而意蕴深长，余韵袅袅。这也是《诗经》所惯用的比兴手法，其中谐音双关在南朝乐府《子夜歌》也常用。

① 王国维：《人间词话》，佛雏校辑，华东师范大学出版社 1990 年版，第 88 页。

第二节　诗之含义

诗是文学的精灵。诗，文学精品，诗意蕴涵无限，诗有记录，在志、在事，诗有功用，在史、在识，诗有模范，在式、在示。

一、诗有记录：志与事

1. 诗有记录，在志。

诗：志，抒情。“诗者，志之所之也。在心为志，发言为诗。”（《诗大序》）朱自清称“诗言志”是中国诗学的“开山的纲领”①（《诗言志辨》）“志”是诗的本原生命，这也是中国诗学的精神内核。闻一多先生说：“志与诗原来是一个字。志有三个意义：一是记忆，二是记录，三是怀抱。这三个意义正代表着诗的发展路径上三个主要阶段。”②（《歌与诗》）他认可“怀抱”为“志”的确切内涵，而将“志”所兼有的“记忆”和“记录”含义放置于“诗言志”命题之外。志为怀抱，怀有襟抱志和浩然气，抱存崇高格和纯真调。

襟抱志者，有毛泽东《咏蛙》：

> 独坐池塘如虎踞，绿荫树下养精神。
> 春来我不先开口，哪个虫儿敢作声？

襟抱非凡，歌咏中含一种敢为人先精神和领导群伦气质，一份浓浓湖南人的“蛮霸气”。襟抱高洁，“冰心”节操，冰清玉洁，王昌龄有“洛阳亲友如相问，一片冰心在玉壶”。

浩然气者，气贯长虹，如于谦《石灰吟》：

> 千锤万凿出深山，烈火焚烧若等闲。
> 粉骨碎身浑不怕，要留清白在人间。

“要留清白在人间”，这浩气长存的诗句，体现了诗人光辉的人格和洁白无瑕的精神世界。这既写出了石灰对人类的功用，又宣扬了一种精神的原动力：个人的道德与情操魅力。

气盈乾坤，如王冕《墨梅》：

---

① 朱自清：《诗言志辨》，湖南人民出版社 2010 年版，序。

② 闻一多：《歌与诗》，见《中央日报》（昆明版）《平明》副刊，1939 年 6 月 5 日。

我家洗砚池头树，朵朵花开淡墨痕。
不要人夸颜色好，只留清气满乾坤。

气贞绝俗，如郑思肖《画菊》：

花开不并百花丛，独立疏篱趣无穷。
宁可枝头抱香死，何曾吹落北风中。

气壮山河，如龚自珍《己亥杂诗·其五》：

浩荡离愁白日斜，吟鞭东指即天涯。
落红不是无情物，化作春泥更护花。

王冕颂梅花“只留清气满乾坤”，借梅自喻，表达了自己对人生的态度以及不向世俗献媚的高尚人格和独立气节；郑思肖赞菊花“宁可枝头抱香死，何曾吹落北风中”，描绘了傲骨凌霜、孤傲绝俗的菊花，展示了自己坚守的高超节操，表明了宁死不向元朝投降的气节；龚自珍咏落花“化作春泥更护花”，托物言志：我虽离开了朝廷，成了一介布衣，也要为国家的江山社稷贡献一分光与热，忠君恋阙，情殷心切，气壮山河。

崇高格者，抱负冲天，情致动地。国家罹难，风雨飘摇，文天祥有《过零丁洋》，“人生自古谁无死，留取丹心照汗青”，以崇高的民族气节演绎了舍生取义的爱国情，千百年来激励着中华儿女为正义而英勇献身。生死抉择，舍生取义，谭嗣同有《狱中题壁》：

望门投止思张俭，忍死须臾待杜根。
我自横刀向天笑，去留肝胆两昆仑。

以崇高的视死如归展现着大义凛然。谭嗣同以“愿以颈血刷污政”的决心为变法而牺牲，“去留肝胆两昆仑”，是临刑绝唱，亦是后世“高腔”，生为变法，死为变法，生如昆仑，死如昆仑。家园凋敝，责任在肩，鲁迅有《自题小像》：

灵台无计逃神矢，风雨如磐暗故园。
寄意寒星荃不察，我以我血荐轩辕。

以崇高的英雄气概注解着时代潮流。“我以我血荐轩辕”，以沸腾的热血唤醒着生命的自觉，奏响着时代最强音，音调高亢且激昂。

纯真调者，情真意切，感人肺腑。陆游生平万首诗，诗作不经意间流露出自己内心的沉着、隐痛和哀怨，有哀婉一面，亦有悲痛一面。哀婉者，如《沈园二首·其一》：

梦断香消四十年，沈园柳老不吹绵。
此身行作稽山土，犹吊遗踪一泫然！

这是陆游75岁重游沈园写下的悼亡诗，哀婉动人，泫然落泪，儿女情长，感人肺腑。心间珍藏永难忘，生命热力夜暗伤。吟味惊鸿照影、青春魅力的美丽昔日，已体验到香消为土、柳老无绵的生命极限了。悲痛者，如《示儿》：

死去元知万事空，但悲不见九州同。
王师北定中原日，家祭无忘告乃翁。

陆游，"诗界千年靡靡风，兵魂消尽国魂空。集中什九从军乐，亘古男儿一放翁。"（梁启超《读陆放翁集》）《示儿》绝命诗，既是陆游临终遗嘱，也是陆游毕生心愿。赍志以殁凛然气，薪火相传爱国情。陆游致力于抗金，力图收复中原，一统家国，终身未改且信心十足。浓浓的爱国热情跃然纸上：执着、深沉、热烈、真挚！

2. 诗有记录，在事。

"宠辱不惊，闲看庭前花开花落；去留无意，漫随天外云卷云舒。"（《菜根谭》）生活中的自然变化，被描绘得诗意盎然，哲思妙趣无限，读时亦可体会其美妙之处。记录儿童成长，玩耍是天性，充满着童真和童趣。

春天，可以放风筝、捉蝴蝶和捉柳花。放风筝，童心如春风浩荡。有高鼎《村居》：

草长莺飞二月天，拂堤杨柳醉春烟。
儿童散学归来早，忙趁东风放纸鸢。

学童放鸢图。早春二月，孩子散学归来，趁着和煦的阳光和温暖的东风，将纸鸢放飞于蓝天之上，身心俱怡。捉蝴蝶，童心似蝶舞灵动。有杨万里《宿新市徐公店》：

篱落疏疏一径深，树头花落未成阴。
儿童急走追黄蝶，飞入菜花无处寻。

儿童扑蝶图。"急走""追"两动词将儿童的天真活泼与好奇好胜的神态、心理描摹得形象逼真。捉柳花，童心若柳絮飘忽。有杨万里《闲居初夏午睡起》：

梅子留酸软齿牙，芭蕉分绿与窗纱。

日长睡起无情思，闲看儿童捉柳花。

夏天，可以玩水、钓鱼和捉蝉。童孩戏水兴奋，刘克庄有《鸟石山》：

儿童逃学频来此，一一重寻尽有踪。
因漉戏鱼群下水，缘敲响石斗登峰。

孩童玩水的狂劲儿、野劲儿和疯劲儿，淋漓尽致。钓鱼，事有所趣。有胡令能《小儿垂钓》：

蓬头稚子学垂纶，侧坐莓苔草映身。
路人借问遥招手，怕得鱼惊不应人。

小儿垂钓，细节传神，妙趣横生。前二句绘其形，后二句传其神，“蓬头”为野态，“侧坐”为野姿，“遥招手”为神态，“怕得鱼惊”为心态，认真与天真俱在，童心与童趣盎然。捕蝉，情实专注。有袁枚《所见》：

牧童骑黄牛，歌声振林樾。
意欲捕鸣蝉，忽然闭口立。

牧童捕蝉，动静相宜。先写牧童之动，高坐牛背、大声唱歌，气派散淡；后写牧童之静，屏住呼吸、眼盯鸣蝉，神情专注！

秋天，可以捉蟋蟀。有叶绍翁《夜书所见》：

萧萧梧叶送寒声，江上秋风动客情。
知有儿童挑促织，夜深篱落一灯明。

于细节逼真处见妙趣，儿童的专注敏感、精挑细翻与屏息观察以及惊喜兴奋，全在一“挑”字，“挑”字有性格，“挑”字具神韵，客居间油然而生乡思童趣。

冬天，可以玩冰雪。有杨万里《稚子弄冰》：

稚子金盆脱晓冰，彩丝穿取当银钲。
敲成玉磬穿林响，忽作玻璃碎地声。

诗作形色兼具，声意俱美，绘声绘色地表现儿童玩冰乐趣。形状上，以圆形为主，“金盆”脱出“银钲”；色泽上，“金”盆“彩”丝串“银”冰；声音上，“玉磬穿林”之高亢忽转“玻璃碎地”之清脆；心态上，寒天“弄冰”，童心炽热。

二、诗有功用：史与识

1. 诗有功用，在史。

诗具历史作用。“读史使人明智，读诗使人灵秀”（培根），诗属文学，有一份灵秀感，史为史学，有 ·种明智觉。诗者，文学也，主要指文学作品而言；史者，史学也，主要指文学发展或者历史发展来说。以诗为主，以史为辅，以史证诗，以诗明史，史诗结合。钱钟书《管锥编》谈到“诗”与“史”的关系时说：“其一，史必征实，诗可凿空；……其二，诗具史笔，史蕴诗心。”① 前者是就“诗”与“史”的差别而言，后者是就二者的联系而言。而钱先生所看重的不是诗的“史化”作用（诗具史笔），而是史的“诗化”作用（史蕴诗心）。与史书相比，诗（含戏剧、小说）在反映历史真实方面，虽不如史书翔实，却比史书来得高明。

诗具史笔。文学作品具有一种无法超越的精神价值，孔子说“诗可以兴，可以观，可以群，可以怨”②（《论语·阳货》），“诗”（文学作品）具有超强的历史意蕴，“文变染乎世情，兴废系乎时序”③（刘勰），他记录着历史、又演绎着历史、更传唱着历史。学唐史可以直接读唐诗，如杜甫《江南逢李龟年》：

> 岐王宅里寻常见，崔九堂前几度闻。
> 正是江南好风景，落花时节又逢君。

诚如清代蘅塘退士评说一样：“世运之治乱，年华之盛衰，彼此之凄凉流落，俱在其中。”④ 诗歌语言极平易，而含意极深远，包含着非常丰富的社会生活内容，凝结着 40 多年的时代沧桑、人生巨变。那种昔盛今衰，构成了尖锐的对比，使人感到诗情的深沉与凝重。通过凝练的诗歌语言，我们对唐朝的兴盛衰败有了一个明确的认识，也有了一个历史的判断和一个现实的体认。

史蕴诗心。勃兰兑斯说：“所有的文学史都是当代史。”⑤ 文学史，就其最深刻的意义来说，是研究人的灵魂，是灵魂的历史，是现实生活的反应与折射。文学作品所蕴含的文学内容和文化传统，不止记录当时，其影响可谓深远，但传统并不意味着过去，遵循传统也并不意味着回归历史。从本质上讲，传统是

---

① 钱钟书：《管锥编》，中华书局 1986 年版，第 161、162 页。
② 李泽厚：《论语今读》，生活·读书·新知三联书店 2004 年版，第 477 页。
③ 刘勰：《文心雕龙》（下），范文澜注，人民文学出版社 1958 年版，第 675 页。
④ 俞守真：《唐诗三百首详析》，中华书局 1959 年版，第 298 页。
⑤ 转引自朱德发 贾振勇：《批判与建构》，山东大学出版社 2002 年版，序言。

一种进程，其内容、价值、意义是不断开放和重建的。文学史的建构自然更需一种现代精神或者说当代意识，一般的文学事件和文学细节的单纯考证，不应只是对一位作家、一部作品的复述和描绘，单纯地去收集史料，整理分析史料，而忽视文学史的当代关怀。文学史的阐释必须注入当代意识，以当代意识反观历史，通过现在来理解过去。诗与史吻合，有时，诗（诗歌）甚至比史（历史）更能表现其真实，是一种更高级的真实，“诗”胜于“史”，甚至诗的内容与史料的记载相左，却能曲折地传达人物的心理，寄托作者的情意。如范成大《州桥》一诗：

州桥南北是大街，父老年年等驾回。
忍泪失声询使者，几时真有六军来？

此诗系乾道六年（1170）范成大出使金国经北宋旧都汴梁所作，州桥在汴梁城内。现实中，断然没有“遗老”敢在金国“南京”的大街上拦住宋朝使臣问为什么宋兵不打回老家来的；诗句间，却确确实实地传达了他们藏在心里的真正愿望：收复河山。将南宋苟安的现状和百姓爱国热忱，融入寥寥二十八字，读来不觉情理适宜。

2. 诗有功用，在识。

诗具认识功能。“诗，可以兴，可以观，可以群，可以怨。迩之事父，远之事君，多识于鸟兽草木之名。”①（《论语·阳货》）诗有“兴观群怨”之效，也有“识”之能，能“识”鸟兽草木，亦能“辨”是非曲直。

“识”鸟兽草木。观生活之物，诗有理趣。观察鸟兽，感悟道理。观鸟，说明一个道理：自由可贵，欧阳修有《画眉鸟》：

百啭千声随意移，山花红紫树高低。
始知锁向金笼听，不及人间自在啼。

察蜂，认识一种道理：生活不公，罗隐有《咏蜂》：

不论平地与山尖，无限风光尽被占。
采得百花成蜜后，为谁辛苦为谁甜？

“为谁辛苦为谁甜”，从“动物故事”感喟人生，人生太辛苦，人生多不公。

赏花悦色，感悟道理。钱钟书《谈艺录》说：“唐人多以丰神情韵擅长，宋

① 李泽厚：《论语今读》，生活·读书·新知三联书店 2004 年版，第 477 页。

诗多以筋骨思理见胜。”① 宋人以诗说理，比比皆是。梅尧臣《对花有感》：“新花朝竞艳，故花色憔悴。明日花更开，新花何以异。”观花有物理，感悟属哲理。如恩格斯指出一样：“生命首先正是在于：生物在每一瞬间是它本身，同时又是别的东西。”② 黄庭坚《书舞阳西寺旧题处》表达了同样的意思：“万事纷纷日日新，当时题壁是前身。寺僧物色来相访，我似昔人非昔人。”理在花朵，杨万里诗赞紫薇：

似痴如醉弱还佳，露压风欺分外斜。
谁道花无红百日，紫薇长放半年花。

花无百日红，人难常年好。生活周遭，世事难料，唯有感物可慰寂寥，哀乐自晓。理在闻梅，说明一个道理：求诸自身，罗大经有：

尽日寻春不见春，芒鞋踏破陇头云。
归来拈把梅花嗅，春在枝头已十分。

理在春色，叶绍翁有《游园不值》：

应怜屐齿印苍苔，小扣柴扉久不开。
春色满园关不住，一枝红杏出墙来。

“春色满园关不住”，景中寓理，能引起无穷联想，给人以哲理的启示和精神的鼓舞。“春色”一旦“满园”，那“一枝红杏”就要“出墙来”，向人们宣告春天的来临。一切美好的、向上的、昂扬的事物，都具有顽强的生命力，是任何力量都挡不住的！

观生活之事，“辨”是非曲直，诗意妙致。登山攀峰，情理各异。登山，说明一个道理：当局者迷，苏轼有《题西林壁》：

横看成岭侧成峰，远近高低各不同。
不识庐山真面目，只缘身在此山中。

攀峰，说明一个道理：高瞻远瞩，王安石有《登飞来峰》：

飞来山上千寻塔，闻说鸡鸣见日升。
不畏浮云遮望眼，自缘身在最高层。

读书为文，原理不一。读书，得读元典，说明一个道理：正本清源，朱熹

---

① 钱钟书：《谈艺录》（增订本），中华书局1984年版，第2页。
② 《马克思恩格斯文集》（第1卷），人民出版社2009年版，第185页。

有《观书有感二首·其一》：

半亩方塘一鉴开，天光云影共徘徊。

问渠那得清如许？为有源头活水来。

为文，得有创新，说明一个道理：灵感勃发，朱熹有《观书有感二首·其二》：

昨夜江边春水生，艨艟巨舰一毛轻。

向来枉费推移力，此日中流自在行。

三、诗有模范：式与示

诗是用高度凝练的语言，形象表达作者丰富情感，集中反映社会生活并具有一定节奏和韵律的文学体裁。其中，语言构织所形成的节奏和旋律是诗歌的独有特质，古典诗歌言简意长。诗是模范，用语言来引领生活表达，表达有式，有一定样式效应，在情事范式（乐府）、结构样式（律诗）、短章格式（绝句）和双调模式（词）；表现有示，有一定示范效用，表现为韵和、调顺与律谐。

1. 诗有模范，在式。

诗是一种范式。

乐府：情事范式。

乐府，是继《诗经》《楚辞》而起的一种新诗体，“感于哀乐，缘事而发”（《汉书·艺文志》），有“情”于“事”，这是文学感发的经典传统，也是诗歌创作的基本范式。乐府，情事兼备，有情而发，因事而感。汉乐府，民歌为主，如《陌上桑》和《孔雀东南飞》，《孔雀东南飞》是我国古代最长的叙事诗，与《木兰诗》合称“乐府双璧”。汉代《孔雀东南飞》、北朝《木兰诗》和唐代韦庄《秦妇吟》又并称“乐府三绝”。建安诗人皆“借古题写时事”，如曹操有《短歌行》《薤里行》。杜甫乐府诗，“率皆即事名篇，无复依傍”（元稹《乐府古题序》），用乐府诗体描写时事，如《兵车行》《丽人行》《悲陈陶》《哀江头》等，都是诗史类作品。元稹、白居易倡导“新乐府运动”，主张“文章合为时而著，歌诗合为事而作”，发扬《诗经》和汉魏乐府讽喻时事的传统，使诗歌起到“补察时政”“泄导人情”的作用。乐府诗，情事合一，寓情于事，因事抒情。

律诗：结构样式。

律诗，因格律严谨而名，在“回忌声病，约句准篇”方面定型而形成一种独特的结构特征：起承转合。在结构上谓四联八句，谓首联、颔联、颈联和尾联，在勾结中为起承转合，元代范德机云：“作诗有四法：起要平直，承要春容，转要变化，合要渊永。”如被誉为“七律之冠”的《登高》：

风急天高猿啸哀，渚清沙白鸟飞回。
无边落木萧萧下，不尽长江滚滚来。
万里悲秋常作客，百年多病独登台。
艰难苦恨繁霜鬓，潦倒新停浊酒杯。

此诗也被誉为“古今第一律诗”。前两联写景，后两联抒情。首联起笔写秋景，在具体，颔联承上状秋意，在整体；颈联由眼前景转入胸中情，凝练而深沉，尾联合说秋与老，比兴精当，艰难而愁苦。此诗历来为人称道，一直脍炙人口。明代胡应麟曰：“一章五十六字，如海底珊瑚，瘦劲难明，沉深莫测，而精光万丈，力量万钧。通章章法、句法、字法，前无昔人，后无来学，……然此诗自当为古今七言律第一，不必为唐人七言律第一也。”①（《诗薮》）

起承转合，成为律诗的结构章法，诗有开始、承续、转折和结束。诚如文学嬗变，诗有“四唐说”：初唐、盛唐、中唐和晚唐，是为唐诗之“四美”：壮美、华美、精美和凄美。亦如文学体式“八股文”，谓破题、承题、起讲、入题、起股、中股、后股、束股八部分，有固定要求和规范章法，内容要求上是诸儒在经学义理诠释方面沉淀升华所得的规范准则，谓“四书体”，形式上要求作者具备一定的写作理论和技巧，要达“理、辞、气”三者具足的境界。任何事物发展规律亦如此，律诗“起承转合”，有兴起、繁荣，也有转折、衰落。

绝句：短章格式。

绝句，明代胡应麟称其为“百代不易之体”②，以短小见长。夏承焘先生于其特点概括为“六字诀”：少、小、了、常、藏、长。绝句，语约义赡，含蓄蕴藉。绝句，亦名节句、截句。节句，主要是指乐府中的一解（节）。其来源与乐府相较，章节被剪断，剪辑的当然是最精彩的乐章（部分），场景（画面或旋律）出现间断，内容显得简单，文字就简短，然蕴涵丰富，简约至上。截句，有截取律诗之半说法，也是“绝”的形意所在，像一个人拿着刀对一束丝线有所截取，自然取其精华所在。绝句在用字极简间达意深远，形成了独特的“短章”特质，属语言之经典外化，有蕴藉之质地，与成语之精练、谜语之妙趣和对联之精密，都是文字奥秘的感性显示。绝句短章，或谓前两句和后两句，或

① 胡应麟：《诗薮》，上海古籍出版社 1958 年版，第 95 页。
② 同上，第 105 页。

谓首句、次句、转句（第三句）和末句（尾句）。

词：双调模式。

上片写景，下片抒情。这是词的惯常格式，形成情景交融之式，以达虚实相生之效。一是情景交融。情与景高度融合，所写之景融入感情色彩，所抒之情蕴涵于景物之中，或触景生情，或因情设景，但都必须融情于景，景中含情。景属外在的，情是内在的。写景与抒情相互交融，前后呼应。词，一般上片写景，下片抒情。词有个专有称谓叫“阕”，阕，量词，乐（歌曲）一遍为一阕。一首词的一段亦称一阕，前一段称“上阕”，后一段称“下阕”。像毛泽东两首《沁园春》皆是情景交融，上下阕分明，《沁园春·雪》上阕写雪景，下阕抒“英雄”情；《沁园春·长沙》上阕写秋景，下阕抒“同学”情。

二是虚实相生。这是诗歌、绘画、书法的基本表现手法。“虚”，为想象之景、虚设之境，多指空灵超脱或引人产生联想、补充的笔墨；“实”，是眼前之景、当下之境，指真实具体的描绘文字。虚实相生，渲染烘托，既可相辅相成，也可相反相生，“贵虚实见意”（金圣叹）。“二晏”词作，化有限之实为无限之虚，闲雅而清婉。眼见为“虚”，晏殊有《浣溪沙》：

一曲新词酒一杯，去年天气旧亭台。夕阳西下几时回？

无可奈何花落去，似曾相识燕归来。小园香径独徘徊。

上片绾合今昔，叠印时空，重在思昔；下片寄寓景物，感怀生活，重在伤今。花落、燕归虽也是眼前景，但一经与“无可奈何”“似曾相识”相联系，它们的内涵便变得非常广泛，意境非常深刻，带有美好事物的象征意味。惋惜与欣慰交织，蕴含着某种生活哲理：一切必然要消逝的美好事物都无法阻止其消逝，但消逝的同时仍然有美好事物的再现，生活不会因消逝而变得一片虚无。

相思成“虚”，晏几道有《鹧鸪天》：

醉拍春衫惜旧香，天将离恨恼疏狂。年年陌上生秋草，日日楼中到夕阳。

云渺渺，水茫茫。征人归路许多长。相思本是无凭语，莫向花笺费泪行。

上片实写“叫我如何不想他”之情，却虚化为春衫、秋草和夕阳景致，展示的实是相思之极致。下片实写“直道相思了无益”之情，却虚化为云水苍茫和花笺无语，实则加几倍写相思之挚，相忆之苦。

2. 诗有模范，在示。

诗是一种示范。“歌”的作用在于以声调传情，“诗”的职能在于用韵语记事。诗歌语言示范，在韵和、调顺和律谐。

一是韵和：音韵和谐。诗歌中有些句子的最后一字韵母相同或相近，以期音调和谐优美。古有古典诗词，今有流行歌曲，都讲究押韵。在文学界，律诗尊奉平水韵，在演艺界，京剧畅行十三辙，都注重音韵和谐。以平水韵下平十尤韵（尤邮优尤流旒留骝榴刘由油游猷悠攸牛修羞秋）为例，此类韵字诗，基本格调为愁情。尤韵诗，几乎不离愁。如崔颢《黄鹤楼》（楼、悠、洲、愁）与李白《登金陵凤凰台》（游、流、丘、洲、愁），一乡愁，一国愁。又如，李商隐《安定城楼》（楼、洲、游、舟、休）与《夕阳楼》（愁、楼、悠）、《楚吟》（楼、流、愁），都愁苦忧虑之诗。又如，王维《山居秋暝》（秋、流、舟、留）写隐逸之致，龚自珍《咏史》（州、流、游、谋、侯）抒忧愤之情。甚至王之涣《登鹳雀楼》（流、楼），虽有“欲穷千里目，更上一层楼”之励志劝勉语，却仍是王粲登楼感。历来登楼诗用此韵字，亦无出忧愁之慨，杜甫《登岳阳楼》（楼、浮、舟、流）、许浑《咸阳城东楼》（愁、洲、楼、秋、流）、薛涛《愁边楼》（秋、州、头）、李清照《题八咏楼》（楼、愁、州），概莫不如此。再以上平十五删韵（删潸关弯湾还环鬟寰班斑蛮颜奸攀顽山闲艰间［中间］）为例，如王安石《泊船瓜洲》：

> 京口瓜洲一水间，钟山只隔数重山。
> 春风又绿江南岸，明月何时照我还。

首句中“间”是念第一声还是第四声，历来争论不断，一度念第四声占上风，且以地理分位来界定诗意，“间”字为动词“分开”之意，断定“间”念第四声。然根据音韵和谐原则，此诗属七绝中首句入韵式，“间”自然念第一声，且属上平十五删韵，“间、山、还”三韵字属同一韵部，其中“间”字为“中间”之意，念第一声，“一水间”，行程由京口到瓜洲，经过长江（水）之间，回首望去茫茫“一水间”，间，一水之间。间，本是两者相接的地方，或介于两事物中的关系，一般理解为“中间”“之间”，后引申为“顷刻”或“一会儿”，如瞬间、“谈笑间，樯橹灰飞烟灭”。在此，王安石是以“一水间”的行程之快速来反衬离家之感受，照应“何时还”的思家之情。此际“一水间”，这是以空间距离来形容时间之快，李白用“彩云间”以“白云苍狗”般变化来形容时间之瞬忽，也是用上平十五删韵，体现诗人“还”（家）之急切，如《朝发白帝城》：

> 朝辞白帝彩云间，千里江陵一日还。
> 两岸猿声啼不住，轻舟已过万重山。

王之涣用“白云间”展示了“水在流、云在飞”的云水苍茫感，奔涌的黄河与浮动的白云在刹那间有种“同呼吸、共命运”的合奏，如《凉州词》：

黄河远上白云间，一片孤城万仞山。
羌笛何须怨杨柳，春风不度玉门关。

同样，刘伯承将军为颂扬鲁西南战役的胜利，用上平十五删韵来体现自己的战斗豪情，“烟雾间”状战斗激烈与迅速，写下了《记羊山集战斗》：

狼山战捷复羊山，炮火雷鸣烟雾间。
千万居民齐拍手，欣看子弟夺城关。

二是调顺：平仄协调。

平仄是诗词的声调特征，平指平直，仄指曲折，含语音的高低、升降、长短等，平仄相间，构成诗文韵律。诗词平仄相间，音调和顺，读来朗朗上口，韵味无穷。

平仄相间，音韵协调。

对，平仄相对。就是对立，平对仄，仄对平，平仄交错。律诗，一联之中，上下句平仄相互对立，尤以第二字为重，这叫作“对”。平仄交错。如毛主席《长征》颈联：金沙水拍云崖暖，大渡桥横铁索寒。其平仄为：平平 | 仄仄 | 平平 | 仄，仄仄 | 平平 | 仄仄 | 平。每两字一个节奏，音节流荡，音调爽朗。平起句平平后面跟着的是仄仄，仄仄后面跟着的是平平，最后一个字是仄。仄起句仄仄后面跟着的是平平，平平后面跟着的是仄仄，最后一个字是平。这就是交替。平仄相对。就对句来说，“金沙”对“大渡”，是平平对仄仄，“水拍”对“桥横”，是仄仄对平平，“云崖”对“铁索”，是平平对仄仄，“暖”对“寒”，是仄对平。这就是对立。

粘，平仄相同。律诗，两联之间，后一联的出句（即第一句）的第二个字和前一联的对句（即第二句）的第二个字平仄必须相同，这叫“粘”。即要使第三句跟第二句相粘，第五句跟第四句相粘，第七句跟第六句相粘，类推。绝句亦然。像于谦《石灰吟》中第三句，是“粉身碎骨浑不怕”还是“粉骨碎身浑不怕”？依据“粘”“对”原则，第二句是“烈火焚烧若等闲”，第三句第二字需“粘”第二句第二字“火”，火为仄，身为平，“骨”为仄，粘平仄需同，故第二字应为“骨”，第三句中“骨”又与第四句中“留”平仄相对，故，第三句应为“粉骨碎身浑不怕”。

韵，平仄相谐。有时，根据叶韵需要，某些字音读平声。

看，读音（第一声和第四声）有平仄之分，但在诗词中用在韵字处（来源于上平十四寒韵）都念平声，使音韵和谐。像李商隐《无题》诗最后一句："青鸟殷勤为探看"，"看"念作平声（第一声），与"难、残、干、寒"谐韵。毛泽东《大柏地》词中有"装点此江山，今朝更好看"，"看"亦念平声。又如苏轼《中秋月》：

暮云收尽溢清寒，银汉无声转玉盘。

此生此夜不长好，明月明年何处看。

有如捧剑仆《诗》：

青鸟衔葡萄，飞上金井栏。

美人恐惊去，不敢卷帘看。

"漫漫"，念平声，读作 mán mán，源于岑参《逢入京使》：

故园东望路漫漫，双袖龙钟泪不干。

马上相逢无纸笔，凭君传语报平安。

意，平仄相和。诗词中某些字（尤其是多音字）的读音需根据文中意义来界定，主要是区分平仄，以达意义明确之效。如刘长卿《送灵澈上人》：

苍苍竹林寺，杳杳钟声晚。

荷笠带斜阳，青山独归远。

诗句"荷笠带夕阳"的"荷"念 hè，作动词，仄声，"背"的意思，如荷枪实弹；而作名词时念 hé，平声，同荷花的"荷"。

三是律谐：节奏连贯。

诗词韵律和谐，自然节奏连贯，形成优秀篇章。有时，韵律暗示着情感；有时，韵律昭示着节奏。

韵律暗示着情感。艾青说诗歌韵律："倾向于根据情感起伏而产生的"①，韵律与诗人情感紧密相关。如《春江花月夜》随着韵律转换，诗人的情感也随之变化。用韵上，由"洪亮级——细微级——柔和级——洪亮级——细微级"转变，形成了一个二序循环，中间经历一个"柔和级"过渡，恰如一部乐章；写景上，韵律转换也似月亮"月上东山——月行中天——月斜西江"的运行轨迹；情态上，也有一个哀乐相生的过程。诗歌韵律与情感相一致，将物理、情理与哲理融为一体。又如岑参《白雪歌送武判官归京》开篇云："北风卷地白草

① 《中国当代文学研究资料 · 艾青专集》，江苏人民出版社 1982 年版，第 370 页。

折，胡天八月即飞雪。忽如一夜春风来，千树万树梨花开。”前两句韵脚为“折”、“雪”，仄声，撮口呼，韵脚的凝涩暗示着冬天的冰雪凝结；后两句韵脚为“来”“开”，平声，开口呼，韵脚的开放暗示着春天的春暖花开。

韵律昭示着节奏。杜甫作诗，“晚节渐于诗律细”（《遣闷戏呈路十九曹长》），认真而严谨，在“渐于”间追求诗律之“细”，“渐于”是指积一生之功力，渐知诗律并运之自如，“细”则是自认诗律精细如毫发，也是一种自我肯定与创作标榜。如《春夜喜雨》，四联分写诗题内容，诗情随诗律而兴发，首联切“春”，颔联绘“夜”，颈联状“喜”，尾联衬“雨”。如《登高》前写景，后叙情，宛若一首精致的宋词，情景相融，愁情与秋境融合，愁思随秋色浓烈。如《春望》情景交融，含蓄凝练，感情深沉，意由言生。四联写四意，谓首联写所见、颔联写所感、颈联写所念、尾联写所叹。前二联写实、绘景，后两联写虚、抒情。触景生情，情自由衷；情由景生，景至心生。杜甫五律《旅夜书怀》以律法细致备受推崇：

细草微风岸，危樯独夜舟。星垂平野阔，月涌大江流。

名岂文章著？官应老病休。飘飘何所似？天地一沙鸥。

纪昀评价杜甫：“律法甚细，隐衷极厚，不独以雄浑高阔之象，陵烁千古。”（《唐诗近体》）此语诚然，杜甫诗作细腻入微，体物微妙，情景合垠。前两联状物写景。首联点题，交代书怀的地点“岸”和时间“夜”。颔联写景，“平野”“大江”，极写空间之阔大，意在反衬自身之孤微，景中深藏感慨。后两联叙事抒情。颈联叙事，慨叹文坛无名，仕途寂寞，以关切的笔墨诉说身世的孤微，揭示颔联的景物蕴藏。尾联自喻，以沙鸥来比，微小、漂泊，总括身世之慨。登临、咏怀诗的布局谋篇于此多有得益：一者中间两联赋比结合。多采用写景与言事的笔墨布局。二者写景与言事（即颔联与颈联）相得益彰。写景是情感的侧面烘托，言事是情感的正面揭示，写景与言事二者在抒情上是互为表里关系。眼前景、心中事，名二而实一。唐诗最为经典的创作章法在诗人手下可谓浑然天成，点题、写景、言事和结情。三者末尾多以细节行为结情，细节行为都具有确定的情感指向和丰富的情感蕴藏，能够引人想象，产生言尽意远的效果。杜甫七绝《江南逢李龟年》凭律法高妙而著称：

岐王宅里寻常见，崔九堂前几度闻。

正是江南好风景，落花时节又逢君。

今昔对比，语极平淡，内涵丰满。“闻”、“逢”两实词转换寓意。联结着四十年的时代沧桑、人生巨变，蕴藉丰富。“正是”和“又”两虚词反衬有力。

两个虚词一转一跌，更在字里行间寓藏着无限感慨。江南好风景，恰恰成了乱离时世和沉沦身世的有力反衬。萧涤非先生说：“一‘又’字，绾合过去或现在，构成尖锐的今昔对比，有‘风景不殊’而世事全非之感。”① 寥寥二十八字，包蕴着丰富的时代生活内容，可视为一幅断代史画轴。

第三节　叙事和抒情

诗歌历来有叙事和抒情之分，古希腊一般将诗歌分为三类：叙事类、抒情类和戏剧类，中国将诗歌分为两大类：叙事诗和抒情诗。

一、叙事诗

叙事诗源于叙事理论，强调“再现”（reproduction）印象，有西方古典主义的特征。

1. 叙事理论

叙事理论注重三个结构层次：功能（事件）、动作（人物）和叙述（语言），在事件的发生中，有人物出现，人物有动作与语言展现。古希腊人给诗的定义是“模仿的艺术”（imitative art）。赫拉克里特最早提出了“艺术……显然是由于模仿自然”的论断，侧重人对动物的模仿。柏拉图认为艺术仅仅模仿世界的“影子的影子”，与世界的本质“理式”隔了三层。亚里士多德充分肯定模仿说，但加以了颠覆：艺术模仿的世界同样可以达到真理的境界。诗的主要功用在“再现”（reproduction）外界事物的印象，其在《诗学》中表示：

> 诗的普通起源由于两个原因，每个都根于人类天性。首先，摹仿就人的一种自然倾向，从小孩时就显出。人之所以不同于其他动物，就在于人在有生命的东西之中是最善于摹仿的。人一开始学习，就通过摹仿。每个人都天然地从摹仿出来的东西得到快感。这一点可以从这样一种经验事实得到证明：事物本身原来使我们看到就起痛感的，在经过忠实描绘之后，在艺术作品中却可以使我们看到就起快感，例如最讨人嫌的动物和死尸的形象。原因就在于学习能使人得到最大的快感，这不仅对于哲学家是如此，对于一般人也是如此，尽管一般人在这方面的能力是比较薄弱些。因此，人们看到逼肖原物的形象而感到欣喜，就由于在看的时候，他们同时也在

① 萧涤非：《杜甫诗选注》，人民文学出版社 1996 年版，第 337 页。

学习，在领会事物的意义，例如指着所描写的人说："那就是某某人。"如果一个人从来没有见过原人或原物，他看到这种形象所得到的快感就不是由于摹仿，而是由于处理技巧、着色以及类似的原因。因为不仅摹仿出于人类天性，和谐与节奏的感觉也是如此，诗的音律也是一种节奏。人们从这种天生资禀出发，经过逐步练习，逐步进展，就会终于由他们原来的"顺口溜"发展成为诗歌。

亚里士多德从心理学的角度阐释了诗的起源，认为两种因素：一是模仿本能，二是求知所生的快乐。同时，认为在模仿中一些技巧的运用会引起快感。他常以诗比画，其"模仿"偏重"再现"（reproduction）。再现中以艺术形象感染人，他说："诗人的职责不在于描述已经发生的事情，而在于描述可能发生的事，然后根据可然或必然的原则发生的事情……"① 所以，诗倾向于叙述带有普遍性的事，而历史倾向于记载具体事情。

中国典籍《易·系辞》提出了"观物取象"的见解，文艺的起源与人"观"天地鸟兽的行为特征并加以模仿有关。西方"模仿"说与中国古代"观物取象"虽产生背景有不同，但都共同地强调"再现"（reproduction），强调文学作品与生活世界不可分割的联系。

2. "再现"印象

再现（reproduction），谓将经验过的事物用艺术手段如实地表现出来。我们一般崇尚"经典印象，魅力再现"，时序上，希望"梦回汉唐"，再现辉煌，场域上，盼望"梦里江南"，再现秀丽。希期"yesterday once more"（昔日重来），可叹"故国不堪回首月明中"。《诗经》开端，"再现"现实，"风雅"盛行。国风再现十五个地区的风土人情，是区域生民生活的"白皮书"，大雅小雅展现周王朝的雄图霸业。汉乐府，"自孝武立乐府而采歌谣，于是有代、赵之讴，秦、楚之风。皆感于哀乐，缘事而发"。（《汉书·艺文志》）乐府再现汉代日常生活中的具体事件，有苦与乐、爱与恨以及生与死。杜甫，"诗史"之谓，诚是再现唐王朝历史命运的晴雨表。《三吏》《三别》是经典地反映了唐代内乱真实情况的乐府诗，全方位地反映了战争的灾难，朴实而悲痛的语言中传达着那个时代惊心动魄的悲剧，杜甫用刻笔"实录"（班固评《史记》曰"其文直，其事核，不虚美，不隐恶，故谓之实录"），笔墨渗透出史诗般的力量。苏轼，一代文豪，遭贬黄州，写下了关于赤壁的一词二赋以及《记承天寺夜游》文和《黄州寒食诗》，再现了诗人的生活洗礼。黄州成全了苏轼，苏轼也成全了黄州。诗

① 《诗学诗艺》，罗念生译，人民文学出版社1982年版，第28页。

人再现田园风光，令人神往。如雷震《村晚》：

> 草满池塘水满陂，山衔落日浸寒漪。
> 牧童归去横牛背，短笛无腔信口吹。

再现场景：村晚，乡村黄昏，田园风景。这首诗的妙处在于以诗歌形式对生活世界做了生动的“再现”。若以古希腊“模仿”说而论，诗歌成功地“再现”了生活情状：乡村田园风光；而按中国古代“观物取象”来说，诗歌是诗人观照生活事物而从中提取形象的结果：牧童晚归，短笛信腔，野趣盎然。诗歌“再现”精妙：一是两“满”字突现了雨过天晴的生机状态，二是一“衔”字拟人化展现日落西山形象，三是一“浸”字情态化感知日暮的寒意，四是一“横”字传神地展示了牧童的活泼神态，五是“信口”一词体现了乡间小调的野趣。整首诗以恰当、准确而生动的词语“再现”（reproduction）了乡村日暮的闲淡。

3. 古典主义

古典主义号召“模仿自然”，要求“逼真”，“再现”场景，真实反映生活。

文学上，奉古希腊、罗马文学为典范，借古喻今。古典主义悲剧作家基本上都遵照“三一律”写作，即剧情限制在同一件事，发生在同一天（24 小时内）和同一地点。要求戏剧创作在时间、地点和行动三者之间保持一致性。布瓦洛说：“要用一地、一天内完成的一个故事从开头直到末尾维持着舞台充实。”加强“再现”的真实感，他在《诗的艺术》中提出文学要模仿自然：“永远也不能离开自然”，“自然是我们唯一的研究对象”。建筑上，古希腊罗马建筑遗迹的建筑法式是永恒的金科玉律。J. F. 布隆代尔说：“古典柱式给予其他一切以度量规古典主义者在建筑设计中以古典柱式为构图基础，突出轴线，强调对称，注重比例，讲究主从关系。”巴黎卢浮宫的设计突出地体现古典主义建筑的原则，凡尔赛宫也是古典主义的代表作。像北京鸟巢、水立方亦是“模仿自然”之作。音乐上，像贝多芬严谨作曲，多部交响乐问世。《田园交响曲》，是“乡村生活的回忆”；《月光曲》，“使我想起了瑞士的琉森湖以及湖面上水波荡漾的皎洁月光。”今天，《森林交响曲》纯是模拟森林中的鸟虫鸣叫声，“再现”（reproduction）森林静谧。

二、抒情诗

抒情诗源于抒情传统，强调“表现”（expression）情感，有西方印象主义特征。

1. 抒情传统

抒情，与叙事相对，具有主观性、个性化和诗意化的特征。主要反映社会生活的精神方面，并通过在意识中对现实的审美改造，达到心灵的自由。自屈原“发愤以抒情”开端，中国诗歌有着悠久的抒情传统。陈世骧《论中国抒情传统》宣称“中国文学传统从整体而言就是一个抒情传统”①，“抒情传统”论就日渐成为中国文学研究中一个颇具范式意义的论述架构。西方也有“愤怒出诗人”（尤维利斯）之说。《诗大序》说：

诗者，志之所之也，在心为志，发言为诗。情动于中而形于言，言之不足故嗟叹之，嗟叹之不足故永歌之，永歌之不足，不知手之舞之足之蹈之也。情发于声，声成文谓之音。

“诗言志”，历来多种解释，但不离情感“表现”说。闻一多释“志”即“怀抱”，泛指诗人内心蕴藏着的各种情意，“言志”即等于言情，诗言志，情感第一；朱自清则着重揭示“怀抱”与“礼”的不可分性，即同古代社会政教人伦相关联的特定情意指向，诗言志，态度为重。宇文所安从心理学角度出发，以“之”字入手，阐释了一个由内向外的动态的心理活动过程，诗言志，侧重审美价值观。无论情感、态度，还是价值观，都是诗人内心情感的外化样式。抒情，与模仿论坚持文学来自对世界的模仿不同，强调文学是作家情感的外在表现（expression）的产物。

2. “表现”情感

文学是作者心灵的“表现”（expression），重视作者在作品中的“表现”（expression）活动。钟嵘《诗品序》认为：“气之动物，物之感人，故摇荡性情，形诸舞咏。”万物有灵，感荡人心。人有体验，为诗乐舞。艺术（含诗）一方面是对“物”的世界的反映，另一方面又是对“人”的心灵的表现。陆机在《文赋》中提出了“诗缘情”的观点，主张诗是表达人的情感的艺术样式。华兹华斯也说：“诗是强烈情感的自然流露”。屈原诗赋《离骚》，展望美政理想，“表现”浪漫气质；陶谢徜徉山水，讴歌田园，“表现”隐逸情怀；李白望月抒怀，饮酒漫游，“表现”游仙衷肠；陆游八十年间万首诗，“表现”爱国热忱；龚自珍《己亥杂诗》自述生平，“表现”愤世心态。

3. 印象主义

也称印象派，又称为“外光派”，名称源于1874年莫奈创作的题为《印

① 陈世襄：《论中国抒情传统》，见陈国球、王德威编《抒情之现代性：“抒情传统”论述与中国文学研究》，生活·读书·新知三联书店2014年版，第48页。

象·日出》油画。描绘的是塞纳河港口的清晨，太阳刚刚升起时的情景。印象派画家认为要认识这个世界，主要是从“光”和“色彩”的观点上去认识，所以画家的任务也就在于如何去表现光和色彩的效果，认识停留在感觉阶段，停止在“瞬间”的印象上，表现感觉的现象。既然是凭感觉，那必然是主观的，所以印象派所描绘的是主观化了的客观事物。他们着重于描绘自然的刹那景象，使一瞬间成为永恒，并将这种科学原理运用到绘画中。他们通过感觉映射，建立了一座和观众交流的情感桥梁。于是，将作品从原来被动地反映客观世界提升到主动地抒发和宣泄画家的主观情感的境界。画家试图在客观实体和主观意念之间找到一个打上作者烙印的映射函数。莫奈《印象·日出》，“捕捉瞬间的感觉印象”，绘日出之耀亮，与白居易写日落之炫彩，有异曲同工之妙，读《暮江吟》：

一道残阳铺水中，半江瑟瑟半江红。
可怜九月初三夜，露似珍珠月似弓。

纯然主观感受绚丽，油画般光色瞬息变化之妙。残阳照射下，江面细波粼粼，“半江瑟瑟半江红”，受光多的部分，呈现一片“红色”，受光少的地方，呈现深深的碧色（“瑟瑟”），自然敷色，令人叹绝，宁静而和谐。诗人如画家一样，将现实感观与情绪感觉建立起联系，以主观感受的抽象为主。例如，莫奈抽象的是睡莲的光感，凡·高抽象的是向日葵的情调，郑板桥抽象的是竹的神韵。在音乐方面，德彪西是主要的印象主义者，音乐带有一种完全抽象的、超越现实的色彩，有着浓郁的现代主义特征。在文学方面，龚古尔兄弟是印象主义小说的代表，小说是感觉印象的朦胧的追求，确如印象派画家“捕捉瞬间的感觉印象”。在文学批评方面，称为印象主义批评，亦即感受式批评。印象主义批评是一种朦胧的、没有明确论证的“以诗解诗”式的批评，这种批评拒绝对作品进行理性的科学的分析，而强调批评家的审美直觉，认为最好的批评只是记录批评家感受美的过程。

第二章

诗骚揽胜——诗歌奠基时期

这是诗歌的奠基时期。

《诗经》与《离骚》是中国诗歌的两面旗帜和两大典范，在中国文学史上的地位和影响是其他文学作品无法取代的，后世的优秀文学作品无不从中汲取营养。所以，《诗》《骚》也就成了公认的是中国文学的源泉。

《诗经》大量采用赋、比、兴的表现手法，赋是铺陈，比是比喻，兴是一种暗示，除赋属直接描绘外，比、兴非径直陈说，而是委婉表达，形成了《诗经》婉而成章的特点，开启了《诗经》的“名小类大”传统和“美刺”传统。楚辞以屈原为代表，“依诗取兴，引类譬喻”，“香草以配忠贞，恶禽臭物以比谗佞。灵修美人以媲于君，宓妃佚女以譬贤臣”，开创了“寓情草木”“托意男女”的象征体系，丰富了《诗经》的比兴传统。

第一节 《诗经》

《诗经》是中国文学史上产生最早也是成熟最早的文学形式，属于集体创作。《诗经》是中国历史上第一部诗歌总集。它收录了自西周初年（公元前11世纪）至春秋中叶（公元前6世纪）间约500年的三百余篇作品。

《诗经》的编集。《诗经》是经过有目的收集整理编成的，属于集体创作。关于《诗经》的编集主要有献诗说、采诗说和删诗说。一是百官献诗说。《左传·襄公十四年》载师旷语：“自王以下，各有父兄子弟，以辅察其政。史为书，瞽为诗，工诵箴谏，大夫规诲，士传言，庶人谤，商旅于市，百工献艺。”公卿列士献诗，主要是运用诗歌进行讽谏或赞颂，以表达对时政的评价。公卿可献自己的诗作，也可以献别人的诗作，诗作于是集中。二是民间采诗说。《汉书·食货志》记：“孟春之月，群居者将散，行人振木铎徇于路以采诗，献之太师，比其音律，以闻于天子。故曰王者不窥牖户而知天下。”天子派史官采诗，以观民风，所以《诗经》以“风”为主。三是孔子删诗说。主要依据司马迁《史记·孔子世家》记载孔子曾删诗。不过，孔子只是在数量上将《诗》三千余篇删减为三百余篇，并未对三百篇在内容上进行修订。献诗说是典型的文以载道，采诗说是参照乐府制度的猜想，删诗说仅是一种版本学。献诗说的可能性最大，文学为社会服务，文学方有生命力。

《诗经》的流传。《诗经》最初被称为《诗》，战国后期始称为“经”。汉武帝时，《诗经》《尚书》《礼记》《周易》《春秋》，合称“五经”，成为儒家经典。《诗经》内容深刻，语言丰富，流传广泛。春秋战国时期，就在诸侯各国中普遍流传，或献诗陈志、或赋诗言志、或言语引诗。孔子主张“不学诗，无以言”，强调了“通诗致用”目的和“兴观群怨”功能；孟子引《诗》明理，提出了“以意逆志”和“知人论世”重要命题。两汉，经学正式形成，《诗经》在流传中主要被当作政治工具而加以运用，用诗来“经夫妇，成孝敬，厚人伦，美教化，移风俗”（《毛诗序》），能修身养性、治国安邦。汉代一直存在着今文、古文经学之争，《诗经》也如此。鲁、齐、韩、毛“四家诗”中，鲁、齐、韩为“今文三家”或“三家诗”，毛诗晚出，属古文经学，创始人为鲁人毛亨和赵人毛苌，特点是将诗和《左传》配合起来，以诗论史。“三家诗”逐渐失传，今本《诗经》，即是“毛诗”。东汉经学家郑玄曾为毛氏《毛诗诂训传》作“笺”，至唐代孔颖达作《毛诗正义》。《毛传》《郑笺》和《毛诗正义》为《诗经》研究史上的三座里程碑。

《诗经》的篇目。概称“诗三百”。《墨子·公孟篇》道：“儒者诵诗三百，弦诗三百，歌诗三百，舞诗三百。”意谓有可诵咏的诗三百首，可演奏的诗三百首，可歌唱的诗三百首，可伴舞的诗三百首，当时流行诗篇至少1200首以上，仅诵诗三百流传下来，概称“诗三百”。概数有不明。确称“305篇”。《史记·孔子世家》道：“三百五篇，孔子皆弦歌之。”《诗经》305篇，其中风160篇，雅105篇，颂40篇。但《诗经》旧刻本目录却有311篇，其中有6篇只有题目而无内容。诗，确定305篇，确数又不定。

一、《诗经》“六义”

《诗大序》：“故诗有六义焉：一曰风，二曰赋，三曰比，四曰兴，五曰雅，六曰颂。”一般认为风、雅、颂是诗的分类；赋、比、兴是诗的表现手法。

1. 风雅颂

起初，风、雅、颂是按不同的音乐分的。郑樵云：“风土之音曰风，朝廷之音曰雅，宗庙之音曰颂。”（《通志序》）后来，我们理解风、雅、颂一般按诗歌内容来区分。

风，即国风，是各地的民歌，有十五国风，为周南、召南、邶、鄘、卫、王、郑、齐、魏、唐、秦、陈、桧、曹、豳等15个地区的土风歌谣。共160篇。大部分是民歌，如《关雎》（周南）、《蒹葭》（秦风）、《氓》（卫风）、《七月》（豳风）、《伐檀》（魏风）、《黍离》（王风）等。现在，文艺工作者下乡收集民间文学和音乐曲艺作品，也叫“采风”，就是来源于《国风》。《国风》占《诗经》一般以上，内容最丰富，文学成就和艺术价值最高。

风，亦即“讽”，诗歌讽谏，运用委婉形式以达劝诫目的，开创“主文谲谏”文学传统，倡导“温柔敦厚”诗教精神。《诗大序》：“是以一国之事，系一人之本，谓之风。”国事与人本一致，应是“以人为本”，关乎人（心）的正常成长和社（情）顺利发展。如《关雎》倡导的是“发乎情，止乎礼”的礼制，《伐檀》指刺尸位素餐，《硕鼠》鞭挞贪得无厌，郑卫之风属“淫声”，太奔放，王风为王国之变风，过于忧思，兼有地理与政治之意，“《王风》哀思，周道无章。”（章炳麟《辨诗》）

雅，即雅乐，是周王朝直辖地区的音乐，为正声。《雅》诗是宫廷宴享或朝会时的乐歌，按音乐的不同又分为《大雅》31篇，《小雅》74篇，共105篇。除《小雅》中有少量民歌外，大部分是贵族文人的作品。

雅，亦即“正”，雅乐为正声，雅是全民“原始集体无意识”的情感外泄，属经典之作，久长不衰。《诗大序》：“言天下之事，形四方之风，谓之雅。雅者，正也，言王政之所由废兴也。政有小大，故有小雅焉，有大雅焉。”《礼记·乐记篇》：“广大而静，疏达信者，宜歌《大雅》；恭俭而好礼者，宜歌《小雅》。”雅，就是社会主旋律或核心价值观，美感不同，有壮美与优美之分。壮美者为大雅，《大雅·绵》述古公亶父事，《大雅·生民》述古后稷事，《大雅·公刘》述周人历史。优美者为小雅，如《小雅·采薇》写思家，《小雅·棠棣》写亲情，《小雅·伐木》写友情。

颂，即宗庙祭祀的舞曲歌辞，分为周颂、鲁颂和商颂。全部是贵族文人的作品。其中《周颂》31篇，《鲁颂》4篇，《商颂》5篇，共40篇。

颂，亦即“容”，形容，体现着某种形态或雍容，具一定“范”。《诗大序》：“颂者，美盛德之形容，以其成功告于神明者也。”颂，是比拟和赞美盛大之德的容貌，以人间万物群生的各得其所来虔敬地告诉神明。如《我将》《有客》《玄鸟》等，都是歌颂祖先功业的；《载芟》为周王祭祀社稷乐歌，劳作、丰收、祷告和答谢情形生动。

从思想性和艺术价值上看，三颂不如二雅，二雅不如十五国风。

2. 赋比兴

赋，就是描绘。朱熹《诗集传》说：“赋者，敷陈其事而直言之也。”“敷陈其事”就是创作手法上详细地陈述，“直言之”就是创作目的上直截了当。它包括叙述、描写、想象、对话和心理刻画等。

其一，叙述详尽。如《豳风·七月》记叙蟋蟀行踪：“五月斯螽动股，六月莎鸡振羽，七月在野，八月在宇，九月在户，十月蟋蟀入我床下。”承“时”而叙，分“域”而述，细致翔实。如《秦风·蒹葭》叙述露水中的芦苇：“蒹葭苍苍，白露为霜”“蒹葭凄凄，白露未晞”“蒹葭采采，白露未已”，细致入微。《邶风·静女》写约会事，躲墙角和赠彤管细节真实。

其二，描写生动。《周南·芣苢》描写女子采摘芣苢情形，“采采”一词，如同舞蹈一样的动作，时而敏捷如飞鸟，让人目不暇接，时而缓慢似蝴蝶，在嫩枝绿叶间翩翩起舞。《郑风·野有蔓草》描写邂逅，“野有蔓草，零露溥兮（瀼瀼）”，“溥兮（瀼瀼）”状露水的晶莹与圆润，似眼中美女，移情于物。

其三，想象丰富。《周南·关雎》写爱情，前部写实，后部想象，“钟鼓乐之”与“琴瑟友之”，许是“做梦娶媳妇”；《郑风·子衿》写思念，“挑兮达兮，在城阙兮”，情乱意迷幻化为“一日不见如隔三秋”。《周南·卷耳》写女子念夫、《魏风·陟岵》写征人怀乡、《豳风·东山》刻画戍卒思家嵌入妻子候归，都是想象对方的情形。在怀人思亲的世界里，情到深处，所谓刻骨铭心，朝思暮想，它已不再是一种抽象的念头或执着的想法，而是眼前幻化出所怀所思之人的具体场景、具体形象和具体言谈行止，把自己思恋的情感通过对方的行为来体现，“心已神驰到彼，诗从对面飞来”。①（浦起龙《读杜新解》）

其四，对话妙趣。《郑风·褰裳》写戏谑情人，有高傲之语：“狂童之狂也！且!”一个“且”，俗语“去”，外文“go out”，尤显情人间亲昵。《郑风·溱洧》写三月三歌会，男女青年对话情意绵绵。女曰：“观乎?”士曰：“既且（徂)。且往观乎!”洧之外，洵訏且乐。上巳游春，女子热情，主动邀男子去看热闹，男子本分，说已经去过了，女子执着有心机，说再去看看会更热闹。也许矫情撒娇：“陪我一起去下么!”三月间水暖花开之时，也正是男女青年热恋之际，情话绵绵，无限妙趣。《郑风·女曰鸡鸣》写夫妻对话，有情有趣。从早到晚，对话恩爱。起床。妻子以鸡鸣星明催促丈夫：“懒鬼，起床!”进餐。美味佳肴，小酒佐料，老公感慨“岁月静好”，与子偕老。赠珮。赞语不为多，礼物举手，教科书式的哄妻典范。叹曰：有夫如此，妻复何求!

---

① 浦起龙：《读杜新解》，中华书局 1961 年版，第 360 页。

其五，心理刻画精妙。爱情虽美好，追求亦艰辛，其间心理感受与变化是五味杂陈。像《周南·关雎》写苦恋，内心备受煎熬，“求之不得，辗转反侧”；《召南·草虫》写思念，大胆炽烈，忧心如沸，“未见君子，忧心惙惙。亦即见止，亦即觏止，我心则说。”《郑风·将仲子》写私情，为情所困，却又害怕“父母（诸兄、人）之言亦可畏也”。《小雅·采薇》写征人心绪，可谓淋漓尽致：“昔我往矣，杨柳依依；今我来思，雨雪霏霏。”一十六字，被晋人谢玄誉为《诗经》中最好的诗句，离家归来，心境不一，今昔对比，情景交融，动静相宜，哀乐相生。《小雅·蓼莪》写孝子之情，“哀哀父母，生我劬劳”八字，道出了天下子女对父母的自责之心和尽孝之心。

比，就是譬喻。朱熹《诗集传》说：“比者，以彼物比此物也。”主要是比喻和象征。比喻可以使描述形象化，象征可以使情感含蓄化。

其一，比喻。比喻是诗歌创作中极为重要的手段，它通过在事物的显隐、虚实、真幻、远近、古今之间建立联系，搭置桥梁，引起人们的联想，达到认识和体验的目的。主要有直喻和曲喻。

直喻。直接比喻，以求形象生动。如《卫风·硕人》用系列比喻写庄姜美貌：“手如柔荑，肤如凝脂，领如蝤蛴，齿如瓠犀，螓首蛾眉。”美女俏丽，跃然纸上。曲喻。间接比喻。以求表达直观。突出事物的特征，以某一方面的共同性来相形喻体与本体。如《魏风·硕鼠》用鼠喻不劳而获者，《周南·桃夭》以桃喻新娘。“桑之未落，其叶沃若”，“桑之落矣，其黄而陨”（《卫风·氓》），借用桑叶的茂泽与枯萎形象，比喻女子年轻美貌和年老色衰。“我心匪石，不可转也，我心匪席，不可卷也”（《邶风·柏舟》），用磐石比喻坚贞不渝。

其二，象征。手法含蓄，有点“指桑骂槐”味道。如《小雅·大东》，指责西人（周人）对东人的剥削，用天上星宿有空名而无实用象征不合理事的存在。《召南·甘棠》用甘棠之树象征召公之德，物象简明，而寓意深远，被誉为“千古去思之祖”（吴闿生《诗义会通》）。《卫风·淇奥》以成玉过程的“切、磋、琢、磨”象征君子品格。此象征手法在屈原演绎成熟，定型“香草美人”传统。

兴，就是引发、开头。朱熹《诗集传》说：“兴者，先言他物以引起所咏之词也。”兴是借助其他事物作为诗歌的开头。一是起兴，触景生情；一是感发，借景抒情。

一是起兴，触景生情。即情触于物而发为歌咏，用同一景致或事物为开头。《周南·关雎》以“参差荇菜”起兴，吟咏心中“她”的美好姿态；《秦风·蒹葭》以“蒹葭苍苍（凄凄、采采）”起兴，歌咏追寻“伊人”的艰难漫长；《王风·黍离》以“彼黍离离”起兴，感知兴衰变化，“闵周室之颠覆”。（《毛诗序》）《王风·君子于役》写妻子怀念久戍的丈夫，当“鸡栖于埘，日之夕矣，牛羊下来”，看家禽和牛羊归家，想念最切；《魏风·伐檀》写伐木者对于不劳而食的君子的冷嘲热骂，以“坎坎伐檀（辐、轮）兮”的伐木声来反衬“彼君子兮，不素餐（食、飧）兮”。

二是感发，借景抒情。即借助某事某物起兴，寓情韵于景致或事物。《卫风·木瓜》写情人赠答：“投我以木桃，报之以琼瑶”，投桃报李，以示长久爱意；《郑风·野有蔓草》写情人相遇：“野有蔓草，零露溥兮（瀼瀼）”，移情于物，物人一体，有美一人，清扬俱矣。《郑风·风雨》以“风雨”之状来暗示女子思念之态，《郑风·子衿》以“子衿（佩）”之形来摹状女子思念之深。《唐风·蟋蟀》以“蟋蟀在堂”来感怀时光易逝，《秦风·无衣》以“与子同袍（泽、裳）”来反映同仇敌忾。

二、《诗经》内容

主要有以下四大类：爱情与婚姻、战争与和平、赞扬与批评、上帝与祖先。

1. 爱情与婚姻

爱情是人生最美妙的情感，也是文学永恒的主题。《诗经》中此类主题作品大概可以分为两类：一是恋爱情怀，以情感性为主，活泼而生动，极具浪漫色彩；一是婚姻情事，以道德性为主，有一定教育意义。

恋爱情怀，是浪漫的，亦是动人的。恋爱中男女是幸福的。恋爱的邂逅、约会、相思以及追求等，都是以动人的形象和真挚的情感打动人心。邂逅，《召南·野有死麕》写猎人偶遇“怀春”少女而求爱。约会，《邶风·静女》和《郑风·溱洧》，一幽会，含蓄，“搔首踟蹰”，等待中焦急、惶惑和犹豫，美丽而甜蜜；一聚会，奔放，幸福而甜蜜。相思，《郑风·子衿》和《王风·采葛》都是思念成病，一日不见如隔三秋。追求，《陈风·月出》写月下美女的倩影所引起的惆怅，《秦风·蒹葭》写对近在眼前却又感远在天边的美女的追求，看其首章：

> 蒹葭苍苍，白露为霜。所谓伊人，在水一方。溯洄从之，道阻且长。溯游从之，宛在水中央。

“所谓伊人，在水一方”，爱情总是一个捉摸不定的东西，好像离我们好近却又好远，“最远的你是我最近的爱”，一切显得有点美丽而恍惚。

婚姻情事，是现实的，也是感人的。婚姻中的男女是艰辛的。爱情的结晶是婚姻，婚姻有喜亦有忧。《周南·桃夭》写新娘出嫁，“宜其室家”，祈愿家庭祥和；《周南·关雎》写新婚典礼，“窈窕淑女”，婚姻幸福美满；《唐风·绸缪》写新婚之夜，“见此良人”，激动人心，“洞房花烛夜，金榜题名时”；《卫风·氓》与《邶风·谷风》都写“弃妇”，表达了被抛弃妻子内心的沉痛。

2. 战争与和平

“国之大事，在祀与戎。”（《左传·成公十三年》）祭祀与征伐是国家的两件大事。战争是人类生活中不可避免的事件。中国，历来倡导正义之战与和平。

《诗经》中有一部分诗作，主要是《大雅》及《周颂》，记述了周王朝历史上的一些重大战事，如文王、武王开国及宣王中兴过程中的征伐活动，讴歌战争，强调己方的正义立场和王者风范，显示出对战争的克制态度。

而普通将士及老百姓对战争的感情，则更多的是厌战与向往和平。如《豳风·东山》和《小雅·采薇》，都是写久征得归士兵于和平幸福生活的眷怀。《豳风·东山》写归途中士兵对家园的深沉怀念和对家庭的强烈思念，沉痛的心情笼罩在浓郁的阴沉之中：

我徂东山，慆慆不归。我来自东，零雨其濛。

厌倦军旅之感和向往幸福之情表现得淋漓尽致，深切感人。《小雅·采薇》写归途情怀，士兵为保家卫国而英勇奋战，却无法忘怀长年征战的辛苦和离乡背井的悲苦：

昔我往矣，杨柳依依。今我来思，雨雪霏霏。
行道迟迟，载渴载饥。我心伤悲，莫知我哀。

思家的情感平实而诚恳，格外动人。于家园依恋，莫若田园生活，采摘有《周南·芣苢》、《王风·采葛》，劳作有《豳风·七月》，是中国最古老的“四时田园诗”。

厌倦战争、向往和平，可以说是《诗经》反映战争内容的主旋律。后世，如杜甫《兵车行》、高适的《燕歌行》、白居易的《新丰折臂翁》以及王安石的《明妃曲》等，皆是对以国家（百姓）名义发动的战争表示谴责，其精神皆源于《诗经》。

3. 赞扬与批评

美刺是中国文学传统，关切政治得失，于美政予以歌颂和赞扬，于失政加以批评和讥刺，《诗经》开端。尤其是刺诗主张“言之者无罪，闻之者足以戒”，又强调“主文而谲谏”“止乎礼义”。

美诗，颂祖同时表明追求良善政治的意图。如《大雅·烝民》赞美王室重臣仲山甫的赫赫政绩，《大雅·卷阿》颂君子“道德之美”。又如《小雅·鹿鸣》描述君主对臣子的体恤之情，多溢美之词，“和乐且湛。我有旨酒，以燕乐嘉宾之心”，君主谦逊礼贤。《小雅·天保》描述臣子对君子的报答之恩，多祝颂之语，“如月之恒，如日之升，如南山之寿，不骞不崩，如松柏之茂，无不尔或承！”臣子感恩戴德。

刺诗，政治诗中，“刺”者多于“美”者，以嘲讽、讥刺的手法，描述生活中落后、消极、反动的事物，具有强烈的政治性和战斗性。刘熙载《艺概》说：“《大雅》之变具忧世之怀；《小雅》之变，多忧生之意。”① 忧世，即忧国忧民；忧生，即感慨个人遭遇。如《大雅》中的《板》《荡》《抑》等具有“忧世之怀”，多表现为对周室贵族的讽喻和规劝；《小雅》中的《正月》《小弁》《巷伯》等为“忧生之意”，抒愤述伤，多表现为怨刺和批判。《诗经》讽喻怨刺诗所体现的讽喻精神，诗作所具备的精神品格和心理情感，是中国古代文化的精华，于后世具有一定的典范意义。刘勰《文心雕龙·明诗》说：“汉初四言，韦孟首唱；匡谏之义，继轨周人。”② 承继“忧国深怨”传统，屈原追求美政，坚持道德操守，有“发愤”的政治讽喻诗《离骚》；发扬“批判指刺”精神，杜甫“忧愤深广”③，有忧患深沉的诗史作品《三吏》《三别》。

4. 上帝与祖先

《大雅·文王》云：“文王陟降，在帝左右。”意味文王与天帝共处，俨然平起平坐，这正是古人在精神上所依赖的两种力量：祖先和上帝（或谓“天”）。“上帝”一词《诗经》中出现较多，应是中国特产，非西方外来“God”，一般指“天”，主宰自然发生发展的神秘力量。《诗经》中出现“天”“上帝”词眼的有：“天作高山，大王荒之”（《周颂·天作》），“皇矣上帝，临下有赫”（《周颂·我将》），“上帝监女，无贰尔心”（《大雅·大明》），“天命玄鸟，降而生商，宅殷土芒芒。古帝命武汤，正域彼四方。”（《商颂·玄鸟》）

上帝虽崇高，却很神秘，有些捉摸不定，真正崇敬的对象还是祖先。如《大雅》有一组诗《生民》《公刘》《绵》《皇矣》《大明》分别歌颂后稷、公刘、古公亶父、周文王、周武王，记录了周族从源起到王朝建立的历史，可谓

① 刘熙载：《艺概（上）》，袁津琥校注，中华书局2009年版，第219页。
② 刘勰：《文心雕龙》（上），范文澜注，人民文学出版社1958年版，第66页。
③ 安旗：《“沉郁顿挫”试解》，见《四川文学》1962年第6期，第58页。

周民族“史诗”，宣扬伟人创业事迹，以期世代相传，丰功与精神同在。《商颂》中亦有《玄鸟》《长发》等，为商民族“史诗”。上帝与祖先崇拜，即敬天法祖，启迪我们要尊重自然规律和社会规则。敬畏自然，承袭传统，应成为中华民族繁荣发展的共同文化理念。

三、《诗经》特质

中国诗歌源头虽然可以追溯到原始歌谣，但真正具有文学价值的成文的诗歌则是从《诗经》开端的。《诗经》在句式、章法和意蕴上都具备了完整的艺术特征，主要是四言句式、重章叠句和风雅比兴。

1. 四言句式

四言、五言与七言为诗歌典范句式，以四言为最先。唐代成伯玙《毛诗指说》说：“三百篇造句大抵四言，而时杂二三五六七八言。意已明不病其短，旨未畅则无嫌于长。”《诗经》四言为主，表意明了，达情流畅。四言一般两节拍，节奏感强，韵律整齐。在诗歌史上，四言与五言、七言成为诗歌句式的三座里程碑。明人吴讷认为《诗经》“词严气伟，非后人所及”（《文章辨体序说》），四言属诗经时代，与《易经》皆为四言代表作，于后世影响甚大。四言具有工整、典雅和庄重的语言效果。其一，工整。如汉赋、骈文。汉大赋，“铺采摛文”，“体物写志”，气势磅礴，语汇华丽。骈文，骈四俪六，锦心绣口，工整堂皇。如《滕王阁序》名句：“物华天宝，龙光射牛斗之墟；人杰地灵，徐孺下陈蕃之榻。”其二，典雅。如成语、校训。成语，多四字固定短语，源于典故、著作、历史，约定俗成，承续文化，典雅厚实。如“狐假虎威”“萍水相逢”“草木皆兵”等。校训，是学校师生最铭心的运动，体现学校的历史传统、文化追求和精神风貌，一般也用四字来展示。如“知行合一、经世致用”、“自强不息、厚德载物”；“允公允能，日新月异”。其三，庄重。如题词、标语。题词，端庄而厚重。皖南事变题词：“同室操戈，相煎何急！江南一叶，千古奇冤。”西湖十景题词：苏堤春晓、曲院风荷、三潭印月和断桥残雪等。标语，简约而严谨。考场标语：端正考风，严肃考纪。寺庙佛家偈语：苦海无边，回头是岸。监牢警示语：坦白从宽，抗拒从严。工程建设标语：百年大计，质量第一。

2. 重章叠句

《诗经》句式，四言为主，一般四句独立成章，其间杂有二言至八言不等。四言由两节拍组成，节奏感强，也是构成《诗经》整齐韵律的基本单位。四字句式，语言紧凑而节奏鲜明，加之重章叠句，形成回环往复，旋律舒卷徐缓。

回环往复，重叠复沓的结构形式是《诗经》最完美的章法。这主要是由于当时之诗就是歌，而歌起于民间，为口头创作，辞章复沓便于记忆歌咏和反复抒情。今天流行歌曲亦是如此。在复唱中不断使用同一个调子（结构）或是相同的句式，有时只要换一两个词语。这形成了《诗经》篇章结构和语言上的一大特色，在《诗经》305 篇中，占了一半以上，多在《国风》和《小雅》部分。结构形式的回环往复，起到强化节奏、美化情境和深化主题的审美效果，在表达上让诗歌具有音韵美、意境美和含蓄美。

音韵美：音韵和谐。《郑风 · 风雨》写风雨怀人，以“风雨凄凄（潇潇、如晦）”赋景，其中“凄凄”，是女子对风雨寒凉的感觉，“潇潇”，则从听觉显出夜雨骤急，而“如晦”，又从视觉展现眼前景象。通过复沓的结构安排，使诗在音韵上形成鲜明的节奏、和谐的韵律，唤起人们的想象和联想。如《周南 · 芣苢》三章里只换了六个动词，即“采”“有”“掇”“捋”“袺”“襭”，描述采芣苢过程。六个动词，意义相近却又有细微差别，用语精练准确，三组词既每组谐韵又暗示采摘情境，更传达了采摘心情。

意境美：意境优美。意境即诗人的心境和感受，在诗歌中呈现的那种情景交融、虚实相生、活跃着生命律动的韵味无穷的诗意空间。如《王风 · 采葛》写思念与“时”俱增，由“三月”到“三秋”再到“三岁”，层层递进，步步深入，使情愈来愈浓，意愈来愈深。如《秦风 · 蒹葭》以“蒹葭（苍苍、凄凄、采采）”色彩变化，呈现白露由“为霜”“未晞”“未已”的形态变化，蒹葭、白露之色形变化，好似诗人长时间的上下求索、徘徊追索的生命轨迹，也表现了诗人深长持久、不能自已的思慕之情。情景相生，魅力无垠。《王风 · 黍离》以稷黍成长从“稷苗”至“稷穗”到“稷实”过程叙事，与之相随的是诗人心情深化从“中心摇摇”至“如醉”到“如噎”，每章后半部分的感慨虽在形式上一样，但在情感上却是急遽加深，属痛定思痛后的长歌当哭。繁茂之景和苍凉之境，蕴含着凄怆之情和故国之思，而“黍离”一词遂成了历代文人感叹亡国的典故。

含蓄美：情感含蓄。《诗经》遣词妙致，在重章复唱中仅变化中心词语，造成动作描述的连贯、画面的流动、意境的烘托和由此带来的情感的加深，表达委婉，耐人寻味。可谓以少总多，言简意深。如《召南 · 摽有梅》写盼望求偶，只换几个在时间和数量上具有表现力的字眼，把梅子由多到少的零落过程与姑娘红颜渐老和焦急等待的心理对应起来，在这个层层深入的时间结构中更好地推进了诗情诗意的表达。《秦风 · 无衣》表现战士同仇敌忾，情属慷慨，遣词要眇，诗中“袍、泽、裳”指衣着，“戈矛、矛戟、甲兵”指兵器，“同仇、偕作、偕行”示情致，一咏三叹，爱国情怀高涨。

3. 风雅比兴

《诗经》体现着一种理想的文化精神，具有情感雅正、态度温厚和价值观明确的特征。这种文化精神源于其“风雅”和“比兴”传统，“风雅”和“比兴”是中国文化（诗歌创作和批评）的两条重要艺术原则。“风雅”，侧重于情感抒发的内容；比兴，侧重于表达的形式。这两条艺术创作和批评原则，培养了中国人的艺术审美观念，形成了中国古代诗歌既重视内容的纯正文雅，又注重形象生动感人的美学特征。

“风雅”纯正。“风雅”，在此不单单指“风雅”体裁，而是一种艺术精神，即在创作中重视题材的严肃、内容的真实和意义的高尚。《诗经》表现出的关注现实的热情、强烈的政治和道德意识、真诚积极的人生态度，被后人概括为“风雅精神”，直接影响了后世诗人的创作。汉乐府缘事而发，建安诗人慷慨发音，都是对这种精神的直接继承。所以，“风雅”强烈反对形式主义文风。风雅高尚。钟嵘在《诗品》中品曹植诗“源出《小雅》”，其“可以陶性灵，发幽思”，“洋洋乎会于风雅，使人忘其鄙近”。风雅纯正。陈子昂以“风雅不作”来批判齐梁诗的“采丽竞繁”，李白以“大雅久不作”来批判“自从建安来，绮丽不足珍”的文风。风雅严肃。杜甫以“别裁伪体亲风雅”为创作方向，元稹也称杜甫“上薄风雅”，白居易也以“风雅”为标准进行创作和批评。

“比兴”蕴藉。“比兴”，触景生情，诗作“言在此而意在彼”，要有“寄托”，元人杨载《诗法家数》将“比兴”视之为“诗学之正源，法度之准则”①。比兴包含两个方面：一方面，指借助外物以言情；另一方面，指寄托于外物之情纯真。像《离骚》“依诗取兴，引类比喻”，亦是如此。“比兴”，就是将诗人内蕴的深厚情感外化为“言有尽而意无穷”的弦外之音，用以增强诗歌的生动性和鲜明性，让诗作具有形象感染力，形成一种艺术魅力。赋比兴综合运用，如戴叔伦《三闾庙》：

> 沅湘流不尽，屈子怨何深！
> 日暮秋风起，萧萧枫树林。

戴诗含蓄蕴藉，承继《诗经》赋比兴手法，形象生动，情致真纯，诗歌极富暗示性和启发力。赋者，“沅湘流不尽”，既是叙述江流，也是记叙行程，且点题“三闾庙”，行有止，行亦有指。沅湘是湖南境内湘资沅澧中的两条江，也是屈原流放地，更是屈原沉江汨罗之所在，虽记行却此行有深意。比者，“屈子

---

① 杨载：《诗法家数》，见何文焕辑《历代诗话（上）》，中华书局1981年版，第727页。

怨何深”，以水流譬喻屈子之“怨”，“不尽”状怨之绵长，“何深”，表怨之深重，形象明朗而包孕深广，错综成文而回环婉曲。兴者，触景生情，化用屈原诗句“袅袅兮秋风”结句：“日暮秋风起，萧萧枫树林”，季节是“秋风起”、时间是“日暮”、景色是“枫树林”，外加上“萧萧”风声，以景结情，更觉幽怨不尽，情伤无限。《三闾庙》临行赋情，比兴蕴藉。思索间自有份慷慨悲凉之气，赋，叙事简练，比，设喻形象，兴，以景结情。

第二节　楚辞

一、屈原

屈原的出现，标志着中国诗歌进入了一个由集体歌唱到个人独创的新时代。

1. “三闾大夫”

屈原，战国时期楚国诗人、政治家。与楚王同姓，为楚国贵族。芈姓，屈氏，名平，字原；又自云名正则，字灵均。早年，屈原以贵族身份，任三闾大夫之职。“三闾之职，掌王族三姓，曰屈、景、昭”（王逸《离骚序》），主要负责公族子弟的管理和教育。“三闾大夫”，属宗族事务官员，行走朝野底层，接触民生，故渔父见而问之曰：“子非三闾大夫与？何故至于斯？”（《渔父》）因品德和才学优异，被楚怀王任命为左徒（仅次于令尹，相当于副宰相）。司马迁《史记·屈原贾生列传》载：

> 屈原者，名平，楚之同姓也。为楚怀王左徒。博闻强识，明于治乱，娴于辞令。入则与王图议国事，以出号令；出则接遇宾客，应对诸侯。王甚任之。

于楚国政治和外交都有所建树，为振国兴邦，实行“美政”，而“竭忠尽智，以事其君”，却“信而见疑，忠而被谤”，先后两次遭贬：一次是在楚怀王期间，离开郢都到汉北去流浪；一次是在楚顷襄王时期，被放逐江南，直至自沉汨罗。

2. “中华诗祖”

屈原是中国历史上第一位伟大的爱国诗人，中国浪漫主义文学的奠基人，被誉为“中华诗祖”“辞赋之祖”。他是“楚辞”的创立者和代表作者，开辟了“香草美人”的传统，后人称之为“诗魂”。屈原及其诗歌创作在文学史上影响甚为深广，“衣被词人，非一代也”①（《文心雕龙·辨骚》）。于旧历五月初五投江自尽，相传当地人民划着船去救他，又投下粽子去祭他，于是有了今天竞渡和吃粽子的风俗，也有了《端午》（文秀）祭：“节分端午自谁言，万古传闻为屈原。堪笑楚江空渺渺，不能洗得直臣冤。”

3. 世界四大文化名人

屈原，声名赫赫，李白说他是“屈子辞赋悬日月”，和太阳、月亮一样恒久远，差不多是宇宙级诗人。世界级诗人，屈原当之无愧。1953 年，是屈原逝世 2230 周年，世界和平理事会通过决议，确定屈原为当年纪念的世界四大文化名人之一。中国的诗人屈原、波兰的天文学家哥白尼、法国的小说家拉伯雷和英国戏剧家莎士比亚，同为世界四大文化名人。

二、屈原作品

1.《离骚》

《离骚》是屈原的代表作，也是我国古代最长的一首抒情诗。主题多端：

一是主题三说。关于《离骚》名称的含义历来众说纷纭，其中三家较鲜明。司马迁说是“离忧”，王逸说是“别愁”，游国恩说是“牢骚”，不一而足。总之，《离骚》为屈原流放时作品，全面深刻地展示了一个伟大心灵的痛苦历程。

二是三章结构。这首长诗可分为“述怀”“追求”“幻灭”三大部分，一个悲剧主人公的心灵独白贯穿始终，呈现的是诗人百折不挠的人格魅力。全诗 373 句，2490 字。自首句“帝高阳之苗裔兮”至“岂余心之可惩”，共 128 句，为第一部分；自“女嬃之婵媛兮”至“余焉能忍此终古”，共 128 句，为第二部分；自“索藑茅以筳篿兮”至“吾将从彭咸之所居”，共 117 句，为第三部分。

三是三个世界。全诗有三个“世界”——神话、往古和香草美人，各自呈现奇妙景象，使读者能够产生一种遗世超物、璀璨四射、目不暇接的审美感受。

四是三次遨游。通篇以“飞升”为基本情节，“飞升”为巫觋文化主题，如长沙马王堆帛画《引魂升天图》。描写了诗人三次升天遨游。第一次是受到女嬃劝告后，上叩“帝阍”，入云天而远征。感：“路漫漫其修远兮，吾将上下而求索。”第二次是上天“求女”的活动。叹：“世溷浊而嫉贤兮，好蔽美而称恶。”第三次是上游天界，先向灵氛问卜，后请咸巫降神，遂：“吾将远逝以自疏”。

五是三次求女。诗中写了“跨越古今”的三次求女经历。一求宓妃（传说

① 刘勰：《文心雕龙》（上），范文澜注，人民文学出版社 1958 年版，第 47 页。

中的洛水女神)，复求有戎氏之佚女（神话中吞卵而孕商的简狄），三求有虞氏之二姚（传说中夏侯少康之妃），她们都是神话传说中的奇异女性，且时序交错，足见想象之奔放。

2.《九歌》

《九歌》为祭祀神灵组歌，共11篇。祭祀对象分为天神、地祇和人鬼三类。其中天神类为《东皇太一》《云中君》《大司命》《少司命》《东君》，地祇类为《湘君》、《湘夫人》、《河伯》、《山鬼》和人鬼类《国殇》，另有《礼魂》为祭祀终曲。《九歌》为祭祀乐歌，其中“东皇太一”是天之尊神，“云中君”和“东君”为云雨之神和日神，“大司命”和“少司命”是总管人类寿夭和分管儿童子嗣的生命之神；“湘君”和“湘夫人”是一对湘江水神，“山鬼”和“河伯”是山川河流之神；“国殇”是战神。

《九歌》文辞雅丽，写景抒情细致入微。《湘夫人》绘境：“袅袅兮秋风，洞庭波兮木叶下”，情景交融；《少司命》写喜聚伤别：“悲莫悲兮生别离，乐莫乐兮新相知”，言情极致，被誉为“千古情语之祖”① （王世贞《艺苑卮言》）；《国殇》礼赞：“诚既勇兮又以武，终刚强兮不可凌。身既死兮神以灵，子魂魄兮为鬼雄!”英勇献身，誓死不屈。

3.《九章》

《九章》为组诗，共9首诗歌。包括《惜诵》《涉江》《哀郢》《抽思》《怀沙》《思美人》《惜往昔》《橘颂》和《悲回风》。其中，各篇因并非出于诗人一时一地所作，故内容、风格也不一律。都属于摹物纪实、感怀伤情之作。刘勰在《文心雕龙·辨骚》中评价屈原作品，应是针对《九章》而言：“故其叙情怨，则郁伊而易感；述离居，则怆快而难怀；论山水，则循声而得貌；言节候，则披文而见时。”② 记情事景时，皆有感而发。

三、楚辞特质

1.“兮”字助语势

《诗经》四言短语，重章叠句。屈原楚辞则为长句，并大量使用“兮”字语吻词，“兮”字助语势，成为楚辞体最明显的标志。《诗经》中虽也有“兮”字，但使用的频率没有楚辞作品高。楚辞广泛地使用“兮”字，有多种位置和意义。

---

① 王世贞:《艺苑卮言》，陆洁栋，周明初批注，凤凰出版社2009年版，第31页。

② 刘勰:《文心雕龙》（上），范文澜注，人民文学出版社1958年版，第47页。

"兮"字位置不同。有的置于每一句的中间，如《九歌》；有的置于上下句的中间，如《离骚》和《九章》主要篇章；有的置于下句末，如《橘颂》。"兮"字既起着表情作用，又起着调整节奏的功能。"兮"字意义有别，有着句读、节奏、代替虚词的作用。

2. 想象丰富

选取神话故事。神话的撷取和运用，是《离骚》的显著特征，也是其浪漫主义精神的重要来源。这与屈原生活的楚地有密切关系，楚人"信巫鬼，重淫祀"（班固《汉书·地理志》），巫风盛行，信奉神灵，《离骚》从大量的神话传说中汲取丰富形象，通过想象将他们组织一起，构成了生动的情节和唯美的画面。传说地方，任意驰骋，如县圃、扶桑、崦嵫、咸池、天津、不周，遨游周天；神话人物，伴其左右，如羲和（日神）、望舒（月神）、飞廉（风伯）、丰隆（雷师），如影随形；龙凤风云，灵犀有通，如凤鸟、飞龙、飘风、云霓，自由驱使。想象之大胆，构思之奇特，幻想之丰富，古今罕有。整首《离骚》色彩纷披，光怪陆离，"东一句，西一句，天上一句，地下一句"①（刘熙载《艺概》），花草树木，天地神灵，无奇不有。

运用丰富想象。《离骚》的想象世界，既鲜艳又深沉，且蕴含着情感的缤纷。想象丰富。诗人在这个美好世界中，似乎被一切极致的事物与情感所簇拥着：美人香草、百亩芝兰，秋兰为佩、芙蓉为裳，朝饮坠露、夕餐落英，望舒飞廉、毒水流沙……原始的活力、狂放的意绪、无羁的想象，在诗中活跃着生命的激情。如服饰，"制芰荷以为衣兮，集芙蓉以为裳"，"扈江离与辟芷兮，纫秋兰以为佩"；餐饮，"朝饮木兰之坠露兮，夕餐秋菊之落英"；前瞻，"前望舒使先驱兮，后飞廉使奔属"；回望，"吾令羲和弭节兮，望崦嵫而勿迫"。想象奇特。诗人将生动形象且只有在神话传说中出现的浪漫想象，展示世人，无意中又附带自身气质与品格，让神话想象与诗人形象融合成有机整体，具有一种浪漫想象与理性精神的完美融合，开创了中国抒情诗光辉起点和高端典范。

营造浪漫诗风。《离骚》诗幻文丽，形成了一种浪漫诗风。鲁迅高度评价《离骚》，其《汉文学史纲要》说："逸响伟辞，卓绝一世。……较之于《诗》，则其言甚长，其思甚幻，其文甚丽，其旨甚明，凭心而论，不遵矩度。"② 用长、幻、丽、明来凝练概括《离骚》的艺术特质，长者，篇幅宏伟，幻者，想象奇瑰，丽者，文辞绚丽，明者，主题鲜明。

---

① 刘熙载：《艺概（上）》，袁津琥校注，中华书局 2009 年版，第 418 页。

② 鲁迅：《汉文学史纲要》，人民文学出版社 1973 年版，第 20 页。

3. “香草美人”传统

《诗经》比兴较单纯且静止，而《离骚》比兴则表现得复杂而丰富，具有更强的艺术表现力。东汉王逸《楚辞章句·离骚序》说：“《离骚》之文，依《诗》取兴，引类譬喻。故善鸟、香草以配忠贞，恶禽、臭物以比谗佞；灵修、美人以媲于君，宓妃、佚女以譬贤臣；虬龙、鸾凤以托君子，飘风、云霓以为小人。”《离骚》中的比兴，不只是以具体的事物比具体的事物，而且以具体的事物比抽象的事物，内涵变得丰富复杂，诸如思想、品格、志行以及用贤、为政、遵法等概念行为，都可通过饮食、服饰、鸟虫、车马等日常事物来表现，让人感觉亲切，易于接受。且一系列的比兴，相互联缀，形成一个系统，构成一种整体的艺术境界。诗人以香草美人为喻，构成了一种具有象征意义的诗的意象，表现了复杂现实生活中的矛盾，也抒发着诗人内心丰富的思想感情。“香草美人”的寓意手法已超越《诗经》的“比兴之义”，不是简单地以彼物比此物，或触物以起兴，而是将物与我、情与景糅合与交融，将物的某些特质与人的思想感情、人格理想结合，通过联想和想象融为一体，寓情于物，见物知人，构成一种象征体，增强诗歌艺术魅力。《离骚》寓情得体，却喻义深刻。以美人香草喻品美志洁：“惟美人之零落兮，恐美人之迟暮”，“纷吾既有此内美兮，又重之以修能。扈江离与辟芷兮，纫秋兰以为佩。”以男女之情喻君子之义：“初既与余成言兮，后悔遁而有他。”“众女嫉余之蛾眉兮，谣诼谓余以善淫。”“香草美人”系统，屈原开端，从具体的表现手法上升为中国古典诗歌的一种艺术传统。

第三节　风骚魅力

风骚并举，文学双璧，光耀千秋，泽被万代。《诗经》和楚辞的产生地分别是北方的黄河流域和南方的长江流域。文化发展不同，在宗教源流上，一属儒家，一属道家，在图腾崇拜上，一为龙，一为凤，在始祖上，一为黄帝，一为炎帝。文化特质也不同，风属开放性特征，为集体作品，骚属锁闭型特征，为个人作品。风、骚是中国诗歌史上现实主义和浪漫主义两大优良传统的源头。

一、现实主义

恩格斯在《致玛·哈克奈斯》信中说：“现实主义的意思是，除细节的真实外，还要再现典型环境中的典型人物。”① 即把人物置身于一个政治、社会、经济的具体的总体现实中刻画，才能达到“充分的现实主义”的高度。

现实主义文学，在我国诗歌领域萌芽极早，如相传黄帝时期《弹歌》就是猎歌，真实反映了原始渔猎时代的劳动生活。我国现实主义诗歌的第一座里程碑是《诗经》，“男女有所怨恨，相从而歌。饥者歌其食，劳者歌其事”（《春秋公羊传·何休注》），真实、广泛、深刻地记录了当时社会生活的各个角度，诚是“风雅比兴外，未尝著空文。”（白居易《读张籍古乐府》）第二座里程碑是汉乐府民歌，“感于哀乐，缘事而发”，与《诗经》一脉相承，直接叙写社会现实，是反映汉代生活的一面镜子；曹魏时代，“建安风骨”流行，描叙时事，倾吐怀抱，直面现实，“雅好慷慨”②（《文心雕龙·时序》）。中唐乐府，是我国现实主义诗歌创作的第三座里程碑。杜甫以《三吏》《三别》等“诗史”作品，“实录”唐王朝由盛转衰的社会实况，“沉郁”感鲜明。“新乐府运动”倡导“惟歌生民病”，成为第一次有理论、有实践的现实主义诗歌运动。自宋以降，现实主义诗歌大纛不扬，偶有声响，难为巨章。

细节真实、形象典型和描写客观是现实主义作品的主要特征。

1. 细节真实

要有真实的细节描写，用历史的、具体的人生图画来反映社会生活。现实主义作品是以形象的现实性和具体性来感染人的，因此能使读者观众如入其境。绝句于琐事间、细节处和灵动时刻画细腻。日常琐事见真情。留客，有张旭《山中留客》和戎昱《移家别湖上亭》；寄信，有张籍《秋思》和岑参《逢入京使》；当镜临窗，有李白《秋浦歌》和袁枚《推窗》。细致入微显真趣。如见其人，有杜牧《秋夕》和元稹《行宫》；如闻其声，有孟浩然《春晓》和刘长卿《逢雪宿芙蓉山主人》；如睹其物，有杜甫《江畔独步寻花绝句·其六》和王安石《南浦》；如临其境，有高鼎《村居》、胡令能《小儿垂钓》、叶绍翁《夜书所见》和杨万里《稚子弄冰》。刹那间经意流真知。寻常事物感新陈，有刘禹锡《乌衣巷》和杜牧《赤壁》；特殊现象知兴衰，有韩翃《寒食》和李约《观祈雨》；繁华风流最悲辛，有杜牧《泊秦淮》和韦庄《台城》。

2. 形象典型

典型形象，能“真实地再现典型环境中的人物”。通过典型的方法，对现实的生活素材进行选择、提炼、概括，从而深刻地揭示生活的某些本质特征。绝

---

① 《马克思恩格斯选集》（第4卷），人民出版社2009年版，第462页。

② 刘勰：《文心雕龙》（下），范文澜注，人民文学出版社1958年版，第674页。

句中“闺女”（宫女）形象鲜明，有卧者、坐者、立者和望者，姿态不一，情致各异。卧者，独卧无奈，有杜牧《秋夕》；坐者，闲坐孤寂，有元稹《行宫》；立者，凝立如痴，有刘禹锡《和乐天春词》；望者，颙望似呆，有王昌龄《闺怨》。

3. 描写客观

除了“细节真实”，还要“如实地再现”。作者要通过对现实生活的客观，具体的描写，从作品的场面和情节中自然地体现出作者的思想倾向和爱憎感情，而不要作者自己或借人物之口特别地说出来。如实不易。苏轼与王安石有首合诗：昨夜西风过园林，吹落黄花满地金。秋花不比春花落，说与诗人仔细吟。前两句为王安石所写，后两句为苏轼所续。苏轼本是讥笑王安石不晓菊花是不落瓣，不料遭贬黄州赏菊才恍然大悟，菊有落瓣与不落瓣之分，感叹王安石的见多识广与生活的真实。如实有意。陆游写《读书》：归老宁无五亩园，读书本意在元元。灯前目力虽非昔，犹课蝇头二万言。读书细节真实，叙述客观，孤灯下老眼昏花看蝇头小字，生活习惯，真实再现，语虽平淡，平中见奇。

二、浪漫主义

浪漫主义是法国大革命催生的社会思潮的产物，倡导“自由、平等、博爱”，强调独立和自由，主张个性解放。浪漫主义成为热烈追求理想世界的文艺创作思潮，其特色是想象瑰丽、手法夸张和热情奔放。文学上，诗人华兹华斯和拜伦、雪莱、济慈等强调创作的绝对自由，抒发热情。美术上，像籍里柯的《梅杜萨之筏》、德拉克洛瓦的《自由领导人民》，画面色彩热烈，笔触奔放，富有运动感。音乐上，莫扎特、海顿和贝多芬被誉为三大“浪漫作曲家”，李斯特和瓦格纳曲作崇拜自由、灵性与魅力。

浪漫主义在反映客观现实上侧重从主观内心世界出发，抒发对理想世界的热烈追求，常用热情奔放的语言、瑰丽的想象和夸张的手法来塑造形象。所以，波德莱尔对浪漫主义有个定义：“既不是随兴的取材，也不是强调完全的精确，而是位于两者的中间点，随着感觉而走。”中国文学，浪漫主义自屈原开端，一代一代下传，汇成文学潮流。汉代，贾谊承继屈“骚”；魏晋，左思笔力矫健，情调高亢，有“左思风力”。盛唐，李白“哀怨起骚人”，“笔落惊风雨，诗成泣鬼神”，“诗仙”气质；中唐，李贺“天纵奇才”（高棅），“诗鬼”奇崛幽峭。两宋，“苏辛”名为豪放派，实为“浪漫派”。明末，陈子龙、夏完淳遭国破家亡，承继“骚”韵，奏爱国强音。诗歌发展，浪漫主义首当其冲，其间抒情主人公突出，象征艺术鲜明，想象丰富。

1. 抒情主人公

具有崇高的人格。诗中主人公一般形象伟岸。或自命不凡，如屈原，或自托神灵，如李白，或自名后裔，如李贺。追求自身至真至纯的人格。为此，不惜一切代价，坚持信念，忠于理想。同时，也是清高孤傲者，只能遗世而独立。

具有强烈的情感。“发愤以抒情”（屈原《惜诵》），个性独特，情感激烈，所以叙述则真情坦露，吟咏则率性任情，赞美则热情洋溢，批判则激昂慷慨。具有爱美的心灵。“纷吾既有此内美兮，有重之以修能”（屈原《离骚》），追求美善。

2. 象征艺术

黑格尔指出：“象征在本质上是双关的或模棱两可的。”① 借助于某一具体事物的外在特征，寄寓作者某种深邃的思想，或表达某种富有特殊意义的事情。象征使作品意蕴深刻和比类含蓄。意蕴深刻。如红色象征喜庆、白色象征哀悼，喜鹊象征吉祥、乌鸦象征厄运，鸽子象征和平、鸳鸯象征爱情，松柏象征崇高品德、蜂蚕象征奉献精神等。比类含蓄。象征可使抽象的概念具体化、形象化，可使复杂深刻的事理浅显化、单一化，还可以延伸描写的内蕴、创造一种艺术意境，以引起人们的联想，增强作品的表现力和艺术效果。

3. 想象

想象是诗歌的翅膀。想象一词，别林斯基谓“形象思维”，是文学创作中的作者所必备且高端的精神活动，属一种与逻辑思维相对的感性思维。诗歌，想象是灵魂，必不可少，巴舍拉尔说：“单词及其柔韧的变化能帮助我们很好地想象”②，“人们只有通过幻想才能传递某些特别的比喻”③。想象孕诗。中国诗学，崇尚“神思”（刘勰）与“妙悟”（严羽），想象与情思相交织，精神与物象相融合。神思者，“精骛八极，心游万仞”（陆机），“思接千载”“视通万里”（刘勰），精神活跃，驰骋想象，“观古今于须臾，抚四海于一瞬”（陆机），可谓“神与物游”（刘勰）。妙悟者，“禅道唯在妙悟，诗道亦在妙悟”，只有“悟”才是“当行”“本色”。所谓“妙悟”，即心领神会，它将形象思维与知识积累、理性思维加以区别，从文学角度看，就是一种艺术直觉或一种直觉的心理机制，亦谓“神秘主义主观直觉”。诗离不开想象。毛泽东《致陈毅信》说：“诗要用形象思维，不能如散文那样直说，所以比兴两法是不能不用的。”

---

① 黑格尔：《美学》（第二卷），朱光潜译，商务印书馆 1996 年版，第 12 页。

② 转引自达维德·方丹著，陈静译：《诗学：文学形式通论》，天津人民出版社 2003 年版，第 80 页。

③ 同上，第 77 页。

第三章

乐府采风——诗歌嬗变时期

这是诗歌的嬗变时期。

鲁迅《魏晋风度及文章与药及酒之关系》讲道："曹丕的一个时代，可说是文学的自觉时代，或如近代的话，是为艺术而艺术（Art for Art´s Sake）的一派。"① 演讲提及三个话题：文学主张、文学发展和文学命题。文学主张："为艺术而艺术"。这是一种审美文学，主张"文以气为主"（曹丕），即文学为艺术，文学的个人色彩十分鲜明，讲求诗歌艺术的倾向开始明显；是相对于两汉文学"厚人伦，美教化"的功利色彩而言的，文学为人生，文学的社会色彩较浓。文学发展：文学的自觉时代。魏晋是一个动乱的年代，也是一个思想活跃的时代。人的觉醒和文的自觉，蕴含着一种理性的发现，是一种历史前进的脚步，文人在世界观、人生观和文学观有了较清醒的认识，开始思考自身生存和人生意义。文学命题：魏晋风度。魏晋风度，虽说的是魏晋名士的率直任诞、清俊通脱的行为风格和生活方式，但实则也是一种文学审美态势。魏晋风度，与风骚传统、盛唐气象、南渡词风等，成为经典文学命题。

乐府采风。魏晋，人文觉醒。文的自觉（形式）和人的主题（内容）同是魏晋的产物，文学及其形式本身，文学的价值和地位大不同于两汉。认为文学的真正价值有意义且能传之久远以至不朽，文学可以表达他们个人的思想、情感、精神、品格等，从而刻意为文，"为艺术而艺术"，确认诗文具有自身的价值意义，不再附庸政治，风骨俊朗，风格特立，风流传世。采风，风骨、风格、风流是谓也。"风骨"主要是说汉魏诗，包括乐府诗和建安诗，以俊朗健毅为特征；"风格"主要说齐梁诗，包括永明体和宫体诗，"艳""丽"风格显著；"风流"主要说陶谢诗，包括陶渊明和谢灵运，田园山水，清新自然肇始。

---

① 鲁迅：《鲁迅全集》（第3卷），人民文学出版社2005年版，第538页。

第一节 汉魏诗——风骨

一、乐府诗歌

乐府，“乐”指音乐，“府”指官府，汉承秦制，设立管理音乐的机关——乐府。乐府机关职能有二：一是组织文人创作歌诗以供朝廷之用，二是广泛收集民间歌谣。《汉书·艺文志》载：“自孝武立乐府而采歌谣，于是有代赵之讴、秦楚之风，皆感于哀乐，缘事而发，亦可以观风俗、知薄厚云。”“乐府”一词有时便由音乐机关变成了一种诗体名称。乐府机关有明文记载，主要职能是“采歌谣”，歌谣的内容、特点和目的非常明确。一是歌谣内容，为“代赵之讴”和“秦楚之风”，南方和北方，地域广阔，民歌和国风，体裁和题材广泛。二是歌谣特点，为“感于哀乐，缘事而发”，表现生活主题，表达生命纯情，传达心声，与那些空洞或无趣的诗歌有异。三是歌谣目的，明确为“观风俗、知薄厚”，就是从中了解政事的得失，考察人民的情绪，以便于更好地统治。

1. 汉乐府民歌

汉乐府民歌，承继孔子“兴观群怨”功用，沿袭《诗大序》“诗言志”情调，“感于哀乐，缘事而发”，诗人情怀紧贴社会生活，有一定思想指向。主要有以下四类诗歌。

一是民困与征戍。反映百姓日常悲惨生活，如《病妇行》《孤儿行》和《东门行》。《病妇行》状病妇弥留之际托孤，家庭悲剧，惨不忍睹，催人泪下；《孤儿行》描写孤儿生活凄苦，苦不堪言；《东门行》表现无法忍受生活之贫寒，贫民意欲反抗。反对战争和徭役，最具影响的是《战城南》和《十五从军行》。《战城南》借战死者诉说战争的灾难，“战城南，死北郭，野死不葬乌可食”；《十五从军行》以生还者诉说战争之苦，“十五从军行，八十始得归”。

二是爱情与婚姻。这是诗歌主要主题，《诗经》如此，汉乐府亦然。吟咏爱情，表现爱的执着与痛苦，如《江南》和《上邪》；感叹婚姻，展现婚姻的幸福和悲剧，如《陌上桑》和《孔雀东南飞》。爱情恋歌欢快，有《江南》：

> 江南可采莲。
>
> 莲叶何田田！鱼戏莲叶间。
>
> 鱼戏莲叶东，鱼戏莲叶西，鱼戏莲叶南，鱼戏莲叶北。

江南物阜，采莲劳隙，鱼戏喻女，爱意绵密。专咏鱼，其实鱼就是采莲女的象征，言鱼在莲叶间东西南北游动，是说采莲女在莲丛穿梭，不言女却言鱼，含蓄，没有说采莲女欢快心情，直描鱼戏频繁（总分结合，虚实相生），将繁忙轻快的采莲以紧凑明快的音节体现出来，曲折。爱情誓言炽烈，有《上邪》：

> 上邪！我欲与君相知，长命无绝衰。
> 山无陵，江水为竭，冬雷震震，夏雨雪，天地合。
> 乃敢与君绝！

爱情忠贞，山盟海誓。没有具言所爱，奔放而果决的抒情是因为爱的炽热。假设五种自然异象为绝情条件，大胆、热烈、坚贞，意味爱的坚守。其感染力直接启迪敦煌曲子词《菩萨蛮》（枕前发尽千般愿），演绎成流行歌曲《千年等一回》，“雷峰塔倒情未了，西湖水干恨已迟。”

婚姻面临考验，有《陌上桑》。“使君一何愚！使君自有妇，罗敷自有夫。”拒绝诱惑，义正词严，维护婚姻，机智美丽。婚姻遭遇变故，有《孔雀东南飞》。全诗353句，1765字，被誉为“长篇之圣”①（王世贞《艺苑卮言》），是我国文学史上第一部长篇叙事诗，与北朝的《木兰诗》并称“乐府双璧”。该诗开创了叙事诗先河，堪为典范。有完整生动的故事情节，有性格鲜明的人物形象，主人公刘兰芝、焦仲卿及焦母和兰芝之兄，有典型的叙事手法，如排比、比喻等。

三是忧生嗟叹与长生企慕。人的生与死总是现实的，忧生嗟叹和长生企慕并存，关注生命和期待生活一体。汉乐府中，忧生最切的是丧歌《薤露》《蒿里》。《薤露》以薤上露比兴，露水干而复始，人死不能复生；《蒿里》以蒿里坟地起兴，感鬼伯催命。忧生企长生，长生而求仙，有游仙诗等。

汉乐府承继《诗经》传统，因时代而形成自身风格，于其后的诗人及诗歌发展都产生了深刻的影响。“感于哀乐，缘事而发”的创作精神，一直有人拟作。或沿用乐府旧题，如《战城南》《将进酒》《临高台》等，内容与题目相一致。或创用乐府古题，用旧题或原题之事，但改变原题的内容，像建安诗人曹操等，用乐府旧题写时事，如《蒿里行》《薤里行》。或创制新题乐府，像杜甫“即事名篇，无复依傍”，如《丽人行》；像白居易“新乐府”，如《新丰折臂翁》《卖炭翁》等。汉乐府的音乐性和现实性很强，指引着中国诗歌发展，有着明显的引导功能和效法特征。汉乐府于诗歌发展贡献，采风所在为“批判”风

---

① 王世贞：《艺苑卮言》，陆洁栋，周明初批注，凤凰出版社2009年版，第30页。

骨，如下：

第一，批判风骨。汉乐府是继《诗经》后又一现实主义诗歌创作高峰，其创作目的上是“观风俗、知厚薄”，具浓厚的批判现实主义风骨，与国风写实一脉相承。汉乐府的现实性特征比较强，反映社会生活现实，表达真实感情。

第二，五言定格。源于汉代乐府，受六朝民歌影响，五言定格于乐府，辉煌在唐代绝句。“杂言”和“五言”是汉乐府民歌的主要句式，“杂言”于自由奔放的“歌行体”影响较大，“五言”确是最初由汉乐府开先河并定格，形成了一种惯常的诗歌表达句式。五言与四言、七言一并成为诗歌三大经典诗体。五言具有鲜明的以少总多、因小见大和以简驭繁特质。五言有古体、律诗和绝句之别。五言古体简称五古，表达自由。汉魏以来诗歌最基本格式，唐后仍流行。五古多重视“古调”的风味，语意较顺畅，词汇较朴素，表达较自由。五律，表达精致。梁代已成型，唐人只是在格律上进行改进。律诗一般修辞精巧，讲究新奇表达，通过语言的“陌生化”来追求警醒的效果。追求形式完美：句式上，四联八句，首尾不对仗，中二对仗；音韵上，偶数句押韵，奇数句不押韵，一句中平仄交错，两句间平仄相对。也讲究内容合理：结构上，首颔颈尾；模式上，起承转合；主题上，情景交融；意境上，辞尽意余。诗歌体制上形成一种有规则又有变化的音乐旋律。五绝，表达蕴藉。源于南朝乐府短歌，为古诗最短小诗体。五绝篇幅短小，却言短意长。优秀五绝，应字面清浅，意境完整而余味深长。如元稹《古行宫》，诗中呈现的是一个“闲坐”画面，虽是一个生活事件或人生境遇，却暗涵着历史变换和人世沧桑；刘长卿《逢雪宿芙蓉山主人》，诗绘雪夜旅途，既是生活记录，更是人生象征，风雪中谁为“夜归人”？

第三，叙议结合。叙事性与抒情性结合，其艺术精神鲜明，“感于哀乐，缘事而发”，八字明题，有叙有议。“缘事而发”，汉乐府奠定了中国古代叙事诗的基础。叙事诗完全在汉乐府民歌基础上发展形成，所以，叙事诗在分类上一般都归属于乐府体。且多以“歌”“行”为名，如名篇《长歌行》《短歌行》，又如白居易的《长歌行》《琵琶行》。“感于哀乐”，汉乐府民歌是中国诗歌史上一次情感表现的解放。情感强烈，不吐不快，却又深含一份沉重与浓郁，像李白《战城南》、杜甫《兵车行》，就是对汉乐府民歌的模仿。沈德潜评价杜甫《三吏》《三别》说：“诸咏身所见闻事，运以古乐府神理。”（《唐诗别裁集》卷二）“神理”即诗歌精神，杜诗完全承继了乐府诗的现实主义精神。

2.《古诗十九首》

《古诗十九首》，刘勰称其为“五言之冠冕”①，足见影响深远，属经典之作。也有人称其为“风余”和“诗母”（陆时雍《诗镜》总论），足见在五言诗发展史上的关键性地位。这一组诗代表了汉代文人五言诗的最高成就，同时标志着汉代文人五言诗发展的新阶段。诗作作者不详，作于何时待考，但作为汉代五言诗的代表作，在诗歌题材内容、语言风格和表现技巧等方面，对后世诗歌都产生了深刻的影响。明代谢榛称此组诗：“格古调高，句平意远”②。

古诗诗歌内容深钟长情。即谢榛所谓“格古调高”，古诗内容不纯粹是个人生活体验和情感洗礼，而是表现着社会中相当一部分人的共同心理。叶嘉莹先生认为《古诗十九首》所写的感情基本上有三类：离别的感情、失意的感情、忧虑人生无常的感情。她归结这三类感情都是人生最基本的感情，或者也可以叫作人类感情的“基型”或“共相”③。

一是别意古诗。游子苦行旅，人生多别离。《行行重行行》感叹：“与君生别离”，化用《楚辞·少司命》诗句“悲莫被兮生别离”，感知别后再聚之难，不言“悲”而“悲”情自盈其间；《孟冬寒气至》寄信：“上言长相思，下言久离别”，凄然独处，别离后的孤寂之感随“寒气”油然盈室；《涉江采芙蓉》自诉：“还顾望旧乡，长路漫浩浩”，回望故乡长路漫漫，思念已成伤。

二是失意古诗。生活之事，如意者十之一二，不如意者十之八九，调和即为诗。诗，诗意盎然，从正向而观谓适意，于负向而视谓失意。人生有太多的失意，过于在意会迷失理智，无法领略生命的真谛。有追求的幻灭和沉沦，“何不策高足，先据要路津”（《今日良宴会》），坚持足矣；有情感的迷失和怅惘，“思君令人老，轩车来何迟”（《冉冉孤竹生》），执着足矣；有知音稀少之憾，“不惜歌者苦，但伤知音稀”（《西北有高楼》）；有独立无望之凄，“客行虽云乐，不如早旋归。”（《明月何皎皎》）

三是虞意古诗。生命之虞，人无远虑必有近忧。所以，对人生有着许多思考，尤其是生命本身。天地逆旅，人生苦短：“人生天地间，忽如远行客”（《青青陵上柏》）感叹时逝，珍惜光阴：“百川东到海，何时复西归！少壮不努力，老大徒伤悲。”（《长歌行》）提醒避嫌，人世艰难：“君子防未然，不处嫌疑间。瓜田不纳履，李下不整冠。”（《君子行》）劝世行乐，生命可贵：“生

① 刘勰：《文心雕龙》（上），范文澜注，人民文学出版社 1958 年版，第 66 页。

② 谢榛：《四溟诗话》，宛平校点，人民文学出版社 1961 年版，第 99 页。

③ 叶嘉莹：《叶嘉莹说诗讲稿》，中华书局 2015 年版，第 94 页。

年不满百，常怀千岁忧。昼短苦夜长，何不秉烛游。”（《西门行》）

古诗诗歌形式锤炼语意。即谢榛所谓“句平意远”，语言浅近却不浅薄，通俗而不庸俗，浅浅寄言，深深道款，用意曲尽而造语新警，从而形成深衷浅貌的语言风格。语短情长。古诗语言朴素自然，却又高度洗练而富于概括力，如《庭中有奇树》八句短章，“攀条折其荣，将以遗所思”，折花寄远，化用《楚辞·山鬼》“折芳馨兮遗所思”句意，演绎思妇折花、欲寄，怀袖香浓、路远莫寄，结以“但感别经时”，一波三折，一往情深，可谓“语短情长”，极尽诗性浓缩之能事，具有非常醇厚的审美韵味。

语丽味真。《古诗十九首》语言精练简约，且效仿《诗经》，多用叠字。如《青青河畔草》：

> 青青河畔草，郁郁园中柳。盈盈楼上女，皎皎当窗牖。
> 娥娥红粉妆，纤纤出素手。昔为倡家女，今为荡子妇。
> 荡子行不归，空床难独守。

连用六叠词，状物精妙，抒情真挚。“青青”状草浓，“郁郁”状柳盛，这既是春日景物，也是思妇情思媒介，“青青”重色调，“郁郁”显意态。“盈盈”“皎皎”“娥娥”“纤纤”绘妇美，“盈盈”“皎皎”写美人风姿，“盈盈”在体态，“皎皎”在风采，绰约而显真，“娥娥”“纤纤”写容色，“娥娥”在整体感知，“纤纤”在细部刻画，由朦胧而清晰。六叠字无一不精，由外围而中心，由整体而局部，由隐而显，音调和谐，节奏鲜明，生动传神。又如《迢迢牵牛星》：

> 迢迢牵牛星，皎皎河汉女。纤纤擢素手，札札弄机杼。
> 终日不成章，泣涕零如雨。河汉清且浅，相去复几许。
> 盈盈一水间，脉脉不得语。

亦用六叠词，巧妙浑成，质朴清丽，意蕴深沉。

叠词状物尽貌，拟声赋情，重复涵义。刘勰《文心雕龙·物色》说：“诗人感物，联类不穷。流连万象之际，沉吟视听之区，写气图貌，既随物以宛转，属采附声，亦与心而徘徊。故‘灼灼’状桃花之鲜，‘依依’尽杨柳之貌，‘杲杲’为日出之容，‘瀌瀌’拟雨雪之状，‘喈喈’逐黄鸟之声，‘喓喓’学草虫之韵。……并以少总多，情貌无遗矣，虽复思千载，将何易夺。”① 刘勰强调叠词在“写气图貌”方面的作用，叠词可使音调流美，句式整齐。叠词开山者属

---

① 刘勰：《文心雕龙》（下），范文澜注，人民文学出版社 1958 年版，第 693 页。

《诗经》。《诗经》大量篇章成功运用了叠词。如《诗经·采薇》有："昔我往矣，杨柳依依；今我来思，雨雪霏霏。"以"依依"摹写出征时杨柳枝条迎风摇曳，以"霏霏"形容归来时大雪纷纷扬扬景致，声调谐美，意象优雅。《古诗十九首》紧随其后。《青青河畔草》《迢迢牵牛星》《行行重行行》皆为名篇。叠词感物，唐诗中亦有许多优美诗句，如"年年岁岁花相似，岁岁年年人不同"（刘希夷）、"无边落木萧萧下，不尽长江滚滚来"（杜甫）、"定定住天涯，依依向物华"（李商隐）等，叠音精粹，绘状精妙。叠词最高妙者为李清照《声声慢》开篇："寻寻觅觅，冷冷清清，凄凄惨惨戚戚。"十四字七组三层，孤独寂寞，悲郁情致由浅入深、由外及里、由淡渐浓。叠词最精妙者为寒山的《杳杳寒山道》："杳杳寒山道，落落冷涧滨。啾啾常有鸟，寂寂更无人。淅淅风吹面，纷纷雪积身。朝朝不见日，岁岁不知春。"八组叠词，各具形状，复而不厌，赜而不乱，和谐连贯，一气盘旋。总体而言，叠词分三类：谐音、摹状和涵义。谐音。逼肖地模拟自然声音，给人以形象感，如闻其声、如临其境。摹状。通过叠词来摹状，使事物的形状或面貌得以更生动，给人以逼真感。涵义。叠词形成，有时表达某种特殊的意义，以期营造反复或强调的语调。

《古诗十九首》为五言杰作，全部是抒情诗，具有高度的艺术成就。钟嵘在《诗品》中称赞："文温以丽，意悲而远，惊心动魄，可谓几乎一字千金。"① 刘勰在《文心雕龙·明诗》篇中亦赞赏："结体散文，直而不野；婉转附物，怊怅切情，实五言之冠冕也。"② "古诗"于诗歌发展贡献，采风所在为"遇挫"风骨，如下：

第一，遇挫风骨。书写生活中遭遇挫折的真实感受，"敢于直面惨淡的人生"。生活，挫折也许就是转折，"面向大海，春暖花开"。

第二，五言精品。"古诗"深深根植《诗》《骚》传统，在主题和艺术上做时代的典型发言，五言体式，言短却意长，语平而韵深。由《诗经》的四言到乐府的五言，虽是一字之差，表现功用不一样。钟嵘说："夫四言文约意广，取效风骚，便可多得。每苦文繁而意少，故世罕习焉。五言居文词之要，是众作之有滋味者也。"③ 由四言向五言过渡，二二整齐节奏变化成二三或三二节奏，不同诗体，表现和抒情的功能是有区别的，五言简练而灵活，在此定型，为唐代绝句奠基。

---

① 钟嵘：《诗品》，见何文焕辑《历代诗话》，中华书局 1981 年版，第 6 页。

② 刘勰：《文心雕龙》（上），范文澜注，人民文学出版社 1958 年版，第 66 页。

③ 钟嵘：《诗品》，见何文焕辑《历代诗话》，中华书局 1981 年版，第 3 页。

第三，诗意阐发。与其说诗人是天生的，倒不如说生活本来就是诗意的。只不过，诗意者，有适意和失意两端。“古诗”格调情韵基本相似，大体是托游子思妇之口吻，书写离愁别恨之黯然、困顿失态之悲哀和人生无常之感慨，皆为失意之人，抒失意之情。

3. 南北朝乐府民歌

一是南朝乐府民歌。主要集中在《清商曲辞》，以“吴歌”“西曲”为主，多为情歌，以五言四句为主。如《子夜歌》：

始欲识郎时，两心望如一。理丝入残机，何悟不成匹。

又如《西洲曲》：

采莲南塘秋，莲花过人头。低头弄莲子，莲子青如水。

写恋情中的情态和心态，以“丝”双关“思”，以布匹之“匹”双关匹配之“匹”，以“莲”双关“怜”，以水之“青”双关人之“情”，巧妙自然，符合江南民歌活泼自然、含蓄婉约风格。

谐音双关，属文字游戏，纯是诗人自然流露与意识技巧的结合。陈望道说：“双关是用了一个语词，同时关顾着两种不同事物的修辞方式。”① 双关在诗歌中一般有语义双关和内外两重表现形式。

语义双关。歇后语双关，语义双联。对联双关，语义双端。歌谣双关，语蕴含蓄。如《读曲歌》：“思欢久，不爱独枝莲，只惜同心藕。”“莲”与“怜”、“藕”与“偶”双关。《子夜歌》：“雾露隐芙蓉，见莲不分明。”“芙蓉”与“夫容”、“莲”与“怜”双关。《华山畿》：“别后常相思，顿书千丈阙，题碑无罢时。”“题碑”与“啼悲”双关。双关可使语言表达得含蓄、幽默，而且能加深语意，给人以深刻印象。绝句，常运用这一方法。双关诉情，刘禹锡有《竹枝词二首 · 其一》：

杨柳青青江水平，闻郎岸上踏歌声。
东边日出西边雨，道是无晴还有晴。

“晴”表面上是说晴雨的“晴”，暗中却又是在说情感的“情”，一语相关。双关写怨，温庭筠有《杨柳枝》：

井底点灯深烛伊，共郎长行莫围棋。
玲珑骰子安红豆，入骨相思知不知。

---

① 陈望道：《修辞学发凡》，上海教育出版社 1976 年版，第 96 页。

“烛”者，当读作“嘱”，叮咛也；游戏之一的“长行”（双陆）应读作游子的“长行”；“围棋”者，违期也；“入骨相思”，既是指嵌入骰子的红豆（相思子），也是指女子的一片痴情。“莫违期”是“深嘱”的内容，为后面“入骨相思”铺垫，相思之怨刻画得淋漓尽致。

内外两重。绝句赋写事物，有时具内外两重意，即是一种较常见又行之有效的艺术手段。朱庆余《闺意献张水部》是典型的例子：

洞房昨夜停红烛，待晓堂前拜舅姑。
妆罢低声问夫婿，画眉深浅入时无？

诗中新妇的话语声吻真切细腻，显出她的娇羞神态和忐忑不安心理。从“闺意”角度看，诗的意境风流蕴藉又不失矜庄之致，饶有生活情味，已是优美动人之作。但此诗还有深一层意蕴。诗题一作《近试上张水部》，原来是诗人朱庆余在科举考试前，向张籍探问自己的作品是否会赢得主考官的赏识，因此他以新妇自比，以新郎比张籍，以公婆比主考，借此诗含蓄表达他的不安与期待。这就使诗的意境具有弦外之音。

二是北朝乐府民歌。主要集中在《鼓角横吹曲》，多为军乐。《敕勒歌》和《木兰辞》是北朝乐府中艺术成就最高的代表作。如《敕勒歌》：

敕勒川，阴山下。天似穹庐，笼盖四野。
天苍苍，野茫茫，风吹草低见牛羊。

诗虽不长，但写景极富表现力。“天似穹庐”，比喻恰如，妙语天成，“天苍苍，野茫茫，风吹草低见牛羊”，动静结合，状草原空旷之美。“风吹草低见牛羊”，七言已兴，诗意万端，含蓄无垠。诗歌蕴涵丰富，在内容上，属欢快牧歌，语词上，是质朴语言，情感上，显豪放性格，意境上，展宽广胸襟，艺术上，有奇妙想象。

《木兰辞》写木兰替父从军故事，叙事完整，属古代叙事诗中佳作，与《孔雀东南飞》并称“乐府双璧”。诗歌有着浓郁的民歌风味，语言鲜明，胡应麟说：“五言之赡，极于《焦仲卿妻》；杂言之赡，极于《木兰》。”① 语言非常有特色，遣词造句经过整理和加工。有浅近口语，“问女何所思，问女何所忆？女亦无所思，女亦无所忆。”问答自如，明白通俗，表达整齐。有排比反复，写“市鞍马”：“东市买骏马，西市买鞍鞯，南市买辔头，北市买长鞭”，排比有力；写从军行：“旦辞爷娘去，暮宿黄河边，不闻爷娘唤女声，但闻黄河流水鸣

① 胡应麟：《诗薮》，上海古籍出版社 1958 年版，第 3 页。

溅溅。旦辞爷娘去，暮至黑山头，不闻爷娘唤女声，但闻燕山胡骑鸣啾啾"，反复达意。有精工属词，"万里赴戎机，关山度若飞。朔气传金柝，寒光照铁衣"，锤炼词句，既有顺承语势，也有对仗语调。语言表意形式不一，有详写，如出征准备"市鞍马"，叙述详尽；有略写，如"将军百战死，壮士十年归"，剪裁匠心；有对写，如"雄兔脚扑朔，雌兔眼迷离"，互文对写。

互文，是诗歌中一种特殊的修辞手法。有时出于字数的约束、格律的限制或表达的需要，必须用简洁的文字，含蓄而凝练的语句来表达丰富的内容。于是把两个事物在上下文只出现一个而省略另一个，即所谓"两物各举一边而省文"，以收到言简意繁的效果，这是其在结构上的特点。理解这种互文时，必须把上下文保留的词语结合起来，使之互相补充互相呼应彼此映衬才能现出其原意，故习惯上称之为"互文见义"。如"迢迢牵牛星，皎皎河汉女"（《古诗十九首》），其上句省去了"皎皎"，下句省去了"迢迢"。即"迢迢"不仅指牵牛星，亦指河汉女；"皎皎"不仅指河汉女，亦指牵牛星。"迢迢"与"皎皎"互补见义。《木兰辞》中"雄兔脚扑朔，雌兔眼迷离"是互文名句，简约为成语"扑朔迷离"。互文名句如："秦时明月汉时关""烟笼寒水月笼沙""桃花历乱李花香"等。

南北朝乐府民歌在内容、风格上差异较大，南朝乐府以男女情爱为主，情调柔婉清丽；北朝民歌体现游牧民族习俗，格调粗犷雄强。正如《乐府诗集》所说："艳曲兴于南朝，胡音生于北俗。"南北朝乐府民歌于诗歌发展贡献，采风所在为"真纯"风骨，如下：

第一，真纯风骨。无论是《西洲曲》，还是《敕勒歌》，又或是《木兰诗》，虽南北有异，情调不一，皆是纯真之情流露，却又"刚健清新"，韵随意转，声逐情移，自然朴实，浑然一体。

第二，七言发端。《木兰辞》的长篇体例以及七言句式，对于唐代七言歌行的发展起到了示范性推动作用。

第三，艳词影响。《西洲曲》缠绵悱恻，也属"艳曲"，"艳曲兴于南朝，胡音生于北俗"，"艳曲"皆为谈情说爱内容，于梁陈"宫体诗"泛滥在客观上起了推动作用，像唐五代，描写男女艳情小词（花间词），在意境、语言方面也受南朝民歌的影响。

二、建安风骨

"建安"是东汉献帝刘协年号，从公元196至220年。建安诗人代表有"三曹""七子"和"一蔡"。"三曹"为曹操、曹丕、曹植；"七子"为孔融、陈琳、王粲、徐干、阮瑀、应玚和刘桢；“一蔡”为蔡琰（文姬）。创作上，以“慷慨以任气，磊落以使才”①（刘勰《文心雕龙·明诗》）为特征，诗歌特质为慷慨悲凉，逢乱世写悲情，有着丰富充实的社会内容、慷慨悲凉的入世情怀和明朗刚健的语言风格。建安诗歌为中国五言诗、七言诗的发展奠定了一个坚实的基础。曹操有《短歌行》：

对酒当歌，人生几何！譬如朝露，去日苦多。
慨当以慷，忧思难忘。何以解忧？唯有杜康。
青青子衿，悠悠我心。但为君故，沉吟至今。
呦呦鹿鸣，食野之苹。我有嘉宾，鼓瑟吹笙。
明明如月，何时可掇？忧从中来，不可断绝。
越陌度阡，枉用相存。契阔谈讌，心念旧恩。
月明星稀，乌鹊南飞。绕树三匝，何枝可依？
山不厌高，海不厌深。周公吐哺，天下归心。

“幽燕老将，气韵沉雄”（敖陶孙《诗评》），以沉稳顿挫的笔调抒写诗人求贤如渴的思想感情和统一天下的雄心壮志。整首诗初读似不甚连贯，再读感辞断而意属，情感悲凉慷慨。“何以解忧，唯有杜康”，在世事无常中坚定生命理想和热切衷肠，给人以一份昂扬，又不失淡淡感伤，与李白“举杯浇愁愁更愁”异曲同工，在生活意义上一样有着慰藉和振兴的心理疗效。还有《观沧海》：

东临碣石，以观沧海。水何澹澹，山岛竦峙。
树木丛生，百草丰茂。秋风萧瑟，洪波涌起。
日月之行，若出其中；星汉灿烂，若出其里。
幸甚至哉，歌以咏志。

这可以说是我国现存的第一首完整的山水诗。“日月之行，若出其中；星汉灿烂，若出其里”，唯有胸怀宽广之人，才能绘如此壮阔之景，诗人即大海，景语皆情语。虽为四言式微，却是英雄壮志。

曹丕有《燕歌行》：

秋风萧瑟天气凉，草木摇落露为霜，群燕辞归雁南翔。
念君客游思断肠，慊慊思归恋故乡，君何淹留寄他方？

---

① 刘勰：《文心雕龙》（上），范文澜注，人民文学出版社 1958 年版，第 66 页。

贱妾茕茕守空房，忧来思君不敢忘，不觉泪下沾衣裳。

援琴鸣弦发清商，短歌微吟不能长。

明月皎皎照我床，星汉西流夜未央。

牵牛织女遥相望，尔独何辜限河梁。

这是今存最早的一首完整的七言诗。此诗仿柏梁体，句句用韵，于平线的节奏中见摇曳之态。王夫之称此诗："倾情、倾度、倾色、倾声，古今无两。"①虽是溢美之词，但此诗实为叠韵歌行之祖，对后世七言歌行的创作有很大影响。曹植有《七哀诗》：

明月照高楼，流光正徘徊。上有愁思妇，悲叹有余哀。

借问叹者谁？言是宕子妻。君行逾十年，孤妾常独栖。

君若清路尘，妾若浊水泥。浮沉各异势，会合何时谐？

愿为西南风，长逝入君怀。君怀良不开，贱妾当何依？

诗歌以思妇哀怨着笔，暗寓自己遭遇，诗情与寓意浑然相融，意旨含蓄，音韵和谐晓畅，情感哀伤凄婉。

第二节 齐梁诗——风格

齐梁诗，亦称"齐梁体"，是对南朝齐、梁时期的诗歌称谓。风格迥异，追求声律，开创诗歌语言领域的先河。内容上，主要描绘"月露之形""风云之状"，题材狭窄；形式上，"竞一韵之奇，争一字之巧"，追求音律精细，对偶工整，辞藻巧艳。对诗歌形式的创造，特别是对诗歌韵律的发现是齐梁诗人的一大贡献。主要表现在"永明体"和"宫体诗"上，风格领先时代潮流。

一、"永明体"——"丽"

永明体，即南朝齐武帝萧赜时期所形成的诗体，亦称新体诗。《南齐书·陆厥传》载："永明末，盛为文章。吴兴沈约、陈郡谢朓、琅琊王融以气类相推毂，汝南周颙善识声韵。约等文皆用宫商，以平上去入为四声，以此制韵，不可增减，世呼为'永明体'。"这种诗体要求严格执行四声八病之说，强调声韵格律，对近体诗的形成有重大影响。他们将四声的讲究从文字学引向文学，"欲

① 王夫之：《古诗评选》，李中华，李利民校点，上海古籍出版社 2011 年版，第 18 页。

使宫商相变，低昂互节，若前有浮声，则后须切响。一简之内，音韵尽殊；两句之中，轻重悉异。”（《宋书·谢灵运传论》）

“永明体”作诗倡导声律论，讲究“四声八病”，风格以“丽”，追求语言形式雅丽。“四声”，谓平上去入。永明声律论确立了平上去入四声概念，却还未明确四声二元（即平仄）规则。这是一种人为的音律，从自然音律转向人为音律，对于汉语诗律学的发展有着极深远的历史意义。“八病”，谓平头、上尾、蜂腰、鹤膝、大韵、小韵、旁钮、正钮，为声律上要避免的问题。“八病”通过音韵用字的禁忌来达到一种声律形式上的阅读或听觉效果。声律论包含两个维度，一个正面的、肯定的，即“四声”；一个反面的、否定的，即“八病”。“永明体”最大贡献在于人为地、有意识地对诗歌语言的声律进行规范，为近体诗的最终形成奠定了丰富的语言基础。陆时雍《诗镜》评价“永明体”说：“诗至于宋，古之终而律之始也。”①

“永明体”诗歌篇幅普遍不长，音节和婉流畅，词句清丽。谢朓是“永明体”最杰出的诗人。如名作《晚登三山还望京邑》：

灞涘望长安，河阳视京县。白日丽飞甍，参差皆可见。
余霞散成绮，澄江静如练。喧鸟覆春洲，杂英满芳甸。
去矣方滞淫，怀哉罢欢宴。佳期怅何许，泪下如流霰。
有情知望乡，谁能鬒不变？

诗作佳句妙致，语言秀丽，情景交融，含蓄温婉。其中“余霞散成绮，澄江静如练”为千古传诵名句，遣词精妙，修辞精当。残余的晚霞铺展开来就像彩锦，澄清的江水平静得如同白练。景致悦目，情调怡人。在遣词上，精细合理。前句“余”“散”搭配：因霞“散”才显残“余”；后句“澄”“静”协调：因江“澄”才现态“静”；选词的精当揭示了事物之间内在的因果关系。在修辞上，对比生动，比喻形象。色彩相对：绮红练白，红白相衬，对比鲜明；动静相对：霞动江静，动静相谐，对比协调。比喻得当：霞如绮，江似练，水天辉映，空明澄澈。描摹山水，剪裁有力，情韵自然，诗风清丽，标志着山水诗在艺术上的成熟，对后代诗人有很大的影响。所以，李白每逢胜景，常“恨不能携谢朓惊人诗句来”（《云仙杂记》），赏景晚霞张口即吟：“解道澄江静如练，令人长忆谢玄晖。”（《金陵城西楼月下吟》）

谢朓还有一些小诗，五言四句，清新秀丽，含蓄婉致，在形制上和风格上

---

① 陆时雍：《诗镜》，任文京，赵东岚点校，河北大学出版社 2010 年版，总论第 5 页。

直启唐代的五言绝句。如《玉阶怨》：

夕殿下珠帘，流萤飞复息。长夜缝罗衣，思君此何极。

又如《王孙游》：

绿草蔓如丝，杂树红英发。无论君不归，君归芳已歇。

这些小诗精致秀丽，确是“圆美流转如弹丸”（《南史·王筠传》），李白极为推崇。谢朓存诗200余首，多描写自然景物，间亦直抒怀抱，诗风清新秀丽，圆美流转，善于发端，时有佳句；又平仄协调，对偶工整，开启唐代律绝之先河。严羽说：“谢朓之诗，已有全篇似唐人者。”①

二、“宫体诗”——“艳”

宫体诗，主要是南朝梁简文帝萧纲时期的诗歌。风格以“艳”，内容以艳情为主。《梁书·简文帝纪》记载：“（萧纲）雅号题诗，其序云：‘余七岁有诗癖，长而不倦。’然伤于轻艳，当时号曰宫体。”诗歌创作注重辞藻、对仗和声律，但题材只在咏物、宴游和艳情，有无病呻吟之嫌。闻一多评说：“我们该记得从梁简文帝当太子到唐太宗晏驾中间一段时期，正是谢朓已死、陈子昂未生之间一段时期。这其间没有出过一个第一流的诗人。那是一个以声律的发明与批评的勃兴为人所推重，但论到诗的本身，则为人所诟病的时期。”②（《宫体诗的自赎》）

从文学史发展来看，宫体诗的形成源于刘宋时期的鲍照、惠休等，后经“永明体”而扩大，多写咏物诗和艳情诗，至梁武帝萧衍主张文学作品既要“丽”又要“雅”，同时强调“丽”的形式美要求，文辞日趋华丽，文学形式技巧不断发展。至萧纲，诗歌观念有所发展，倡导两点：一是提倡新变，二是强调诗歌的独立性。强调诗歌形式美的同时却忽略了诗歌内容的充实，题材仅为吟咏身边事物、描写女性体态，遂成宫体。代表诗人有萧纲、“徐庾”父子（徐摛及徐陵、庾肩吾及庾信）。

于宫体诗，可作内容和形式两面观。从内容上来看，描写范围较狭窄，多为咏物和描写女性。咏物多咏身边细物，以铺排辞藻典故为主；女性题材多描写女子的外貌、情色、体态等。如萧纲《咏内人昼眠》：

北窗聊就枕，南檐日未斜。攀钩落绮障，插捩举琵琶。

---

① 严羽：《沧浪诗话》（下），见何文焕辑《历代诗话》，中华书局1981年版，第696页。

② 闻一多：《唐诗杂论诗与批评》，生活·读书·新知三联书店1999年版，第12页。

梦笑开娇靥，眠鬟压落花。簟文生玉腕，香汗浸红纱。
夫婿恒相伴，莫误是倡家。

诗绘妇憩，香艳又美丽，严谨而有趣。整首诗结构严谨。首二句叙事，不用对仗，节奏舒缓；末二句抒情，也不用对仗，意味深长；中间六句恣意描写，全用对仗，意态圆足，整饬绵密，是全诗的主体。主体与首尾相连，结构完满而有章法，表达精致有技巧。诗作主体描摹细致。多角度描写，有静态描写：梦中笑靥、鬟边落花，有动态描写：攀钩、插捩、举琵琶，有色彩调配：云鬟、落花、玉腕、红纱，有色香融合：红纱、香汗，纯然活色生香的睡美图。此类诗，主要以男性品鉴眼光来描绘女性，“情色”在却无动人情愫，缺乏民歌中那种率直、大胆、热烈的情韵。萧纲亦有境界深远之作，如《夜望单飞雁》：

天霜河白夜星稀，一雁声嘶何处归？
早知半路应相失，不如从来本单飞。

以单飞雁起兴写丧偶人，构思新颖而意味深长，所谓眼前景、口头语而有象外之致，实开唐人七绝之先风。

宫体诗在内容和格调上是有明显缺陷的，题材狭窄，格调不高，尤以艳情为甚。但也应看到，在我国古代文学史上，宫体诗第一次大规模地描写女性的容貌、体态等外在美，像萧纲本人论文也有重情的倾向，这些是宫体诗对诗歌传统的突破和创新。

从形式上看，宫体诗进一步发展了自“永明体”以来对诗歌音韵和对偶的重视，对偶精工，语言华美。如徐陵《新亭送别应令诗》：

凤吹临伊水，时驾出河梁。野燎村田黑，江秋岸荻黄。
隔城闻上鼓，回舟隐去樯。神襟爱远别，流睇极清漳。

诗歌结构严谨，叙事、写景和抒情顺承而下，自然妥帖。语言精练，“野燎村田黑，江秋岸荻黄”，对仗工整，空间相形，景致相生，色调相对；音韵和谐，句中平仄相间，句间平仄相应；表达精致，绘景远近结合，视觉感知，二三结构合理，落脚字生意。结构、音韵、表达、意境，有律诗之范。

齐梁诗风，风格异端，领一时风气，有创新一面，也有不良一面。创新者优，精雕文字为诗，诗欲“丽”；不良者劣，堆砌辞藻为诗，诗则“腻”。陆时雍《诗镜》总论说：“诗丽于宋，艳于齐。物有天艳，精神色泽，溢自气表。……浮薄之艳，枯槁之素，君子所弗取也。”①“丽”“艳”为齐梁诗总体特征，华丽的外表却难以展示实质的精神，故而空虚无力，缺乏内在张力，“艳”属浅薄，“素”为枯槁，实非诗歌动力源泉。事实上，艳丽风格追求在某时却导致了诗歌创作中的无病呻吟和堆砌辞藻的病态。

第三节　陶谢诗——风流

“陶谢风流到百家”（元好问《自题中州集后五首》），陶谢诗热衷自然，自成一派，于自然的审美，是诗歌内涵的深化，不再是对生活及环境的朴素的感受，而是由自然的兴味引发诗的生成。诗是感性的，是语言的艺术，兴味感发所在为自然之两端：一为田园，一为山水，这两者有待于诗人的独特体验和创造，亦即诗人风流才质所致。陶渊明，田园守拙，诗作平淡自然，“冲澹深粹，出于自然”（杨时《龟山先生语录》）；谢灵运，山水徜徉，诗作清新明丽，如“初发芙蓉”（钟嵘《诗品》）。田园山水有别，诗性才情无异，“陶谢”诗作，以自然清新面目示人，令人耳目一新。所以，清代宋大樽《茗香诗论》说：“渊明田园诗之佳，佳于其人之有高趣也。使渊明游山赋诗，不知又当何如？至宋之诗人，无逾康乐者，遂与陶并称，幸矣。”沈德潜比较陶谢诗，认为陶诗“在真在厚”，谢诗“在新在俊”。

一、陶渊明——“采菊东篱下”

陶渊明（365？——427)，字元亮，一名潜，字渊明，自号五柳先生，世号“靖节先生”，浔阳柴桑（今江西九江）人。钟嵘谓其为“隐逸诗人之宗”（《诗品》），清代陈沆称其是“田舍之翁，闲适之祖”（《诗比兴笺》）。陶渊明，是一名怪诞的醉汉、一个自足的农夫、一介固执的隐士和一位经典的读者。诗风以平淡自然为主，元好问《论诗绝句三十首·其四》点评曰：“一语天然万古新，豪华落尽见真淳。南窗白日羲皇上，未害渊明是晋人。”“天然”“新”和“真淳”是陶诗特质。

陶诗艺术特质为：自然平淡。诗作内容主要为：田园风光。所谓自然平淡，在平常事、明白话和自然情。平常事，如“狗吠深巷中，鸡鸣桑树颠”（《归园田居·其一》），“种豆南山下，草盛豆苗稀”（《归园田居·其三》）；“采菊东

---

① 陆时雍：《诗镜》，任文京，赵东岚点校，河北大学出版社 2010 年版，总论第 5 页。

篱下，悠然见南山”（《饮酒》），田园家事。明白话，写田园生活的日常景致和生活，语言明白质朴，如写田园宁静：“户庭无尘杂，虚室有余闲”（《归园田居》），如写劳作愉悦：“衣沾不足惜，但使愿无违”（《归园田居》），又如“此中有真意，欲辨已忘言。”（《饮酒》）其白话版可为：说得好有道理，我竟无言以对！自然情，朱熹说：“陶渊明诗平淡，出于自然。”①（《朱子语类》卷一百四十）可谓公论。描绘田园风光，抒发情感，如一道清泉自胸中流出。

陶诗妙处在于，自然中显淳厚，平淡中见邈远。诗写平淡的田园风光和农村生活，反映的是归隐后恬淡的心境与情趣。这种田园诗的艺术魅力，与其说在于它是田园生活的真实写照，不如说在于其中寄托了陶渊明的人生理想。田园被陶渊明用诗的构造手段高度纯化、美化了，变成了痛苦世界中的一座精神避难所。徜徉其间，有淡然自宁的田园风光，亦有安然自力的农事劳作，还有怡然自足的农家愉悦，更有悠然自得的田园情韵。

一是淡然自宁的田园风光。如《归园田居》其一：

> 少无适俗韵，性本爱丘山。误落尘网中，一去三十年。
> 羁鸟恋旧林，池鱼思故渊。开荒南野际，守拙归园田。
> 方宅十余亩，草屋八九间。榆柳荫后檐，桃李罗堂前。
> 暧暧远人村，依依墟里烟。狗吠深巷中，鸡鸣桑树巅。
> 户庭无尘杂，虚室有余闲。久在樊笼里，复得返自然。

“暧暧远人村，依依墟里烟”，视线转向远处，使整个画面显出悠邈、虚淡、静穆、平和的韵味。“暧暧”“依依”状景生动，似一副淡墨画，恬美、宁静跃然纸上，田园之景、乡村之乐，浑朴自然。唐代王维甚爱此联句，在《辋川闲居赠裴秀才迪》中化用此句曰“渡头余落日，墟里上孤烟”，深谙陶诗三昧。

二是安然自力的农事劳作。这种农业劳作的实际意义，在于它体现了陶渊明的一种信念。自耕自食，是理想的社会生活方式和个人生活方式。体力劳动的艰苦和由此带来的心理上的宁静乃至安乐。同类诗中意境最美的，当数《归园田居》其三：

> 种豆南山下，草盛豆苗稀。晨兴理荒秽，带月荷锄归。
> 道狭草木长，夕露沾我衣。衣沾不足惜，但使愿无违。

“晨兴理荒秽，带月荷锄归”，早出晚归，不辞辛劳，劳动态度认真勤恳，农事劳作安然自力。这种安然自力的农事劳作，除了“种豆南山下”的惬意之

---

① 朱熹：《朱子语类》，（宋）黎靖德编，王星贤点校，中华书局1986年版，第3324页。

外，还有一种对鄙弃仕途、逃禄归耕生活的自解自叹、聊以自慰的情愫。

三是怡然自足的农家愉悦。如《癸卯岁始春怀古田舍二首》：

> 先师有遗训，忧道不忧贫。瞻望邈难逮，转欲志长勤。
> 秉耒欢时务，解颜劝农人。平畴交远风，良苗亦怀新。
> 虽未量岁功，即事多所欣。耕种有时息，行者无问津。
> 日入相与归，壶浆劳近邻。长吟掩柴门，聊为陇亩民。

“平畴交远风，良苗亦怀新”，平坦的田野上荡漾着从远处飘来的和风，可爱的种苗正在孕育新芽，生意盎然，令人怡然自乐，惬意万分。

四是悠然自得的田园情韵。如《饮酒》之五：

> 结庐在人境，而无车马喧。问君何能尔，心远地自偏。
> 采菊东篱下，悠然见南山。山气日夕佳，飞鸟相与还。
> 此中有真意，欲辨已忘言。

通篇无一字写酒，然醉意盎然，何谓也？“心远地自偏”一句显然，“心远”“地偏”，是自我抽开自然世界的关节点。只有在“远”与“偏”的状态下才能彻底完成对自然世界的“悬置”，也只有在此状态下，才能完成对世界的怀疑和纯粹地直观，观察自身的存在以及世界的存在。“心远”的旨归为探求“真意”，正如尼采的观念一样，要能使“心远”达到“真意”，只有通过梦与醉。晋人也深谙此理，故晋代王蕴说“酒正使人人自远”，晋代王荟也说“酒正引人著胜地”。陶渊明也是此中高手，饮酒而醉，醉自心远。“心远”所达到和能达到的效果，就是朱光潜先生所谓的“静穆”，佛家谓之“空灵”，在美学意义上称它为“静照”。静照，苏轼曰：“静故了群山，空故纳万境。”静照，究其实质意义上是追求一种精神的淡泊，精神的淡泊方称得上“素心人”，才能“心远”，才能做到心灵内部的距离化，才能“采菊东篱下”之际“悠然见南山”，方可“山气日夕佳”之时观“飞鸟相与还”（这里“相与”一词可理解为与我一起）。观篱侧菊香梦南山，览山岚暮霭思飞鸟，知觉上的直观性、时间上的同时性、空间上的距离化，使知觉与现象臻于妙合无垠，一切皆为“心远”之功。“心远”乃饮酒之力，“心远”乃真意之底。

陶渊明是超越了他的时代的，身后很长时间都不以诗文著称。历经唐、五代之后，直至北宋，陶渊明在诗史上才上升到应有的地位。陶渊明诗风的被接受程度和影响力，显示了他恒久的艺术魅力。陶渊明是中国文学史上，继屈原之后，在魏晋南北朝时期一位有着重要成就和影响力的诗人。许多诗人深受其影响，仅以唐代诗人为例，沈德潜《说诗晬语》说：“陶诗胸次浩然，其中有一段渊深朴茂不可到处。唐人祖述者，王右丞有其清腴，孟山人有其闲远，储太祝有其朴实，韦左司有其冲和，柳仪曹有其峻洁，皆学焉而得其性之所近。”①

二、谢灵运——“山水含清晖”

谢灵运（385——433），祖籍陈郡阳夏（今河南太康）人，出身于东晋最显赫的世族家庭，年轻时即袭封康乐公，故世称谢康乐。其诗与颜延之齐名，并称“颜谢”，是第一位全力创作山水诗的诗人。沈德潜《说诗晬语》说：“诗至于宋，性情渐隐，声色大开，诗运一转关也。”② 谢灵运是南朝诗风转变的开启者。谢灵运同时代的汤惠休认为：“谢诗如芙蓉出水”，钟嵘品鉴其诗为“初发芙蓉”（《诗品》），足见谢诗清新感十足。如名篇《登池上楼》：

潜虬媚幽姿，飞鸿响远音。薄霄愧云浮，栖川怍渊沉。
进德智所拙，退耕力不任。徇禄反穷海，卧疴对空林。
衾枕昧节候，褰开暂窥临。倾耳聆波澜，举目眺岖嵚。
初景革绪风，新阳改故阴。池塘生春草，园柳变鸣禽。
祁祁伤豳歌，萋萋感楚吟。索居易永久，离群难处心。
持操岂独古，无闷征在今。

谢诗重章法。全诗三章，衔接紧密。前八句为第一章，叙情与状境，写失意与不满；中八句为第二章，绘景，写登楼所见满目春色；后六句为第三章，感怀抒情，寓典示意慨，借景抒情。三段式“情景情”转化，自然浑成，抒情含蓄，绘景精致，情景交融，虚实相生。

谢诗重情。在山水诗中充分表现自己的情感，在表达上虽属“玄言”结尾，却也呈现出谢诗“山水+玄言”的固定模式。其间情理中说理成分较大，如《登池上楼》结尾：“持操岂独古，无闷征在今”，如《过白岸亭》结尾：“荣悴迭去来，穷通成休戚。未若长疏散，万事恒抱朴”，如《石壁精舍还湖中作》结尾：“虑澹物自轻，意惬理无违。寄言摄生客，试用此道推”，情理与景致力图一致，贴己与切人努力相似，虽是玄言说理有点“添足”之嫌，却也情致真切，能引起读者共鸣。谢灵运山水诗遥承了建安文学的精神，以自身的创作实绩令诗歌重新回归了抒情言志的传统，在山水徜徉间，抒发诗人情致，情致有若下几端：作为仕途（生活）的失意者，诗中倾诉了“与世不相遇”的悲愤之情；

---

① 沈德潜：《说诗晬语》，王宏林笺注，人民文学出版社 2013 年版，第 166 页。
② 沈德潜：《说诗晬语》，王宏林笺注，人民文学出版社 2013 年版，第 128 页。

作为山水的游玩者，诗作中流露了“山水含清晖”赏爱之情；作为行旅的孤独者，其诗中抒发了寻求同道的思友之情；作为求道的思想者，其诗中表达了悟道后的欣喜之情。

谢诗重“雕琢”。追觅佳句。“池塘生春草，园柳变鸣禽”为千古名句，时人有追求佳句的风气，以反复雕琢、精于刻画取胜。两句诗表现了诗人敏锐的感觉，以及郁闷心情在春的节律中发生的振荡。诗句自然生动而富有韵味，毫无雕琢之痕迹。谢灵运自己也曾说过：竟日觅句不就，在寤寐间忽然写成，似有神助，并非人力。总之是一语天然，美妙难寻。宋代吴可赞曰：“春草池塘一句子，惊天动地至今传。”元好问亦有“池塘春草谢家春，万古千秋五字新”的赞誉。谢灵运是第一个全力刻画山水的诗人，又是一个全力雕琢诗句的大家。化用名句。“祁祁伤豳歌，萋萋感楚吟”，写景寓情。“豳歌”源于《诗经·豳风·七月》，有“采蘩祁祁”绘春句；“楚吟”源于《楚辞·招隐士》，有“春草生兮萋萋”绘草句。“豳歌”为“伤”，“楚吟”是“感”，感伤情调不言而喻，寓情于景。锤炼成句。“索居易永久，离群难处心”，有对仗有反复有互文，注重语言的锤炼和修饰，着意刻画索居离群感。

谢灵运的山水诗，开创了中国山水文学的新境界。他在既往文学作品写景经验的积累之上，创造性地将多重艺术表现手法运用在山水诗的创作中。在他的山水诗中充满新鲜感甚至是陌生感的、或幽深或明丽的景观，为读者呈现出如同实景而又超越实景的诗化的“自然”。同时，由于谢灵运的山水诗以“言志”为旨归，因而，自然山水又是他抒发情感的载体，总是蕴含着作者主观的情绪。由此，形成了谢灵运山水诗独特的自然、人文韵味。谢诗语言富丽精工而近自然，追求细致入微的描摹景物，这对后世诗人诗歌语言及写景技巧都有示范作用。谢灵运的山水诗追求骈偶对仗，这一特点一方面直接影响了稍后的齐梁文学，促进永明体的出现，另一方面又间接推动了近体诗的出现，为初盛唐山水诗走向律化起了应有的作用。他的山水诗创作在写景模式与形式技巧方面都影响着初盛唐诗人的诗歌创作。谢诗三段式结构和明暗双线结构为初盛唐诗歌的发展搭建了较高的平台，最终山水诗在唐代达到高度的繁荣，出现盛唐山水田园诗派。

第四节 诗性主义和形式主义

魏晋采风，风为风骨、风格和风流。汉魏诗风，风骨俊朗。建安诗，风骨刚健，反映现实、批判现实；古诗十九首，风骨爽朗，述说离别、感喟失意；南北朝乐府民歌，风骨清俊，抒发真情、吟咏真性。齐梁诗风，风格独具。风格即style，诗歌生态应自然纯美，然骈体与宫体盛行，导致形式主义与色情主义泛滥，堆砌词藻和无病呻吟，生态遭破坏。陶谢诗风，风流标新。“一样风流吾最爱，六朝人物晚唐诗”（大沼枕山），陶渊明醉心田园，平淡自然，谢灵运热衷山水，清新明丽，田园山水，自然纯粹，纯然唯美，陶谢诗风流自然，自为一格。

魏晋采风，风向两端：一是诗性主义；一是形式主义。

一、诗性主义

诗性主义，是中国诗歌和中国文学的审美系统。诗歌中有一种“诗性”特质存在，与之存一种近乎本能的血脉联系，诗歌的生命始终都扎根在中国诗性文化的肥沃土壤中。亦如亚里士多德在《诗学》中宣称一样：“诗是一种比历史更高级的东西”。① 诗性主义，在诗歌中，有其自身独特价值与意义。

鲁迅说，魏晋是“文学的自觉时代”，“这时代的文学的确有点异彩”。魏晋南北朝文学在文学性质、文学创作和文学审美等都有着创新作为，尤其在诗歌方面有着浓郁的唯美主义倾向。首先，诗体特征有唯美倾向。文学性质引起诗人关注，诗歌的文学性质很唯美。《典论·论文》说：“诗赋欲丽。”肯定了诗赋必须具有美感，要形式特征明显，同时也解放了诗赋附庸政治。《文赋》说：“诗缘情而绮靡。”诗要朝着抒情化、形式化方向发展，“缘情”被看作突破儒家“诗言志”传统，“绮靡”高扬了诗歌艺术价值，是诗学革命，是文学自觉。无论“丽”与“绮靡”，都是对诗歌自身体式的追求和完善，是一种文学发展和进步。其次，追求美的创造。当诗歌注重表现个人心灵的感受与向往后，美的创造就自然而成。魏晋南北朝文学，普遍将追求“新变”作为一种风气。诗风新变。陶渊明创立了田园诗，谢灵运完成了从玄言诗到山水诗的转变，永明体追求声律谐美，宫体诗着意女性美，都是尝试着追求新的美的创造。诗

---

① 亚里士多德：《诗学》，罗念生译，人民文学出版社1962年版，第29页。

体新变。五言古体，在汉代逐渐成熟，经建安诗人（尤其是曹植）和阮籍等人的创作，又有新发展，表现手段更丰富。七言古诗，自柏梁体赋言，至曹丕《燕歌行》趋于成熟，后又有杂言和齐言演化。五言绝句，源于南北朝民歌中的五言短诗，经改造、修饰，锤炼而成。七律和七绝，此时也有雏形。最后，文学审美化。诗具思意，思意诗性。诗人自我意识加强，重视个体价值，展现了诗人更深层次的心理活动，并将读者引入一个更高层次的思考。陶渊明的田园诗、谢灵运的山水诗、阮籍的《咏怀诗》，歌颂了在个体生命与自然的和谐中追求解脱，追求"适己""快意"的生活。

二、形式主义

形式主义，指在艺术、文学、哲学上，对形式而非内容的看重。文学上，尤以诗歌为例，形式主义的具体表现为无病呻吟和堆砌辞藻，这都会产生一种浮夸、不笃实的诗风，于诗歌自身发展有害无益。如宫体诗，专门吟咏女性，为吟咏而作诗，不免导致无病呻吟；永明体专务对偶、声律、隶事和藻饰，不免导致堆砌辞藻。形式主义的祸端无穷，得时刻提防。1942 年，毛泽东延安整风时，指出形式主义"实在是一种最低级、最幼稚、最庸俗的方法"。1992 年，邓小平南方谈话，也明确指出："形式主义这个祸害，非克服不可。"2013 年，习近平抓作风建设，反"四风"：形式主义、官僚主义、享乐主义和奢靡之风。形式主义位居首位。文学上，齐梁诗与八股文为形式主义极致，为一代诗风与文风之害，最终难以为继，无有名家佳作产生。

第四章

唐诗咀华——诗歌繁荣时期

这是诗歌的繁荣时期。

唐诗兴盛的缘由。唐诗是中国古典诗歌的高峰。唐诗的兴盛与文学自身和社会发展密切相关。首先是文学发展，这是内因。王国维《宋元戏曲史》说："凡一代有一代之文学，楚之骚、汉之赋、六代之骈语、唐之诗、宋之词、元之曲，皆所谓一代之文学，而后世莫能继焉者也。"① 唐诗，一代文学，与汉赋、宋词、元曲皆为中国文学精华，承前启后，唐诗为最，古典诗歌成熟，于是"诗词曲赋"排行流行。其次是社会发展，这是外因。刘勰《文心雕龙·时序》说："文变染乎世情，兴废系乎时序。"②此语，闪耀着唯物论光辉。如果说哲学是时代精神的精华，那么文学则是时代精神的风标。它以文本的形式、感性的形象，向历史敞开，显示那个时代的"一份和全部、现在和未来、死路和活路"③。(鲁迅序《八月的乡村》)文章的兴衰和时代息息相关，文章的演变局限于特定的社会状况。唐诗的兴盛，与经济发展、民族融合、思想解放、诗赋流行和艺术成熟等方面，有着紧密联系和关系。

一是盛世大舞台。盛世清明，社会安定与文化繁荣促进文学发展。唐朝建立了大一统的王朝，军事政治强大、经济生产发达，唐朝的文化基础比以前各个朝代更加雄厚广泛。政治的宽松和经济的发达刺激着文化艺术事业的蓬勃发展，而文化事业的兴旺发达又促进着诗歌创作高潮的到来。唐代是一个中国古代诗歌最繁荣的时代，都称其为"唐诗"，但闻一多先生却认为是"诗唐"。"诗唐"者，诗的唐朝也。诗在唐朝达到了顶峰，唐人的诗是生活化的，他们的生活就是诗的生活！

二是民族大融合。其一，南北融合，文学辉煌。近三百年来，文学一直在

---

① 王国维：《宋元戏曲史》，叶长海导读，上海古籍出版社1998年版，自序。

② 刘勰：《文心雕龙》(下)，范文澜注，人民文学出版社1958年版，第675页。

③ 鲁迅：《八月的乡村》序，《中国新文学大系》(第9集)，上海文艺出版社1985年版，第433页。

南北分裂局面中发展着，隋唐南北统一，南北文风得到交流与碰撞，“江左宫商发越，贵于清绮；河朔词义贞刚，重乎气质”。（魏征）南北文学特质各异，在相互交流中达成融合，为唐诗的繁荣奠基文学底蕴，让唐诗浸染一份清绮之质和贞刚之气。其二，中外融合，文学拓展。夷夏有别，文学无界。随着玄奘西游、鉴真东渡，中国与世界的交流频繁，也促进了文学尤其是诗歌的成长和发展，像王维与遣唐使晁衡（阿倍仲麻吕）为莫逆之交，晁衡归国，二人诗词唱和，歌咏中日友谊；又如中唐时期日本僧人空海（遍照金刚），旅华期间钻研中国诗歌，编纂成诗歌理论著作《文镜秘府论》。

三是思想大解放。主要是三教并流，唐代尊道、礼佛和崇儒可以相安无事而行，李可及通论三教，揶揄圣贤，谓佛祖、太上老君和孔夫子皆是妇人，足见唐人思想开放和自由洒脱。唐代三大诗人，为儒道释代表。一为李白，号“诗仙”，飘逸之美显道家风度，二为杜甫，号“诗圣”，沉郁之美显儒家精神，三为王维，号“诗佛”，空灵之美显佛家境界。仅以李白而论，亦儒道释兼容，既有积极进取的儒家思想，如“长风破浪会有时，直挂云帆济沧海”（《行路难》）、“天生我材必有用”（《将进酒》），也有纯然无为的道家思想，“南湖秋水夜无烟，耐可乘流直上天”（《陪族叔刑部侍郎晔及中书贾舍人至游洞庭五首》），更有禅寂妙诞的佛家思想，“相看两不厌，惟有敬亭山”（《独坐敬亭山》）。

四是官家大提倡。首先是皇帝爱诗，唱和间出现许多同题诗。当时，诵诗、赋诗、奖诗、对诗以及编诗十分流行。其次是诗赋取士制度的实施。科举进士，诗赋与口试、贴经、默义、策问成为必备和常试，与高考作文类似，重在考查综合能力和创新能力。诗赋成为士子登科入仕的必备能力，继而延伸为一种文学繁荣和文化发展的社会风尚。诗名要延誉。延誉是一种广告策略，彰显诗名，为世人众知。像陈子昂“千金摔琴”，以诗作赠众人，一日之内名动京华；如王维科考“志夺第一”，先以演奏《郁轮袍》展示音律才艺，再以文稿示玉真公主，令其惊艳，赞许王维考试首席。诗才靠行卷。择优标准第一。投诗顾况，“白居不易”白居易；献诗张籍，“画眉深浅”朱庆余；逢人“说项”杨敬之，有《赠项斯》：“几度见诗诗总好，及观标格过于诗。平生不解藏人善，到处逢人说项斯。”同时，诗集盛行。“选集热”为众多诗人提供了可以借鉴和学习的范例。诗人自编。将自己创作整理成集，便于自我推荐和延誉。他人选编。著名有殷璠《河岳英灵集》和高仲武《中兴间气集》。

五是艺术大综合。“三绝”引领艺术潮流，为张旭的草书、李白的歌诗和裴旻的剑舞，皆技艺高超之典范。“三绝”属盛唐艺术最强音，其艺术特征是内容超越形式，不受形式的任何拘束，是一种还未确定形式、无法效法的天才抒发。“三绝”是一种不可学的天才美。同时，“杜诗颜字韩文”亦可为“亚三绝”，其艺术特征是讲究形式，要求形式和内容的严格结合与统一，以树立可供学习和效法的格式和范本。“杜诗颜字韩文”,① 把盛唐那种雄豪壮伟的气势情绪纳入规范，即严格地收纳凝练在一定形式、规格和律令中。“亚三绝”是一种能学的人工美。艺术璀璨，诗歌耀亮。只不过，李白属无法可循的一类，杜诗是有法可依的一类。无论怎样，“李杜”在诗歌艺术上标领时尚，引领世人去追寻美、开拓美和创造美。

唐诗繁荣的状况。有唐一代，诗受礼遇。唐诗故事精彩，诗人生活精彩。李白知遇贺知章，“金龟换酒”，“诗仙”受隆遇。王昌龄、高适、王之涣“旗亭画壁”，歌诗流行甚广。韩翃以诗闻名，因《寒食》诗受唐德宗赏识而获赐“驾部郎中知制诰”，诗以文采高妙感人。郭震因《古剑篇》雄豪之气而免遭罪罚，李涉遭劫酬客，赋诗《井栏砂宿遇夜客》而免遭剽夺。诗歌，在唐代得到了空前的繁荣，在诗歌数量、作者、题材、体裁、经典和影响等方面有着巨大的成就。

一是诗歌之多，数量空前。《全唐诗》收诗 48000 首，加补逸约 50000 首。陶涤洗礼，唐诗体现着中华民族的文化性格。50000 首，总数巨大，蔚为诗国大器，文化大观；5000 首，十分之一，承继者谓为大气磅礴，国之瑰宝；500 首，百分之一，实为文史修为底气，专家学者；50 首，千分之一，堪为学习诗歌底线。底线防，底气足，大气扬，大器成。果然，唐诗绽放魅力，经典展示美丽。

二是诗人之盛，名家辈出。《全唐诗》收录了 2200 多位诗人，三百年间亦是诞生了许多著名诗人。上至帝王将相，下到贩夫走卒，还有僧尼道士，甚至外国友人，都以能诗为荣。诗人在流行中无形地被贴上了“标签”成为“品牌”，如“诗仙”李白、“诗圣”杜甫、“诗佛”王维、“诗豪”刘禹锡，“长吉体”李贺、“武功体”姚合、“五言长城”刘长卿、“七绝圣手”王昌龄等，诗人别称成称世的“logo”。诗人合称也是流世的“model”，如“李杜”“小李杜”“初唐四杰”“吴中四士”“文章四友”“大历十才子”“张王乐府”和“郊寒岛瘦”等。

三是题材广泛，流派纷呈。唐诗内容丰富，类型各具特色。写自然，有山水诗、田园诗、边塞诗；写社会，有政治诗、讽喻诗；写人生，有咏史怀古诗、闺愁宫怨诗、友情送别诗、咏物言志诗、思亲怀乡诗和相思爱情诗。唐诗流派

① 李泽厚：《美的历程》，广西师范大学出版社 2000 年版，第 245 页。

多彩，风格千姿百态。有“王孟”山水诗派的清新自然、“高岑”边塞诗派的雄风豪气、“元白”诗派的平易、“韩孟”诗派的奇险、李白的豪放飘逸、杜甫的沉郁顿挫、长吉体的“奇而丽”和无题诗的“深情缅邈”等。

四是体裁丰富、众体皆备。“有唐三百年诗，众体备矣。故有往体、近体、长短篇、五七言律句、绝句等制，莫不兴于始，成于中，流于变，而陊之于终。”①（高棅《唐诗品汇·总叙》）无论古体还是近体、短篇还是巨制、五言还是七言、律诗还是绝句，唐诗佳作如云，尽态极妍，各呈其妙。长篇主要为乐府歌行，如白居易《长恨歌》和《琵琶行》，短制为五绝仅二十字。以“初唐四杰”为例，卢、骆擅长七言歌行，王、杨擅长五律，七言歌行卢照邻有《长安古意》、骆宾王有《帝京篇》。“李杜”风骚，各领千秋，李白精于七绝，杜甫工于七律。仅李白而言，古风优于律绝。“小李杜”风韵，大异其趣，义山诗精丽婉曲，深情缅邈，尤善七律，樊川诗辞采清丽，风调俊爽，工于七绝。刘长卿致力近体，尤工五律，自诩“五言长城”；王昌龄工诗七绝，与李白媲美，号“七绝圣手”。王昌龄七绝，宫怨和从军题材为主。诗歌体性不同，差异亦别。从古体近体差别来看，古体诗偏于朴实劲质，近体诗偏于婉丽妍美。从五言七言差别来看，五言诗易质实，七言诗易雅丽。五言古诗素朴自然，色彩清淡，宜现平澈闲雅之境；七言古诗豪爽激荡，色彩浓烈，适展豪迈浩荡之情。从律诗绝句差别来看，律诗倾向于凝重中见流动美，风格以顿挫清壮为主；绝句倾向于婉曲间蕴含蓄美，情调以博约温润为主。从巨制短篇差别来看，巨制辞采竞繁，气势酣畅，意境开阔，情调深沉；短篇词约义丰，寓无穷于有限之中，含不尽之意于言外，韵味悠永。

五是名篇经典，不胜枚举。好诗如潮，传诵不息。唐人徜徉诗海，沐浴古典诗歌艺术的灿烂光辉，捕捉着跳跃的中华文化的脉搏。“李杜文章在，光焰万丈长”（张籍），盛唐双子星座诗人为我们留下了瑰丽无比的诗篇，值得经久回味；“童子解吟长恨曲，胡儿能唱琵琶篇”（唐宣宗），妇孺皆知的白居易既受大众喜爱，也被皇帝赞誉；“熟读唐诗三百首，不会吟诗也会吟”（孙洙），经典流传，魅力无限。唐诗也在充满活力的诗国中求新求变，充满了创新精神。诚如陈贻焮先生《增订注释全唐诗·序》所云：“有唐一代诗，上承汉魏之风骨与齐梁之英华，并风骚之精神，皆从彼挹取；下开两宋之派别及明清之波澜，即和（日本）韩之坛坫亦由兹分出。文质兼备，盛莫能如，岂特我国史诗之高

① 高棅：《唐诗品汇》，上海古籍出版社1982年版，总叙。

峰，实亦世界文化之伟观。”①

律诗绝句艺术特征。律诗因格律要求严格而名，经“沈宋”定型，盛行唐宋。在字句、押韵、平仄、对仗各方面都有规定要求，王力先生称其有四大特征：一是字数固定。四联八句，五律40字，七律56字，四联为首联、颔联、颈联和尾联。二是押平声韵。以平水韵为主，含上平十五韵和下平十五韵。三是平仄相间。一句之中平仄相间，一联之中平仄相对。对句相对，邻句相粘。四是中二对仗。中间两联必须对仗，首尾两联可以不对仗。绝句，明代胡应麟称其为“百代不易之体”②。夏承焘谓其质为“六字诀”：少、小、了、常、藏、长。一是少，减少，篇幅较其他文体减少；二是小，细小，所绘之事皆细小；三是了，明了，语言表达明了通晓；四是常，平常，取材皆平常之事；五是藏，表达讲究蕴藏无尽；长，悠长，吟咏情致意味悠长。

唐诗流变的进程。唐诗发展，一般采取“初、盛、中、晚”的“四唐说”，着眼唐诗的总体风貌和发展变化，在发展阶段上，亦有兴盛、壮阔、转折和衰退过程。唐诗诗风流变，可用四句诗来概括。初唐，“云霞出海曙，梅柳渡江春”（杜审言），华美；盛唐，“潮平两岸阔，风正一帆悬”（王湾），壮美；中唐，“野火烧不尽，春风吹又生”（白居易），精美；晚唐，“夕阳无限好，只是近黄昏”（李商隐），凄美。

初唐是唐诗的准备时期。延续齐梁，在风骨、声律和意境等方面，为盛唐诗歌高峰的到来做充分准备。“初唐四杰”倡导有“骨气”的刚健之诗，一扫齐梁柔靡华艳诗风。“四杰”不满文场“竞为雕刻”，“思革其弊”，要求变革诗风，主要从丽辞、声律、境界等最佳结合点上进行五言七言律诗的探索。“沈宋”强调声律，将四声二元化，坚守“回忌声病，约句准篇”，确立了五七言律诗的格式，完成了从“永明体”向近体诗的演变。陈子昂标举“风雅兴寄”和“汉魏风骨”，检讨齐梁绮靡，提出以复古为革新的主张，架起了建安风骨与盛唐气象之间的桥梁，成为盛唐诗歌的伟大前驱。

盛唐是唐诗繁荣的高峰。盛唐诗歌内容丰富，题材多样，情感饱满，基调高亢，形式完美，风格明朗，技巧精纯，语言清丽。严羽《答吴景仙书》说：“盛唐诸公之诗，如颜鲁公书，既笔力雄壮，又气象浑厚。”③“笔力雄壮，气象

---

① 陈贻焮：《增订注释全唐诗》，文化艺术出版社2007年版，序言。

② 胡应麟：《诗薮》，上海古籍出版社1958年版，第105页。

③ 严羽：《答吴景仙书》，见蒋述卓《宋代文艺理论集成》，中国社会科学出版社2000年版，第1103页。

浑厚”，八字能精确描述盛唐诗歌风貌，亦可简约为四字：“雄壮浑厚”。雄壮浑厚中有“唐代三大诗人”，为李白、杜甫和王维。诗情，唐诗的核心质素。唐诗如明珠璀璨夺目，诗情有“三不主义”：不颓唐、不感伤、不迷惘，诗作间彰显着一种昂扬的大唐意气。代表人物为“诗仙”李白、“诗圣”杜甫和“诗佛”王维，三人分别受道、儒、佛思想的洗礼，书写着唐诗的经典。李白，不颓唐，是唐代诗人中最风光者，亦是最不得意者，于天真浪漫间散发着高蹈飘逸之仙气。杜甫，不感伤，是盛唐的终结者，也是中唐的开启者，在沉郁顿挫间铸就的“万世诗表”。王维，不迷惘，笃于佛、染于禅、耽于诗，于清新自然间悠然会心。唐代三大诗人演绎了唐诗的精彩诗篇。

中唐是唐诗的重要转折。“子美集开诗世界”（王禹偁），杜甫诗歌的凝练和苦吟，无形中影响着韩愈和孟郊的刻意求奇，在唐代，“杜甫不仅唤起了元白一派，也导引出韩孟一派，因此可以说整个中唐诗歌的发展乃都是在杜甫的影响之下”。①（林庚）面对盛唐的诗歌高峰，中唐诗人求变而走向多元化的诗风。“元白”平易浅近，用语质朴明了，音韵顺口；“韩孟”奇崛粗豪，意象壮伟瑰丽，押韵险窄。

晚唐是唐诗的末世绝响。繁镇割据，宦官专权，战乱屡起，社会凋敝，随着王朝危机的深化，唐诗诗风也变得悲怆婉丽，既无盛唐的宏伟气象，也无中唐的平易风度，整体上呈现一种黄昏的凄美。耀亮晚唐诗坛天空的明星是“小李杜”，为李商隐和杜牧。李商隐，继承和发扬了杜甫、李贺的诗歌艺术，独树一帜，诗作瑰丽精工而又深沉严谨，以无题诗和咏史诗为主；杜牧，承继盛唐遗韵，自成一格，诗风风华流美，雄姿英发，悱恻中有气势，韵致天然。

第一节　初唐新声

初唐如春。一切显得蓬勃向上，努力进取。“初唐四杰”倡导“骨气”，使“积年绮碎，一朝清廓”（杨炯《王勃集序》），拓展了唐诗的表现领域。“沈宋”强调声律，主张“回忌声病，约句准篇”，律诗体格确立。陈子昂标举“风骨兴寄”，反对柔靡之风梁，成为盛唐诗歌的开路先锋。

---

① 林庚：《中国文学简史》，北京大学出版社 1989 年版，第 258 页。

一、“初唐四杰”：翩翩意象

杜甫赞誉“四杰”：“王杨卢骆当时体，轻薄为文哂未休。尔曹身与名俱灭，不废江河万古流。”（《戏为六绝句》）称赞“四杰”锐意进取，开拓诗坛新风。

“四杰”称名诗坛，“炯与王勃、卢照邻、骆宾王以文词齐名，海内称为王杨卢骆，亦号为四杰。”（《新唐书·杨炯传》）“四杰”在文学创作上属一个友谊的集团，年龄上是两辈，性格上却两类，卢、骆较王、杨年长二十岁左右，卢、骆性格沉稳，王、杨性情张扬。“四杰”境遇不好，“年少而才高，官小而名大，行为都相当浪漫，遭遇尤其悲惨”。① 诗歌创作主题视野开阔，主张使诗歌“从宫廷走到市井”，“从台阁移至江山与塞漠”②。诗歌提振“骨气”，追求刚健之气，“四杰”“词旨华靡，固沿陈隋之遗。翩翩意象，老境超然胜之，五言遂为律家正始”。③（王世贞《艺苑卮言》）

1. 王勃

王勃（650—675），字子安，绛州龙门（今山西河津）人。六岁善文辞，未冠应举及第。授朝散郎，转沛王府侍读，因戏作斗鸡檄文而被黜。后补虢州参军，因杀奴获罪后遇赦。赴交趾省亲渡海溺亡，年仅27岁，“诗人多短命”。著有《王子安集》。诗多写个人生活，诗风清新。

最擅山水行役和赠别诗作，有《送杜少府之任蜀州》和《滕王阁》。临别赠言，吟为《送杜少府之任蜀州》：

> 城阙辅三秦，风烟望五津。与君离别意，同是宦游人。
> 海内存知己，天涯若比邻。无为在歧路，儿女共沾巾。

送别，“黯然销魂者，惟别而已。”（江淹《别赋》）诗作“却一洗悲酸之态，意境开阔，音调爽朗，独标高格”。④（霍松林）与胡仔评价苏轼中秋词一样：“一洗绮罗香泽之态”（胡寅《酒边词序》），都具有一种开创之功，将人生情感深刻蕴涵于生活体验的刹那间，化悲酸为豪迈，吟咏令人摇曳心旌。“海内存知己，天涯若比邻”与“但愿人长久，千里共婵娟”异曲同工：情思至深，无论远近。此诗“终篇不著景物，而兴象宛然，气骨苍然，实首启盛中妙

---

① 闻一多：《唐诗杂论诗与批评》，生活·读书·新知三联书店1999年版，第25页。

② 同上。

③ 王世贞：《艺苑卮言》，陆洁栋，周明初批注，凤凰出版社2009年版，第52页。

④ 见《唐诗鉴赏辞典》，上海辞书出版社1983年版，第23页。

境”①。（胡应麟《诗薮》）兴象宛然，寓情于景，景致着意，气骨苍然，神情爽朗，境界开阔。领先初唐诗坛，魄力自异。登高作赋，赋成《滕王阁》：

滕王高阁临江渚，佩玉鸣鸾罢歌舞。
画栋朝飞南浦云，珠帘暮卷西山雨。
闲云潭影日悠悠，物换星移几度秋。
阁中帝子今何在？槛外长江空自流。

七言古诗，已近律体，平仄合律，对仗工整，情韵得体，诗思妙致。览“闲云潭影”感“物换星移”，诗情由眼前而飘然于悠远的时空，感思沧桑。临别与登高，亦有小诗寄情，如《江亭夜月送别》：

乱烟笼碧砌，飞月向南端。寂寂离亭掩，江山此夜寒。

和《山中》：

长江悲已滞留，万里念将归。况属高风晚，山山黄叶飞。

临别送行，绘景江、山、亭、月，将送别的孤寂怅惘之情融入景致，实启绝句“情景交融”之法和“空灵蕴藉”之效。登临望远，漫山遍野随风而逝的黄叶，使普通的羁愁归思变得像万里长江和连山秋色那样浩荡无际。以短小的篇幅表现开阔的境界和开朗的情感，可谓“尺幅千里”，这正是初唐、盛唐律诗（绝句）发展的方向。“江山此夜寒”“山山黄叶飞”是绝句结句，可谓锦句，只不过，一属警句，直抒胸臆，一属景句，含蓄蕴藉。

2. 杨炯

杨炯（650—693），华阴（今属陕西）人。十岁举神童，上元进士，授校书郎，后官盈川令。辑有《盈川集》。擅长五律。《从军行》是其代表作：

烽火照西京，心中自不平。牙璋辞凤阙，铁骑绕龙城。
雪暗凋旗画，风多杂鼓声。宁为百夫长，胜作一书生。

诗作风格上，梗概多气，刚健豪迈；内容上，主题鲜明，主张响亮；形式上，对仗工整，音调爽朗。中间二联对仗精致，“牙璋辞凤阙，铁骑绕龙城”，既有隔句对，也有句中对，“雪暗凋旗画，风多杂鼓声”，流水成对，动词活用。对仗精工，直启律诗炼字炼句；情调豪迈，开盛唐边塞诗之先声。

3. 卢照邻

卢照邻（约630—680后），字昇之，号幽忧子，幽州范阳（今河北涿州市）

① 胡应麟：《诗薮》，上海古籍出版社1958年版，第67页。

人。曾任新都尉。后为风痹症所困，投颍水而死。辑有《幽忧子集》。诗作多为行旅、应酬之作，长于铺叙发挥。最著名作品为《长安古意》。明写长安繁华，实抒沧桑感悟，七言歌行，寄托讽喻，“诚然，这不是一场美丽的热闹。但这癫狂中有战栗，堕落中有灵性”。①（闻一多《宫体诗的自赎》）题材特殊。内容丰富，感情充沛，笔力雄厚，结意冷峻。形式特别。篇章上复叠层递，技巧上手法多样，词句上音韵铿锵。主题特异。熟悉与陌生，“楼前相望不相知，陌上相逢讵相识”；永恒与短暂，“得成比目何辞死，愿作鸳鸯不羡仙”；热闹与冷静，“寂寂寥寥扬子居，年年岁岁一床书”。

4. 骆宾王

骆宾王（635？—684?），婺州义乌（今属浙江）人。七岁能诗，曾王府供职，迁侍御史，贬临海丞，随徐敬业起兵草《讨武瞾檄》，兵败不知所终。清代陈晋熙《骆临海笺注》云：“临海少年落魄，薄宦沉沦，始以贡疏被愆，继因草檄亡命。”有《骆宾王文集》。长篇歌行有《帝京篇》《畴昔篇》，五言律诗工致者有《在狱咏蝉》：

西陆蝉声唱，南冠客思深。不堪玄鬓影，来对白头吟。

露重飞难进，风多响易沉。无人信高洁，谁为表予心！

这是一首咏物诗。全诗处处紧扣蝉的特点，以蝉的“清畏人知”比喻自己的高洁，贴切含蓄，深沉凝练。巧用比兴，以物喻人，用汉魏诗的比兴寄托充实了齐梁盛行的咏物诗。咏物，自屈原《橘颂》开端，“建安七子”刘桢借物劝亲，有《赠从弟》三首；南朝谢朓有《咏烛》《咏蔷薇》等多首；唐时咏物佳作增多，如骆宾王《咏鹅》、贺知章《咏柳》、钱珝《未展芭蕉》、杜甫《房兵曹胡马》、李贺《马诗》、李商隐《流莺》、黄巢《菊花》、罗隐《蜂》等；唐后亦有欧阳修《画眉鸟》、王安石《北陂杏花》、林逋《山园小梅》以及元好问《同儿辈赋未开海棠》、王冕《墨梅图》、于谦《石灰吟》、郑燮《竹石》等。咏物诗体物要求“若即若离”，这是咏物诗的物理特质。咏物，重在“穷形尽相”，描写生动，妙在“遗貌取神”，工巧形似，绝在“形神兼备”，不即不离。

二、“沈宋”：约句准篇

沈佺期和宋之问并称“沈宋”，是对律诗的定型做出了重要贡献的两位诗人。二人诗品有嘉，但人品无行。《新唐书·宋之问传》载：“魏建安后迄江左，

① 闻一多：《唐诗杂论诗与批评》，生活·读书·新知三联书店 1999 年版，第 16 页。

诗律屡变。至沈约、庾信，以音韵相婉附，属对精密。及之问、佺期，又加靡丽，回忌声病，约句准篇，如锦绣成文，学者宗之，号为‘沈宋’。”“沈宋”在汲取“永明体”和“上官体”成熟诗歌创作经验基础上，着意诗歌改进。吸收“永明体”声律论，承继“四声八病”，实行四声二元化，诗歌“音韵婉附，属对精密”，也是律诗“一三五不论，二四六分明”主张的源头。借鉴“上官体”词句论，主张“六对”“八对”，诗歌“绮错婉媚”，成为律诗“中二联必须对仗”的标杆。“沈宋”继承和发扬了六朝以来以及当时的诗歌创作倡导的音韵和谐的传统，主要是永明体和上官体的影响，他们在“回忌声病、约句准篇”等方面做努力，诗歌创作讲究音韵和谐和对仗工整，使律诗发展在此定格，“五言至沈宋始可称律”。①（王世贞《艺苑卮言》）

1. 沈佺期

沈佺期（656？—715？），字云卿，相州内黄（今属河南）人。上元二年进士，官至太子少詹士。以交通张易之流放驩州。诗与宋之问齐名，多为应制。辑有《沈佺期集》。律体谨严精密，于律诗体制定型颇有影响。

山水诗清新工整，气象宏阔，如《夜宿七盘岭》：

> 独游千里外，高卧七盘西。晓月临窗近，天河入户低。
> 芳春平仲绿，清夜子规啼。浮客空留听，褒城闻曙鸡。

初唐五律，格律已臻严密。以夜宿七盘岭为题，巧妙地围绕“独游”与“高卧”作诗。首联点出“独游”“高卧”；中间两联即写“高卧”“独游”情思，景致显“高卧”，节令衬“独游”；尾联以“浮客”应“独游”，以“褒城”应“高卧”作结。结构完整，对仗协律，针迹细密。游子思妇传统题材，格律谨严，亦真切感人，征人怨有《杂诗》：

> 闻道黄龙戍，频年不解兵。可怜闺里月，长在汉家营。
> 少妇今春意，良人昨夜情。谁能将旗鼓，一为取龙城。

五律体例已成，四联顺承自然。首联叙事，中二联绘境，通过相互替换和交错对照写相思，尾联抒怀。整首诗起笔点题，语势平淡，顺承叙事，自然浑成，互文见义，如急管繁弦，气势促迫，最后散句结尾，语调重回和缓。思妇愁有《独不见》：

> 卢家少妇郁金堂，海燕双栖玳瑁梁。

① 王世贞：《艺苑卮言》，陆洁栋，周明初批注，凤凰出版社2009年版，第52页。

九月寒砧催木叶，十年征戍忆辽阳。
白狼河北音书断，丹凤城南秋夜长。
谁为含愁独不见，更教明月照流黄？

这是首闺怨诗，深受乐府影响，格调高古，境界广远，曲折圆转，缠绵深沉。七律工密，中间两联对仗工整，音节流畅，语调和辞藻都富有歌行的装饰美感，为律诗在遣词造句上的平仄对仗起着典范效应。中间两联绘景精妙，分别从时空方面来状景，“九月寒砧催木叶，十年征戍忆辽阳”，言时间漫长，相思苦苦，“白狼河北音书断，丹凤城南秋夜长”，言距离遥远，忧虑惴惴。从时空角度来言事，语言对仗、结构整饬、思致工巧、意境凝练，成为律诗叙事的惯常手法。

2. 宋之问

宋之问（656—713），一名少连，字延清，汾州西河（今山西汾阳）人。一说虢州弘农（今河南灵宝）人。上元二年进士，官至考功员外郎。曾谄事张易之，后遭贬钦州，赐死。诗与沈佺期齐名，多歌功颂德之作，文辞华靡。辑有《宋之问集》。律体形式完整，于律诗体制定型颇有影响。

长于五律，构思精巧，如《度大庾岭》：

度岭方辞国，停轺一望家。魂随南翥鸟，泪尽北枝花。
山雨初含霁，江云欲变霞。但令归有日，不敢恨长沙。

首联写度岭心态，扣题直叙，颔联写别后痛楚，借景抒情，颈联写寓意深刻，寓情于景，尾联写自我表白，直抒胸臆。整首诗感情真挚，以景衬情，情景交融，遣词精妙，对仗精工，堪为一首成熟的五言律诗。诗歌起承转合自然，“情——景——情”模式已构型。工于五绝，精警动人，如《渡汉江》：

岭外音书断，经冬复历春。近乡情更怯，不敢问来人。

前两句追述贬居岭南的状况，后两句抒发行近家乡的常情。一个“怯”字，情貌毕现，将渐近家乡时惊惧、忧喜的复杂心理形象地展示，是“一个长期客居异乡，久无家中音信的人，在行近家乡时而产生的一种特殊心理状态”。①（刘学锴）

“沈宋”倾力于律体的创作，完成了律诗的体制规范，在诗歌创作理论和实践上做出了重大贡献。元稹在《唐故工部员外郎杜君墓系铭并序》中说：“沈宋

① 见《唐诗鉴赏辞典》，上海辞书出版社 1983 年版，第 36 页。

之流，研练精切，稳顺声势，谓之为律诗。由是而后，文变之体极焉。”律诗从此由“沈宋”合轨定格，中国古典诗歌完成了自永明以来的格律化进程。“沈宋”律诗的规范也为越来越多的世人所接受，“神龙以还，卓然成调”①（《诗薮》），风气之盛，已成潮流。律诗在文学审美上已然具备，在诗歌模式、形式、主题、意境等方面已构成如下特质：模式上，体例为起承转合，属内在思路，是表述特征；形式上，体例为首颔颈尾，属外在结构，是形式特征；主题上，体例为情景交融，属题材虚实，是内容特征；意境上，体例为辞尽意余，属韵味有无，是审美特征。

三、陈子昂：风骨兴寄

陈子昂（661—702），字伯玉，梓州射洪（今属四川）人。少任侠。举光宅进士，以上书论政为武后所赏识，拜麟台正字，转右拾遗。敢于陈述时弊。曾随武攸宜击契丹。后解职回乡，为县令段简所诬，入狱，忧愤而死。于诗歌标举汉魏风骨，强调兴寄，反对柔靡之风。是唐代诗歌革新的先驱。有《陈伯玉集》。

陈子昂《与东方左史虬修竹篇序》说：“文章道弊，五百年矣。汉魏风骨，晋宋莫传，然而文献有可征者。仆尝暇时观齐梁间诗，彩丽竞繁，而兴寄都绝，每以永叹，思古人，常恐逦迤颓靡，风雅不作，以耿耿也。”强调“风骨兴寄”，提出文学发展新方向。“风骨兴寄”，析言之，“风”是健康的情感，“骨”是充实的内容，“兴”是反应的方式，“寄”是表达的工具；合言之，“风骨”属内容特征，“兴寄”属形式特征，“风骨”与“兴寄”结合完美成艺术。艺术为“有意味的形式”（克莱夫·贝尔），从审美心理角度来认识诗歌功用，诗歌既要有充美的质实内涵，也要有华丽的语言修饰。

诗歌风骨峥嵘，寓意深远，苍劲有力。诗作刚健清新，古风浑穆，五古《感遇》寄意深远，律诗严谨，为唐诗注入蓬勃生命力，端正了发展方向。诗句短小，境界恢宏，如《登幽州台歌》：

> 前不见古人，后不见来者。
> 念天地之悠悠，独怆然而涕下。

哲人之思，敻响宇宙，生活之诗，慷慨悲凉。题旨上，有人称此诗为“二十二字诗史”，前三句俯仰古今，目极天地，分别从时空落笔，末句凸显自我形

---

① 胡应麟：《诗薮》，上海古籍出版社 1958 年版，第 58 页。

象。语言上，化用《楚辞》，前两句音节比较急促，传达了诗人抑郁不平之气；后两句各增加了一个虚字（“之”和“而”），多了一个停顿，音节比较舒徐流畅，表现了无可奈何之状。情态上，非简单“流泪反映”，感慨悠深，至少四重：第一重，怀才不遇、报国无门的失意感；第二重，知音难觅、独立苍穹的悲孤感；第三重，岁月无情、时不我待的忧生感；第四重，物我一体、超越有限的时空感。

感遇抒怀，喻理明确。《感遇三十八首》效仿阮籍《咏怀》，充满活力和朝气，表现的是在时代风云的变幻中跃跃欲试的热情，自我意识强烈，富于进取精神，对政治、社会、道德、命运等作观照与思考。看《感遇》其二：

兰若生春夏，芊蔚何青青！幽独空林色，朱蕤冒紫茎。
迟迟白日晚，袅袅秋风生。岁华尽摇落，芳意竟何成？

诗咏兰若，寄寓身世之感。承继“香草美人”传统，寄寓理想，效法《咏怀》手法，托物感怀。情绪怨伤，表达婉转，“温柔敦厚”，“哀而不伤”，自是五言古诗的正声，却是五言律诗的先声。

五言律诗，承继汉魏五言古诗的句式和结构，但在体制上已有突破，叙事朝着“情——景——情”模式靠拢，对仗日趋谨严，抒情情韵含蓄，意境渐入开朗宏阔。行旅送别，生活常情，诗作结构严谨，情韵悠长，如《晚次乐乡县》《度荆门望楚》《送魏大从军》《春夜别友人》等。试看《晚次乐乡县》：

故乡杳无际，日暮且孤征。川原迷旧国，道路入边城。
野戍荒烟断，深山古木平。如何此时恨，噭噭夜猿鸣。

写征途所感，抒思乡愁。非普通旅游情绪，属诗性艺术感悟，将目之所见、耳之所闻凝练成流畅诗句，着意动词锤炼，加深意蕴生成。如“野戍荒烟断，深山古木平”，绘景生意，境涵乡思，“断”“平”二字妙笔，引领思绪化为诗意。动词遣字，无限蕴意，直启后代诗人诗意，如“泉声咽危石，日色冷青松”（王维）、“雨中山果落，灯下草虫鸣”（王维）、“山随平野阔，江入大荒流”（李白）、“星垂平野阔，月涌大江流”（杜甫）。虽赋笔写景，却比兴兼具。

第二节　盛唐气象

盛唐是夏。社会肯定人性自由和欢乐，充盈着热情和想象。林庚先生说："蓬勃的朝气，青春的旋律，这就是'盛唐气象'与'盛唐之音'的本质。"①盛唐诗人，以蓬勃热烈的感情，雄奇明朗的音调，抒写宏伟气魄和进取精神，歌颂盛世，歌唱人生，赞美友谊，表现出境界壮大、格调高远、气势恢宏、兴象雄浑、情思浓郁、辞采清丽的美学特征，故谓之"盛唐气象"。盛唐是发展的，诗歌定格。"盛唐气象"比"建安风骨"更为丰富，"声律风骨兼备"，诗歌风貌已然具备。盛唐是开放的，诗人各别。唐代三大诗人，李白、杜甫和王维，思想渊源分属道家、儒家和佛家，且能并立于世。盛唐是繁荣的，诗风迥异。"诗仙"李白，天真浪漫，诗作具飘逸之美；"诗圣"杜甫，执着现实，诗作具沉郁之美；"诗佛"王维，逃遁田园，诗作具空灵之美。

一、李白：飘逸之美

李白（701—762），字太白，号青莲居士。祖籍陇西成纪（今甘肃天水），生于碎叶城（今吉尔吉斯斯坦境内），长于绵州彰明县（今四川江油）。早年蜀中习读，25岁出蜀，漫游各地。天宝初，应诏为供奉翰林，后因谗被遣。历安史乱，入永王李璘幕，兵败遭流放夜郎，途中遇赦，漂泊病死当涂。有《李太白集》。世人誉李白为"诗仙"，诗歌美感属"飘逸"，"飘逸"的文化内涵，就是道家的"游"。诗风豪放飘逸，想象丰富，语言自然。善乐府和七绝，乐府瑰玮绚丽，极富浪漫主义精神，七绝自然流畅，深得民歌神韵。

（一）豪放飘逸

金代王若虚《滹南诗话》说："荆公云：'李白歌诗豪放飘逸，人固莫及'"，②"豪放飘逸"遂成为李白的特质，是一种知名度和美誉度。刘熙载《艺概》说："太白诗以庄骚为大源，而于嗣宗之渊放，景纯之隽上，明远之驱迈，玄晖之奇秀，亦各有所取，无遗美焉。"③豪放飘逸源于下列四位诗人。

---

① 林庚：《盛唐气象》，见《北京大学学报》1958年第2期，第91页。
② 王若虚：《滹南遗老集》，胡传志，李定乾校注，辽海出版社2005年版，第443页。
③ 刘熙载：《艺概（上）》，袁津琥校注，中华书局2009年版，第280页。

1. “豪”：阮籍之渊放

阮籍，三国时期魏诗人，字嗣宗，“竹林七贤”之一，为“正始之音”的代表。其《咏怀诗》意境旨远，情致浩瀚，钟嵘说：“厥旨渊放，归趣难求”，① 直抒心迹，表现了诗人深沉的人生悲哀，充满浓郁的哀伤情调和生命意识，给人以“陶性灵，发幽思”的人生启悟，展示了魏晋之际士子痛苦、抗争、苦闷、绝望的心路历程，具有深刻的思想意义和认识价值。阮籍对生命的哀叹，也是对生命的歌颂。李白学习了阮籍思想的深沉和心灵的深厚，而以妙语倾述情致，显得豪迈万端，覃思无尽。

2. “放”：郭璞之超拔

郭璞，东晋诗人，字景纯。其《游仙诗》多歌咏高蹈遗世的精神，寄寓着惧祸避乱的情绪，夹杂着老庄思想和道教神仙学说。李白吸收了郭璞的超脱和高蹈，成就了其浪漫气质，程千帆先生在《唐诗鉴赏辞典》序言中说：“开元天宝时代的其他诗人往往在高蹈与进取之间徘徊，以包含希冀的痛苦或欢欣来摇荡心灵，酝酿歌吟。李白却既毫不掩盖他对功名事业的向往，同时又因为自己绝对无法接受那些取得富贵利禄的附加条件而弃之如敝屣。他热爱现实生活中一切美好的事物，而对其中不合理的现象毫无顾忌地投之以轻蔑。这种已被现实牢笼，却不愿意接受，反过来却想征服现实的态度，乃是后代人民反抗黑暗势力和庸俗风习的一股强大的精神力量。”② 这应就是“放”，拿时拿得起，放亦放得下。

3. “飘”：鲍照之俊逸

鲍照，字明远，元嘉三大诗人之一。诗作风格俊逸豪放，杜甫《春日忆李白》说“俊逸鲍参军”，就是赞美李白诗有鲍照的俊逸风格。李白效仿鲍照的俊逸，使得“白也诗无敌，飘然思不群”。

4. “逸”：谢朓之清秀

谢朓，字玄晖，南朝杰出山水诗人。诗风清新秀丽，圆美流转。谢朓主张“好诗圆美流转如弹丸”，其诗歌创作始终贯彻这一审美观点，善于熔裁，时出警句，如“余霞散成绮，澄江静如练”（《晚登三山还望京邑》），“天际识归舟，云中辨江树”（《之宣城郡出新林浦向板桥》），“朔风吹飞雨，萧条江上来”（《观朝雨》），“鱼戏新荷动，鸟散余花落”（《游东田》）等，清新隽永，流畅和谐。李白发扬谢朓的清新自然，“中间小谢又清发，俱怀逸兴壮思飞”，

① 钟嵘：《诗品（上）》，陈延杰注，人民文学出版社 1998 年版，第 23 页。

② 见《唐诗鉴赏辞典》，上海辞书出版社 1983 年版，序言。

使得李白诗歌既豪逸奔放又清新自然。

豪放飘逸，造就了李白壮浪纵恣的独特风格和高远宏阔的诗歌境界，将诗歌艺术推上了顶峰，于后世影响深远。郁贤皓《李白选集序》指出："唐代韩愈、李贺、杜牧都从不同方面受过李白诗风的熏陶；宋代苏轼、陆游的诗，苏轼、辛弃疾、陈亮的豪放派词，也显然受到李白诗歌的影响；而金元时代的元好问、萨都剌、方回、赵孟頫、范德机、王恽等，则多学习李白的飘逸风格；明代的刘基、宋濂、高启、李东阳、高棅、沈周、杨慎、宗臣、王穉登、李贽，清代的屈大均、黄景仁、龚自珍等，都对李白非常仰慕，努力学习他的创作经验。"① 李白的诗，已成为中华民族文化遗产最耀亮的部分，其豪放飘逸的诗风也成为千百年来诗人梦寐以求的理想。

（二）太白诗风

豪放飘逸是李白诗歌的审美特质，一直为人所津津乐道。他有两大抒情主题：酒与月，有三大价值取向：醉态思维、远游姿态和明月情怀，有四大吟咏范畴：饮酒诗、咏史诗、怀仙诗和山水诗。酒是生命的精灵，李白"绣口一吐，就半个盛唐"（余光中《寻李白》）。月亮是山川的慧眼，李白"举杯邀明月，对影成三人"。吟咏山川风月，诗酒风流，开拓了盛唐气象的诗情画意，飘逸、恢宏而灵动。

在诗歌创作技巧上，以夸张想象为主，营造浪漫气氛；在诗歌语言上，以清新自然为主，提炼浪漫气质；在诗歌体例上，以乐府绝句为主，形成浪漫气场。

1. 表现手法：夸张想象

夸张和想象是李白诗歌的两翼，使得"白也诗无敌，飘然思不群"（杜甫《春日忆李白》），李白的诗歌浪漫氛围浓郁，让人浸润在神思飞动的艺术境界。

一是大胆的夸张。李白运用夸张手法是十分娴熟的，用"扪参历井仰胁息"形容蜀道之艰难，用"黄河捧土尚可塞，北风雨雪恨难裁"比喻战死边疆的战士家属的深刻悲愤，用"功名富贵若长在，汗水亦应西北流"比喻对功名富贵的蔑视。李白大胆的艺术夸张，体现在与生动形象的比喻、一咏三叹的反复和精妙无比的数字的综合运用上。

其一，夸张与比喻的整合。李白借助丰富的想象力，抓住对象的某些特征加以夸大和强调，收缩自如，千变万化，把主观感情、鲜明的个性化特征完美结合在一起，形成了独有的飘逸和灵动之美。有宣扬侠义的千金诺言："三杯吐

---

① 郁贤皓：《李白选集》，上海古籍出版社 2013 年版，序言。

然诺，五岳倒为轻”（《侠客行》），通常以泰山之重来象征某种意义之重大，现在倒好，与侠客的“然诺”之言相较，五岳（泰山只其一）之重都还显得太轻，豪情与侠义并在，夸饰与浪漫俱存。有歌颂友情的千古绝唱《赠汪伦》：

李白乘舟将欲行，忽闻岸上踏歌声。
桃花潭水深千尺，不及汪伦送我情。

诚意无与伦比，情深似水，极自然又饱满地表达了诗人与汪伦之间的真挚友情，喻中有比，情比水深。诗人把抽象的情感形象化，将潭水和友情相比，用极具夸张的深千尺吟唱了人间真情之所在，给人以温暖的传递和生活的鼓舞。

其二，夸张与反复的运用。《蜀道难》开篇直抒“噫吁兮，蜀道之难，难于上青天”，极力夸张蜀道的高峻，一语惊人，荡气回肠，感慨万千；接着写蜀道“上有六龙回日之高标，下有冲波逆折之回川，黄鹤之飞尚不得过，猿猱欲度愁攀援”，借助想象、神话传说大肆通过夸张渲染蜀道山之高峻、路之艰险、气氛之愁苦，增强了诗篇动人心魄的力量；最后又两次重复出现“蜀道之难，难于上青天”的诗句。在夸张中反复，在反复中夸张，情致爆发如火山喷涌般，不可遏止。

其三，夸张与数字的结合。写天姥山：“天姥连天向天横，势拔五岳掩赤城，天台四万八千丈，对此欲倒东南倾”，用“四万八千丈”这离奇的数字进行夸张写出了天姥山的气势和雄姿；写蜀道：“开国何茫然，尔来四万八千岁，不与秦塞通人烟”，“四万八千岁”多么具体的数字，极言历史的久远。又是一个“四万八千”，诗人正是用具体的有形来表现无形的精神，夸张大胆、狂放、奔涌着诗人内心的激越情感，读完之后不免在嗟叹中为之震撼不已。写庐山瀑布，有《望庐山瀑布》：

日照香炉生紫烟，遥看瀑布挂前川。
飞流直下三千尺，疑是银河落九天。

“三千尺”极力夸张地写了山的高峻，然还不尽兴，“九天”再言其高，“三千”“九天”相互映衬，双重夸张，瀑布的汹涌壮丽和山势的高峻雄壮，以壮大的声势令人惊叹，更令人神往。写愁思悲苦，如《秋浦歌》（其十五）：

白发三千丈，缘愁似个长。
不知明镜里，何处得秋霜。

用“三千丈”这个具体的数字来夸张白发，头发三丈已经够长了，三十丈就更长了，三百丈就不可思议了，可他却写有三千丈长，极言其长，绘愁之状。

二是大胆的想象。奇思妙想，是构成李白诗歌浪漫主义特色的重要因素，他的诗，总显得仙气十足，常引入神话内容或神仙传说，在奇幻世界间追逐，诗人总在太清中遨游的非凡形象，使得他的诗歌产生了“天与俱高，青且无际，鲲触巨海，澜涛怒翻”（计有功《唐诗纪事》）的独特美感。《梁甫吟》想象变幻莫测：时而风和日丽，春意盎然，时而浊浪翻滚，景致黯然；《梦游天姥吟留别》想象缥缈绚丽：色彩缤纷探幽胜，云雾恍惚离尘世；《蜀道难》想象奇诡惊险：峰路萦回有艰难，山势险峻生畏惧。

2. 语言魅力：清新自然

清新自然，是李白诗歌语言的一大特色。“清水出芙蓉，天然去雕饰”，是李白的审美追求，“贵清真”是李白的创作主张。在艺术表现上，通俗是很容易流于浅露的，诚如林庚先生《诗人李白》评价一样，说“李白的诗浅近而不浅薄，通俗而不庸俗；区别出那明朗的风格不是由于一目了然，而是由于无尽的展望；不是由于简单而是由于丰富；他的感染力之强，正因为它是美不胜收”。① 许多诗，不加雕饰，冲口而出，自然鲜活，天真坦率，并且一经脱口，即为佳作或典范，意义定格在读者心间。白描绘景，格调明快，语近情遥，如《独坐敬亭山》：

众鸟高飞尽，孤云独去闲。相看两不厌，惟有敬亭山。

“众”、“相”（“两”）、“孤”（“独”）、“惟”，二十字已简洁凝练，中有六字表意相近却蕴涵有别，哲思无穷。“尽”字状景之岑寂，“闲”字写情之淡远。寄情明月，措语自然，晶莹透亮，如《静夜思》二十个字，妇孺皆知。在举头、低头间，由瞬间的直觉，达到了精神深处的永恒。李白脱口而出之辞，却令百代传诵不已，道出了天下人共有的思乡情。借景抒情，遣语自如，妙合无垠，如《与史郎中钦听黄鹤楼上吹笛》：

一为迁客去长沙，西望长安不见家。
黄鹤楼中吹玉笛，江城五月落梅花。

“落梅花”一语蕴涵，既是曲调之美妙，也是景象之清丽，看似自然感念，却属含吐不露。诗人语言悠然舒缓，兴到神会，清新自然，诗意淡远，如《山中问答》：

问余何意栖碧山，笑而不答心自闲。

---

① 林庚：《诗人李白》，清华大学出版社 2011 年版，第 15 页。

桃花流水窅然去，别有天地非人间。

3. 形式体例：乐府绝句

一是乐府。在诗歌形式方面，李白最擅长、贡献最大的是七言歌行，其中大多数属乐府诗。王世贞《艺苑卮言》说："太白古乐府，杳冥惝恍，纵横变幻，极才人之至，然自是太白乐府。"① 李白是一位具有浪漫气质、自由精神和丰沛情感的诗人，他的个性气质和思想性格决定着其情感表达方式和艺术手段，尤擅长运用古体诗的形式来抒情写意，以适应其情感的奔突起伏和心理的急遽变化。因而，七言歌行便成了诗人最适合、最常用的一种体式。歌行，歌、行本乐府之名，汉魏流行，曹丕《燕歌行》可谓文人七言歌行之先声，初唐，"四杰"之卢照邻、骆宾王善于作此体，至盛唐较兴盛，李白是其中的杰出代表。李白七言歌行，驰骋八荒，追溯千古，感情激烈，个性鲜明，在浩荡中展现了极度自负的自我，形成了酣畅淋漓、纵横恣肆、雄奇奔放和跌宕多姿的体例特征。

其一，酣畅淋漓，如《蜀道难》。《蜀道难》本乐府旧题，诗歌假以想象，用豪放纵逸的笔调驾驭瞬息变化的情感，营造壮丽奇诡的世界。"蜀道之难，难于上青天"为咏叹基调，一泻而下，喷薄而出，以排山倒海之气势将蜀道之险绝刻画到了淋漓尽致的地步，让人在神采飞动间感惊心动魄。读者从奇峭险峻的蜀道中不难感受到诗人豪迈奔放的个性和酣畅淋漓的情致。

其二，纵横恣肆，如《梦游天姥吟留别》。梦幻神游，"上穷碧落下黄泉"，纵横驰骋，在奇谲多变、缤纷多彩的目眩神迷间，不可迷惘，不能失意，恣肆态势依然，处变不惊，诗仙本色，飞扬的神采和傲兀的气概犹在，"安能摧眉折腰事权贵，使我不得开心颜"是幻梦的咒语，成为梦醒的真谛与生活的要义。

其三，雄奇奔放，如《将进酒》：

君不见黄河之水天上来，奔流到海不复回。君不见高堂明镜悲白发，朝如青丝暮成雪。人生得意须尽欢，莫使金樽空对月。天生我材必有用，千金散尽还复来。烹羊宰牛且为乐，会须一饮三百杯。岑夫子，丹丘生，将进酒，杯莫停。与君歌一曲，请君为我侧耳听。钟鼓馔玉何足贵，但愿长醉不复醒。古来圣贤皆寂寞，惟有饮者留其名。陈王昔时宴平乐，斗酒十千恣欢谑。主人何为言少钱，径须沽取对君酌。五花马，千金裘，呼儿将出换美酒，与尔同销万古愁。

---

① 王世贞：《艺苑卮言》，陆洁栋，周明初批注，凤凰出版社 2009 年版，第 55 页。

《将进酒》原为汉乐府短箫铙歌的曲调，就是“劝酒歌”。酒是李白的生命精灵，唯有酒才能真言，唯真言才能感动，“天生我材必有用”，这是李白高度自信的惊人酒语，简直就是年轻人的人生价值宣言：“我材”属“天生”，“有用”而“必”，一何自信，一何自负。有深藏其内的怀才不遇的牢骚，也有彰显在外的渴望用世的求索，无须装腔作势，只要真才实学，痛哉？豪迈！亦如《行路难三首·其一》：

金樽清酒斗十千，玉盘珍羞直万钱。停杯投箸不能食，拔剑四顾心茫然。欲渡黄河冰塞川，将登太行雪满山。闲来垂钓坐溪上，忽复乘舟梦日边。行路难，行路难，多歧路，今安在。长风破浪会有时，直挂云帆济沧海。

“长风破浪会有时，直挂云帆济沧海”，奔放四射：积极的追求，乐观的自信，顽强的坚持，不懈的努力，给人一种积极的理想展望和强大的精神力量。

其四，跌宕多姿，如《宣州谢朓楼饯别校书叔云》：

弃我去者，昨日之日不可留。
乱我心者，今日之日多烦忧。
长风万里送秋雁，对此可以酣高楼。
蓬莱文章建安骨，中间小谢又清发。
俱怀逸兴壮思飞，欲上青天揽明月。
抽刀断水水更流，举杯消愁愁更愁。
人生在世不称意，明朝散发弄扁舟。

随着诗人感情的起伏、思绪的腾飞、心理的迅变，诗句亦陡起陡落，跳跃多变，正是诗人对理想与现实的矛盾所产生的巨大苦闷的征兆，诗人的精神尽管在幻想中遨游驰骋，诗人的身体却始终被污浊的现实羁勒。“抽刀断水水更流，举杯消愁愁更愁”，比喻奇特而富于独创性，蕴意贴切而富于生活气，“抽刀断水”，那是“多姿”的表演，徒劳而无意义，希力图自拔，“举杯消愁”，这属“跌宕”的观照，沉溺而有趣味，望一旦解脱。

二是绝句。在诗歌范式方面，李白最精妙、最流行的莫若绝句。胡应麟说：“太白诸绝句，信口而成，所谓无意于工而无不工者。”① 忠实、客观、简洁是其艺术追求，同时，优美、明朗、健康是其美学思想，这也是盛唐之音的现实演奏。其绝句将宏伟的气象、开阔的胸怀与流走轻快、自然明朗的格调熔铸一

① 胡应麟：《诗薮》，上海古籍出版社 1958 年版，第 117 页。

体，创造出壮美而俊逸的境界，呈现出多种风格，有五绝和七绝之美。

李白的五绝，同王维的五绝可比肩。李白五绝，有自然明朗、朴实晓畅者，如《陪侍郎叔游洞庭醉后三首》：

划却君山好，平铺湘水流。巴陵无限酒，醉杀洞庭秋。

又如，《独坐敬亭山》和《秋浦歌》（缘愁似个长）等。写水、状山和析愁，语言朴实，绘景通晓，却又鲜活至极。有含蓄隽永、意味醇厚者，如《玉阶怨》：

玉阶生白露，夜久侵罗袜。却下水晶帘，玲珑望秋月。

通篇写“玉阶”周遭之象，全诗“怨”意弥漫。深婉有神，其涵泳情致深厚，至少有四端：一是借乐府旧题写宫怨之厚重深广，二是描绘了宫女生存的真实状态，三是比附君臣遇合的政治苦闷，四是营造了纯真的高格与纯净的悠远。有清新娟秀、精巧莹澈者，如《越女词》：

耶溪采莲女，见客棹歌回。笑入荷花去，佯羞不出来。

又如《静夜思》：

床前明月光，疑是地上霜。举头望明月，低头思故乡。

第一首写越女之美，音容笑貌，若在眼前，活泼天真，直率可感；第二首写远客之思，皎皎月色，娟娟素魂，清新朴素，宁澈悠远。

李白的七绝，与王昌龄的七绝相媲美，李白与王昌龄被后人誉为“七绝圣手”，足见其在七绝上的成就，沈德潜说：“七言绝句，以语近情遥、含吐不露为贵。只眼前景，口头语，而有弦外音、味外味，使人神远，太白有焉。”① 李白七绝在即景对象、语言特质和审美意蕴三方面为我们提供了优美的典范。

其一，李白七绝绘景对象明朗，多“眼前景”。李白一生漫游各地，所历景致皆名山大川或名胜美景。名山大川，写山七绝有《望庐山瀑布》《望天门山》《峨眉山月歌》等，写水，他七绝里的桃花潭水、长江碧流仿佛皆通人情，时时在和离人较量着别情的深浅和长短：“桃花潭水深千尺，不及汪伦送我情”和“孤帆远影碧空尽，唯见长江天际流”。名胜美景，登临黄鹤楼，有《黄鹤楼送孟浩然之广陵》，游览绍兴有《越中览古》，观瞻苏台有《苏台览古》等，作客兰陵，有《客中作》：

---

① 沈德潜：《说诗晬语》，王宏林笺注，人民文学出版社 2013 年版，第 253 页。

兰陵美酒郁金香，玉碗盛来琥珀光。

但使主人能醉客，不知何处是他乡。

美景使人迷恋，美酒让人忘忧。

其二，李白七绝语言特质明净，“语近”为本。语近者，或家常语，或口头语。口头语，如《横江词》：“横江馆前津吏迎，向余东指海云生：‘郎今欲渡缘何事，如此风波不可行！’”劝诫之语诚心实意。家常语，如《赠汪伦》中“桃花潭水深千尺，不及汪伦送我情”，比拟之言真挚感人。又如，《闻王昌龄左迁龙标遥有此寄》：

杨花落尽子规啼，闻道龙标过五溪。

我寄愁心与明月，随风直到夜郎西。

感发之语纯真有趣，怎一个“婉”字了得。

其三，李白七绝审美意蕴明丽，有“弦外音”或“含吐不露”，至达“情遥”之效。写思乡情，晶莹皎洁，如《峨眉山月歌》：

峨眉山月半轮秋，影入平羌江水流。

夜发清溪向三峡，思君不见下渝州。

月光的宁静弥漫在诗作间，意象灵动而具有朦胧清幽的美。写还家情，轻松惬意，如《早发白帝城》：

朝辞白帝彩云间，千里江陵一日还。

两岸猿声啼不住，轻舟已过万重山。

放舟三峡，快意无比。两岸猿声，万重山影，一叶轻舟，一泻千里。写羁情无限，蕴藉深着，落梅笛怨，迁谪情怀，有《黄鹤楼闻笛》：

一为迁客去长沙，西望长安不见家。

黄鹤楼中吹玉笛，江城五月落梅花。

《梅花落》，既是曲调，也是景致，更是情怀，“萧条异代不同时”，换了人物，只堪悲。洛城闻笛，故园情致，有《春夜洛城闻笛》：

谁家玉笛暗飞声，散入春风满洛城。

此夜笛中闻折柳，何人不起故园情。

耳之所闻与目之所视皆思乡怀家之念，“春色恼人”，充盈着黯淡与凄凉。写友情无限，情致深婉。寄王昌龄，有《闻王昌龄左迁龙标遥有此寄》，同情不幸，愁心寄予；哭晁衡，有《哭晁卿衡》，忧虑安危，情谊深笃；送孟浩然，情怀相惜，托水而喻，有《黄鹤楼送孟浩然之广陵》：

故人西辞黄鹤楼，烟花三月下扬州。

孤帆远影碧空尽，唯见长江天际流。

二、杜甫：沉郁之美

杜甫（712—770），字子美，巩县（今河南巩义市）人。因远祖杜预为京兆杜陵人，遂自称杜陵布衣。原籍襄阳（今属湖北），祖父杜审言。举仕不第，漫游吴越、齐赵。后寓居长安近十年，尝居城南少陵附近，自称少陵野老，因称杜少陵。安史乱起，逃至凤翔谒肃宗，授左拾遗，旋被贬华州司功参军。后弃官流寓陇蜀、荆湘，曾移家成都筑草堂于浣花溪，一度任剑南节度使严武参谋，被表为检校工部员外郎，世称杜工部。其诗显示了唐王朝由盛转衰的历史进程，被称为“诗史”。有《杜工部集》。世人誉杜甫为“诗圣”，诗歌美感属“沉郁”，“沉郁”的文化内涵，就是儒家的“仁”。他是我国古典诗歌的集大成者，诸体兼擅，无体不工，沉郁顿挫，律切精深。

（一）沉郁顿挫

沉郁顿挫是杜甫对自己创作风格的一种描述，《进雕赋表》云：“臣之述作，虽不足鼓吹六经，先鸣诸子，至于沉郁顿挫，随时敏捷，而扬雄、枚皋之流，庶可跂及也。”是诗人对自己诗歌的一种直接概括和直面体认，亦是对于社会生活一种深切而特别的自身认同和独特表达。“沉郁”一词，来自汉刘歆《与扬雄书从取方言》：“非子云澹雅之才，沉郁之思，不能经年锐积，以成此书，良为勤矣。”而“顿挫”一词，源于晋陆机《文赋》：“铭博约而温润，箴顿挫而清壮。”而首先用“沉郁”来形容杜诗风格的是严羽的《沧浪诗话》：“子美不能为太白之飘逸，太白不能为子美之沉郁。”①何谓沉郁顿挫？可作两层解。一层为“沉郁”，指思想内容。“沉”即“深”，谓内容的深刻、深广和深厚，“郁”即“积”，谓内容的真实、凝重、含蓄。一层为“顿挫”，指艺术形式。“顿”指词句的停顿转折、音调的抑扬顿挫，“挫”指节奏的徐疾相间、旋律的跌宕起伏。清人吴瞻泰《杜诗提要》云：“沉郁者，意也，顿挫者，法也。”② 所谓“沉郁”，即杜诗的内容特征，主要指思想感情的博大深厚和深沉苍凉；所谓

① 严羽：《沧浪诗话》（下），何文焕辑《历代诗话》，中华书局 1981 年版，第 697 页。

② 吴瞻泰：《杜诗提要》，大通书局 1982 年版，第 153 页。

“顿挫”，即杜诗的形式特征，主要指表现手法的沉着蕴藉和曲折有力。

1. 沉郁：杜诗的内容特征。

沉郁是杜诗的内容特征，是一种文学风格，更是一种人性思想。深厚的内容与激越的感情，构成沉郁风格。生活折磨了杜甫，也玉成了杜甫，沉郁主要体现在时代特征、个人遭际和诗人气质等方面。

一是特别的时代特征。杜甫一生，正值唐帝国由盛而衰的急剧转变的时代，既经历了繁荣昌盛的“开元全盛日”，也经历了“流血川原丹”的安史之乱，杜甫用诗歌描绘了那个“万方多难”的社会现实，在“万方多难”中成就“诗圣”。困守长安，屈辱下更清醒地认识到现实的残酷；亲历沦陷，灾难中更真实地体验到人民的痛苦；漂泊西南，流寓间更深刻地了解到社会的黑暗。

紧扣时代脉搏，同情民生疾苦，关心国家兴衰是杜诗永恒的旋律，“穷年忧黎元，叹息肠内热”。描绘战争之苦，揭露社会现实。一叙战争使人民深受其害。《兵车行》以血泪控诉，揭示了穷兵黩武的巨大破坏和深重灾难。诗人通过细微的“典型环境”描摹了战争使百姓妻离子散的悲惨，充溢着无比激越和无限忧愤。二叙战争失败使人民灾难加剧。《悲陈陶》记录唐军惨败状况：“孟冬十郡良家子，血作陈陶泽水中”，“四万义军同日死”。“悲”情为全诗主旨贯穿其间，悲痛战事惨败、悲悼阵亡义军、悲愤群胡蛮横、悲切官军无能，字字句句都有一个“悲”字。《后村诗话》评说：“叙陈陶、潼关之败，直笔不恕，所以为诗史也。”① 三叙战争使社会走向了动荡。《三吏》《三别》是经典的反映唐代内乱真实情况的乐府诗。全方位地反映了战争的灾难，朴实而悲痛的语言中传达着那个时代惊心动魄的悲剧，杜甫用如椽刻笔“实录”（班固评《史记》曰“其文直，其事核，不虚美，不隐恶，故谓之实录”），笔墨渗透出史诗般的力量。

二是特殊的个人遭遇。杜甫的一生，是颠沛流离的一生，沦落潦倒的一生。“苦难”成了他人生的代名词。

其一，颠沛流离的生活经历。杜甫一生颠沛流离，生活困顿，他的一生可分为游历、困守、逃难和漂泊四个阶段。早年游历、放荡齐赵间，是人生筹备期，快意诚然快意，却好景不长。困守、求仕长安间，却讨得个失意落魄。避乱、穿梭叛军间，历尽艰辛却凄凉。漂泊于蜀中湘水间，更是备受煎熬。潦倒一生，仕途困顿；济世忧民，热切衷肠。虽“学而优则仕”，却“到处遣悲辛”，行为执着，孔子、屈原、杜甫，一脉相承，“他们的那种追求理想、争取

① 刘克庄：《后村诗话》，中华书局 1983 年版，第 90 页。

实现伟大抱负的执着精神和顽强意志却是不容轻视的，更何况这理想、抱负中还多少含有活国济人的进步因素”。①（陈贻焮《杜甫评传》）赤诚一片，真率全心，诗人时刻不忘君国黎元的纯一精神和忠肝如火的情怀闪耀诗间。

其二，艰难苦恨的人生体验。杜甫困守长安时期，曾陷入“卖药都市，寄食友朋”的困境，“安史之乱”爆发，他沉重地记录了这一社会灾难。无论是描摹现实，还是勾勒历史，杜诗都表现出厚实的思想内蕴和凝重的历史意蕴。《登高》一诗将诗人一生概貌无遗。其间“艰难苦恨”四字，包含着郁积难舒的爱国情感和排遣不开的羁旅愁思。诗作不仅仅写出个人的漂泊西南衰老多病，鬓毛早衰止酒停杯，也从一个侧面反映出社会的动荡不安满目疮痍，人民颠沛流离受尽苦难，作者的悲情凝聚于这四字之中，郁结深厚而寄慨深广，“艰难苦恨”四字抑扬顿挫，四声排列，诚如人生之起伏沉浮，有青春激扬、有奋发作为，亦有无情打击、残酷现实。《江南逢李龟年》一诗记录四十年间沧桑。诗人怀抱“济苍生”“安社稷”“安黎元”的理想，现实却命运多舛、人生艰难、壮心难酬，天涯漂泊、世态炎凉、岁月蹉跎的人生苦涩汇聚成一种殊深的感伤情结。

三是特质的诗人情怀。杜甫是盛唐的最后一位诗人，也是中唐的第一位诗人。继承盛唐诗人的开阔胸襟和开放视野，开创着中唐诗人的直面精神和悯怀情愫。

第一，杜甫一生心忧天下，胸襟开阔。杜甫的一生始终关注人民：“穷年忧黎元，叹息肠内热”（《自京赴奉先县咏怀五百字》）；对人民的苦难，也有深刻的感受：“靡靡逾阡陌，人烟眇萧瑟，所遇多被伤，呻吟更流血”（《北征》）；希望人民生活得到改善：“谁能叩君门，下令减征赋”（《宿花石戍》）；对待被逼上反路的叛贼：“不可行俭德，盗贼本王臣”（《有感》）。在“幼子饥已卒”的情况下，他却“默思失业徒，因念远戍卒”；当茅屋为秋风所破时，他却发出了这样的宏愿：“安得广厦千万间，大庇天下寒士俱欢颜。”这种孟子式的“己饥己溺”② 的仁者胸怀，在其诗作中都有生动体现。

第二，杜甫一生志贞不渝，思想高标。杜甫始终敢于直面现实，讽喻时事，对统治阶级祸国殃民的种种罪行痛加诛伐。如《兵车行》谴责最高统治者热衷于开边扩土，致使人民流血破产；《丽人行》以华美的辞藻描摹杨氏姐妹的豪华

---

① 陈贻焮：《杜甫评传》，上海古籍出版社 1982 年版，第 123 页。

② 出自《孟子·离娄下》：“禹思天下有溺者，犹己溺之也；稷思天下有饥者，犹己饥之也。”是杜甫推己及人的思想源头。

衣食和骄傲神态，看似赞赏，实乃讽刺。“朱门酒肉臭，路有冻死骨”，愤激之语，炽烈之情，诗人之言，圣者之心。皑皑白骨与烈烈红艳形成鲜明反差，诗人的悲凉慷慨始终与忧时伤乱相影从。

第三，杜甫一生，爱国炽烈，情感真纯。诗人的一生都抱着爱国的血诚，“我以我血荐轩辕”。爱国，“济时敢爱死，寂寞壮心惊”（《岁暮》）；忧国，“独使至尊忧社稷，诸君何以答升平”（《诸将》）；忧世，“必若救疮痍，应先去蟊贼”（《送韦讽上阆州录事参军》）；忧时，“公若登台辅，临危莫爱身”（《奉送严公入朝》）。吟咏诸葛亮的诗篇不少，《蜀相》为代表。“三顾频烦天下计，两朝开济老臣心”一联，最能全面反映武侯功业，也是杜甫心声。诸葛一生志业，尽于“老臣心”三字间，内蕴丰赡而耐人寻味。

2. 顿挫：杜诗的形式特征

顿挫是杜诗的形式特征，顿挫是一种表现手法，更是一种诗学境界。杜诗“顿挫”主要体现在精妙的构思和委婉的表达。

一是回环艺术。就其七律和五律来说，集中体现在回环艺术上，有回字型章法和回形针章法。

其一，回字型章法（锁闭型）。一般而言，律诗前两联构成一个圈形主要写景，后两联构成一个圈形主要抒情，情景相生。内圈、外圈，构成“回”字形，两圈如太极游走，两圈之间形成魔力，相互吸引，共同运动，产生磁场。以《登高》为例：

> 风急天高猿啸哀，渚清沙白鸟飞回。
> 无边落木萧萧下，不尽长江滚滚来。
> 万里悲秋常作客，百年多病独登台。
> 艰难苦恨繁霜鬓，潦倒新停浊酒杯。

方东树《昭昧詹言》论《登高》章法：“前四句景，后四句情。一、二碎，三、四整，变化笔法。五、六接递开合，兼叙点，一气喷薄而出……收不觉为对句，换笔换意，一定章法也。”① 前写景，后叙情，宛若一首精致的宋词，情景相融。

植入“新停浊酒杯”这一生活细节上，诗作纵横开阖变化自如，正是这种曲折有致的章法，既令文势波澜横生，也令情感的表达深厚凝重。雄浑高远的意境中回荡着飞扬流转的旋律。胡应麟赞此诗云：“通章章法、句法、字法，前

① 方东树：《昭昧詹言》，汪绍楹校点，人民文学出版社 1984 年版，第 400 页。

无昔人，后无来学……然此诗自当为古今七言律第一，不必为唐人七言律第一也。"①《登高》顿挫，节奏上平仄变化，结构上起承转合，意境上大开小合。杜甫诗作细腻入微，体物微妙，情景合垠，如他在离蜀途中写的《旅夜书怀》：

> 细草微风岸，危樯独夜舟。星垂平野阔，月涌大江流。
> 名岂文章著？官应老病休。飘飘何所似？天地一沙鸥。

前两联状物写景。后两联叙事抒情。情景相融，事理相谐，为登临或咏怀诗谋篇佳构。第一，中间两联赋比结合。多采用写景与言事的笔墨布局，中二联或写景，或叙事，或述意，此三者以虚实分之，景为实，事意为虚，有前实后虚、前虚后实。虽是赋笔，比兴兼有。第二，写景与言事（即颔联与颈联）相得益彰。写景是情感的侧面烘托，言事是情感的正面揭示，写景与言事二者在抒情上是互为表里的关系。眼前景、心中事，名二而实一。唐诗最为经典的创作章法在诗人手下可谓浑然天成，点题、写景、言事和结情。第三，末尾多以细节行为结情。如《登岳阳楼》"凭轩涕泗流"，《登楼》"日暮聊为梁甫吟"，《登高》"潦倒新停浊酒杯"，以及《春望》"白头搔更短，浑欲不胜簪"，《春宿左省》"数问夜如何"等；流涕、吟诗、停杯、搔首等，这些细节行为都具有确定的情感指向和丰富的情感蕴藏，能够引人想象，产生言尽意远的效果，比起直言结情要好得多。

其二，回形针型章法（开放型）。律诗中二联写景，浑然一体，首联、尾联抒情，自然流畅，触景生情，披情入景。这也是唐诗经典的结构模式，首尾抒情，中间写景，情景相融。像回形针一样，中间着力，两端开口吸收，既有固定性，又具灵活性。如《蜀相》：

> 丞相祠堂何处寻，锦官城外柏森森。
> 映阶碧草自春色，隔叶黄鹂空好音。
> 三顾频烦天下计，两朝开济老臣心。
> 出师未捷身先死，长使英雄泪满襟。

首联"何处寻"三字为全诗赞颂、痛惜之词预留伏笔，此为一折。颔联以"碧草""黄鹂"两个特写镜头，反衬英雄悲情，此为二折。颈联胸臆直泻，以凝练之语概括诸葛武侯千秋功业，此为三折。经此三折，诗人方揭出点睛之笔："出师未捷身先死，长使英雄泪满襟。"凡用顿挫，必不平直，从此诗结构上的

---

① 胡应麟：《诗薮》，上海古籍出版社1958年版，第95页。

起承转合回环照应，正可见杜诗运笔之顿挫风格。流寓间，漂泊之感油然，如《登楼》：

> 花近高楼伤客心，万方多难此登临。
> 锦江春色来天地，玉垒浮云变古今。
> 北极朝廷终不改，西山寇盗莫相侵。
> 可怜后主还祠庙，日暮聊为梁父吟。

整首诗格律严整，中间两联对仗工稳，读来流动灵性。“全诗即景抒怀，写山川联系着古往今来社会的变化，谈人事又借助自然界的景物，互相渗透，互相包容；蓉自然景象、国家灾难、个人情思为一体，语壮境阔，寄慨遥深，体现着诗人沉郁顿挫的艺术风格。”①（赵庆培）由叙事而绘景至抒情，情景交融，这已成为唐诗的标准模式，

二是迂回表达。杜甫诗歌构思深刻在含蓄和曲折。含蓄、曲折使杜诗深沉隽永，一唱三叹。刘熙载《艺概》说：“杜诗高、大、深俱不可及。吐弃到人所不能吐弃，为高；涵茹到人所不能涵茹，为大；曲折到人所不能曲折，为深。”② 杜诗的主题是崇高的，内容是宏大的，表达是深远的。

其一，主题崇高，震撼人心。杜甫忧国忧民无已时，君圣民安方死休。杜甫诗歌的核心是爱国主题，焦点是忧民主题。诗人爱国，屈原肇始，杜甫爱国，“亦余心之所善兮，虽九死其犹未悔”。读书壮游，即有“会当凌绝顶，一览众山小”的远大胸襟，热爱山川；困守长安，怀着“致君尧舜上，再使风俗淳”（《奉赠韦左丞丈二十二韵》）政治抱负，自谓立登要路，为国请命；安史乱中，感知“国破山河在，城春草木生”（《春望》），见闻“都人回面向北啼，日夜更望官军至”（《悲陈陶》），感喟国势；漂泊西南，遥望“戎马关山北，凭轩涕泗流”，静思“他乡阅迟暮，不敢废诗篇”（《归》），忧心国祚。杜甫的爱国与忠君、爱民是紧密结合的，苏轼说杜甫“一饭未尝忘君”，周紫芝说杜甫“少陵有句皆忧国”。忧国忧民，本为一体。杜甫忧民，源于屈原“长太息以掩涕兮，哀民生之多艰”，沿袭汉乐府“缘事而发”精神，自创新题，元稹在《乐府古题序》说：“近代惟诗人杜甫《悲陈陶》《哀江头》《兵车》《丽人》等，凡所歌行，率皆即事名篇，无复依傍。”直面写实，写民生疾苦，重在三端情致体现：对人民的无限同情，“穷年忧黎元，叹息肠内热”（《自京赴奉先县

---

① 见《唐诗鉴赏辞典》，上海辞书出版社1983年版，第554页。

② 刘熙载：《艺概（上）》，袁津琥校注，中华书局2009年版，第288页。

咏怀五百字》)，对民生的无尽热爱，“济时敢爱死，寂寞壮心惊”(《岁暮》)和对祸患的无比憎恨，“必若救疮痍，先应去蟊贼”(《送韦讽上阆州录事参军》)。

杜甫爱国忠君、仁民忧民的思想对后世有着巨大的影响。宋代继承杜甫爱国思想，发扬沉郁顿挫风格的，首推陆游和文天祥。陆游终生以爱国忧民为怀，“位卑未敢忘忧国”(《病起书怀》)，直至临终，还“但悲不见九州同”(《示儿》)。《示儿》诗赍志以殁凛然气，薪火相传爱国情。文天祥一生敬仰杜甫，在被元军囚禁三年中，集杜诗五言绝句二百首，足见他的思想与杜甫的情感完全一致。明清乃至近现代，杜诗中的爱国精神依然为世人所高扬。

其二，内容宏达，蕴涵无垠。杜甫重视诗歌的“兴观群怨”，杜诗内容广阔，题材广泛，乡思之愁、世情之弊、友情之真和国情之痛，都有涉及。乡愁之思，有“兴”，“感发志意”(朱熹)，如《月夜》：

今夜鄜州月，闺中只独看。遥怜小儿女，未解忆长安。
香雾云鬟湿，清辉玉臂寒。何时倚虚幌，双照泪痕干。

此诗是禁于长安时望月思家之作。离乱之痛和内心之忧熔于一炉，对月惆怅，忧叹愁思。《唐诗矩》云：题是《月夜》，诗是思家，看他只用“双照”二字，轻轻绾合，笔有神力。世情之弊，可“观”，“考见得失”(朱熹)，见僭越事端，委婉讽谏，如《赠花卿》：

锦城丝管日纷纷，半入江风半入云。
此曲只应天上有，人间能得几回闻。

看“翻云覆雨”，世风浇漓，如《贫交行》：

翻手作云覆手雨，纷纷轻薄何须数。
君不见管鲍贫时交，此道今人弃如土。

友情之真，能“群”，“和而不流”(朱熹)，砥砺修养。诗友之纯，如《不见》，李杜友情，“敏捷诗千首，飘零酒一杯”，李杜诗情，“李杜文章在，光焰万丈长”(张籍)；老友之淳，如《赠卫八处士》，“世事两茫茫”，“人生不相见，动如参与商”，友情想念，别易会难；酒友之醇，如《饮中八仙歌》，浪迹纵酒，“一个醒的和八个醉的”① (程千帆)，心交神会。国情之痛，属“怨”，“怨刺上政”(孔安国)，以写思家来忧国，盼国家中兴，言近旨远，辞浅情深，

---

① 程千帆、莫砺锋、张宏生：《被开垦的诗世界》，上海古籍出版社 1990 年版，第 71 页。

如《恨别》：

洛城一别四千里，胡骑长驱五六年。
草木变衰行剑外，兵戈阻绝老江边。
思家步月清宵立，忆弟看云白日眠。
闻道河阳近乘胜，司徒急为破幽燕。

用捷报来写还乡快意，杜甫"生平第一快诗"①（浦起龙），有《闻官军收河南河北》：

剑外忽传收蓟北，初闻涕泪满衣裳。
却看妻子愁何在，漫卷诗书喜欲狂。
白日放歌须纵酒，青春作伴好还乡。
即从巴峡穿巫峡，便下襄阳向洛阳。

其三，意义深远，表达曲致。杜甫重视诗歌的"温柔敦厚"，孔子诗教强调"止乎礼义"和"主文而谲谏"，刘勰也认为"温柔敦厚"的主要特质是含蓄，"至于思表纤旨，文外曲致，言所不追，笔固知止"。② 杜诗凝练含蓄，却也蕴涵深刻。一个方面是寓褒贬于叙事，如《石壕吏》。构思巧妙，最大的特点就是寓主观于客观，将自己的主观意识、思想感情融化在客观的具体描写中。诗人把自己的主观感受和评价融化在客观的叙述中，让事物本身直接感染读者，在惊人的广度与深度上反映了生活中的矛盾与冲突。另一个方面是感时事以抒怀，如《和裴迪登蜀州东亭送客逢早梅相忆见寄》：

东阁官梅动诗兴，还如何逊在扬州。
此时对雪遥相忆，送客逢春可自由？
幸不折来伤岁暮，若为看去乱乡愁。
江边一数垂垂发，朝夕催人自白头。

曲折尽致，朴野疏宕。赵翼论杜诗说："盖其思力沉厚，他人不过说到七八分者，少陵必说到十分，甚至有十二三分者。其笔力之豪劲，又足以副其才思之所至，故深人无浅语。"③杜诗的妙处在于其"深"，"深人无浅语"，诗人内心是深沉的，诗歌情感是深沉的，诗作风格是深沉的。

沉郁顿挫乃杜诗一大特色，沉郁主要表现为意境开阔壮大、感情深沉苍凉；

---

① 浦起龙：《读杜心解》，中华书局1961年版，第839页。
② 刘勰：《文心雕龙》（下），范文澜注，人民文学出版社1958年版，第495页。
③ 赵翼：《瓯北诗话》（卷二），人民文学出版社1963年版，第16页。

顿挫主要表现为语言和韵律屈折有力，而不是平滑流利或任情奔放。沉郁和顿挫合为一体，沉郁凭借顿挫，顿挫服从沉郁，将深厚浓郁的沉郁之情寓于跌宕有致的顿挫之中，真可谓“忧愤深广，波澜老成”。[①]（安旗）从而形成了千汇万状、地负海涵、博大宏远、真气淋漓的杜诗风格。杜甫对中国文学产生了广泛而深刻的影响，可谓“万世诗表”，一代代诗人受其润泽。唐代“元白”、“张王”、“韩孟”、“小李杜”、“皮陆”、李贺、韩偓、韦庄等；宋代王安石、苏轼、黄庭坚、陈师道、陈与义、陆游等；金代元好问等；明代袁凯、李梦阳、郑善夫、陈子龙等；清代钱谦益等，无不推崇杜甫，学习杜甫。杜甫是我国优秀传统文化的典型代表。他的诗歌，堪称中国古典诗歌的范本；他的人格，堪称中华民族文人品格的楷模；他的思想，堪称中华民族传统思想的精华。

（二）诗史精神

杜甫诗歌内容博大精深，现存1400多首诗，可以说是安史之乱前后唐王朝的一面镜子，其反映社会现实的广度与深度，是其他诗人所无法企及的，他的诗堪称唐代由盛转衰的诗史。孟棨《本事诗》载：“杜逢禄山之乱，流离陇蜀，笔陈于诗，推见至隐，殆无遗事，故当时号为诗史。”后宋祁《新唐书·杜甫传》亦称：“甫又善陈时事，律切精深，至千言不少衰，世号诗史。”“善陈时事”为“诗史”主要内容，诗人将己身的悲欢离合寓于家国的兴亡治乱之中，具有深切的沉痛感、深沉的悲凉感和深厚的苍凉感。

一是社会的沉痛感。忧患意识是杜诗的精神灵魂，与屈骚、贾赋一样，深沉的忧患感构成了大部分杜诗的基调。屈骚、贾赋和杜诗中所蕴涵的忧患感和责任感是我国古代文学中最具有积极性的精神财富。社会观察和人生思考，是杜甫作为大诗人的热切衷肠。热切中沉痛感是深深的，杜甫投身社会，接触现实，目睹腐败与灾乱，感知深切，沉痛感日益，有着不尽的愁苦与忧思。沉痛一：世风日下，世态炎凉。现实不公，贫富不均，诅咒贵贱：“吾安藜不糁，汝贵玉为琛”（《风疾舟中伏枕书怀》）；社会不平，待遇不公，揭露弊端：“同学少年多不贱，五陵衣马自轻肥”（《秋兴八首·其一》）。现实残酷，误身受辱，如《奉赠韦左丞丈二十二韵》，“残杯与冷炙，到处潜悲辛”，实使诗人精神上受到极大的创伤。现实黑暗，贤儒倒置，如《醉时歌》：

诸公衮衮登台省，广文先生官独冷。

---

① 安旗：《沉郁顿挫试解》，见《杜甫研究论文集》（第三辑），中华书局1963年版，第156页。

甲第纷纷厌鱼肉，广文先生饭不足。

“世胄蹑高位，英俊沉下僚”（左思），让人痛心疾首，同病相怜，愤怒抗议：“纨绔不饿死，儒冠多误身。”社会动乱，国家凋敝，如《春望》，“国破山河在，城春草木深”，满目疮痍；社会动乱，民不聊生，如《三吏》《三别》，深切同情、深刻谴责与深沉殷忧都有，诗作波澜起伏，千回百折，极尽吞吐曲折之能事，将充沛的感情隐藏于心灵深处。

沉痛二：时序更替，时代沧桑。追忆繁华，渴望昌盛，如《忆昔二首·其一》：“忆昔开元全盛日，小邑犹藏万家室；稻米流脂粟米白，公私仓廪俱丰实。”远追盛事，社会清明、人民安定，大唐帝国不可一世。其间蕴含着是诗人宏大的盛世文化精神，其自信心、进取心让后人倾慕不已，诗情浑雅豪放。感目时下，悲壮苍凉，如《秋兴八首》，刻画时代悲剧，熔铸了夔州萧条的秋色、诗人暮年的多病和国家命运的浮沉。今昔对比，盛衰异日，如《江南逢李龟年》：

岐王宅里寻常见，崔九堂前几度闻。

正是江南好风景，落花时节又逢君。

全诗对比鲜明。前两句追忆昔日与李龟年的接触，寄寓诗人对开元初年鼎盛的眷怀；后两句感慨今日国事凋零和艺人的颠沛流离。语极平淡，内涵丰满。“闻”“逢”两实词转换寓意。从岐王宅里、崔九堂前的“闻”歌，到落花江南的重“逢”，“闻”“逢”之间，联结着四十年的时代沧桑、人生巨变。尽管诗中没有一笔正面涉及时世身世，但透过诗人的追忆感喟，却表现出了给唐代社会物质财富和文化繁荣带来浩劫的那场大动乱的阴影，以及它给人们造成的巨大灾难和心灵创伤。全诗蕴藉丰富。蘅塘退士云：“世纪之治乱，年华之盛衰，彼此之凄凉流落，俱在其中。”①萧涤非先生又说：“一‘又’字，绾合过去或现在，构成尖锐的今昔对比，有‘风景不殊’而世事全非之感。”② 寥寥二十八字，包蕴着丰富的时代生活内容，可视为一幅断代史画轴。盛衰之感、家园之悲、聚散之苦，在对比中显得精练而含蓄。“语言是思想的直接现实”③（马克思），寥寥几字，竟是一部大唐史书，能让人触摸到唐代历史的中枢神经，让人体验到盛唐气象的一去不复之势。

---

① 俞守真：《唐诗三百首详析》，中华书局 1957 年版，第 298 页。

② 萧涤非：《杜甫诗选注》，人民文学出版社 1979 年版，第 337 页。

③ 《马克思恩格斯全集》，人民出版社 1960 年版，第 525 页。

二是人生的悲凉感。杜甫出生"奉儒守官"家庭，有着"诗是吾家事"（《宗武生日》）传统，却一生坎坷，在广阔的时代画卷中呈现的却是深沉的内心悲凉。莫砺锋先生《杜甫评传》将杜甫的人生经历分为六段，以诗人生活轨迹为轴线，透析诗人心灵独白。放荡齐赵：裘马清狂的青年诗人，旅食京华：对浪漫主义诗坛的游离，潼关诗兴：动乱时代的历史图卷，蜀道悲歌：崎岖的道路与伟丽的山川，成都草堂：平凡事物的美学升华，夔府孤城：对人生与历史的深沉思考。其中除"放荡齐赵"外，皆苦难历程，悲凉一生。"千秋万岁名，寂寞身后事"（《梦李白二首》），诗人本是为李白鸣不平，却也是自身命运的悲凉写照。悲凉旅途，感伤至深，如离蜀途中写的《旅夜书怀》，"飘飘何所似？天地一沙鸥"，"沙鸥"，飘零天地，转徙江湖，与诗人何其相似。"沙鸥"可以说是杜甫的化身，亦如"大鹏"是李白的化身、"暮蝉"是王维的化身一样。悲凉生活，坎凛缠身，如《江汉》：

> 江汉思归客，乾坤一腐儒。片云天共远，永夜月同孤。
> 落日心犹壮，秋风病欲苏。古来存老马，不必取长途。

其中"腐儒"为杜甫的形象代言。"腐儒"虽是"归客"，却学"老马"，自明"顽强不息"，诗人孤忠犹存，壮心仍在，属典型的儒家仁爱精神浸润所致。所以，杜甫忧国忧民的激情和高度的时代责任感足为百世楷模，诚如闻一多所云，杜甫是"四千年文化中最庄严、最瑰丽、最永久的一道光彩"。①

三是历史的苍茫感。诗人面临人世沧桑，触发历史相似思索，体验深切而油然引发一种历史的苍茫感，为历史人物或事件而浩叹。如《咏怀古迹五首》其二：

> 摇落深知宋玉悲，风流儒雅亦吾师。
> 怅望千秋一洒泪，萧条异代不同时。
> 江山故宅空文藻，云雨荒台岂梦思。
> 最是楚宫俱泯灭，舟人指点到今疑。

"怅望千秋一洒泪，萧条异代不同时"，时代不同，情感一致，萧条不遇，惆怅失志，以宋玉之悲写诗人之怅，体验深切。又如《蜀相》，含蕴无尽，苍茫无尽。"出师未捷身先死，长使英雄泪满襟"，道出千古失意英雄的同感，"时来天地皆同力，运去英雄不自由"（罗隐《筹笔驿》），英雄无用武之地，令人悲怆。唐代王叔文在永贞革新失败时、宋代抗金英雄宗泽在临终时愤然诵此联，

① 闻一多：《杜甫》，见《杜甫研究论文集》（一辑），中华书局1962年版，第23页。

其苍茫的悲剧美感太震撼人心。惜英雄事业未竟，叹诸葛大业中折，成千古遗恨，有《八阵图》：

功盖三分国，名成八阵图。江流石不转，遗恨失吞吴。

三、王维：空灵之美

王维（701—761），字摩诘，号摩诘居士，太原祁（今山西祁县）人，后徙家于蒲州（今山西永济），遂为河东人。开元进士，授太乐丞，后贬官济州。后历任右拾遗、河西节度判官、殿中侍御史等职。安史乱中被俘授伪职，乱平后降为太子中允。官至尚书右丞，世称“王右丞”。有《王右丞集》。世人誉王维为“诗佛”，诗歌美感属“空灵”，“空灵”的文化内涵，就是禅宗的“悟”。中年后居终南山和辋川别业，亦官亦隐。诗风清新自然，与孟浩然齐名，合称“王孟”，为唐代山水田园诗的代表。

（一）王维山水诗的浓淡色调

王维山水诗具有“诗中有画”的特点，色彩运用精妙，诗歌清新自然，令人味之无尽。王维以画家的专业视域，着色于诗，所绘山光水色，或浓墨重彩，或淡墨轻染，都附着一种自然清新的色调，浓淡相宜，色泽怡人。浓彩着色时，注意色彩的映衬、调和和对比，主要有红绿映衬、青白调和、杂色对比，浓彩绘出清新自然；淡彩生意处，只在乎色调刹那间的“虚静”与“妙慧”，色调轻盈而空蒙，或淡彩虚静，或无色空灵，淡彩绘出空灵静谧。正是这种自觉地用色于诗的高妙，营造了王维山水诗的清新宁静境界。

1. 浓彩着色

此乃有彩之色。王维善用红、绿、青、白等色，诗作宛如工笔重彩画。马克思说过：“色彩的感觉是一般美感中最大众化的形式。”① 如同绘画不是对自然色彩的简单模拟，诗歌的铺彩着色亦不是随心所欲地点染，需要技巧与灵性。王维不仅善于捕捉山水景物的色彩，而且注意色彩的映衬、调和和对比，构置色彩鲜明的画面。

一是红绿映衬。王维山水诗中红绿运用没有给人以纷繁绮丽之感，浓色绘出仍是景静心明，给人自然清净之感。红、绿，无论单独着色，还是相互映衬，都能绘景状情，营造清新。其一，单色绿，绿意盎然。如《书事》：“坐看苍苔色，欲上人衣来。”苍翠欲滴，如《山中》：

---

① 《马克思恩格斯全集》，人民出版社 1962 年版，第 13 卷第 145 页。

荆溪白石出，天寒红叶稀。山路元无雨，空翠湿人衣。

空翠湿衣，俞樾手书此诗时，将“湿”字写成了“氵惢”，心领神会，妙合无垠。其二，单色红，红花卓然。《辛夷坞》红萼灿烂，绽葩吐芳，《红豆》红色热烈，温暖如火。其三，红绿相间，映照明丽。作者常以“新”“晴”“闲”或“静”来状红绿，写出了红绿映衬的和谐美感。如《田园乐·其六》：

桃红复含宿雨，柳绿更带朝烟。花落家童未扫，莺啼山客犹眠。

“桃红复含宿雨，柳绿更带朝烟”，与孟浩然《春晓》景致相仿，然着两颜色字“红”“绿”，状桃之“灼灼”和柳之“依依”，鲜明怡目，着色更让人陶醉于冉冉花香和袅袅柳丝，静中生趣，清新明朗。王维山水诗中红绿搭配，鲜明艳丽，诗人在色彩中注入了心灵的生气。如《红牡丹》：“绿艳闲且静，红衣浅复深。”红中见绿，充满生机，虽写“艳”，却附之以“闲静”神态，使画面显得闲散疏淡。在禅者王维笔下，艳丽的色彩往往能给人以清新淡雅的感觉，存潇洒旷达、静心事佛之境。如《辋川别业》：“雨中草色绿堪染，水上桃花红欲燃。”在草绿桃红中，“绿堪染”与“红欲燃”显示了自然的蓬蓬勃勃，与杜甫“江碧鸟逾白，山青花欲燃”和白居易“日出江花红胜火，春来江水绿如蓝”，异曲同工，色彩绚丽耀眼，春天跃然目前。浓色写淡情，还有“嫩竹含新粉，红莲落故衣”（《山居即事》），“多雨红榴折，新秋绿芋肥”（《田家》）等，诚如贺贻孙《诗筏》所云：“王摩诘之洁，本之天然，虽作丽语，愈见其洁。”①

二是青白调和。青白协调，淡雅清新。王维诗中“青”“白”二色运用频率较高，“白”色出现90余次，“青”色出现60余次，且二色多搭配出现，以平淡清疏之色营造诗歌冲淡素雅之致。一是青、白单色。青独用，暗淡，有“复照青苔上”“日色冷青松”“明灭青林端”等，青叠用，“青青”状柳，如“杨柳青青渡水人”“客舍青青柳色新”等；白，绘物之色，诗中组词有白首、白水、白云、白眼、白草、白日、白马、白鹭、白石、狐白等。二是青白对举，景致宜人。写欹湖之美：“青山卷白云”，状辋川之丽：“青菰临水映，白鸟向山翻。”青白属淡色，融合间极能绘出自然之淡雅清新，写景时青白对举诗句还有：“白水明田外，碧峰出山后”（《新晴望野》）、“日落江湖白，潮来天地青”（《送邢桂州》）、“青草肃澄陂，白云移翠岭”（《林园即事寄舍弟紞》、“九江

---

① 贺贻孙：《诗筏》，见郭绍虞编选、富寿荪校点《清诗话续编》，上海古籍出版社1983年版，第167页。

枫树几回青，一片扬州五湖白”（《同崔傅答贤弟》）、“光连虚象白，气与风露寒。谷静秋泉响，岩深青霭残”（《东溪玩月》）和“望见南山阳，白日霭悠悠。青皋丽已净，绿树郁如浮”（《自大散关以往》）等，殷璠称“维诗词秀调雅，意新理惬。在泉为珠，著壁成绘。一句一字，皆出常境”。①（《河岳英灵集》卷上），可观其理。壮丽山川，青白相间，烟云变幻，秀美无垠，如《终南山》：

> 太乙近天都，连山接海隅。白云回望合，青霭入看无。
> 分野中峰变，阴晴众壑殊。欲投人处宿，隔水问樵夫。

“白云回望合，青霭入看无”，终南秀美，青白生趣，尽在画图里。

三是色彩对比。鲜明感目，给人以清新自然之妙趣。如《积雨辋川庄作》：“漠漠水田飞白鹭，阴阴夏木啭黄鹂”，色彩对比有四：一者漠漠水田和阴阴夏木，亮色暗色对比，二者水田与白鹭，明绿之比，三者夏木与黄鹂，暗绿之比，四者白鹭和黄鹂，黄白对比，色彩绚丽，动静合宜，飘逸清新，与杜甫“两个黄鹂鸣翠柳，一行白鹭上青天”景致一致：青、黄、翠、白四色对比映衬，色调和谐，清新美丽。又如《赠郭给事》中“洞门高阁霭余晖，桃李阴阴柳絮飞”，柳絮之灰白对比桃李之艳丽，浓中有淡雅，显萧索宁静气息；又如《春园即事》中“开畦分白水，间柳发红桃”，水之白对比秧苗之绿，桃之红映衬杨柳之碧，淡中有艳丽，感清新祥和生机。

清新的笔调、均匀的色彩，描绘着幽美清空的景致，洋溢着一份淡雅的闲情逸致，这正是盛唐山水田园诗派的创作旨趣，重兴寄和感受，重观赏和刻画，重视妙悟，直寻兴会，形成寄情感兴于山水自然之中，清新闲雅、空灵淡泊而富有韵外之致。“王孟”山水田园诗派前承陶、谢，后启韦、柳，还有储光羲、常建、祖咏、裴迪、綦毋潜、卢象、丘为、崔兴宗等诗人相应和。他们都生活在“天开盛世”，大部分人一边以“处士”或“隐者”自居，一边又恋栈怀禄。尚未入世仕者，满怀希望地隐居者，已经在位者，却时常回归山野消闲，心安理得地做着“冠冕巢由”。总体来说，这些人有超过陶渊明的富足，却缺乏陶渊明那样的骨鲠与超脱；存歆羡谢灵运那样的悠游，却不及谢灵运那样的恐惧和愤懑。安宁的环境、自得的生活、干禄的志趣皆投射在田园间、映照在山水中，清新悠闲一片。胡应麟评价他们说“靖节清而远，康乐清而丽，曲江清而淡，浩然清而旷，常建清而僻，王维清而秀，储光羲清而适，韦应物清而润，柳子

① 殷璠：《河岳英灵集》，王克让注，巴蜀书社 2006 年版，第 66 页。

厚清而峭，徐昌谷清而朗，高子业清而婉”。①

2. 淡彩生意

此乃无彩之色。王维写山水田园景致时，轻笔淡墨，色调朦胧，似着色然未添彩，笔调轻盈，在色的刹那“虚静”和“妙慧”，淡彩虚静，无色空灵。

一是淡彩虚静。

其一，朴素中有清新。淡彩绘清新的山水画。如《汉江临眺》：

> 楚塞三湘接，荆门九派通。江流天地外，山色有无中。
> 郡邑浮前浦，波澜动远空。襄阳好风日，留醉与山翁。

“江流天地外，山色有无中”，以山光水色作为画幅的远景，着墨极淡，远胜于重彩浓墨的油画和色调浓丽的水彩，胜在画面色彩的雅致清新，气韵生动，难怪王世贞说：“是诗家俊语，却入画三昧。”② 此类淡彩山水画还有《终南山》《归嵩山作》和《送沈子福归江东》等。淡彩描淡雅的田园色，如《新晴野望》：

> 新晴原野旷，极目无氛垢。郭门临渡头，村树连溪口。
> 白水明田外，碧峰出山后。农月无闲人，倾家事南亩。

“无氛垢”为诗之底色和诗人之心境，碧峰白水，只不过一抹清新，明净新鲜眼帘。此类雅致田园色还有《辋川闲居》《辋川闲居赠裴秀才迪》和《山居即事》等。

其二，清幽间显宁静。王维山水诗，以返照的眼光写出了自然中特有的超然与静谧，像《鸟鸣涧》：

> 人闲桂花落，夜静春山空。月出惊山鸟，时鸣深涧中。

花落无声，鸟鸣山更幽。王维山水诗着色空蒙，色调清幽，禅境空灵，让读者在审美想象力的自由高蹈中，领悟其“许多不可名言的东西”③（康德），所以苏轼说：“味摩诘之诗、诗中有画；观摩诘之画，画中有诗。”④（《书摩诘蓝田烟雨图》）许多山水诗色彩空蒙，景致清新，画境悠远，写出了淡雅中的清幽。如《送梓州李使君》：

---

① 胡应麟：《诗薮》，上海古籍出版社1958年版，第186页。

② 王世贞：《黄太痴江山览胜图跋》，见胡经之《中国古典文艺学丛编》（第2册），北京大学出版社2001年版，第99页。

③ 康德：《判断力批判》（上），商务印书馆1964年版，第166页。

④ 苏轼：《苏轼文集》，孔凡礼点校，中华书局1986年版，第2209页。

万壑树参天，千山响杜鹃。山中一夜雨，树杪百重泉。

汉女输橦布，巴人讼芋田。文翁翻教授，不敢倚先贤。

"山中一夜雨，树杪百重泉"，画意十足，且蕴涵丰富，清新宁静之感足慰友人，属"兴来神来，天然入妙，不可凑泊。"（王士禛《古夫于亭杂录》）

《五灯会元》记载天柱崇惠禅师与门徒对话，门徒问："如何是禅人当下境界?"禅师回答："万古长空，一朝风月。"这两句禅机妙趣。"万古长空"象征着天地悠悠，这是无限，是永恒；"一朝风月"显示出自然生机，这是当下，是瞬间。禅宗就是要求人们从现实世界当下的生机去悟那宇宙的无限和永恒。只有观"一朝风月"，方能悟"万古长空"；反之亦然，只有领悟"万古长空"之妙，才能欣赏"一朝风月"之美。这就是禅宗的"悟"。"悟"就是一种瞬间永恒的形而上的体验。王维送别诗，无论是情致豪迈，还是情韵婉约，也充分体现了禅宗的这种"悟"的意蕴。如《送元二使安西》：

渭城朝雨浥轻尘，客舍青青柳色新。

劝君更尽一杯酒，西出阳关无故人。

又如《送沈子福归江东》：

杨柳渡头行客稀，罟师荡桨向临圻。

惟有相思似春色，江南江北送君归。

送别的情感都浸润在"柳色"和"春色"之上，感观明眼，却涵蕴深厚，将自然之色比作心中之情，剪取的是生活之"色"，蕴含的却是极其丰富的一刹那，有着无限的机趣。

二是无色空灵。

明代王鏊《震泽长语》评价王维诗歌说："摩诘以淳古淡泊之音，写山林闲适之趣，如辋川诸诗，真一片水墨不著色画。"① "不著色"并不意味着没有色彩，只是一种特殊的"无色之彩"。辋川诗山水空灵，意境幽淡渺漫，其美感不只是形象本身，而是经验美感的主体生命所经历的抽象体验，牟宗三先生谓其为"妙慧"②，妙慧色彩变化，观照色相本质，有色之陆离、色之迅忽、色之静谧和色之澄澈等，然一切色相归于空灵。

---

① 王鏊：《震泽长语》，见吴文治《明诗话全编》（第2卷），江苏古籍出版社1997年版，第1690页。

② 牟宗三：《康德·批判力之批判》，见《牟宗三先生全集》（第16册），联经出版事业有限公司2003年版，第69页。

写光色之陆离，有《鹿柴》：

空山不见人，但闻人语响。返景入深林，复照青苔上。

诗作从“空”入手，无人却有语，以“色”着眼，无光却有影，趣味无极，李瑛《诗法易简录》评说：“写空山不从无声无色处写，偏从有声有色处写，而愈见其空。”① 王维深谙禅佛之悟，色尘的阴荫与光影亦不过心境之投射，唯有“对境无心”，方能细密觉知其中色彩之深碧或浅绿的素彩。夕辉的暖色与青苔的冷色形成色调互补，山林的静谧与山间的人语形成动静对比，使有限的画面延伸到画外无限的空间，从而以深林中夕阳返照的一角显示出山中的空灵意境。

写山色之迅忽，有《木兰柴》：

秋山敛余照，飞鸟逐前侣。彩翠时分明，夕岚无处所。

秋山残照将敛，山色瞬息万变，光影、彩翠、山岚，一片无以言说之境，在色尘世界精微的幻化中，殆无言语能说破，惟有诗人之高妙，展现色空世界的无尽藏，明代顾可久评点此诗：“一时景色逼人，造化尽在笔端矣。”

写色之静谧，红萼摇落，蓓蕾初放春光艳亮，有《辛夷坞》：

木末芙蓉花，山中发红萼。涧户寂无人，纷纷开且落。

胡应麟说此诗是“入禅”② 之作，“读之身世两忘，万念皆寂”。③ 花开花落，似乎不引起诗人的任何哀乐之情，“纷纷”二字，极好地表现出辛夷花此生彼死、亦生亦死、无生无死的超然。洁白如洗，月色怡人，秋意淡然，有《白石滩》：

清浅白石滩，绿蒲向堪把。家在水东西，浣纱明月下。

“浣纱明月下”，清澈纯净，山川之丽，俨然世外桃源。

写色之空明，有《竹里馆》：

独坐幽篁里，弹琴复长啸。深林人不知，明月来相照。

“清幽绝俗”④（《岘佣说诗》），空明澄澈。四句诗造语平淡，却妙谛自成，境界自出。诗人在意兴清幽、心灵澄净的状态下与竹林、明月本身所具有

---

① 李瑛：《诗法易简录》，见陈伯海《唐诗汇评》，浙江教育出版社 1995 年版，第 340 页。

② 胡应麟：《诗薮》，上海古籍出版社 1958 年版，第 116 页。

③ 同上，第 119 页。

④ 施补华：《岘佣说诗》，见陈铁民《王维集校注》，中华书局 1997 年版，第 428 页。

的属性悠然相会，表现了诗人安然自得尘虑皆空之情，进入了一种无我之境，返照自身，不由得物我皆忘，惬意抒怀。

（二）王维山水诗的空灵境界

王维，笃于佛，染于禅，耽于诗，成就了“诗佛”之誉。王维诗歌，诗语中有禅意，禅语中存诗味，终使其诗臻于“思与境偕”①（司空图）的空灵境界。王维禅诗有安禅之境、参禅之境和入禅之境的境地，很好地揭示了“诗佛”求佛之心：安禅向佛、骋怀参佛和入禅见佛。

1. “安禅”之境

这是安禅向佛之阶段，此为借助佛法消释心中无妄时期。“安禅”本为佛家语，即安静地打坐，身心安然入于静思凝虑的俱寂境界。苑咸《酬王维》诗序说：“王兄当代诗匠，又精通禅理。”王维受家庭浓厚的佛教氛围和社会佞佛风气的影响甚大，笃志学佛，安禅以消除心间烦忧。其佛理可观《过香积寺》：

> 不知香积寺，数里入云峰。古木无人径，深山何处钟？
> 泉声咽危石，日色冷青松。薄暮空潭曲，安禅制毒龙。

香积寺位于四川涪城县，寺名源于《维摩经》，王维因声造访，诚心乃至，可堪“爱染日已薄，禅寂日已固”（《偶然作六首》），超尘脱俗之念和安禅入定之想已然融入香积寺中。

超尘脱俗景致。“泉声咽危石，日色冷青松。”泉声、危石、日色、青松等看似写景，实则会禅，自然景物之宁静用以印证诗人归寂之心态，可谓“深幽超尘，诗中有道”。② 赵殿成评曰：“下一咽字，则幽静之状恍然；著一冷字，则深僻之景若见。昔人所谓诗眼是矣。”③ 诗歌写出了一个幽深、静谧的境界。诗人用静境来体现排除心间妄念，达到气定神怡境界以摆脱人世一切烦恼。景能怡心，境可引情，感山水之清新，得超尘之心境。

安禅入定境地。“薄暮空潭曲，安禅制毒龙。”毒龙，佛家谓邪念妄想，比喻世人的欲望。佛教故事有云：西方水潭中，曾有一毒龙藏身，累累害人。某高僧以无边的佛法制服了毒龙，使其离潭而去，永不伤人。佛法可制毒龙，静谧能克欲念。王维笃好南禅宗，亦曾为南禅宗开宗立派大师慧能写过碑志，而

---

① 司空图：《与王驾评诗书》，见祖保泉、陶礼天《司空图诗集笺校》，安徽大学出版社2002年版，第190页。

② 王莉：《深幽超尘，诗中有道：王维过香积寺赏析》，《古典文学知识》2007年第3期，第30—33页。

③ 赵殿成：《王右丞集笺注》（卷七），上海古籍出版社1998年版，第8页。

慧能主张不假外求，靠“已心弥陀”顿悟。王维观山水、赏景致间不执着于外物之感官，而是“即色游玄”，清幽宁静之景已然深契“无心于万物”的佛玄心胸，故而诗人能将禅之拈花微笑的意念转化为诗之空明脱俗的审美。“安禅制毒龙”，人不可能没有欲望，要兼有理性，更须以理性去克制各种欲望。读王维诗，确感清新气，生禅家意。

2. “骋怀”之境

这是参禅悟佛之阶段，此为闲适淡逸超然物外时期。“骋怀”语出王羲之《兰亭集序》：“仰观宇宙之大，俯察品类之盛，所以游目骋怀，足以极视听之娱，信可乐也。”远离尘嚣，置身空旷山野之间，极力让经世俗浸染的心灵找一个立命之地，寻一份寄托，得到一种补偿和满足，暂时忘却尘世的喧哗和骚动，山林自然成为诗人的慰藉。能隐逸，能坐忘，能谈禅，能悠游，观其《终南别业》：

> 中岁颇好道，晚家南山陲。兴来每独往，胜事空自知。
> 行到水穷处，坐看云起时。偶然值林叟，谈笑无还期。

王维想隐逸，素食于终南山，享受山野之清，“游目骋怀”，徜徉山水、寄寓情怀、愉悦身心，源于有好道之嗜，感参禅之妙。

好道之嗜。“中岁颇好道，晚家南山陲”，王维所好之“道”，不仅仅是禅宗之道，而是哲理之道，指普遍精神的本体。所以，无论是凝望云卷云舒，还是观赏花开花落，都是为探寻“道”，探寻生活的要义，探寻人生的真谛，探寻宇宙的奥秘。在生活角度而言，王维是“骋怀”，从宗教角度而言，他是“好道”，于审美角度来说，他是“趋趣”。骋怀舒目，禅诗旨趣归一，其居住环境、往来人丁和生活方式皆如参禅。所居无氛垢，纯净，亦指无杂念、无机心，“新晴原野旷，极目无氛垢”（《新晴野望》），碧峰白水，秀丽一片；所语或林叟或樵夫，皆野老（不与人争席），与林叟谈笑甚洽，随遇而安，“欲投人宿处，隔水问樵夫”（《终南山》），向樵夫信口问宿，安然行止；日常所观照，或“寂寥天地暮，心与广川闲”（《登河北城楼作》），或“山中习静观朝槿”（《积雨辋川庄作》），无论是“心与”“静观”，都描绘了一种审美静观的思维方式。所以，诗人在“寂寞掩柴扉，苍茫对落晖”（《山居即事》）中体物悟道，妙谛自在。

参悟之妙。“行到水穷处，坐看云起时”，隐居优游，将诗情、画意、禅机相融，妙合无垠。悠闲之至，心与物游。王维坐看云起，陶潜悠然见南山，他们不是“穷格”眼前的云山，也不是只在自己的身心，诗人从云之聚散、鸟之盘桓，体会诗学和禅意。清代俞陛云《诗境浅说》云：“行至水穷，若已到尽头，而又看云起，见妙境之无穷。可悟处事变之无穷，求学之义理亦无穷。此二句有一片化机之妙。”① 禅讲究“当下见性”，眼下便是禅机，感实景悟真如，诚如星云大师所云：这世界无处不美。

3. “至乐”之境

这是入禅见佛之阶段，此为见佛性悟真如时期。“至乐”源于庄子，主张通过“坐忘”“心斋”来达到“逍遥”境界。王维归隐辋川，从名利场上退下而走向禅宗时，其诗歌创作更倾向于纯粹的审美，进入物我两忘的境界。主要看其《山居秋暝》：

> 空山新雨后，天气晚来秋。明月松间照，清泉石上流。
> 竹喧归浣女，连动下渔舟。随意春芳歇，王孙自可留。

王维固隐辋川，终葬辋川，辋川成了诗人的精神高地和至乐圣地。辋川山水，诗意与禅机兼有，清新与空灵俱在。诗与禅通。禅宗，价值取向为解脱人世纷繁，通过自性静观的发现从而达到自由无碍的超脱世界。无论参禅打坐、静观默念，还是随缘任远、适意自然，皆是以摒弃物欲和名利为前提的。通过这一过程，使心灵得到一种自由，超脱世间束缚而进入禅的世界。诗歌，审美追求本身就是无功利、无目的的，其过程是一个暂忘自我，摆脱意志束缚而进入意象世界的过程。王维眼中，诗与禅旨趣仿若，对同一物景，可能是禅的对象，也是诗（审美）的客体，同时体现禅与诗的价值，也唤起佛性的直观和物我两忘的审美感受。王维山水诗着色空蒙，色调清幽，禅境空灵，让读者在审美想象力的自由高蹈中，领悟其“许多不可名言的东西”②（康德）。“明月松间照，清泉石上流”，多么惬意，营造了一个静谧的空灵世界。诗与禅契合，诗中的禅意，既是哲学的，也是审美的。对境无心，无住为本。王维早年经“舞狮事件”遇贬，中岁历“伪官事件”遭黜，“晚年惟好静，万事不关心”（《酬张少府》），陶醉于“松风吹解带，山月照弹琴”（《酬张少府》）。这种月照林间、溪流石上的静谧空间，在深层次上象征了没有纷争竞斗的社会理想。王维的禅诗所追寻的清新自然、静谧空灵的境界，实则是想寻求一种没有挂碍的心灵世界和没有龌龊的生存空间。

---

① 俞陛云：《诗境浅说》，中华书局 2010 年版，第 10 页。

② 康德：《判断力批判》（上），商务印书馆 1964 年版，第 166 页。

第三节 中唐变调

中唐为秋。国势日趋衰落，气度完全没有盛唐的恢宏博大，萧瑟间慢慢走向成熟，中唐成为唐诗发展的又一个高峰。诗变于盛衰之际，一方面，逐渐深化的社会矛盾逼迫诗人贴近现实、反映民生；另一方面，相对稳定的社会环境又给诗人提供了精心创作、锤炼诗艺的有利时机，探索诗歌的表现技巧、风格等。“诗到元和体变新”（白居易），唐诗从大历到贞元，经元和至长庆，发生了重大变化。当时出现的元白、韩孟两大诗派，一平易、一险怪，承继着杜甫在艺术上刻意求新的风格，体现着中唐诗歌大变的实绩，各自开辟了新的发展途径。赵翼说：“中唐诗以韩孟、元白为最。韩、孟尚奇警，务言人所不敢言；元、白尚坦易，务言人之所共言。”①

一、“元白”：浅切平易

元白诗派倡导“新乐府运动”，新乐府发端于张籍、王建和李绅，大备于元稹、白居易。元白新乐府源于国风“饥者歌其食，劳者歌其事”现实主义传统，承继汉乐府民歌“感于哀乐，缘事而发”叙事特质，沿袭“建安风骨”，发扬杜甫“即事名篇，无复依傍”创作精神，进行诗歌革新，主要是用兴谕规刺的标准对杜甫以来歌行效仿汉魏乐府的现象加以总结和规范，并以一批“新题乐府”和“新乐府”组诗为示范，正式确立了“新乐府”的名称。元白等不但创作了大量讽喻诗，并提出理论，对当时政治和后世诗歌发展都产生了显著影响。“新乐府”理论主要如下：

一是强调诗歌的政治教化功能。明确诗歌创作的正确目的：“文章合为时而著，歌诗合为事而作”（《与元九书》），将诗歌与政治紧密结合，要有为而作，这是白居易诗论的核心理论。诗歌必须为政治服务，担当起“补察时政，泄导人情”的政治使命，实现“救济人病，裨补时阙”的政治目的，即诗歌应当“为君、为臣、为民、为物、为事而作，不为文而作也。”（《新乐府序》）

二是主张诗歌形式为内容服务。强调诗歌“感人心”的巨大力量：“感人心者，莫先乎情，莫始乎言，莫切乎声，莫深乎义。诗者，根情、苗言、华声、实义。”（《与元九书》）阐发诗歌的抒情特性，要写真诗，抒真情，情感、语

① 赵翼：《瓯北诗话》，霍松林、胡主佑校点，人民文学出版社 1981 年版，第 36 页。

言、声调和内容属诗歌四维，其中“情”“义”决定着“言”“声”，“言”“声”要为“情”“义”服务，重点强调“义”，功利目的明确，以达到“文章合为时而著，歌诗合为事而作”的创作目的。

三是要求诗歌主题鲜明语言通俗。通俗易懂，朴素质直。主旨明白，“首章标其目，卒章显其志”（《新乐府序》），通俗易懂；语言晓畅，“其辞质而径，其言直而切，其事核而实，其体顺而肆”（《新乐府序》），平易浅近。

（一）白居易

白居易（772—846），字乐天，原籍太原，后迁居下邽（今陕西渭南）。贞元进士，授秘书省校书郎。元和年间任翰林学士、左拾遗及左善赞大夫，屡上奏指擿弊政，因谏武元衡事被贬江州司马，迁忠州刺史，还朝任中书舍人。历杭州、苏州刺史。晚年闲居洛阳与香山寺僧人来往，号香山居士，又号醉吟先生，以刑部侍郎致仕。卒谥文。有《白氏长庆集》。是新乐府运动的倡导者，与元稹唱和，世称“元白”。诗风浅显平易。

白居易在《与元九书》中将自己诗作分为讽喻诗、闲适诗、感伤诗和杂律诗四类，其中讽喻诗是白居易诗歌重要的组成部分。

1. 讽喻诗

白居易讽喻诗今存一百七十多首，最有代表性的是《新乐府》五十首和《秦中吟》十首。

《新乐府》五十首作于元和四年（809），是一组有明确的政治教化目的和严格形式的系列诗作，有着鲜明的创作特征。其一，利用“序”的形式说明创作原则和目的。在第一首诗前，有“总序”表明创作的意图和原则；在每一首诗的标题后，都有“小序”揭示该诗的创作主旨，如《上阳白发人》“悯怨旷也”，《新丰折臂翁》“戒边功也”，《卖炭翁》“苦宫市也”，诗歌主旨鲜明突出。其二，遵循“首章标其目，卒章显其志”的写作格式，凸显创作意图和诗篇主旨。其三，诗篇形式灵活，语言生动，描写细致，感情浓厚。如《卖炭翁》：

卖炭翁，伐薪烧炭南山中。
满面尘灰烟火色，两鬓苍苍十指黑。
卖炭得钱何所营？身上衣裳口中食。
可怜身上衣正单，心忧炭贱愿天寒。
夜来城外一尺雪，晓驾炭车辗冰辙。
牛困人饥日已高，市南门外泥中歇。
翩翩两骑来是谁？黄衣使者白衫儿。

手把文书口称敕，回车叱牛牵向北。
一车炭，千余斤，宫使驱将惜不得。
半匹红纱一丈绫，系向牛头充炭直。

感情浓厚，小序云：苦宫市也，有力地控诉了“宫市”的罪恶；描写细致，首四句勾画老翁艰辛劳苦的形象，“伐薪”“烧炭”，生活不易；语言生动，“可怜身上衣正单，心忧炭贱愿天寒”，脍炙人口，读来却不禁令人嘘唏。

《秦中吟》组诗共十首，遵循“一吟悲一事”（《伤唐衢二首》）的原则，集中揭露上层权贵的骄奢淫逸和对下层民众的盘剥欺压。其中，《买花》《轻肥》《歌舞》《重赋》等诗尤为出色。这些诗具共同特征，前面叙权贵豪奢，末两句以警醒句子抒情，形成强烈反差。如《买花》：“一丛深色花，十户中人赋”，《轻肥》：“是岁江南旱，衢州人食人”，贫富对立，有如天壤，诗人将悬殊的贫富生活状态和生存境遇组织在一起对比，使揭露的不平现象具有更加普遍的社会意义。

2. 闲适诗

大都率尔成章、随性所作，也如山峙云行、水流花开，非常清浅可爱。随口一问，道出了生活中平常而惬意的一幕，酿成了令人醉心的浓郁诗意，如《问刘十九》：

绿蚁新醅酒，红泥小火炉。晚来天欲雪，能饮一杯无？

作品充满了生活的情调，浅近的语言写出了日常生活中的美和真挚的友谊。“家酒”“火炉”和“暮雪”三个意象孤立地看，索然寡味，神韵了无，连缀一起却画面生动，自然而成气韵、境界和情味。普通日子，赏黄昏江景，看到的也是一幅绚烂多彩的美妙画境，如《暮江吟》：

一道残阳铺水中，半江瑟瑟半江红。
可怜九月初三夜，露似真珠月似弓。

3. 感伤诗

白居易最为著名的感伤诗是两篇长篇歌行：《长恨歌》和《琵琶行》，“童子解吟长恨曲，胡儿能唱琵琶篇。”（唐宣宗《吊白居易》）都具有很高的艺术成就。

《长恨歌》叙述唐明皇和杨贵妃的爱情悲剧，情感缠绵悱恻，情节宛转动人，情辞绚丽精彩。其一，情感缠绵悱恻。爱情誓言坚贞：“天长地久有时尽，此恨绵绵无绝期”，“长恨”一词源此，“长恨”亦蕴情真挚，信念专一。白居易尝自云：“一篇长恨有风情”（《编集拙诗成一十五卷戏赠元九李二十》），自许间颇多感喟，感喟爱情与时代的“游离”与“流连”，“爱情两个字好辛苦”。爱情主题鲜明，“爱江山还是爱美人”的抉择悲剧时刻在上演，于后世文学产生了深远影响，像元代白朴《梧桐雨》、清代洪昇《长生殿》，俱参照《长恨歌》。其二，情节宛转动人。全诗以杨玉环之死为界限，前半写“长恨”之缘由，是因，后半写“长恨”之绵绵，是果。构思精巧，悲喜剧相继，人生的极乐引发政治的悲剧，又导致爱情的悲剧。悲剧的制造者最后成为悲剧的主人公，故事产生曲折，剧情有点特殊，“长恨”有心：女人祸水抑或重色轻国，是诗歌主题，也是故事焦点。其三，情辞绚丽精彩。描绘贵妃之美丽，情态万分：美女貌美，“天生丽质难自弃”；美丽无比，“回眸一笑百媚生，六宫粉黛无颜色”；承恩有加，“后宫佳丽三千人，三千宠爱在一身”；伤心失色，“玉容寂寞泪阑干，梨花一枝春带雨”。语言质朴，生动传神。渲染相思之浓郁，情韵十足：对景伤情，“行宫见月伤心色，夜雨闻铃肠断声”；感时神伤，“春风桃李花开日，秋雨梧桐叶落时”；思念无着，“上穷碧落下黄泉，两处茫茫皆不见”；信念专一，“在天愿作比翼鸟，在地愿为连理枝”。真挚深沉，刻画细致。

《琵琶行》写于元和十一年（816）白居易被贬江州期间，是一首感伤自己生平坎坷的抒情叙事诗。其一，强烈真挚的抒情。《唐宋诗醇》有评曰：“满腔迁谪之感，借商妇以发之，有同病相怜之意焉。比兴相纬，寄托遥深，其意微以显，其音哀以思，其辞丽以则。”（卷二二）“意显”，主题鲜明，“同是天涯沦落人，相逢何必曾相识”，以歌女身世的共鸣来抒发迁谪之慨，同病相怜，同声相应。“音哀”，情挚幽怨，“座中泣下谁最多，江州司马青衫湿”，抑郁寥落之感在闻曲后越发悲怆，更是泪下沾襟。“辞丽”，语言直白却也涵蕴丰富，歌女出场，“千呼万唤始出来，犹抱琵琶半遮面”，女若诗人；歌女弹唱，“弦弦掩抑声声思，似诉平生不得志”，曲如人生。其二，生动细致的描写。绘境生动，衬情微妙。开篇以“枫叶荻花秋瑟瑟”意象，呈现惆怅伤感的氛围；接着以“别时茫茫江浸月”意象，给人以孤寂的感觉；又以“惟见江心秋月白”的宁静与萧瑟意象，烘托出凄凉寂寞的心境。摹写精致，揭示心理。借助语言的音韵摹写音乐，兼用各种比喻以加强其形象性。“大弦嘈嘈如急雨，小弦切切如私语。嘈嘈切切错杂弹，大珠小珠落玉盘”，叠词摹声，比喻状响，视听一体，应接不暇。绘声绘色地以比喻摹写琵琶演奏效果，精美绝伦，方扶南评曰：“白香山‘江上琵琶’，韩退之‘颖师琴’，李长吉‘李凭箜篌’，皆摹写声音至文。”①

4. 杂律诗

白居易杂律诗以律诗、绝句和元白唱和为主，代表了中唐诗风的新变，主要是尚实尚俗，开拓了丰富的理性趣味以及以淡语求味。写景诗，写西湖早春景色，湖光山色迷人。如《钱塘湖春行》：

孤山寺北贾亭西，水面初平云脚低。
几处早莺争暖树，谁家新燕啄春泥。
乱花渐欲迷人眼，浅草才能没马蹄。
最爱湖东行不足，绿杨阴里白沙堤。

前两联写湖上春光，散发处以“孤山”生发；后两联写“湖东”景色，聚焦点在“白沙堤”。诗以“孤山寺”起，以“白沙堤”终，从点到面，又由面回到点，中间转换，不见痕迹。结构之妙，诚如薛雪所指出：乐天诗“章法变化，条理井然”②（《一瓢诗话》）。春意初萌，杂花浅草已预示草荣花茂的到来。咏物诗，咏野草生命力，表现生活哲理。如《赋得古原草送别》：

离离原上草，一岁一枯荣。野火烧不尽，春风吹又生。
远芳侵古道，晴翠接荒城。又送王孙去，萋萋满别情。

“野火烧不尽，春风吹又生”，以素朴的语言炼就新警联句，状物贴切，又蕴藏着一种壮烈的境界，抒情恰如，将别情离愁演绎得耐人寻味，说理别致，亦如中唐诗风一般，属“赋得体”中绝唱。元白交谊甚笃，无论春风得意时，还是秋风萧瑟中，二人都心神交会，同气感应。如《蓝桥驿见元九诗》：

蓝桥春雪君归日，秦岭秋风我去时。
每到驿亭先下马，循墙绕柱觅君诗。

又如《舟中读元九诗》：

把君诗卷灯前读，诗尽灯残天未明。
眼痛灭灯犹暗坐，逆风吹浪打船声。

或驿亭路经，或舟中夜眠，不能释怀的是好友元稹的诗文，既是问询也是

① 方扶南：《李长吉诗集批注》，上海古籍出版社1998年版，第292页。
② 薛雪：《一瓢诗话》，郭绍虞主编《原诗 一瓢诗话 说诗晬语》，人民文学出版社1998年版，第110页。

担忧，有生死相依、患难与共的深挚真情感动，更有为遭逢贬谪、天涯沦落的无限同情。

（二）元稹

元稹（779—831），字微之，河南（今河南洛阳）人。贞元进士，授校书郎。元和初，授左拾遗，升为监察御史，因得罪宦官，贬江陵士曹参军。后官至同中书门下平章事。以暴疾卒于武昌军节度使任所。与白居易友善，常相唱和，共同倡导新乐府运动，世称“元白”。有《元氏长庆集》。

1. 讽喻诗

《连昌宫词》也是唐代叙事诗的典范，与白居易《长恨歌》齐名，亦系咏唐明皇和杨贵妃故事。连昌宫在今河南宜阳县境内，为西京长安和东都洛阳间的一所行宫。诗以诗人与老翁问答形式来构篇，仿《石壕吏》而作。全诗波澜起伏，形象鲜明，引人入胜。诗人以连昌宫景物之盛衰，写唐王朝之治乱。景物蕴情致，哀乐相生。诗人也以乐景写哀情，如《行宫》：

寥落古行宫，宫花寂寞红。白头宫女在，闲坐说玄宗。

可与白居易《上阳白发人》参互并观，诗虽短小精悍，却具有深邃的意境，富有隽永的诗思，倾诉了宫女红颜易老的哀怨，寄托了诗人时事沧桑的感慨。

2. 悼亡诗

元稹也创作了一些优秀的爱情诗。主要有两类，分别为“艳诗”和“悼亡诗”。他的“艳诗”多写青年时期的浪漫和美好，“悼亡诗”以妻子韦丛为对象，充满着对妻子的深情浓意，表现了贫贱夫妻相濡以沫的真情。如《遣悲怀三首》其二：

昔日戏言身后事，今朝都到眼前来。
衣裳已施行看尽，针线犹存未忍开。
尚想旧情怜婢仆，也曾因梦送钱财。
诚知此恨人人有，贫贱夫妻百事哀。

“贫贱夫妻百事哀”，以质朴语言道出悲痛心境，状难写之景十分逼真，写难言之情极为自然，此景此境，至性至真，实属古今悼亡诗绝唱。元稹将自潘岳以来的悼亡诗推向了极致，无人能匹。蘅塘退士评说：“古今悼亡诗充栋，终无能出此三首范围者。”① 悼念怀旧，情深意切，如《离思》其四：

---

① 俞守真：《唐诗三百首详析》，中华书局 1957 年版，第 246 页。

曾经沧海难为水，除却巫山不是云。

取次花丛懒回顾，半缘修道半缘君。

“曾经沧海难为水，除却巫山不是云”，联语经典，情感炽烈却含蓄蕴藉，意境深远，“言情而不庸俗，瑰丽而不浮艳，悲壮而不低沉”①（阎昭典），后人常引用，不仅绘景深美，而且喻情坚贞，还称人恢宏。

3. 元白唱和诗

元白情笃，福祸相关，情深意厚，感同身受，甚至遭贬也心有灵犀。如《闻乐天授江州司马》：

残灯无焰影幢幢，此夕闻君谪九江。

垂死病中惊坐起，暗风吹雨入寒窗。

白居易被贬江州司马时，元稹先已被贬为通州（今四川达县）司马，闻挚友也遭贬，激动与悲愤难以言说。“病中惊坐起”，震惊之巨，无异针刺，休戚相关，沉着无比，强化了感情的深度，凝化了友谊的醇度，一“惊”字神伤无痳，这一“有包孕的片刻”②（莱辛），具体动作内涵蕴藏于闻听风雨飘摇中，深藏不露、含蓄无尽。

（三）刘禹锡

刘禹锡（772—842），字梦得，一说洛阳（今河南）人，一说彭城（今江苏徐州）人，自言系出中山（今河北定州市）。贞元进士，登博学鸿词科，授监察御史。因参与永贞革新被贬为朗州司马，迁连州刺史，后任太子宾客，世称“刘宾客”。与柳宗元友善，并称“刘柳”。又与白居易唱和，并称“刘白”。有《刘梦得文集》。其诗通俗清新，善用比兴手法寄托政治内容。

刘禹锡与“元白”诗风相近，但属“元白”和“韩孟”两派之外，是具有自己独特风格的诗人，世称“诗豪”。以讽刺诗、贬谪山水诗、怀古诗和竹枝词而著名。

1. 讽刺诗

在政治生涯中遭受的挫折，使刘禹锡心怀愤激不平，写下了大量的政治讽刺诗。贬为朗州司马十年后被召还回京，写了《元和十年自朗州召至京，戏赠看花诸君子》：

紫陌红尘拂面来，无人不道看花回。

① 见《唐诗鉴赏辞典》，上海辞书出版社 1983 年版，第 964 页。

② 莱辛：《拉奥孔》，朱光潜译注，人民文学出版社 1979 年版，第 83 页。

玄都观里桃千树，尽是刘郎去后栽。

诗中以桃花影射朝廷新贵，因“语涉讥讽”，遂又遭贬谪。十二年后，刘禹锡再度被召回京，任主客郎中，又作《再游玄都观》：

百亩庭中半是苔，桃花落尽菜花开。
种桃道士归何处？前度刘郎今又来。

诗中仍以桃花喻嘲政坛上的那些匆匆过客。屡屡讽刺，遭致次次打击，却激起诗人更为强烈的愤懑和反抗，谓“前度刘郎今又来”，真个“死磕郎”。

2. 贬谪山水诗

刘禹锡一生仕途坎坷，屡遭贬谪，外放为官二十余年，如此生涯也锻造了他不屈的性格和乐观向上的人生态度，于山水亦有不同情韵。“凄凉地”能“长精神”，望“洞庭”湖光山水秀，逢“秋日”胜“春朝”，一改大历、贞元诗人襟抱狭小、气象萧瑟的风格，常常摹画出一种超出空间距离、穿越时间限定的半虚半实的开阔景象。唐敬宗宝历二年（826），刘禹锡罢和州（今安徽和县）刺史返回洛阳，同时白居易从苏州归洛阳，二人相逢扬州。白居易在筵席上写了首《醉赠刘二十八使君》，刘禹锡写了和诗《酬乐天扬州初逢席上见赠》：

巴山楚水凄凉地，二十三年弃置身。
怀旧空吟闻笛赋，到乡翻似烂柯人。
沉舟侧畔千帆过，病树前头万木春。
今日听君歌一曲，暂凭杯酒长精神。

“沉舟侧畔千帆过，病树前头万木春”，物理、情理、哲理兼具，历史、现实、未来交融。豪放可与太白媲美，有豁达襟怀、坚定信念和乐观精神，沉郁也同杜甫相若，刘克庄评刘禹锡诗歌为“雄浑老苍，沉着痛快”①，亦是此理。人生感悟，不仅有开阔的视界，而且有一种超时距的跨度，诚然“诗豪”风范。白居易《刘白唱和集解》说：“彭城刘梦得，诗豪者也，其锋森然，少敢当者。”其诗丰富、成熟、弘大而独特，壮美强烈。朗州十载，有一位“司马”江山留胜迹，于秋天和秋色感受与众不同，昂扬励志，如《秋词二首》其一：

自古逢秋悲寂寥，我言秋日胜春朝。
晴空一鹤排云上，便引诗情到碧霄。

“我言秋日胜春朝”，一反悲秋传统，鹤飞冲霄，诗情旷远。全诗气势雄浑，

① 刘克庄：《后村诗话》，中华书局 1983 年版，第 308 页。

意境壮丽，熔情、景、理于一炉，秋色生意，诗情馥郁。转任过洞庭，赏湖光山色，有《望洞庭》：

湖光秋月两相和，潭面无风镜未磨。
遥望洞庭山水翠，白银盘里一青螺。

“白银盘里一青螺”，设譬精警，真乃匪夷所思。山光水色，自然凑泊，兴致情趣，高旷清超。

3. 怀古诗

刘禹锡咏史诗令人称道，以简洁的文字、精选的意象，表现他阅尽沧桑变化之后的沉思，蕴涵无尽。就历史的陈迹想象出优美而怅惘的意境，寄寓兴亡盛衰之感，语言浅显而含蓄深厚。览山川形胜，知兴亡盛衰，如《西塞山怀古》：

王濬楼船下益州，金陵王气黯然收。
千寻铁锁沉江底，一片降幡出石头。
人世几回伤往事，山形依旧枕寒流。
今逢四海为家日，故垒萧萧芦荻秋。

以西晋灭吴说明兴废由人事、山川不足恃的道理。巧妙地把史、景、情完美地糅合一起，相映相衬，相生相融，营造出一种含蕴丰赡的苍凉意境，给人以沉郁顿挫之感。古今相形间，感新陈代谢。以“旧时月”“旧时燕”为题，用有情的旧月和旧燕反衬出无常的人事，以今日之衰与昔日之盛进行对照。有《石头城》：

山围故国周遭在，潮打空城寂寞回。
淮水东边旧时月，夜深还过女墙来。

和《乌衣巷》：

朱雀桥边野草花，乌衣巷口夕阳斜。
旧时王谢堂前燕，飞入寻常百姓家。

这是刘禹锡《金陵五题》中两首，“兴废由人事，山川空地形”为主题思想。月标“旧时”，“今月曾经照古人”（李白），现月下只冷落荒凉，凄凉无限。燕栖旧巢，此乃自然生态，莺啼燕语报新年，这又是人情心态。“无可奈何花落去，似曾相识燕归来”（晏殊），栖息时间由晋入唐延续400年，栖息空间由“王谢堂前”变化为“寻常百姓家”，正似“风景不殊，正自有山河之异”①。

4. 竹枝词

刘禹锡妙解音律，能运用地方民歌曲调创作新词，主要是《竹枝词》、《杨柳枝词》、《踏歌词》和《浪淘沙》等。风格自然朴实，清新活泼，被人誉为“道风俗而不俚，追古昔而不愧”②。（魏庆之《诗人玉屑》）如《竹枝词二首》其一：

杨柳青青江水平，闻郎江上唱歌声。

东边日出西边雨，道是无晴还有晴。

学习屈原作《九歌》的精神，采用当地民歌的曲谱，制成新的《竹枝词》，描写当地山水风俗和男女爱情，富于生活气息。“道是无晴还有晴”，以“晴”寓“情”，语意双关，微妙含羞，具有含蓄之美。

二、“韩孟”：奇险怪异

韩愈、孟郊的诗歌活动主要集中在贞元、元和至长庆的三十余年间，于中唐诗歌创作的新变和繁荣做出了重要贡献，其代表人物还有贾岛、卢仝、李贺等。“韩孟”诗派在诗歌主张、创作内容和艺术手法等方面都有创获，其尚怪奇、重主观的诗风在中唐影响甚巨。

“韩孟”诗派在诗歌创作艺术上，体现出尚奇尚怪和以文为诗的特点。

其一，崇尚奇险怪异之美。韩愈“少小尚奇伟”（《县斋有怀》），其诗歌从意境营造到语言技巧，都力避陈俗。一是追求意境雄伟。司空图赞誉韩诗：“驱驾气势，若掀雷挟电，撑拄于天地之间”（《题柳柳州集后》），即以气势见长。大历、贞元以来，诗人局限与抒写个人狭小的伤感与惆怅，想象力不足，气势单薄。而韩愈的诗则以宏大的气魄、丰富的想象，改变了诗坛上的这种纤巧卑弱现象。如《终南诗》绘终南山春夏秋冬，气象万千，奇伟雄壮；《谒岳衡庙》描绘了衡山的雄奇突兀。以奇崛笔墨捕捉精彩瞬间，描绘极富震撼的画面，如《雉带箭》：

原头火烧静兀兀，野雉畏鹰出复没。

将军欲以巧伏人，盘马弯弓惜不发。

---

① 刘义庆：《世说新语》（上），徐震堮校笺，中华书局 1984 年版，第 50 页。

② 魏庆之：《诗人玉屑》，上海古籍出版社 1978 年版，第 337 页。

地形渐窄观者多，雉惊弓满劲箭加。
冲人决起百余尺，红翎白镞随倾斜。
将军仰笑军吏贺，五色离披马前堕。

虽寥寥十句，但波澜起伏，神采飞动。射雉之状可谓惊心动魄，前人评曰“短幅中有龙跳虎卧之观”（汪琬），“是昌黎极得意诗，亦正是昌黎本色。”（朱彝尊）

二是讲究语言新颖奇特。有时，甚至不避生涩拗口、突兀怪诞。“冥观动古今，象外逐幽好。横空盘硬语，妥帖力排奡。”（《荐士》）如《永贞行》中“狐鸣枭噪”“睗睒跳踉”“雄虺毒螫”等，佶屈聱牙；又如《送无本师归范阳》中“众鬼囚大幽”、“鲸鹏相摩窣”的险怪描写，以及“泱泱”“訚訚”“兀兀”“喁喁”等叠字运用，光怪陆离；平常可怖的、丑陋的、惨淡的事物或景象，韩愈都能用之于诗，素材采用奇特，成为诗歌题材的变革。孟郊与韩愈相同，其诗作“刿目鉥心，刃迎缕解，钩章棘句，掐擢胃肾，神施鬼没，间见层出。”（《贞曜先生墓志铭》）句奇语奇，诗境幽僻。

其二，倡导以文为诗。“韩孟”诗派“以文为诗”，采取散文化的章法、句法入诗，融叙述、议论于一体。赵翼说：“以文为诗，自昌黎始；至东坡益大放厥词，别开生面，成一代之大观。”① 韩愈的“以文为诗”，就是以先秦两汉古文的笔法和形式进行诗歌创作，即以古文入诗，特点如下：

第一，在创作中将散文的章法、句法、字法引入诗歌。韩愈试图改变在唐代已变得规范整齐、追求节奏和谐、句式工整的诗歌外在形式，摒除骈句，使诗歌松动变形，达到跌宕跳跃、变化多端的艺术效果，进而使诗句可长可短，力求造成错落之美。像《忽忽》诗采用十一、六、十一、七、三、七、七的句式，完全是散文句法，却又给人以一种诗的意味。又如《南山诗》，连用五十多个“或”字诗句，铺排描写，穷形尽相，是一种散文化的赋体手法。韩诗还有意识地运用了大量古文虚词，散文化味浓。

第二，将散文的谋篇、布局、结构，以及摹写笔法运用诗歌。如《山石》诗，即采用一般山水游记散文的叙述顺序，娓娓道来。方东树评曰：“只是一篇游记，而叙写简妙，犹是古文手笔。”②又如《八月十五夜赠张功曹》诗，以近散文化的笔法，古朴的语言，直陈其事，主客唱和，洒脱疏放，别具一格。

第三，以议论直言个人的感受和情绪，将明白如话的议论糅入诗歌。韩愈

---

① 赵翼：《瓯北诗话》，霍松林、胡主佑校点，人民文学出版社 1981 年版，第 56 页。
② 方东树：《昭昧詹言》，汪绍楹校点，人民文学出版社 1984 年版，第 270 页。

以议论入诗，有时涵泳经史、烹割子集，开出奥衍典雅一派，对宋诗影响最大，宋人即承袭韩愈诗风，所以，严羽《沧浪诗话》指责江西诗派“以议论为诗”。以“议论为诗”，让中国诗学从偏重训诂辨义转向性理阐释，却为重大转变，韩愈至关重要。但同时，忽视诗歌平仄、音韵等声律。改变五言诗上二下三和七言诗上四下三的音节秩序，有意打破这种常规，努力营造一种别出心裁的反均衡、反圆润的美，打乱原有的节奏感，使诗歌具有先秦散文的风格。

“以文为诗”，中国古典诗歌发展史上的一件大事。“文”，指的是不同于骈文的散行单句，不拘骈偶、对仗、音律等形式自由的文体。“诗”，则是特指六朝至唐以来形成的句法、字数、平仄、音韵等有严格规定的近体诗。“以文为诗”，即突破近体诗的种种束缚和羁绊，借用形式较为自由的散文之字、句、章法来进行诗歌写作。肯定者赞誉，认为开拓了诗歌的新领域，丰富了诗歌的艺术表现手法；否定者反对，认为混淆了诗文的界限，“以文为诗”属“要非本色”。它使唐诗乃至宋以后诗歌发生了根本性变化，正如叶燮《原诗》所说：“韩愈为唐诗之一大变，其力大，其思雄，崛起特为鼻祖。宋之苏（舜钦）、梅（尧臣）、欧（阳修）、苏（轼）、王（安石）、黄（庭坚），皆愈为之发其端。”①

1. 韩愈

韩愈（768—824），字退之，河阳（今河南孟州）人，自谓郡望昌黎，也称“韩昌黎”。贞元进士。曾任国子监博士、监察御史、刑部侍郎等职，因谏阻宪宗迎佛骨，贬为潮州刺史。后返京任国子祭酒、兵部侍郎、吏部侍郎、京兆尹等职，世称“韩吏部”。卒谥文，又称“韩文公”。倡导古文运动，为“唐宋八大家”之首。有《昌黎先生集》。诗求新奇，对宋诗影响颇大。

韩愈虽有意创奇，但于盛唐旧法作诗也深有体会。特别是后期创作的抒写闲情逸致的小诗和近体诗。写早春神韵，有《早春呈水部张十八员外郎》：

> 天街小雨润如酥，草色遥看近却无。
> 最是一年春好处，绝胜烟柳满皇都。

“春好处”清新、富于神韵，“绝胜”有古朴平淡、兴寄深远之旨。这是韩愈晚年诗作，其诗风已由奇险转为平淡，韩愈与张籍属师友，两人在此时唱和交游，诗歌创作主题是追求文学趣味，咏早春，能摄早春之魂，空处传神，新鲜感十足。绘晚春情调，有《晚春》：

> 草树知春不久归，百般红紫斗芳菲。

---

① 叶燮：《原诗》，蒋寅笺注，上海古籍出版社 2014 年版，第 69 页。

杨花榆荚无才思，惟解漫天作雪飞。

群芳斗艳，谁为春主？是自然景致也是生活情趣。颂淮西大捷，有《次潼关先寄张十二阁老使君》：

荆山已去华山来，日出潼关四扇开。
刺史莫辞迎候远，相公新破蔡州回。

用刚笔，抒豪情，“卷波澜入小诗”（查慎行），饶有韵味。抒无辜遭贬，有《左迁至蓝关示侄孙湘》：

一封朝奏九重天，夕贬潮州路八千。
欲为圣朝除弊事，肯将衰朽惜残年！
云横秦岭家何在？雪拥蓝关马不前。
知汝远来应有意，好收吾骨瘴江边。

从思想上看，此诗可与《谏佛骨表》相并论，一诗一文，堪为双璧。全诗叙事、写景、抒情融为一体，诗味浓郁，诗意盎然，直追杜甫“沉郁顿挫”之风。

2. 孟郊

孟郊（751—814），字东野，湖州武康（今浙江德清）人。少贫，屡试不中。贞元十二年登进士第，授溧阳县尉。与韩愈交谊颇深。用字造句力避平庸浅率，追求瘦硬，与贾岛齐名，有“郊寒岛瘦”之称。张籍私谥为“贞曜先生”。有《孟东野诗集》。

孟郊诗构思奇特，盘空硬语，用自身感受来绘状精神上的奇苦境况。但他也善于用传统手法创作佳篇。母爱之歌，如《游子吟》：

慈母手中线，游子身上衣。
临行密密缝，意恐迟迟归。
谁言寸草心，报得三春晖。

“三春晖”的比喻，寄托了游子炽烈的情意，亲切感人，“诗从肺腑出，出辄愁肺腑”（苏轼《读孟郊诗》）。高中之欢，如《登科后》：

昔日龌龊不足夸，今朝放荡思无涯。
春风得意马蹄疾，一日看尽长安花。

“春风得意”与“走马观花”两成语明朗畅达，直抒“得意”胸臆和“放荡”行径。淡远之境，如《洛桥望晚》：

天津桥下冰初结，洛阳陌上人行绝。

榆柳萧疏楼阁闲，月明直见嵩山雪。

“明月照积雪”（谢灵运《岁暮》），初冬洛桥所见，美妙迷人。从冷峻的笔意中感知冬夜的清冷明净和月下萧疏的意趣，不失为“清奇僻苦主”①（张为《诗人主客图》）。

3. 李贺

李贺（790—816），字长吉，福昌（今河南宜阳）人。唐皇室远支，家居昌谷（在宜阳境内），因避家讳不得应进士试。有《昌谷集》。也是“韩孟”诗派的重要诗人。

韩愈风格是奇而豪，孟郊风格是奇而苦，李贺是奇而丽。李贺有“诗鬼”之称，其诗以构思奇特、想象丰富和文辞瑰丽著称。

其一，构思奇特，如《金铜仙人辞汉歌》：

茂陵刘郎秋风客，夜闻马嘶晓无迹。

画栏桂树悬秋香，三十六宫土花碧。

魏官牵车指千里，东关酸风射眸子。

空将汉月出宫门，忆君清泪如铅水。

衰兰送客咸阳道，天若有情天亦老。

携盘独出月荒凉，渭城已远波声小。

借金铜仙人辞汉的史事，来抒发兴亡之感、家国之痛和身世之悲。“天若有情天亦老”一句设想奇伟，司马光称为“奇绝无对”，意境高远。名句流芳，宋初石延年（曼卿）赠友联：天若有情天亦老，月如无恨月常圆，着意深远；毛泽东有诗句“天若有情天亦老，人间正道是沧桑”，感慨高远。

其二，想象丰富，如《梦天》：

老兔寒蟾泣天色，云楼半开壁斜白。

玉轮轧露湿团光，鸾珮相逢桂香陌。

黄尘清水三山下，更变千年如走马。

遥望齐州九点烟，一泓海水杯中泻。

全诗想象丰富，构思奇妙，用比新颖。时空穿越，变换怪谲。俯视人间，时间短促，空间渺小，寄寓了诗人对人世沧桑的深沉感喟。

---

① 张为：《诗人主客图》，见计有功《唐诗纪事》，上海古籍出版社1987年版，第967页。

其三，文辞瑰丽，如《苏小小墓》：

> 幽兰露，如啼眼。无物结同心，烟花不堪剪。
> 草如茵，松如盖。风为裳，水为佩。油壁车，夕相待。
> 冷翠烛，劳光彩。西陵下，风吹雨。

“千载芳名留古迹，六朝韵事著西泠”，美女之丽，用几“如”字来比拟，若“山鬼”之媚，似“洛神”之魅。

第四节　晚唐遗韵

晚唐似冬。朋党之争、宦官专权和藩镇割据是晚唐三大弊政，导致社会动荡不安，国运日益衰败。晚唐诗歌既无盛唐的宏伟气象，也无中唐的平易风度，在整体上呈现一种黄昏的凄美。哀婉和衰飒的气氛笼罩着这个时代的诗歌。因此，诗人更多吟咏如下三类题材：历史、自然和爱情。追怀历史是对现实的喟叹，追寻自然是对人世的疲倦，追求爱情是个人心灵的慰藉。闪耀在晚唐诗坛上空的明星是李商隐和杜牧，称之为“小李杜”。晚唐诗人向来推李商隐、杜牧和温庭筠为大家，都以律绝见长，诗风悲怆婉丽。李商隐学杜甫、韩愈，咏史诗和无题诗包含着深刻的世情和人生感慨；杜牧感时咏史诗细腻多情，七绝清新俊逸，总体富有纵横气，豪迈遒劲，风华流美；温庭筠尤有“绮才艳骨”（贺裳《载酒园诗话》）。高棅《唐诗品汇》评晚唐诗说：“开成之后，则有杜牧之之豪纵，温飞卿之绮靡，李义山之隐僻，许用晦之偶对。他若刘沧、马戴、李频、李群玉辈，尚能黾勉气格，将迈时流。此晚唐变态之极，而遗风余韵犹有存者焉。”① 晚唐诗人，偏好对形式美的追求，倾向表达的纤细工巧，气象日渐衰飒，艺术渐趋末流，标志着五七言古今诗体已日渐丧失其活力，至北宋脱胎换骨后，方显新面貌。

晚唐诗人凭借敏锐的审美感觉来发掘诗歌的素材，使用精致的语言来表达丰富的感情和细腻的内心体验，创造出或是幽美深婉或是清旷明丽，但总离不开几分颓唐的诗境。于诗而言，杜牧情致豪迈，风华掩映，绝句为佳；李商隐沉郁顿挫，深情缅邈，律诗见长。刘熙载《艺概》说：“杜樊川诗雄姿英发，李

① 高棅：《唐诗汇品》，上海古籍出版社 1981 年版，第 9 页。

樊南诗深情缅邈。"①

一、李商隐："深情缅邈"

李商隐（812—858），字义山，号玉溪生，又号樊南生，怀州河内（今河南沁阳）人。开成进士，授秘书省校书郎补弘农尉。因受牛李党争影响，被人排挤，一直沉沦下僚，晚年曾三次离家远游为幕，辗转艰辛，潦倒终身。与杜牧齐名，世称"小李杜"。有《李义山诗集》。善用比兴，色彩瑰丽，辞藻典雅，精于用典，形成了深情缠绵、绮丽精密、旨趣深微的艺术风格。

李商隐一生郁郁不得志，游历幕府，为人记室，备尝艰辛。生活的崎岖坎坷，使他感伤、内向的性格变得更加细腻丰富。政治昏弱，社会凋敝，现实的残酷让仕人的心态也发生着变化，失望乃至绝望的心虚成了时代的主调，文坛弥漫着衰飒式微的情绪。个性、经历、时代三者合流，促成李商隐敏感、细腻、复杂的内心世界的形成，并投射在诗歌中。他的无题诗、咏史诗、咏物诗皆为佳作。

1. 无题诗

最能体现李商隐高超诗歌艺术的当属无题诗。无题诗，或径以"无题"标目，或取诗的首句前两字为题。李商隐无题诗约六十首。这类诗篇大都题旨隐曲，颇费索解，却缠绵精致，具有高妙的艺术美感。他将汉魏古诗的比兴手法和齐梁体的细腻绮靡结合，创造了"设彩繁艳，吐韵铿锵，结体森密，而旨趣之遥深者未窥焉"（冯浩《玉溪生诗集笺注序》）的审美风格。

爱情有信念，沉痛缠绵，美丽隽永，如《无题》：

> 相见时难别亦难，东风无力百花残。
> 春蚕到死丝方尽，蜡炬成灰泪始干。
> 晓镜但愁云鬓改，夜吟应觉月光寒。
> 蓬山此去无多路，青鸟殷勤为探看。

这是一首感情深挚、缠绵委婉、咏叹忠贞的爱情诗篇。诗人情真意切而又含蓄蕴藉地写出了浓郁的离别之恨和缠绵的相思之苦。"春蚕"两句作为爱情盟誓最为脍炙人口，写尽为爱生死相许的炽烈情意，缠绵秾挚，刻骨铭心。写情几于凄厉，令读者心灵受到震撼。爱情能通心，悱恻缠绵，流丽圆美，如《无题二首》其一：

---

① 刘熙载：《艺概（上）》，袁津琥校注，中华书局2009年版，第315页。

昨夜星辰昨夜风，画楼西畔桂堂东。
身无彩凤双飞翼，心有灵犀一点通。
隔座送钩春酒暖，分曹射覆蜡灯红。
嗟余听鼓应官去，走马兰台类转蓬。

诗人将身世之感打并入艳情，以华艳词章反衬困顿失意情怀，营造出情采并茂、婉曲幽约的艺术境界。“身无”“心有”两句表现了一种追寻的热切和悲哀的失落，“心有灵犀一点通”，作为爱情表达的惯常用语，表达了对美好情缘的珍惜和自信。爱情可回味，深沉缠绵，凄丽迷惘，如《锦瑟》：

锦瑟无端五十弦，一弦一柱思华年。
庄生晓梦迷蝴蝶，望帝春心托杜鹃。
沧海月明珠有泪，蓝田日暖玉生烟。
此情可待成追忆？只是当时已惘然。

“一篇锦瑟解人难”（王士禛），“千年沧海遗珠泪，未许人笺锦瑟诗”（叶嘉莹）。《锦瑟》诗意，众说纷纭：艳情说、悼亡说、自伤说、咏物说、政治影射说、寄托不明说等，表达幽微深远，具有朦胧之美。借用庄生梦蝶、杜鹃啼血、沧海珠泪、良玉生烟四个典故，采用比兴手法，运用联想与想象，融化形象，组合意象，创造朦胧的境界，来表达真挚浓烈而又幽约深曲的情思。全诗辞藻华美，含蓄深沉，情真意长，感人至深。“此情可待成追忆？只是当时已惘然！”感伤而唯美，难怪世人总叹“诗家总爱西昆好，独恨无人作郑笺。”（元好问）

2. 咏史诗

李商隐咏史精妙者为七绝，叶燮说其“寄托深而措辞婉”①（《原诗》），施补华评其“以议论驱驾书卷，而神韵不乏”②（《岘佣说诗》），用意深婉却也令人荡气回肠。李商隐咏史七绝，不失风雅之致。于楚汉故事、六朝韵事和隋唐旧事，皆抑扬有加。

一是楚汉故事。吟楚国事为《梦泽》：

梦泽悲风动白茅，楚王葬尽满城娇。
未知歌舞能多少，虚减宫厨为细腰。

和《楚吟》：

① 叶燮：《原诗》，蒋寅笺注，上海古籍出版社 2014 年版，第 448 页。
② 施补华：《岘佣说诗》，见王夫之《清诗话》，上海古籍出版社 1999 年版，第 998 页。

山上离宫宫上楼，楼前宫畔暮江流。

楚天长短黄昏雨，宋玉无愁亦自愁。

前一首诉楚灵王的罪。细腰风靡，举国受害，在乖戾的癖好中，消磨了女子的青春、君王的意志和王朝的气数。后一首叙宋玉的愁。暮色凄迷，楚宫荒凉，凄风冷雨洒落江间，无法不惹人愁绪。吟汉帝事为《汉宫词》：

青雀西飞竟未回，君王长在集灵台。

侍臣最有相如渴，不赐金茎露一杯。

和《贾生》：

宣室求贤访逐臣，贾生才调更无伦。

可怜夜半虚前席，不问苍生问鬼神。

皆刺汉武帝一心求仙而无意求贤的思想和行径，寓揶揄嘲弄于轻描淡写之中。讽文帝实刺唐帝，惜贾生暗生自怜。

二是六朝韵事。讽刺南齐和北齐亡国，皆因荒淫，由宠幸后妃所致。有《齐宫词》：

永寿兵来夜不扃，金莲无复印中庭。

梁台歌管三更罢，犹自风摇九子铃。

和《北齐二首》：

一笑相倾国便亡，何劳荆棘始堪伤。

小怜玉体横陈夜，已报周师入晋阳。

巧笑知堪敌万机，倾城最在著戎衣。

晋阳已陷休回顾，更请君王猎一围。

兼咏齐、梁二朝，亡国无非荒淫，以“九子铃”来串联齐梁两代的王朝命运，“荆棘铜驼，妙从热闹中写出”（姚培谦《李义山诗集笺注》）。慨叹南朝软弱，有《咏史》：

北湖南埭水漫漫，一片降旗百尺竿。

三百年间同晓梦，钟山何处有龙盘？

“一片降旗”，囊括了六朝三百年屈辱的历史。

三是隋唐旧事。于隋炀帝的“龙舟游玩糗事”和唐明皇的“父夺子妻丑事”的揭露，可谓一针见血，入木三分。讽“龙舟游玩糗事”，有《隋宫》：

乘兴南游不戒严，九重谁省谏书函？
春风举国裁宫锦，半作障泥半作帆。

隋帝，独夫民贼一个；杨广，昏君暴君一位。讥“父夺子妻丑事”，有《龙池》：

龙池赐酒敞云屏，羯鼓声高众乐停。
夜半宴归宫漏永，薛王沉醉寿王醒。

着一“醒”字，包蕴极为丰富。有回忆，有思念，有痛苦，有愤郁，更有羞辱，还有内心情感无法宣泄的强烈悲愤。诗虽无写玄宗秽行，却令人遥想其耽于享乐而导致祸乱的龌龊。

李商隐还对远古人事亦有歌咏，主要有吴王轶事和嫦娥情事。吴王好酒色，如《吴宫》：

龙槛沉沉水殿清，禁门深掩断人声。
吴王宴罢满宫醉，日暮水漂花出城。

以吴王沉迷酒色为题，将“满宫醉”的喧闹、疯狂和“水漂花”的悄然、消逝进行衬托，含义深长。嫦娥常孤寂，如《嫦娥》：

云母屏风烛影深，长河渐落晓星沉。
嫦娥应悔偷灵药，碧海青天夜夜心。

以嫦娥幽居寂处永夜无寐为题，将嫦娥“悔偷灵药”的情绪蔓延得无边无际。孤栖无伴的嫦娥，寂寞道观的女冠，清高孤独的诗人，尽管仙凡相隔，却在高洁而孤寂这点上灵犀暗通，悔恨交织，无法消释。

3. 咏物诗

仕途的失意、时代的没落感、多愁善感的性格、难言的爱情悲剧，使李商隐对许多即将消逝和已经逝去的美好事物具有特殊的敏感。如“夕阳无限好，只是近黄昏”（《登乐游原》），哀伤美丽易逝；“客散酒醒深夜后，更持红烛赏残花”（《花下醉》），流连美好时刻。如“枯荷听雨”，静美无比，有《宿骆氏亭寄怀崔雍崔衮》：

竹坞无尘水槛清，相思迢递隔重城。
秋阴不散霜飞晚，留得枯荷听雨声。

“枯荷听雨”的点睛之笔，用笔简练，声、景、情、境合一，纯美无比，境象清幽寂寥，旨义含隐深曲，诚若余音未了之致，“结句须要放开，含有余不尽之意，以景结情最好。”（沈义父《乐府指迷》）又如“巴山夜雨”，凄丽未已，有《夜雨寄北》：

君问归期未有期，巴山夜雨涨秋池。
何当共剪西窗烛，却话巴山夜雨时。

“巴山夜雨”的重言之笔，写凄风苦雨，抒凄迷情意。在反复跌宕中，诗人欲说还休，欲罢不能，将缠绵悱恻的情思演绎得愁肠百结，动人心扉。

二、杜牧：“雄姿英发”

杜牧（803—853），字牧之，京兆万年（今陕西西安）人。宰相杜佑之孙。大和进士，中贤良方正直言极谏科，授弘文馆校书郎。后任地方幕僚，历监察御史，出为黄州、池州、睦州、湖州刺史，后入为司勋员外郎，官终中书舍人。诗多指陈时弊，怀古诗融入史论，于后世影响颇大，写景抒情小诗清丽生动。与李商隐齐名，世称“小李杜”。有《樊川文集》，亦称“杜樊川”。

杜牧诗文兼擅，在诗歌创作上，“苦心为诗，本求高绝，不务奇丽，不古不今，处于中间”（《献诗启》）。作诗讲究言之有物，重视语言锤炼，故能感人至深。风格迥拔流俗之中，古体承继杜甫，格调豪健跌宕；五七律，情致豪爽，于拗峭之中见风华掩映之美；七绝，情致豪迈，意境深远，极具独创性。他的感时诗、咏史诗和写景诗皆细腻多情，感触敏锐。

1. 感时诗

杜牧出身仕宦之家，也是一位具有雄心壮志的文士，可惜有相才而无相器，关心政治、关注国计民生的淑世精神在诗歌中有着多方面的表现。长篇五古《感时诗》《郡斋独坐》抒发愤闷。《感时诗》有感于文宗大和元年（827）朝廷讨伐横海节度使叛乱而作，体现了关注政治的用世热情；《郡斋独坐》着重表达了诗人“平生五色线，愿补舜衣裳”的政治热情。七律《河湟》《早雁》关怀现实。《河湟》围绕河湟收复事件来表达政治见解，《早雁》感喟边地百姓受异族侵扰而鞭挞朝廷昏弱无能：

金河秋半虏弦开，云外惊飞四散哀。
仙掌月明孤影过，长门灯暗数声来。
须知胡骑纷纷在，岂逐春风一一回？
莫厌潇湘少人处，水多菰米岸莓苔。

托物寓慨，比兴象征。情致深婉细腻，节奏轻快流走，和谐统一，实堪豪宕俊爽。

2. 咏史诗

杜牧品评历史，求异翻新，借古讽今，体现出诗人深重的忧患意识。其一，借助典型画面或细节传达历史感怀。如《过华清宫绝句三首》其一：

长安回望绣成堆，山顶千门次第开。
一骑红尘妃子笑，无人知是荔枝来。

选取“送荔枝”典型事例，鞭挞统治者骄奢淫逸。见微知著，含蓄有力，吴乔说：“诗贵有含蓄不尽之意，尤以不著意见声色故事议论者为最上。”①“妃子笑”用意颇深，有周幽王博妃子一笑之致。如《题桃花夫人庙》：

细腰宫里露桃新，脉脉无言几度春。
至竟息亡缘底事？可怜金谷坠楼人。

以“两弱女子”相形，息妫与绿珠，遭遇不幸，一懦弱一刚烈，两相对比，高下自分而蕴藉含蓄。它意味着：软弱的受害者诚然可悯，怎及得敢于以死抗争者令人可敬。又如《题木兰庙》：

弯弓征战作男儿，梦里曾经与画眉。
几度思归还把酒，拂云堆上祝明妃。

以“两奇女子”作比，木兰与昭君，为国纾难，一从军一和戎，神交千载，倍觉宛转动人，值得特别称许，堪为咏史妙作。咏史诗特质，须如吴乔在《围炉诗话》所示：一是思想内容要“出己意”②，二是艺术表现要“用意隐然”。

其二，直接抒发历史见解。对于战事，杜牧自负通晓军事，以兵家眼光看战争成败。如《赤壁》：

折戟沉沙铁未销，自将磨洗认前朝。
东风不与周郎便，铜雀春深锁二乔。

于赤壁之战见地新警，感叹周瑜只不过一幸运儿，借天时而取胜，有“时无英雄，遂使竖子成名”之慨。又如《乌江亭》：

胜败兵家事不期，包羞忍耻是男儿。
江东子弟多才俊，卷土重来未可知。

---

① 吴乔：《围炉诗话》，见郭绍虞编选、富寿荪校点《清诗话续编》，上海古籍出版社 1983 年版，第 476 页。

② 吴乔：《围炉诗话》，见郭绍虞编选、富寿荪校点《清诗话续编》，上海古籍出版社 1983 年版，第 558 页。

于兵败乌江认识新颖，惋惜项羽实属一浅显辈，缺乏不屈不挠斗志。诗意希冀发愤图强，应“败不馁”，较之李清照《夏日绝句》慨叹朝廷苟安：“至今思项羽，不肯过江东”，多一份强势与自信；较之王安石《乌江亭》感叹战争向背：“江东子弟今虽在，肯与君王卷土来”，多一份执着与坚定。

3. 写景诗

杜牧集落魄公子和风流文人于一身，胸怀抱负却生不逢时，前期入幕从事，后期连任地方官，在生活行走中，虽遭遇困顿却也性格开朗，有点类似刘禹锡。杜牧融历史、现实、自身于一体，在抒写怀抱、描摹自然时，都能在忧郁中透出高朗爽健、意气风发、俊逸明丽的风格。其一，江南好，有“江南春”和“清明雨”，如《江南春》：

千里莺啼绿映红，水村山郭酒旗风。
南朝四百八十寺，多少楼台烟雨中。

和《清明》：

清明时节雨纷纷，路上行人欲断魂。
借问酒家何处有？牧童遥指杏花村。

江南艳丽，红绿相映，烟雨迷蒙。隐约间既有悠远的历史色彩追忆，在烟雨迷蒙的春色中渗透着对国运的忧虑；也有醇厚的乡村香味的追寻，于细雨淅沥的行路间享受片刻的快意与满足。烟雨帘幕，“楼台烟雨中”“遥指杏花村”，画意十足，可谓尺幅千里，引起读者无穷想象，具有艺术上的“有余不尽”①（沈义府）。这种深广的概括力和含蓄的意蕴，正是盛唐诗歌的基本特征。

其二，秋色亮（凉），有“枫林晚”“夜色凉”，如《山行》：

远上寒山石径斜，白云生处有人家。
停车坐爱枫林晚，霜叶红于二月花。

和《秋夕》

银烛秋光冷画屏，轻罗小扇扑流萤。
天阶夜色凉如水，坐看牵牛织女星。

前一首为山林秋色图，“亮”色无比。《唐人绝句精华》曰：“读此可见诗人高怀逸致。霜叶胜花，常人所不易道出者。一经诗人道出，便留诵千口

① 沈义府：《乐府指迷》，蔡嵩云笺释，人民文学出版社1963年版，第56页。

矣。"① 于萧瑟秋风中摄取绚丽秋色，与春光争胜，令人赏心悦目，精神发越。明亮和高朗，诚是"南山与秋色，气势两相高"（《长安秋望》），直追"诗豪"《秋词二首》。

后一首为深宫秋意图，"凉"意万端。写失意宫女孤独的生活和凄凉的心境，含蓄蕴藉。描摹心理，敏锐且纤细，"凉如水"比喻妙致，色感与温度感共在，寂寞之心与李商隐《嫦娥》同一机杼，心灵意识相通，元好问称赞："朱弦一拂遗音在，却是当年寂寞心。"

其三，扬州美，有"扬州美"和"美人丽"，如《寄扬州韩绰判官》：

青山隐隐水迢迢，秋尽江南草未凋。
二十四桥明月夜，玉人何处教吹箫。

和《赠别二首》其一：

娉娉袅袅十三余，豆蔻梢头二月初。
春风十里扬州路，卷上珠帘总不如。

扬州，"你是我最想去的城"。"扬一益二"，城市著名，"腰缠十万贯，骑鹤下扬州"，都市繁华。江南风光的旖旎，正适合风流才子的放荡，秋尽处已如此美丽，春浓时又将如何迷人？内蕴的情趣与微妙的思绪，让"玉人"的艳情故事变得风调悠扬，引发绮丽想象。姑娘，"你是其中最美的人"。赠别歌妓，空灵清妙，俊爽清丽。

其四，自我思，有"薄幸名"和"亡国恨"，如《遣怀》：

落魄江南载酒行，楚腰纤细掌中轻。
十年一觉扬州梦，赢得青楼薄幸名。

和《泊秦淮》：

烟笼寒水月笼沙，夜泊秦淮近酒家。
商女不知亡国恨，隔江犹唱后庭花。

杜牧属晚唐诗歌代表，既写出了大唐王朝的颓势，也写出了风流才人的俊逸。杜诗俊爽清丽、风华流美。前一首为杜牧"扬州回忆录"：题目是"繁华梦醒，忏悔冶游"，十年放荡，一觉梦醒。后一首为杜牧"生活白皮书"：主题是"不知亡国恨"，四类人是贵族、官僚、豪绅和歌女，《后庭花》属亡国之音，

---

① 刘永济：《唐人绝句精华》，人民文学出版社 1981 年版，第 255 页。

婉曲清丽中，心酸、感慨、悲痛、辛辣，合成绝响。

杜牧写景抒情绝句，意境幽美，韵味隽永，于盛唐七绝之外，别开妙境。善于捕捉自然景物中最美的动人形象，含蓄精练，情景交融，韵味隽永。杜牧将盛唐的兴会和中晚唐的深思相结合，追求高绝的意境，有一种善于发现和提炼自然美的敏感力和概括力。管世铭《读雪山房唐诗序例》云："杜紫薇天才横逸，有太白之风，而时出入于梦得。七言绝句一体，殆尤专长。"① 贺裳《载酒园诗话》云："杜紫薇诗，惟绝句最多风调，味永趣长，有明月孤映，高霞独举之象，余诗则不能尔。"② 沈德潜认为杜牧绝句"托兴幽微"，可称盛唐绝之"嗣响"，把其特色概括为"远韵远神"③。叶燮也说："宋人七绝，大约学杜者什六七，学李商隐者什三四。"④

三、温庭筠："才思艳丽"

温庭筠（812？—866），字飞卿，太原祁（今山西祁县）人。思维敏捷，入试八叉手而成八韵，时号"温八叉"，精通音律，"能逐弦吹之音，为恻艳之词"（《旧唐书·温庭筠传》）。久困场屋，屡试不第。先后担任方城尉和国子助教，人称"温方城""温助教"。其诗辞藻华丽，秾艳精致，与李商隐时称"温李"。辑有《温庭筠诗集》。

温庭筠的诗体物细腻，笔墨精致，情意蕴藉，《全唐诗话》说他"才思艳丽，工于小赋"，能藻绮中蕴真情。清新简洁的语言表达着诗人的怀古情、羁旅情和别离情。其一，怀念古人，吊古伤今，如《过陈琳墓》：

> 曾于青史见遗文，今日飘蓬过此坟。
> 词客有灵应识我，霸才无主独怜君。
> 石麟埋没藏春草，铜雀荒凉对暮云。
> 莫怪临风倍惆怅，欲将书剑学从军。

咏叹建安七子之一陈琳的命运，抒发自己生不逢时、霸才无主的寂寞胸臆，寄托遥深。又如《蔡中郎坟》：

---

① 管世铭：《读雪山房唐诗序例》，见郭绍虞编选、富寿荪校点《清诗话续编》，上海古籍出版社1983年版，第1562页。

② 贺裳：《载酒园诗话》，见郭绍虞编选、富寿荪校点《清诗话续编》，上海古籍出版社1983年版，第370页。

③ 沈德潜：《唐诗别裁集》（卷二十），中华书局1975年版，第274页。

④ 叶燮：《原诗》，蒋寅笺注，上海古籍出版社2014年版，第450页。

古坟零落野花春，闻说中郎有后身。
今日爱才非昔日，莫抛心力作词人。

凭吊中郎将蔡邕，既感慨怀才不遇，也喟叹时代混乱、前途黯淡。

其二，思念家人，景致神伤，如《商山早行》：

晨起动征铎，客行悲故乡。鸡声茅店月，人迹板桥霜。
槲叶落山路，枳花明驿墙。因思杜陵梦，凫雁满回塘。

“鸡声茅店月，人迹板桥霜”，绘景精妙，十个名词排列，六组意象叠加，组合成有声有色的境界，其“蒙太奇”之法直启“小桥流水人家，枯藤老树昏鸦”。言情蕴藉，辛苦孤寂，此情此景，如梅圣俞所说：“必能状难写之景如在目前，含不尽之意见于言外，然后为至矣。”①

其三，梦想情人，隽永茫茫，如《瑶瑟怨》：

冰簟银床梦不成，碧天如水夜云轻。
雁声远过潇湘去，十二楼中月自明。

一宇银辉，抚慰的是情人的相思。以“冰”点题，涵蕴无尽，继以“银”“碧”“轻”“明”等明快清丽词眼烘托，幽情蕴于绮丽之中，真可谓“寓情于景而情愈深”②（刘熙载《艺概》）。送别友人，情意绵绵，如《过分水岭》：

溪水无情似有情，入山三日得同行。
岭头便是分头处，惜别潺湲一夜声。

一夜潺湲，撩拨的是离人的心绪。那潺湲，仿佛是为他的不幸远别而呜咽啜泣，又好似载着绵绵不尽的离愁长流远去。

第五节　唐诗“三不主义”

一、盛唐气象与和谐社会

以盛唐三大诗人李白、杜甫、王维为例，来观照盛唐气象。

在称谓上，李白为“诗仙”、杜甫为“诗圣”、王维为“诗佛”，称世鲜明，

① 欧阳修：《六一诗话》，见《宋诗话全编》，江苏古籍出版社 1982 年版，第 214 页。
② 刘熙载：《艺概（上）》，袁津琥校注，中华书局 2009 年版，第 227 页。

影响广泛。在流派上，李白属道家、杜甫属儒家、王维属佛家，儒道释并流，思想开放，社会昌明。在风格上，李白豪放飘逸，风格通脱，杜甫沉郁顿挫，风格积极，王维清新自然，风格空灵，风格迥异，百花齐放。在理念上，李白讲究“风度”，谓“仙风道骨”，杜甫坚持“精神”，谓“己溺己饥”，王维追求“境界”，谓“对境无心”。

以盛唐三大诗人来体验和谐社会，有启示。

李白，在行为态势上，引领“讲究”风度，情感熏陶上，凸显“品行”，生活价值上，体现“平和”。李白乃“谪仙人”，仙风道骨，气度不凡；生活未尽如意，秉持“安能摧眉折腰事权贵，使我不得开心颜”情结，只能被“赐金放还”；在“天生我材必有用”的豪言和“长风破浪会有时，直挂云帆济沧海”的壮语中“与人同销万古愁”。

杜甫，在行为态势上，鼓励“坚持”精神，情感熏陶上，凸显“操守”，生活价值上，体现“平实”。沉郁顿挫奠定了诗人“万世诗表”地位，他从诗歌的形式特征、内容特征对诗歌进行规范，使沉郁顿挫成为一种风格范式。沉郁为其里，顿挫为其表，沉郁顿挫成就了杜甫的诗人楷模形象。

王维，在行为态势上，营造“追求”境界，情感熏陶上，凸显“魅力”，生活价值上，体现“平淡”。王维，笃于佛，染于禅，耽于诗，成就了“诗佛”之誉。王维诗歌，诗语中有禅意，禅语中存诗味，终使其诗臻于“思与境偕”（司空图）的空灵境界。王维生在盛唐却淡忘，无繁华之质。若把盛唐气象拟作富贵牡丹的话，那么王维的田园山水则为清幽的菡萏。禅境、坐忘，在水穷处看云卷云舒，是“诗佛”之气质；浑然、天成，于烟火中领自然清新，为“诗佛”之情系；空灵、清寂，从生灵间感禅趣禅机，属“诗佛”之兴致。

二、唐诗“三不主义”

以李白为例。太白诗风，豪放而飘逸，灵动且高蹈。太白诗风可谓是独树一帜，空前绝后，绝对无法重复和临摹。这也是“诗仙”让人企羡和令人遥望之处。一种丰满、具有活力的热情和想象在李白身上闪烁着青春、自由和快乐。盛唐气象在李白身上的集中体现为：饱满的青春热情、昂扬的蓬勃精神和强烈的个性色彩。亦即唐诗“三不主义”：不颓唐、不感伤、不迷惘。

1. 不颓唐——饱满的青春热情

李白生命的青春活力，是四射的。狂放的青春行为。任侠习剑，有古之侠行，他自己说“白昼杀人，不以为非”或“笑进一杯酒，杀人都市中”，白昼杀人，不是真杀，只是一种认为和表态，表明支持尚武；杀人都市中，亦不是真杀，是酒精的效果，狂言说明崇武。也有说李白正是因为杀了人才逃离四川，游荡天下，我宁愿相信此一说，都是青春惹的祸，酒才是罪魁，“相逢意气为君饮”，该出手时就出手。洒脱的青春行事，他也写了《少年游》《少年行》等作品，确实“古惑仔”之行径，不为正统文学所鼓励，多的是青春的热情、冲动、勇气或冒险，少的是历练后的成熟与稳重。青春的年轻、大胆和冒险，已越来越少，越走越远了，《蜀道难》正是这种饱满青春热情的迸发。蜀道之难难于上青天，蜀道是一个惊险的世界，于青年是一个未知的世界，更是一个探险的世界，需要亲身的体力才有感触。蜀道亦是一个非规则的世界，有我们未经生活的体验，在青年成长和求知的过程里，“读万卷书，行万里路”，理实并行实堪难，生命的真正历练应在“蜀道”之上。李白用热情为自己披荆斩棘，这是一份创造力。创造力常被人误为破坏力或毁灭力，因为太冒险，太不遵守人间的规则，所以，李白的“青春”不被人认可。无论青春怎样，我们都应向李白逝去的青春致敬，他呼喊出了青春的口号：“天生我材必有用”，多么自信！多么高傲！多么炽烈！

2. 不感伤——昂扬的蓬勃精神

李白是唐代诗人中最风光者，也是唐代诗人中最不得意者。白居易曾评价李白说：“但是诗人多薄命，就中沦落不过君。”李白属薄命，但没有沉沦，一直在扬帆远航，“长风破浪会有时，直挂云帆济沧海”是其精神标杆。初出江湖，匡君济世之志膨胀，“申管、晏之谈，谋帝王之术。奋其智能、愿为辅弼，使寰区大定、海县清一”。李白最大、最主要的追求是做贤臣良相，“怀经济之才”，要“济苍生”“安社稷”“忧黎元”，要做“管、晏”式的辅弼之臣。遭疏，依然忧时伤世，北上幽州间写下了《远别离》，借娥皇、女英之口，诉说自己对大唐王朝前路的担忧。年届六旬，仍踌躇满志，希望叱咤风云，英雄盖世，雄心不减当年，有《永王东巡歌十一首》。豪迈的气概、乐观的情绪和必胜的信念，在“谈笑”间，令人心胸开阔，精神为之一振，展示了诗人积极的理想展望。

3. 不迷惘——强烈的个性色彩

李白虽狂放，也具才气，有时天真，却也散淡。才学第一。无论是苏颋、贺知章的赞誉，还是魏颢的崇拜，都充分说明了李白的才华横溢。李白为后人提供了生命的另一种情操，这种情操不是世俗可以判定的。李白又为创造力贡献了一种元素，那就是特立独行。李白纯粹以诗惊动朝野而安身立命，可谓风华绝代。李白自身没有经过任何进士考试却供奉翰林，只是写写诗、练练仙，诗人可以通过诗歌创作，实现个人生命的完成，让天下对他有一种尊重，灼热的生命气质和强烈的个性魅力，使得李白具备“诗”一样的馥郁和“仙”一样的优雅，荣登中国诗人第一把交椅。自负第二。李白恃才放旷，“兴酣落笔摇五岳，诗成笑傲凌沧州”，李白有横绝千古的艺术才华，有潇洒放达的绝代风流，有啸傲天地的撼人气魄，其诗作想落天外，意象万千，落笔遥想万端，成诗凝思无穷。李白高度自负，拥有唐人乐观昂扬的信心和一往无前的气魄，承继了“气蒸云梦泽，波撼岳阳城”的雄阔气象和“欲穷千里目，更上一层楼”坚定的信念，“仰天大笑出门去，我辈岂是蓬蒿人?”显示了盛唐人高度自信、奋发进取的精神风貌，李白“谈笑却三军”“调笑可以安储皇”“一匡天下”“立抵卿相”等，更体现了其非凡的自负。散淡第三。李白潇洒自若，“人生达命岂暇愁，且饮美酒登高楼”。李白，供奉翰林，亦称“朝散郎”，本意上即是皇帝八小时之外的跟班或娱众，李白也乐得其事，正符心意。诗人以“达命”者自居，遣愁放怀，高视一切，笑傲人生，自得逍遥。散淡未免消极颓唐，亦即否定了人生积极的一面，然否定是由执着而来，越否定越真挚，看似散淡，实则痛苦。痛苦中燃烧着一团火，灼烤着诗人的纵酒癫狂，只能是抓起头发拔离地球式的潇洒和作秀。

第五章

宋词掇英——诗歌转折时期

这是诗歌的转折时期。

词，亦称“诗余”。宋词与唐诗、元曲同为诗歌园地三朵奇葩。词是格律化的杂言诗。作为一种新的诗歌体裁，词在主题、语言、风格上为诗歌开辟出一番新天地。正如林庚先生所说：“然而词到底为诗坛创造了一次新的诗歌语言，从句式到语法到词汇都出现了再度诗化的新鲜感。”①

词的起源。从时间上，起于唐代，盛于宋代；从体例上，属诗歌形式，是格律诗体；从诗歌演变上，上承唐诗，下启元曲。词起源如下：

第一，词与诗歌同源。清代汪森《词综》指出：长短句形式是词的开端，像《南风歌》《五子之歌》等都是长短句形式，有点类似词。第二，词起源于《诗经》《楚辞》说。这是一种“尊体”手段，将词源头追溯至诗骚，是想改变词乃“小道”“小技”的地位。《诗经》如《伐檀》，三章，每章有四字句、五字句、六字句和七字句，且押韵，类似词。第三，词起源于乐府。词的显著特征是合乐可歌，而乐府即配乐歌唱的诗歌。两者相似亦不同，乐府是“先诗后曲”，而词是“先曲后词”，即倚声填词。第四，词起源于六朝杂言说。主要是梁武帝（萧衍）创作了《江南弄》，已具词的雏形。但同类诗作较少，未形成规模。第五，词出于唐代的近体诗。将唐诗经过散声（另加音声）、泛声（音就曲拍）与和声（重复演唱）等方式演绎成歌词，如《阳关三叠》。五种说法虽是从时间演变角度而言，但前三种是从文学角度，词是随着文学发展而成长的，后两种是从音乐角度，词与音乐密不可分。词，原是配合燕乐而创作的歌词。

词的特质。词属韵文。王力先生认为具以下几个特征：一是固定的字数，二是律化的平仄，三是长短句，早期词还可加上“合乐可歌”。词有定制。明代徐师曾《文体明辨》说：“调有定格，字有定数，韵有定声。”词有词谱词调，一个词牌有名称、别名、调式、字数、句式、平仄和押韵等。词具艺术魅力。

---

① 林庚：《中国文学简史》，清华大学出版社 2007 年版，第 319 页。

宋词篇幅短小，构思精巧，言辞优雅，声情并重，艺术特色鲜明，主要表现在优美的意境和精湛的语言上。诗词有别。王国维《人间词话》云："词之为体，要眇宜修；能言诗之所不能言，而不能尽言诗之所能言。诗之境阔，词之言长。"① 词较诗而言，从外部形式来看：词的句式长短不齐，句法灵活多样，押韵多种新变，对仗灵活，体式繁富。词风细腻深婉。词抒情贴己、真挚、深厚和细腻。情感维度上贴己，词擅长表达个体特殊情感，不以表达群体共同情感为能事；情感向度上真挚，力求在抒情的深度上纵向发掘，而不是向情感的广度上横向推进；情感强度上深厚，刻意追求情感的含蓄蕴藉，不以强烈显露见长；情感量度上细腻，在细腻婉曲上着力，非粗率豪放。词存"三有"主义：有情感、有体验、有蕴涵。

词的发展。词发虽然轫于隋代，"盖隋以来，今之所谓曲子者"（王灼《碧鸡漫志》）仅具雏形，未能保存。词开端还是在中晚唐，世风的转变，主要是文人士大夫的享乐思想膨胀和社会道德价值体系崩溃，始将注意力转移到个人的享乐上，突出表现抒情主体享受人生的细腻感观感受、幽隐心灵体验和曲折情感历程，形成"言情"与"侧艳"的文学特征。中唐"烟波钓徒"张志和《渔歌子》抒隐逸情致，晚唐"花间鼻祖"温庭筠专力于"倚声填词"。西蜀、南唐偏安一隅，词写清客晏饮和豪门享乐，属词的两个创作高峰。

北宋词风转变多。主要经历了四次转变。一是晏欧词风，转"花间"风气变为承平气象。以晏殊、欧阳修为代表，属达官文士，承继"花间"尊间小令之风，书写承平令词，"敢陈薄技，聊佐清欢"（欧阳修《西湖念语》），词风雍容华贵，闲散雅致。二是柳永词风，转承平气象为"柳氏家法"。柳永是词史上全力作词的第一人，"以赋为词"，以慢词为主，自创"屯田蹊径"，拓展了词的表现形式和表达内容。三是苏轼词风，转"小道"为大道，变"艳科"为豪情。"以诗为词"，在词的意境、内容、语言和风格上创新，"指出向上一路，新天下耳目，弄笔者始知自振"②。（王灼《碧鸡漫志》）四是清真词风，集婉约之大成。"以律为词"，工于持律，善于创调，"负一代词名"③。

南宋词风折弯频。主要是"二安"词的突变。一是易安词风，由"优裕"之词转换为"忧郁"之词。南渡之际，李清照词风翕然一变，在词中抒写与时代不幸相交融的个人不幸，"金石录里漱玉集中文采有后主遗风"（郭沫若）。

---

① 王国维：《人间词话》，佛雏校辑，华东师范大学出版社 1990 年版，第 92 页。

② 王灼：《碧鸡漫志》，岳珍校正，巴蜀书社 2000 年版，第 37 页。

③ 张炎：《词源》，见唐圭璋《词话丛编》，中华书局 1986 年版，第 255 页。

二是幼安词风，由文人词转换为“英雄词”。辛弃疾，不只是传统意义上的文人词客，而是一位叱咤风云的爱国英雄，其词激情满怀，英雄气概，“铜板铁琵，继东坡高唱大江东去”。(郭沫若)

两宋词盛，以婉约为主流。婉约是“当行本色”，豪放是“别调”。婉约词沿花间词风，题材较狭窄，内容多离别思乡、爱情相思、咏物写怀等，语言流丽典雅，音韵柔媚婉转，形成“专主情致”（李清照《词论》）之效。豪放词，自东坡开创，风格豪迈，异于婉约花间月下的旖旎风情，或指点江山、或激扬文字，视野开阔，气象恢宏，不以含蓄婉曲为能事，主张激烈抒情，“大声镗鞳，小声铿鍧”（刘克庄《辛稼轩集》序）。婉约与豪放之别，南宋俞文豹《吹剑续录》载：“东坡在玉堂，有幕士善讴，因问：‘我词比柳词何如?’对曰：‘柳郎中词，只合十七八女孩儿执红牙拍板，唱杨柳岸晓风残月。学士词，须关西大汉，执铁板，唱大江东去。’公为之绝倒。”① 婉约以柳永为代表，含蓄蕴藉；豪放以苏轼为代表，豪情奔放。北宋晏殊、欧阳修、柳永、贺铸、周邦彦及南宋李清照、姜夔、史达祖、吴文英、张炎，堪为婉约正宗；而范仲淹、苏轼、陆游、张孝祥、辛弃疾、刘克庄、刘过、刘辰翁，则为豪放别派。

第一节　柳永：赋化词

柳永为宋词大家，着笔慢词，善用赋法，对后世词曲的创作影响深远。柳永“以赋为词”，与苏轼“以诗为词”一样，于词贡献甚大。柳永变小令为慢词长调，启迪和影响了一代词风。柳永吸取民间歌词的俚俗情韵，继承了西蜀南唐词的“艳情”特质，也受晏欧词风的雍容影响，兼采众长，融合并用，所以在词的文体特质、抒情手段和语言魅力等方面有着积极贡献，极大地丰富了词的表现方式，开创一代词风。

一、民间词与中唐文人词

20世纪初，敦煌民间词的发现，填补了词史研究的空白，明确了词在中唐以前的发展轨迹。敦煌词曲最主要的抄卷是《云谣集杂曲子》。词题材广泛，王重民《敦煌曲子词·叙录》说：“今兹所获，有边客游子之呻吟，忠臣义士之壮语，隐君子之怡情悦志，少年学子之热望与失望，以及佛子之赞颂，医生之歌

---

① 见陶宗仪：《说郛》（卷二十四），上海古籍出版社1988年版，第429页。

诀，莫不入调。其言闺情与花柳者，当不及半。”① 与《花间集》专写闺情艳事有别。如《菩萨蛮》：

> 枕前发尽千般愿，要休且待青山烂。
>
> 水面上秤锤浮，直待黄河彻底枯。
>
> 白日参辰现，北斗回南面。休即未能休，且待三更见日头。

热烈的爱情誓言，连设六喻，全用民间成语，盟誓较《上邪》更坚贞。敦煌曲子词字数不定，平仄不拘，叶韵不定，常用衬字，体式丰富，属词未成熟定型体现。朱祖谋《敦煌曲子词·跋》云：“其为词朴拙可喜，洵倚声中椎轮大辂。”② 概括敦煌曲子词地位中肯。

中唐以后，陆续有文人开始长短句的填词，基本依曲拍为句。如张志和，受敦煌词影响作《渔歌子》：

> 西塞山前白鹭飞，桃花流水鳜鱼肥。青箬笠，绿蓑衣，斜风细雨不须归。

色彩鲜明，风格清新，闲情逸致。如白居易，依曲拍写意，成《忆江南》：

> 江南好，风景旧曾谙。日出江花红胜火，春来江水绿如蓝。能不忆江南？
>
> 江南忆，最忆是杭州。山寺月中寻桂子，郡亭枕上看潮头。何日更重游？
>
> 江南忆，其次忆吴宫。吴酒一杯春竹叶，吴娃双舞醉芙蓉。早晚复相逢？

三首词总分合趣，绘景秀丽，引人入迷。刘禹锡也有《忆江南》词，自注云：“和乐天春词，依《忆江南》曲拍为句。”表明文人已将词与诗有区别对待。

二、花间词与温庭筠

五代十国，两地较安定，一为长江上游的西蜀（成都），一为长江下游的南唐（南京），词集中发展在西蜀和南唐。

---

① 王重民：《敦煌曲子词·叙录》，商务印书馆 1950 年版，第 17 页。

② 朱祖谋：《敦煌曲子词·跋》，见施蛰存《词籍序跋萃编》，中国社会科学出版社 1994 年版，第 629 页。

西蜀词，亦称“花间派”，因《花间集》而名。选编者为后蜀赵崇祚，选游宦或流寓西蜀的十八位词人，计五百首。所选题材内容为“艳情艳事”，皆“绮筵公子，绣幌佳人，递叶叶之花笺，文抽丽锦；举纤纤之玉指，拍按香檀。不无清绝之辞，用助娇饶之态”。① （欧阳炯《花间集叙》）。艺术风格以“绮罗香泽”为主。代表词人为温庭筠和韦庄。

1. 温庭筠

温庭筠是中晚唐诗人中第一个大力作词的人，被誉为“花间鼻祖”（王士禛《花草蒙拾》），其词镂金错彩，以缛丽见长，具有“深美闳约”（张惠言《词选序》）风格。《菩萨蛮》其一：

> 小山重叠金明灭，鬓云欲度香腮雪。懒起画蛾眉，弄妆梳洗迟。
> 照花前后镜，花面交相映。新帖绣罗襦，双双金鹧鸪。

温庭筠词“密而隐”，委婉似李商隐诗，属婉约风。词写女子幽怨，上片绘“懒”“迟”之状，下片以“鹧鸪”点因，“双双”一词蕴情隐曲婉约，具唐人绝句含蓄之美，刘熙载《艺概》说：“温飞卿词，精妙绝人，然类不出乎绮怨。”② 又如《梦江南》：

> 梳洗罢，独倚望江楼。过尽千帆皆不是，斜晖脉脉水悠悠。肠断白苹洲。

明代沈际飞评价此词云：“痴迷，摇荡，惊悸，惑溺，尽此二十余字。”（《草堂诗余别集》）可谓析情精妙。写女子黄昏之思念，失望、孤独和伤心皆有，独于“肠断”二字深密叙出，“脉脉”含情与“悠悠”无情交汇成流，将思念与痴情刻画得淋漓尽致，直启柳永《八声甘州》之“想佳人，妆楼颙望，误几回，天际识归舟”，意属一脉。

2. 韦庄

韦庄词“显而疏”，直白如白居易诗，属豪放风。如《菩萨蛮》：

> 人人尽说江南好，游人只合江南老。春水碧于天，画船听雨眠。
> 垆边人似月，皓腕凝双雪。未老莫还乡，还乡须断肠。

江南秀美，纯用白描，清新明丽，直白间不乏一份深婉。

---

① （后蜀）赵崇祚编：《花间集》，杨景龙校注，中华书局 2015 年版，第 1 页。

② 刘熙载：《艺概（下）》，袁津琥校注，中华书局 2009 年版，第 493 页。

三、南唐词与李煜

西蜀偏安西南，南唐安享东南，南唐以金陵（南京）为中心，主要词人有“一相二主”。“一相”为南唐宰相冯延巳。王国维《人间词话》说：“（冯正中词）堂庑特大，开北宋一代风气，与中、后二主词，皆在《花间》范围之外。”① 指出了南唐词与花间词的差异，南唐词人文化修养高于西蜀词人，超过花间词的艳科绮语，开始歌咏人生情感，成为士大夫词的先驱。“二主”为中主李璟和后主李煜。南唐词人中声名最著者为李煜。

李煜，南唐最后一位皇帝，世称李后主，为中主李璟第六子。961 年即位。975 年宋兵攻陷金陵，肉袒出降，国破家亡。978 年被赐死。李煜多才多艺，精书法，善绘画，通音律，更以填词为擅。清代诗人郭麐评价李煜说：“做个才子可绝代，可怜薄命做君王。”词现存三十余首。

李煜词的动人处在于，虽为帝王，表现的却是人生的真情实感，写出来国破家亡的伤痛之思。王国维《人间词话》说：“词至李后主，而眼界始大，感慨遂深，遂变伶工之词为士大夫之词。”②

“眼界始大”，词的创作主题扩大，由离愁别恨拓展为家国之思。由皇帝沦为囚徒，后主“日夕以眼泪洗面”，经常“梦”回故国，如“闲梦远，南国正芳春”（《望江南》）、“多少恨，昨夜梦魂中”（《望江南》）、“故国梦重归，觉来双泪垂”（《子夜歌》）。最强烈的故国之思，如《虞美人》：

> 春花秋月何时了？往事知多少。小楼昨夜又东风，故国不堪回首月明中。
>
> 雕栏玉砌应犹在，只是朱颜改。问君能有几多愁？恰似一江春水向东流。

意境深远，感情真挚。书写亡国之痛，上片以“又”字为眼从时间的重复上抒情，下片以“在”字为眼从空间的转换抒情。情致已越个人愁苦，有着极强的概括性，使个人的身世之感转化为在人类生活意义具有普遍的哀伤。愁情“恰似一江春水向东流”，以水喻愁，“真伤心人语”（俞陛云《唐五代两宋词选释》）也，情感可感，表现力和感染力增强，艺术效果鲜明。

“感慨遂深”，词的抒情能力得到提高，深化词的哲理意蕴。遇风雨，感受

---

① 王国维：《人间词话》，佛雏校辑，华东师范大学出版社 1990 年版，第 108 页。

② 王国维：《人间词话》，佛雏校辑，华东师范大学出版社 1990 年版，第 109 页。

无常人生，有《乌夜啼》：

林花谢了春红，太匆匆，无奈朝来寒雨晚来风。

胭脂泪，相留醉，几时重，自是人生长恨水长东。

比兴精当，无限怅惘。借春残花谢的自然景象，喻国破家亡和人生失意，用流水来比喻人生无可挽回的长恨，为李后主的一大创造。逢别离，感喟人世沧桑，有《浪淘沙》：

帘外雨潺潺，春意阑珊。罗衾不耐五更寒。梦里不知身是客，一晌贪欢。

独自莫凭栏，无限江山，别时容易见时难。流水落花春去也，天上人间。

感喟苍凉，往事如梦。以梦写醒，留恋“一晌贪欢”；“别易会难”，总是人生难堪；“天上人间”，忧乐极端。词末以“流水”“落花”“春去”三个流逝不复的意象，表现出李煜对人生的绝望，淡淡的语言中包含了无比丰富的人生感受，读来令人心颤。

“遂变伶工之词为士大夫之词”，词体功能得到转变，词人抒发性灵，使词的内涵、境界和品味得到提升。词不再是酒席筵间的应歌之作，而是词人真挚情感的率性书写，将亡国丧家的悲伤和耻辱倾注词中，沉痛而悲怆，如《破阵子》：

四十年来家国，三千里地山河。凤阁龙楼连霄汉，玉树琼枝作烟萝，几曾识干戈？

一旦归为臣虏，沈腰潘鬓消磨。最是仓皇辞庙日，教坊犹奏别离歌，垂泪对宫娥。

今昔对比，忧乐相生。上片写昔，为“东君主”，属欢娱之时；下片写今，为“南冠客”，属愁苦之际。两相比照，愁苦、悔恨、绝望更显真挚深切，情愫发自个人内心却又警醒他人，追惜年华、感慨人事、哀叹命运，极容易引起普通人的心灵共鸣。王国维《人间词话》说：“温飞卿之词，句秀也；韦端己之词，骨秀也；李重光之词，神秀也。”① 道出了后主词的神韵和境地。

李煜词突破“花间”“尊前”传统，注意词的抒情性和文学性，使词逐渐向独立的文学样式演进，以真挚的情感和精湛的语言魅力，奠定了在词史上的

① 王国维：《人间词话》，佛雏校辑，华东师范大学出版社 1990 年版，第 106 页。

地位。李煜词于宋词发展有着重要的影响，如晏殊、晏几道、欧阳修、秦观、贺铸、苏轼、李清照等词人，从不同方面体现出对李煜词的模仿和继承，胡应麟说："（后主）乐府为宋人一代开山祖。"①

四、晏欧词风

宋初词风大抵沿袭南唐词风，内容上还是继承花间酒令，情致上别具一种雍容华贵的气度，语言上讲究雅致文丽，但词的风貌和手法较唐五代词有了不同。此际，小令词人众多，有王禹偁、潘阆、林逋、宋祁、范仲淹、张先等，杰出代表为晏殊和欧阳修。受冯延巳词影响，"晏同叔得其俊，欧阳永叔得其深"②。

1. 晏殊

晏殊（991—1055），字同叔，抚州临川（今江西抚州）人。少有才名，以神童荐于朝，赐同进士出身。历任翰林学士、礼部侍郎、御史中丞等，仁宗庆历年间官至集贤殿学士、同平章事兼枢密使，卒谥元献。有《珠玉词》，存词一百三十余首。词风风流蕴藉，被称为"北宋倚声家初祖"。（冯煦《蒿庵论词》）

晏殊词酷似冯延巳，得花间遗韵和南唐俊逸，又以"情中有思"的个人风格将小令的创作推向了更加圆熟的境地，其间不乏一种"贵族式"的哀愁和雍容华贵的气象。山长水阔，高远之境，如《蝶恋花》：

> 槛菊愁烟兰泣露，罗幕轻寒，燕子双飞去。明月不谙离恨苦，斜光到晓穿朱户。
>
> 昨夜西风凋碧树，独上高楼，望尽天涯路。欲寄彩笺兼尺素，山长水阔知何处。

境界寥廓，情致深婉。上片深婉，下片宏阔。工词炼字，融情于景，菊愁、兰泣、幕寒、燕飞、树凋、西风、路远、山长、水阔，景都充满了凄楚、冷漠、荒远之色，蕴涵着离愁别恨的主题。深婉含蓄、"风流蕴藉"（王灼《碧鸡漫志》），营造着一种令人骋望的境界。王国维《人间词话》说："古今之成大事业、大学问者，必经过三种之境界。晏同叔之'昨夜西风凋碧树，独上高楼，望尽天涯路'，此第一境也。'衣带渐宽终不悔，为伊消得人憔悴'，此第二境

① 胡应麟：《诗薮》，上海古籍出版社1958年版，第291页。

② 刘熙载：《艺概（下）》，袁津琥校注，中华书局2009年版，第494页。

也。'众里寻他千百度，蓦然回首，那人却在，灯火阑珊处'，此第三境也。此等语皆非大词人不能道。"①

花落燕归，寻常之景，如《浣溪沙》：

一曲新词酒一杯，去年天气旧亭台。夕阳西下几时回？

无可奈何花落去，似曾相识燕归来。小园香径独徘徊。

自然工丽，含蓄隽永。"无可奈何花落去，似曾相识燕归来"，工巧且浑成，流利而含蓄。花开花落，燕去燕来，本属自然常态，在万物复新间感时光流逝；无可奈何与似曾相识，两成语的意蕴含蓄，韶光易逝，盛景不常。宋词较唐诗意境多了份哲理性抒情，于生活有着哲学性思考，味道隽永。

2. 欧阳修

欧阳修（1007—1072），字永叔，自号醉翁，晚年又号六一居士，庐陵（今江西吉安）人。少有"神童"之誉，仁宗天圣八年（1030）进士。先后任秘书省校书郎、西京留守推官、监察御史、知礼部贡举，官参知政事。谥文忠。提倡诗文革新运动，"唐宋八大家"之一，"晏欧体"代表词人。有《六一词》、《醉翁情趣外编》。词风清丽委婉。

写独守空闺，孤寂哀怨，有《蝶恋花》：

庭院深深深几许？杨柳堆烟，帘幕无重数。玉勒雕鞍游冶处，楼高不见章台路。

雨横风狂三月暮，门掩黄昏，无计留春住。泪眼问花花不语，乱红飞过秋千去。

词意委婉转折，圆浑跌宕。以三个"深"字领情，加之烟柳、重帘造境，寂寞无极；荡子游冶，任凭风雨摧残青春，孤独可堪；"泪眼问花花不语，乱红飞过秋千去"，赋予花以生命和情感，成为同病相怜者，手法高妙，意蕴多重，直至"层深而浑成"（毛先舒）的艺术效果。

写离愁别恨，落寞惆怅，有《踏莎行》：

候馆梅残，溪桥柳细。草薰风暖摇征辔。离愁渐远渐无穷，迢迢不断如春水。

寸寸柔肠，盈盈粉泪。楼高莫近危阑倚。平芜尽处是春山，行人更在春山外。

---

① 王国维：《人间词话》，佛雏校辑，华东师范大学出版社 1990 年版，第 82 页。

词情含蓄深婉，递进层深。上片写行人忆家，下片写闺人忆外，言情婉挚，两面兼写。景丽而情愁，语浅而情深。名句“离愁渐远渐无穷，迢迢不断如春水”，喻离愁绵绵，将抽象的情感变成具体的形象，显得绵长亲切。

写约会相思，清幽柔美，有《生查子》：

> 去年元夜时，花市灯如昼。月上柳梢头，人约黄昏后。
>
> 今年元夜时，月与灯依旧。不见去年人，泪湿春衫袖。

词旨直露清新，疏俊隽永。今昔对比，抚今追昔，言语浅近，情调哀婉。“月上柳梢头，人约黄昏后”，千古丽句，惊艳无比。情不知所起却一往而深，直令人怦然心动，回味人面桃花之遇约。

五、“屯田蹊径”

柳永（987？—1053？），原名三变，字景庄，后改为永，字耆卿，行七，故人称“柳七”，福建崇安（今福建武夷山）人。景祐元年（1034）登进士第，历任地方小吏，终官屯田员外郎，世称“柳屯田”。有《乐章集》，存词213首。词作自成一派，世称“屯田蹊径”或“柳氏家法”，词史上有开疆拓土之功。

所谓“屯田蹊径”，又称“柳氏家法”，指的是柳永在慢词中善于铺叙而又有过前人之处的“以赋为词”。柳永为宋词大家，其着笔慢词，善用赋法，对后世词曲的创作影响深远。柳永“以赋为词”，与苏轼“以诗为词”一样，于词贡献甚大。柳永作词亦如其名，确实使词得到了“三变”：一变，改变了词的文体空间，变小令为长调，便于挥洒抒发；二变，改观了词的传播方式，变流连于宴间尊前的花间词为市井狂欢的民间词；三变，改变了词的心理抒写功能，越出礼法，直写世俗，男女狎昵，不避村腔野调，使文人雅士侧目，却令市井青年倾心。

柳永“以赋为词”，在艺术上创调，以慢词为主；在形式上创体，以赋法为主；在内容上创建，以羁旅行役为主；在语言上创格，以俚俗为主。

（一）在艺术上创调：以慢词为主

慢词是宋词的主要体式之一，它与小令一起成为宋代词人最为常用的曲调样式。柳永是慢词发展的先锋主将和关键人物。柳永慢词“体近卑俗，自成一体”（王灼）[①]，词至于柳永，体制始备，从根本上改变了唐五代以来小令一统词坛天下的格局，使慢词和小令平分秋色、分头并进。李清照评说：“逮至本

---

① 王灼：《碧鸡漫志》，见唐圭璋《词话丛编》，中华书局1986年版，第84页。

朝，礼乐文武大备。又涵养百余年，始有柳屯田永者，变旧声作新声，出乐章集，大得声称于世。”① 这充分说明了柳永在词坛上的地位，柳永《乐章集》213首词，127种曲调，足见柳永创调之才。柳永变小令为慢词长调，不仅从音乐体制上改变和发展了词的声腔体式，而且引起了词体由外而内的革新，启迪和影响了一代词风。柳永这些词调，以慢词为主，主要来源如下：一是民间词调。大都吸收《敦煌曲子词》中的词调。二是官方曲调。主要吸收《教坊曲》的调名。三是变旧曲作新声。柳永在前人的基础之上，将许多词牌加以改造，主要是增加字数，使其成为慢词。四是自创新声。柳永精通音律，自己创制了许多词调。

（二）在形式上创体：以赋法为主

1. 横向上：以“大赋”为法，铺采摛文，达直抒情事之意

胡云翼《宋词选》前言云：“柳永铺叙的特征主要是尽情描绘，不再讲究含蓄；他把写景、叙事、抒情打成一片，而在结构上却又有一定的层次，前后呼应，段落分明。”② 尽情描绘，不再讲究含蓄，即铺叙直陈。柳永将词的言情功能直接化、叙事化，有直说叙事和白描赋词两种情形。

一是直说叙事。刘熙载评柳词“善于叙事，有过前人”③，清代周济也说“柳永总以平叙见长”（《宋四家词选》），这正说明柳词之铺叙，具备了“赋”作为表现手法所包含的“直说”和“叙事”两个要素。较之令词，柳词在结构上多了叙事成分、在表达上讲究铺排、在手法上注重点染。

第一，柳词注入叙事成分。柳永在上片写景下片抒情的词体格式中，融入较多的叙事成分，这在柳永之前的词作中是少有的。叙事有致。柳词将设景造境与叙事抒情结合，特别是在表现羁旅愁情与思旧怀归的词作中，叙事属主要手法。叙事有度。叙事人称变化，手法多端。

第二，柳词讲究铺排叙事。多“平叙”“直叙”或“只是直说”，较少借助比兴，较少寄托。尤其是一些闺情词，往往舍去景物描写，以女子口吻，娓娓道来，抒写人物内心情感。柳永铺叙精彩，情景交融。近人夏承焘说：“耆卿多平铺直叙，清真特变其法，一篇之中，回环往复，一唱三叹。故慢词始盛于耆卿，大成于清真。”④

---

① 胡仔：《苕溪渔隐丛话》，廖德明点校，人民文学出版社1993年版，第254页。

② 胡云翼：《宋词选》，上海古籍出版社1962年版，第7页。

③ 刘熙载：《艺概（下）》，袁津琥校注，中华书局2009年版，第496页。

④ 夏承焘：《手评乐章集》，引自龙榆生《唐宋名家词选》，见张晖主编《龙榆生全集》（第7卷），上海古籍出版社2015年版，第120页。

第三，柳词注重点染。点染本是中国绘画的传统技法之一，柳永将它创造性地运用于词作，绘画点染以求颜色鲜明或景物生动，柳永作词点染以修饰文字或叙事深刻。《雨霖铃》铺叙得当，点染有致，堪为柳词点染的冠军。刘熙载云："词有点有染。耆卿《雨霖铃》云：'念去去'三句……上二句点出离别冷落；'今宵'二句乃就上二句意染之。"① 词中上片结句"念去去"三字就是点，以"千里烟波""暮霭沉沉"和"楚天阔"三景来加以发挥，加以渲染，衬托出离情深沉。下片"自古多情"两句是点，"今宵"三句是染，用"杨柳岸""晓风""残月"三个具体形象构成幽美而又凄清的意境，借以烘托清秋伤别的情致。点染与铺叙相间，化虚为实，寓情于景。《望海潮》可为柳词点染的亚军。发端"东南形胜，三吴都会，钱塘自古繁华"三句较抽象，即"点"，点到为止，总述杭州之势，下面九句即针对"点"来加以生发和渲染。《八声甘州》算柳词点染的季军。词作中"是处红消翠减，苒苒物华休"为点，上片绘景染境，下片抒情染意，真正烘托出"翠减红衰愁杀人"的情韵。柳词中，"点"往往是抽象的情，"染"往往是形象的景。"点"的存在使词作主脉明晰，"染"使主脉得到形象的渲染与诗意的烘托，真正达到点染之效：点，笔墨省俭，精警传神；染，形象生动，不露痕迹；点染契合，化为一境，点染自成柳词妙法。

二是白描赋词。诗经惯用白描手法以叙事、状景、绘情等，白描是重要的赋法，尤适宜于词。柳永慢词多用白描手法，写景状物，言情叙事，都直抒胸臆，不加雕饰。第一，直述事状白描。如《传花枝》写柳永生平，这是柳永的自画像。又如《玉楼春》状元宵夜景，记录了元宵欢腾热闹的场景。第二，表现情态白描。如《采莲令》写佳人伤别的情态，《荔枝香》咏妓女之体态神情。第三，摹象口吻白描。柳词用细腻婉曲、摹象声吻的白描赋笔，纯真誓语："系我一生心，负你千行泪"，执信信念："为伊消得人憔悴，衣带渐宽终不悔"，这些词"极细腻婉和，最能传出女儿家的心事"②（薛砺若《宋词通论》），可谓深中肯綮。

2. 纵深上：以"小赋"为法，绘景抒情，达情景交融之境

柳词善于吸收宋玉辞赋及六朝小品文赋写景抒情之作法，长于摹景，犹能情景交融，创造出婉曲层深的意境。其绘景抒情方式主要有触景生情和移情入景之法，以达情景交融之效。一是触景生情。此属外景着力于人之感官，激发

① 刘熙载：《艺概（下）》，袁津琥校注，中华书局2009年版，第558页。

② 薛砺若：《宋词通论》，上海书店1985年版，第87页。

人的“幽愁暗恨”。柳词触景生情，在灞桥、暮秋、断雁诸物。如《少年游》（参差烟树灞陵桥）、《玉蝴蝶》（望处雨收云断）以及《曲玉管》（陇首云飞）等。二是移情入景。此属感情投射于外在景物之中，寄寓人的“离情别绪”。柳词移情入景，将羁旅愁思演绎得细腻至极。移羁旅愁思于景，有黯淡之效，如《雨霖铃》，又如《倾杯》（鹜落霜洲）和《定风波》（自春来）等。融羁旅愁思于境，存苍茫之致。如“今宵酒醒何处？杨柳岸晓风残月”，被贺裳称为“古今俊语”（《皱水轩词筌》）。

3. 象限上：以“骈赋”为法，整饬工致，达雅丽流美之质

民间词、文人词，俗化、雅化，此四端犹如坐标的四个象限，柳永在民间词与文人词之间徘徊，在词的雅化和俗化之间游走。柳永喜民间词，用俚语作词，受大众喜爱，乃至“凡有井水饮处即能歌柳词”①。（叶梦得《避暑录话》）柳词，虽俗却存雅，柳永有着纯熟的技巧，可“状难状之景，达难达之情，而出之以自然”②（冯煦《宋六十一家词选》），时有吸收“骈赋”之妙，达雅丽流美之质。如《八声甘州》中，“渐霜风凄紧”句，苏东坡曾赞“此语于诗句不减唐人高处”③；另如《倾杯》（鹜落霜洲）中“暮雨乍歇，小楫夜泊，宿苇村山驿。何人月下临风处，起一声羌笛？”词句优美，意境清疏。柳词多用四六骈偶句式与排比句式，两两相形，整饬工致，雅丽流美，极富变现力。柳永词近七成皆用四六骈偶句式，在语言效果上形成一种雅丽流美的审美特质，主要有两个四字句、三个四字句、四个四字句和四六字句组合等形式。

（三）在内容上创建：以羁旅行役为主

五代词和宋初词很多是一种“假唱”或“代言”，像唐代的闺怨诗一样，主题鲜明，主人性别却模糊，属代言体；而柳永词，却将抒情主人公由“佳人”转换到“自我”，变原来的“代言”为“实说”，由此拓宽了词境，丰富了词的题材内容。柳词以羁旅行役主要内容，兼以都市风光和离情别绪。

1. 柳词“尤工于羁旅行役”

柳永一生仕途坎坷，沉沦下僚，漂泊失意的宦游经历，使其对羁游生活深有感触，写下了许多表现“羁旅行役”之思的词篇。

其一，《雨霖铃》抒写行旅之幽约。

---

① 叶梦得：《避暑录话》，徐时仪校点，上海古籍出版社 2012 年版，第 137 页。

② 冯煦：《宋六十一家词选》，见龙榆生《唐宋名家词选》，上海古籍出版社 1980 年版，第 86 页。

③ 赵令畤：《侯鲭录》，见龙榆生《唐宋名家词选》，上海古籍出版社 1980 年版，第82 页。

寒蝉凄切。对长亭晚，骤雨初歇。都门帐饮无绪，留恋处、兰舟催发。执手相看泪眼，竟无语凝噎。念去去千里烟波，暮霭沉沉楚天阔。

多情自古伤离别。更那堪、冷落清秋节。今宵酒醒何处，杨柳岸、晓风残月。此去经年，应是良辰好景虚设。便纵有千种风情，更与何人说。

此词被誉为“宋元十大金曲”之一，悲叹羁旅与述说恋情交织，词作纯粹“黯然销魂”之致。“今宵酒醒何处，杨柳岸、晓风残月”，真正道出了羁旅行役的精神索求和价值所在，写出了所有游子的心理情结：似曾相识，难以忘记；依稀记忆，永远美丽。触动内心激动的和能够排释愁怀的还是身边的“老三样”(酒、月、柳)。酒能释怀，月寄相思，柳管别离。

其二,《八声甘州》抒写羁思之豁达。

对潇潇暮雨洒江天，一番洗清秋。渐霜风凄紧，关河冷落，残照当楼。是处红衰翠减，苒苒物华休。惟有长江水，无语东流。

不忍登高临远，望故乡渺邈，归思难收。叹年来踪迹，何事苦淹留！想佳人妆楼颙望，误几回天际识归舟。争知我倚阑干处，正恁凝愁！

此也是柳永名篇，写望乡、怀人、思归，主题亦为羁旅之思。绘景处，“渐霜风凄紧，关河冷落，残照当楼”，景象阔大，意境高远，苏轼称赏其“于诗句不减唐人高处”①（赵令畤《侯鲭录》卷七)。于宏大之中见细微，在细微间感宏大，羁旅之思亦成了生命之感和人生之悟。

其三,《安公子》抒写游宦之凄苦。

远岸收残雨。雨残稍觉江天暮。拾翠汀洲人寂静，立双双鸥鹭。望几点渔灯隐映蒹葭浦。停画桡、两两舟人语。道去程今夜，遥指前村烟树。

游宦成羁旅。短樯吟倚闲凝伫。万水千山迷远近，想乡关何处。自别后风亭月榭孤欢聚。刚断肠、惹得离情苦。听杜宇声声，劝人不如归去。

伴随着柳永宦游的足迹，词的境界开阔了，江南的水村鱼市、淮楚的万里秋霜、西北的长河落日等自然山水空间，一一展现于词中；词的题材丰富了，扩展到广阔的社会生活；词的抒情取向也由原来的单一化转而多元化，不但抒发艳情绮思，也侧重表达对个体生存苦闷、自我艰舛命运的沉思和体验。

其四,《满江红》抒写漂泊之倦怠。

暮雨初收，长川静、征帆夜落。临岛屿、蓼烟疏淡，苇风萧索。几许

① 赵令畤:《侯鲭录》，见龙榆生《唐宋名家词选》，上海古籍出版社1980年版，第82页。

渔人飞短艇，尽载灯火归村落。遣行客、当此念回程，伤漂泊。

桐江好，烟漠漠。波似染，山如削。绕严陵滩畔，鹭飞鱼跃。游宦区区成底事，平生况有云泉约。归去来、一曲仲宣吟，从军乐。

柳永词拓宽题材，开拓词境，更多的是对生活的直观感受和亲身体验的实录，亲切感人，充盈着感伤自怜的情绪却难以达到哲理意味上的解脱与超越。柳词有了些许的感慨与思忖，只不过少了一份责任和担待，而真正以士大夫的身份面貌出现在词中，并且将自己的人生思考和思想境界完全融入词中的文人，当属苏轼。

2. 柳词描绘“太平气象”

柳永主要生活在北宋真宗和仁宗朝，正值“盛明”之世。柳永描绘了当日物阜民康、朝野多欢的升平气象。其一，写帝都的壮丽祥瑞，有《透碧霄》（月华边）。其二，写佳节的热闹狂欢，有《迎新春》（解管变青律）和《木兰花慢》（拆桐花烂漫）。其三，写都市的繁华富庶，有《望海潮》：

东南形胜，三吴都会，钱塘自古繁华。烟柳画桥，风帘翠幕，参差十万人家。云树绕堤沙，怒涛卷霜雪，天堑无涯。市列珠玑，户盈罗绮，竞豪奢。

重湖叠巘清嘉。有三秋桂子，十里荷花。羌管弄晴，菱歌泛夜，嬉嬉钓叟莲娃。千骑拥高牙。乘醉听箫鼓，吟赏烟霞。异日图将好景，归去凤池夸。

词作全景式地描绘了杭州的形胜和繁华，显露了隆宋的太平气象，展示了一种开阔的世界视域，充盈着城市文化的自信和从容。

3. 柳词叙写“男女恋情”

除了抒写“羁旅行役”和形容“承平气象”外，柳词还善于叙写男女恋情，展露歌妓生活。黄昇《唐宋诸贤绝妙词选》说柳永“长于纤艳之词”，柳永确实也状写了许多与歌伎相关的爱情词作，柳词中的爱情意识在一定程度上呈现出“爱情至上”的市民化色彩，柳永秉承着这种“爱情至上”的理念，在词作中将此种感情层层积淀，进而迸发出了为后世读者所乐道的“倾情之人”“忘情之态”和“痴情之语”。

一是“倾情之人”。柳永流连烟花之中，虽风流却也倾情，虫娘即为柳永倾情之人。二是“忘情之态”。如《定风波》（自春来），“针线闲拈伴伊坐”，一“闲”字，情态毕现，心思与神情俱在，忘情之态与闲适之势同有。三是“痴情之语”。“衣带渐宽终不悔，为伊消得人憔悴”，道出了爱情的秘密：痴情无悔，

永远美丽。看《凤栖梧》:

伫倚危楼风细细。望极春愁，黯黯生天际。草色烟光残照里，无言谁会凭栏意?

拟把疏狂图一醉。对酒当歌，强乐还无味。衣带渐宽终不悔，为伊消得人憔悴。

这是将男女相思写得畅快到了极点的词作。“衣带渐宽终不悔，为伊消得人憔悴”，极写男女恋情的“痴”，发自肺腑，一往情深，永无相忘。

(四) 在语言上创格：以俚俗为主

柳永词，许多人谓其“俗”，柳永不仅从音乐体制上改变和发展了词的声腔体式，而且从创作方向上改变了词的审美内涵和审美趣味，即变“雅”为“俗”，着意运用通俗化的语言表现世俗化的市民生活情调。柳词之俗，突出表现在表意的大胆率直、语言的通俗易懂以及浓厚的世俗情味，柳词写鄙俗之事，用通俗之语，存近俗之致。

1. 鄙俗之事。唐五代敦煌民间词，原本是歌唱普通民众的心声，表现他们的喜怒哀乐的。到了文人手中，词的内容日益离开世俗大众的生活，而集中表现文人士大夫的审美情趣。柳永一改文人词的创作路数，而迎合、满足市民大众的审美需求，用他们容易理解的语言、易于接受的表现方式，着力表现他们所熟悉的人物、所关注的情事。其一，表现了世俗女性大胆而泼辣的爱情意识。如《定风波》(早知恁么) 和《锦堂春》(坠髻慵梳)。其二，表现了被遗弃的或失恋的平民女子的痛苦心声。如《满江红》(万恨千愁) 和《慢卷》(闲窗烛暗)。其三，表现下层妓女的不幸和她们从良的愿望。如《少年游》和《迷仙引》。其四，柳词还多方面展现了北宋繁华富裕的都市生活和丰富多彩的市井风情。如《望海潮》，词从自然形胜和经济繁华两个角度真实地交错描绘出杭州的美景和民众的乐事。柳永不仅创造和发展了词调、词法，并在词的审美趣味方面朝着通俗化的方向变化，在题材取向上朝着自我化的方向发展。

2. 通俗之语。柳永的俗词多运用民间语言或俗语来抒写表达。柳永最喜用副词“恁”和“怎”，语尾喜用“得”字，像俗词“无端”“消得”“真个”等常用。正是基于对这些俗语的运用，他的词相比于先前其他文人词就更加注重迎合下层人士的感情状况，具有浅显易懂，越加通俗化、口语化，趋于普通下层人士传唱接受的特性，这也就一定程度上开拓和扩大了词的表现范围和表现力量。用富有表现力的口语入词，如副词“恁”“怎”“争”等，代词“我”“你”“伊”“伊家”“阿谁”等，动词“看承”“都来”“抵死”“消得”等，不仅生动活泼，而且像是直接与人对话、诉说，使读者和听众既感到亲切有味，又易于理解接受。

3. 近俗之致。对柳永词的俚俗、直率、大胆，时人几乎持一致的非议态度，因为这与词坛整体“趋雅”的审美倾向完全相违背，与时人的审美期待心理相矛盾。同时代的文坛领袖晏殊的态度十分鲜明，斥柳词为“俗”。其后，苏轼特意将柳永标举出来，立为反面靶子，努力追求一种不同于柳永的审美风格，柳词与苏词，一俗一雅。陈师道批评柳永“骫骨皮从俗”（《后山诗话》），李清照说他“词语尘下”（《词论》），王灼生活在南宋初年清算柳永等俚俗“流毒”的时代，言语更加尖锐，直接斥责为“柳氏野狐涎”。然而，正是这种“俚俗”“尘下”和“鄙语”，才赋予柳永词以崭新的时代特征；也正是这种“俚俗”，才使得他的词在下层人民中间广泛流传，并且受到普遍的欢迎。柳永以后，无论是嗜“俗”嗜“艳”的词人，还是追求风雅趣味的作家，其语言都不同程度地受柳永词的影响。周济《宋四家词选目录序论》说：“周（邦彦）、柳（永）、黄（庭坚）、晁（补之），皆喜为俚语，山谷尤甚。”四位词人中，柳永的年代最早，其他词人都是在柳词盛行之后才出世的，前后影响十分明显。柳永这种在北宋词“雅化”进程中的逆向行为，保持了来自民间的“曲子词”的新鲜活跃的生命力，使其避免过早地走向案头化的僵死道路。

叶嘉莹先生《中国词学的现代观》也曾把宋词中的“赋化”归之为周邦彦，然蔡嵩云《柯亭词论》云：“周词渊源，全自柳出。其写情用赋笔，纯是屯田家法。特清真有时意较含蓄，辞较精工耳。细绎《片玉集》，慢词学柳而脱去痕迹自成家数者，十居七八。字面虽殊，格调未变者，十居二三。”① 说明了柳永赋笔与周邦彦律化的源流关系；故，“以赋为词”的首功还应是柳永。《四库全书总目》中《东坡词提要》说：“词自晚唐五代以来，以清切婉丽为宗，至柳永而一变，如诗家之有白居易；至轼而又一变，如诗家之有韩愈，遂开南宋辛弃疾一派。”② 充分说明了柳永在词坛上的地位和贡献，“如诗家之有白居易”，柳词白诗一样，以质朴通俗为主。柳词之质朴通俗源于“以赋为词”，以慢词长调为主，采“赋法”之要，达“屯田家法”之妙，终成宋词一大家。

六、婉约词派

婉约词，从晚唐的“花间”派开始，有“花间鼻祖”温庭筠，写绮怨“精

---

① 蔡嵩云：《柯亭词论》，见唐圭璋《词话丛编》（第5册），中华书局1986年版，第4912页。

② （清）永瑢等《四库全书总目》，中华书局1956年版，第1808页。

美绝人”，南唐宰相冯延巳写闲情逸致“深美闳约”；宋初晏殊、欧阳修写承平气象，风流婉美；至柳永，专叙离愁别绪，“风流蕴藉”，间有秦观、贺铸婉约清丽。李清照南渡词风渐转，由清新优美转向悲愁凄苦，成婉约“一代词宗”；至周邦彦，清醇雅致，终为婉约“集大成”。婉约词，取材上离愁别绪，抒情上“专主情致”，格调上含蓄蕴藉，风格上绮丽婉约。其中，李清照为婉约词代表人物。

李清照（1084—1155?），自号易安居士，山东章丘人。父李格非是当时著名学者，夫赵明诚，为吏部侍郎赵挺之之子，金石考据家。早年生活优裕，工书能文，通晓音律。南渡后，经历变乱，颠沛流离。有《漱玉集》。

作《词论》，提出词“别是一家”，存词45首不足3500字。词前期写闺情之“优裕”，清新秀丽，后期叹身世之“忧郁”，凄清愁苦。词风清丽，卓然一家。李调元认为李清照“不在秦七、黄九之下。词无一首不工。其炼处可夺梦窗（吴文英）之席，其丽处直参片玉（周邦彦）之班。盖不徒俯视巾帼，直欲压倒须眉”。① 词婉约清秀，情真意切，语言清新自然，音调优美，自成一家，被称为“易安体”。

一是婉约清秀。写少女怀春之羞涩之美，如《点绛唇》：

蹴罢秋千，起来慵整纤纤手。露浓花瘦，薄汗轻衣透。

见有人来，袜铲金钗溜，和羞走。倚门回首，却把青梅嗅。

少女娇羞可爱的情态活灵活现，上片形象描绘荡完秋千的情形，显活泼自由；下片着力刻画乍见来客的心态，示天真可爱。写闺阁风姿的倜傥气质，如《如梦令》：

昨夜雨疏风骤，浓睡不消残酒。试问卷帘人，却道海棠依旧。知否知否，应是绿肥红瘦。

爱惜春光，关心花事，本是传统主题，读来却韵味无尽。其一，表达曲致。感伤情调却从随性展示，不着痕迹。其二，情感真挚。问答之间谐趣，问者执意关心，答者却漫不经心，生活情味浓郁。其三，遣词隽永。“雨疏风骤”“绿肥红瘦”，造语工巧而又平淡自然，可称经典。

二是情真意切。写伤别相思，情感真挚，还有点超尘脱俗，如《醉花阴》：

薄雾浓云愁永昼，瑞脑消金兽。佳节又重阳，玉枕纱厨，半夜凉初透。

---

① 李调元：《雨村词话》，见唐圭璋《词话丛编》，中华书局1986年版，第1314页。

东篱把酒黄昏后，有暗香盈袖。莫道不消魂，帘卷西风，人比黄花瘦。

写出了思念的素淡之致，以女性词人的独特体验，感知和透析着这种铭心刻骨、难以消遏的情感。赵明诚也由衷感慨此词，只说了八个字："幽细凄清，声情双绝。""莫道不消魂，帘卷西风，人比黄花瘦"，"三句绝佳"。销魂既在感官，也在情韵。韵味无尽：以人喻菊，形神相似；人比菊瘦，含蓄凝思；人菊瘦致，"情深词苦，古今共赏"①（唐圭璋）。写国破家亡夫逝嫠居之状，悲愁凄苦，如《武陵春》：

风住尘香花已尽，日晚倦梳头。物是人非事事休，欲语泪先流。

闻说双溪春尚好，也拟泛轻舟。只恐双溪舴艋舟，载不动许多愁。

词写人生之忧，完全出自"深情之直觉的体认"②（叶嘉莹），与李煜《虞美人》有同感。"深情"是愁，皆为破国亡家之惨痛，"直觉"也都是"春（东风）"催花至落红满地，"体认"亦相类似，一"物是人非"，一"朱颜改"；但状愁的幽约细美亦有不同，一为"问君能有几多愁，恰似一江春水向东流"，愁具动能，愁思无穷，一为"只恐双溪舴艋舟，载不动许多愁"，愁有重量，愁情凝重。

三是语言清新自然。写闺思离情，别出心裁，又表现了女性特有的深婉细腻，如《一剪梅》：

红藕香残玉簟秋，轻解罗裳，独上兰舟。云中谁寄锦书来，雁字回时，月满西楼。

花自飘零水自流，一种相思，两处闲愁。此情无计可消除，才下眉头，却上心头。

相思之苦以"不经意语"托出，含蓄秀婉且深挚清隽。"红藕香残玉簟秋"，整饬，两主谓结构组成七字句，既工巧又明白如话，一个"秋"字蕴意丰富；"花自飘零水自流"，深远，即景比兴，落花凋然，流水自逝，似是无意，实则两者皆有情；"一种相思，两处闲愁"，缠绵，由己及人，心心相印，相思是产生闲愁的原因，闲愁是因相思而造成的结果；"才下眉头，却上心头"，缱绻，表里如一，因果相承，忧愁由表入里，思念由淡渐浓。所以，清人彭孙遹赞曰："用浅俗之语，发清新之思，词意并工，闺情绝调。"③

---

① 唐圭璋：《唐宋词简释》，上海古籍出版社 1981 年版，第 144 页。

② 叶嘉莹：《唐宋词名家论稿》，河北教育出版社 2000 年版，第 42 页。

③ 彭孙遹：《金粟词话》，将唐圭璋《词话丛编》，中华书局 1986 年版，第 721 页。

四是音调优美。她指出词要“协律”“可歌”，重视词的音调和谐，如《声声慢》：

寻寻觅觅，冷冷清清，凄凄惨惨戚戚。乍暖还寒时候，最难将息。三杯两盏淡酒，怎敌他，晚来风急？雁过也，最伤心，却是旧时相识。　满地黄花堆积，憔悴损，如今有谁堪摘？守着窗儿，独自怎生得黑！梧桐更兼细雨，到黄昏、点点滴滴。这次第，怎一个愁字了得。

词写沦落之悲，国破家亡，孤独寂寞，充满了悲伤和忧郁，于是“酒”与“泪”结下不解之缘，酒是消愁的方式，泪是伤心的外露，陈廷焯《白雨斋词话》说：“为一室之悲歌，下千年之血泪。”① 词具三美：叠字妙、意蕴深、特质幽。叠字妙。开篇十四字七组三层，可谓“复而不厌，赜而不乱”（顾炎武《日知录》），第一层是内心情感引起的外部动作，第二层既是环境气氛，也是心中感受，第三层是由轻转重、由浅入深的真切体验。意蕴深。内容是孤独的、情感是寂寞的、音韵是凄苦的、节奏是深细的。沈祖棻说：“全篇纯用口语，仄声押韵，不避生险，使节奏较慢的长调，读来声情急促，心中无限痛楚抑郁之情喷薄而出，一泻无余，而又表现得极其深厚委婉、自然动人。”② 特质幽。情韵由浅入深、由轻而重、由外及里、由浅渐浓。全词共 97 字，其中舌音（15 字）和齿音（42 字）占 57 字，舌齿交错，犹啮齿叮咛，更能表现女词人内心的惆怅幽怨。

第二节　苏轼：诗化词

苏轼（1037—1101），字子瞻，号东坡居士，眉州眉山（今四川眉山）人。嘉祐二年（1057 年）进士。神宗时，先后任凤翔签判、开封推官、杭州通判和密州、湖州等地行政长官；元丰三年（1080 年），因“乌台诗案”遭贬为黄州团练副使，谪居黄州四年许。哲宗即位后，曾任中书舍人、翰林学士、知制诰等职，后又出任杭州、颍州、扬州、定州等地知州，晚年又远贬惠州、儋州。徽宗即位，遇赦北归，病逝于常州，追谥文忠公。苏轼是文学史上少见的兼擅诗、词、文、书法、绘画的文豪，在历史上产生深远的影响。词集有《东坡乐

① 陈廷焯：《白雨斋词话》，杜维沫校点，人民文学出版社 1959 年版，第 1 页。
② 沈祖棻：《宋词赏析》，上海古籍出版社 1980 年版，第 171 页。

府》。苏词以其“破体”实现了对传统词的超越，在词的发展史上具有重要地位。

在北宋词坛上，苏轼是革新的主将。他冲破许多藩篱，在词中彰显自己自由的个性，被时人称为“以诗为词”的变革。“以诗为词”的提出，在当时实际上是对苏轼的一种批评和贬斥。指责无非两点：一是批评苏轼某些词不合音律；一是批评苏轼词与传统词风不合。苏轼的“以诗为词”并不符合当时词人与批评者的审美趣味。然而，正是此点对传统的突破，恰恰体现了苏轼对词坛的贡献，继柳永之后，苏轼给词的创作带来的冲击是最大的，他是崇尚阳刚美的豪放词派的奠基者和开路先锋。

“以诗为词”，苏轼首创，使词自尊，始自苏轼，陈师道《后山诗话》评价苏轼时说：“退之以文为诗，子瞻以诗为词，如教坊雷大使之舞，虽极天下之工，要非本色。”① 韩愈以文为诗，好发议论，忽略了诗本身的韵味、格律，融入哲理议论，像做文章一样写诗，作诗是简单了，但诗意却消失了；苏轼以诗为词，像作诗一样来写词，开拓了词的范畴和拓展了词的功用，作词变宏大了，但词要眇淡然了。韩愈、苏轼的作为，在当时，人们于其是一种批评、否定甚至贬斥，但今天看来，确是一种革新、肯定和赞许。

一、深化词的意境

李清照《词论》点评苏轼：“至晏元献、欧阳永叔、苏子瞻，学际天人，作为小歌辞，直如酌蠡水于大海。然皆句读不葺之诗，又往往不协音律。”② 李清照实质上是对苏轼所作词是持批评意见的，不满于他的这种创新和革新的。而苏轼革新词的幅度很大，对当时的文学审美观念冲击很大，因为“诗庄词媚”“诗言志、词言情”的文体特征已深入人心。词在很长一段时间内被视为“小道”“艳科”，其体卑下，不能反映重大社会生活，其辞委婉，表达效果隐晦朦胧，直到苏轼出现，才打破了词的这种“婉约”正宗地位，开创了独领风骚、另辟蹊径的局面。

苏轼词作，表象上为“句读不葺之诗”，实则是情致真切之词，意境深远，格调高远，非诚挚者不可能语。苏轼深化了词的意境，使词在格调上直至高远，已非“小道”“艳科”之流；在功用上可以言志，非单纯而直接的“侑酒”“应歌”之用，亦可抒情言志，尤其是能宣泄文人士大夫的心中激情和失落，或豪

① 陈师道：《后山诗话》，见何文焕《历代诗话（上）》，中华书局 1981 年版，第 309 页。
② 李清照：《词论》，见徐培钧《李清照集笺注》，上海古籍出版社 2002 年版，第 267 页。

迈，或细腻，不一而足；在情致上能够超旷，彻底改变人们“诗庄词媚”的看法，词不只是“代人言”，专写“卿卿我我”或“莺莺燕燕”，只有“绣幌佳人”或“绮筵公子”，词也能够直指人（尤其是士大夫）的内心深处，思考生命的本质意义，透视历史烟云去把握永恒与瞬间，真正使词达到有蕴涵、有境界的文学审美高度。王国维《人间词话》说：“词以境界为最上。有境界则自成高格，自有名句。五代北宋之词所以独绝者在此。”① 苏轼词，亦独擅一代风骚，自有境界之要眇。其词的格调、词人的胸襟，皆具独特视角和与众不同的立足点。只有独具慧眼触及事物本质的视角和纵观全貌高瞻远瞩的立足点，才能写出境界非凡、格调高雅、气势磅礴的词作。

苏轼词情浓意切，发自肺腑，感人至深。苏轼曾宣称自己是个“多情”者，诵东坡词宛若春风拂面、清泉浴身，词人用情来诱导读者去探寻其内心的奥秘和思想的轨迹，体味他那坎坷偃蹇而有丰富多彩的人生画卷，得到的是一种极大的艺术享受。清人陈廷焯说：“东坡之词，纯以情胜，情之至者，词亦至。只是情得其正，不似耆卿之喁喁儿女私情耳。”② 苏轼词正是长于情、胜于情和重于情，才韵味隽永，情意绵长。苏轼词善写情，能营造意境，达到激情四溢，感染无比的境地。其词写了豪情、亲情，爱情、真情，怡情、愁情，民情、傲情等。豪情贯长虹，《念奴娇 · 赤壁怀古》为豪放词之冠冕；亲情显温馨，《水调歌头》最负盛名，“但愿人长久，千里共婵娟”是亲情的期盼。爱情多缱绻，《西江月 · 玉骨那愁瘴雾》词献朝云，寄托深爱；真情感肺腑，《江城子 · 乙卯记梦》忆亡妻王弗，为“千古爱情绝唱”。怡情乐陶陶，《江城子 · 密州出猎》有高涨的兴致、无穷的乐趣、驰骋的潇洒和骑射的张扬；愁情哂嘻嘻，《定风波》观照生活琐事，淡然心境，鼓舞在逆境中奋起，困顿时永不言败。民情衷肠热，《浣溪沙》状农家生活，一片祥和富足，怡然自得；傲情铁骨铮，《卜算子 · 黄州定惠院寓居作》绘谪居状况，凸显一位特立独行，清高自傲，不与群丑为伍的圣雄。

苏轼“以诗为词”，使得“词以抒情”，词和诗同样具有言志述怀的作用，“词以抒情”成为继“诗以言志”“文以载道”的第三个文学功用命题。所以，苏轼“以诗为词”力矫侧艳之度，提高了词的格调，“一洗绮罗香泽之态，摆脱绸缪宛转之度，使人登高望远，举首高歌，而逸怀浩气，超然乎尘垢之外，于

① 王国维：《人间词话》，佛雏校辑，华东师范大学出版社 1990 年版，第 78 页。
② 陈廷焯：《白雨斋词话》，杜维沫校点，人民文学出版社 1959 年版，第 12 页。

是花间为皂隶，而柳氏为舆台矣”。①（胡寅《酒边词序》）。苏轼在词史上的贡献在于拓宽了词的意境，使词与诗气脉相通，也变革了歌词抒情模式，彻底改变了前人的“代言”方式，以自我为抒情主体，突出自我的主观情绪，表现个体的心灵矛盾。

二、泛化词的题材

苏轼“以诗为词”，重点是突破了词为“艳科”的拘囿，词不仅仅是表达男女恋情、摹写风月和展露悲欢，苏轼将词的题材从儿女私情扩大到田园风光、山水景物和人生志趣。可咏物记事、怀古伤今和说理抒情，描写生活景致以感喟生命志趣，寄托幽眇沉思以抒发悲壮情怀，感慨人生际遇以触摸仕途升沉等，让词达到“无意不可入，无事不可言”②。（刘熙载《艺概》）苏轼全方位地摄取了现实生活的各种题材入词，大大地提高了词的表现力，泛化词的题材，开拓了词的内容。

1. 讴歌报国壮志。这是魏晋至唐代边塞诗的重要主题，气调慷慨而豪迈，苏轼之前，词中无此气概，抒写报国豪情，密州猎时所作《江城子》：

老夫聊发少年狂。左牵黄，右擎苍，锦帽貂裘，千骑卷平冈。为报倾城随太守，亲射虎，看孙郎。

酒酣胸胆尚开张。鬓微霜，又何妨！持节云中，何日遣冯唐？会挽雕弓如满月，西北望，射天狼。

豪迈雄词，这是苏轼有意抵制“柳七风味”，以讴歌报国壮志的豪放词作的尝试。要勇敢，能勇猛，且进取，可作为，这是本词为我们提供的最大精神鼓舞。

2. 抒发历史感慨叹。怀古雄奇浑厚者，莫过于《念奴娇·大江东去》：

大江东去，浪淘尽。千古风流人物。故垒西边，人道是，三国周郎赤壁。乱石穿空，惊涛拍岸，卷起千堆雪。江山如画，一时多少豪杰！

遥想公瑾当年，小乔初嫁了，雄姿英发，羽扇纶巾，谈笑间，樯橹灰飞烟灭。故国神游，多情应笑我，早生华发。人生如梦，一尊还酹江月。

此词题亦为“赤壁怀古”，抒发了词人浩瀚的历史慨叹，江山依旧，历史轮换，人物风流是否？黄州赤壁有一联，可谓道出了包括苏轼在内的历史观瞻者

① 胡寅：《酒边词序》，见胡云翼选注《宋词选》，上海古籍出版社 1962 年版，第 9 页。

② 刘熙载：《艺概（下）》，袁津琥校注，中华书局 2009 年版，第 497 页。

的心声：胜迹别嘉鱼，何须订异箴讹，但借江山摅感慨；豪情传梦鹤，偶尔吟风啸月，毋将赋咏概平生。苏轼谪居黄州，身虽“居士”，事在“东坡”，却“心忧天下”，“壮怀激烈”，尤于赤壁情有独钟，赤壁的文化意义，是苏轼对自己内心世界矛盾的超越，是对生活、外来、信念的坚定的执着。黄州成全了苏轼，苏轼也成全了黄州。赤壁怀古，留给后世的依旧是一个美妙的文学梦。

3. 寄托田园愿望。在山水田园间消解政治失意的孤独和苦闷，是六朝以来至唐代诗歌的常见主题。苏轼是一个乐天派，善于在生活中发现乐趣，调节生活情趣。任徐州太守时，作了五首《浣溪沙》，将田园诗的风味引入词中，有聆听乡音之美妙：

簌簌衣襟落枣花，村南村北响缫车，牛衣古柳卖黄瓜。

酒困路长惟欲睡，日高人渴漫思茶，敲门试问野人家。

和观赏乡风之野趣：

旋抹红妆看使君，三三五五棘篱门，相排踏破蒨罗裙。

老幼扶携收麦社，乌鸢翔舞赛神村，道逢醉叟卧黄昏。

4. 探索生活旨趣。东坡词旷达，乃是一种浑融三教、运转圆通的驾驭命运的大智慧。旷达不是没有悲剧，而是一种化解悲剧沉重感而升华出智慧生命新境界的“超悲剧之美”。苏轼旷达，在于平常心、闲适态和自然观。

遇“生平”烟雨，生平常心，有禅机妙趣。如《定风波》，词题说：“三月七日，沙湖道中遇雨。雨具先去，同行皆狼狈，余独不觉。已而遂晴，故作此。”

莫听穿林打叶声，何妨吟啸且徐行。竹杖芒鞋轻胜马，谁怕？一蓑烟雨任平生。

料峭春风吹酒醒，微冷。山头斜照却相迎。回首向来萧瑟处，归去，也无风雨也无晴。

“一蓑烟雨任平生”，无住生心，真空妙有；“也无风雨也无晴”，将雨乍晴等量齐观为“无”，近乎禅宗的明心见性。词句所蕴含的对本性的关怀，以及由此出发而展开的处事方式、人生追求、直觉观照、审美情趣、超越精神，凸显着人类精神澄明高远的境界，因而苏轼在文坛乃至文化上保持了一种经久的魅力。

逢醉酒夜归，感闲适态，有随性逍遥。如《临江仙·夜归临皋》：

夜饮东坡醒复醉，归来仿佛已三更。家童鼻息已雷鸣。敲门都不应，倚杖听江声。

长恨此身非我有，何时忘却营营？夜阑风静縠纹平。小舟从此逝，江海寄余生。

忘却“营营”，庄子哲学，以一种透彻了悟的哲理思辨，发出了对生存、生活和生命的深沉喟叹。既饱含哲理又一任情性，表达出一种无法解脱而又要求解脱的人生困惑与感伤，具有震撼人心的力量。

临溪水惜春，感景自然，有积极进取。如《浣溪沙》，词题说：“游蕲水清泉寺，寺临兰溪，溪水西流。”

山下兰芽短浸溪，松间沙路净无泥，潇潇暮雨子规啼。

谁道人生无再少？门前流水尚能西！休将白发唱黄鸡。

以溪水西流这一偶然见到的自然现象生出感想。水东流，古已定然，苏轼由水的向西反向流动而焕发出青春可以恢复的奇思，积极奋进而不叹老嗟卑。

李泽厚《美的历程》于“苏轼的意义”说得十分明了：“这种整个人生空漠之感，这种对整个存在、宇宙、人生、社会的怀疑、厌倦、无所希冀、无所寄托的深沉喟叹，尽管不是那么非常自觉，却是苏轼最早在文艺领域中把它透露出来的，……也许，只有在佛学禅宗中，勉强寻得一些安慰和解脱吧。正是这种对整体人生的空幻、悔悟、淡漠感，求超脱而未能，欲排遣反戏谑，使苏轼奉儒家而出入佛老，谈世事而颇作玄思；于是，行云流水，初无定质，嬉笑怒骂，皆成文章；这里没有屈原、阮籍的忧愤，没有李白、杜甫的豪诚，不似白居易的明朗，不似柳宗元的孤峭，当然更不像韩愈那样盛气凌人，不可一世。苏轼在美学上的追求是一种朴质无华、平淡自然的情趣韵味，一种退避社会、厌弃世间的人生理想和生活态度，反对矫揉造作和装饰雕琢，并把这一切提到了某种透彻了悟的哲理高度。”①

三、亮化词的风格

苏轼“以诗为词”，不只扩大了词的表现内容，他还以诗的风格和意境入词，提高了词的品位和境地。他的词，“一洗绮罗香泽之态”②（胡寅《酒边词序》），洗脱了“脂粉气”，使词从“倚红偎翠”的秾艳中走出来。苏轼词展示词自身的优势，“秀”出词的本质特征，措语而救赎，抒情以自慰，在风物和历

---

① 李泽厚：《美的历程》，广西师范大学出版社2000年版，第280、281页。

② 胡寅：《酒边词序》，见胡云翼选注《宋词选》，上海古籍出版社1962年版，第9页。

史的际遇中探索精神的深度，苏轼词豪放、潇洒、飘逸，亦有婉约、深挚，然皆清丽秀雅或空灵隽永，呈现一种“明丽洁净”的风格，或晓畅、或蕴藉、或婉转、或细腻。

1. 晓畅者，明白顺畅。如《蝶恋花》：

花褪残红青杏小，燕子飞时，绿水人家绕。枝上柳绵吹又少，天涯何处无芳草！

墙里秋千墙外道。墙外行人，墙里佳人笑。笑渐不闻声渐悄，多情却被无情恼。

此词为贬惠州时作，清丽徐舒。乍看为恋情，实则写人生感悟，存“天涯何处无芳草”的初衷，然“多情却被无情恼”，遂产生了一种“美丽的错误”（郑愁予《错误》）。美丽遭遇错误，错误产生美丽。美景不常，韶华易逝，自然之理；佳人难遇，佳期难约，生活之情；天涯芳草，遍寻无踪，人生之憾。

2. 蕴藉者，含蓄率真。如《水调歌头》：

明月几时有？把酒问青天。不知天上宫阙，今夕是何年？我欲乘风归去，惟恐琼楼玉宇，高处不胜寒。起舞弄清影，何似在人间？

转朱阁，低绮户，照无眠。不应有恨、何事长向别时圆？人有悲欢离合，月有阴晴圆缺，此事古难全。但愿人长久，千里共婵娟。

“中秋词自东坡《水调歌头》一出，余词尽废。”① （胡仔《苕溪渔隐丛话》）月是中秋圆，人最中秋亲，此意一经苏轼中秋词确定便成经典，中秋思亲成为对月抒怀的永恒主题。“但愿人长久，千里共婵娟”，痛并快乐着。苏轼将前人的诗意化解到自己的词作中，熔铸成一种普遍性的情感，写出了人情感最激动、最脆弱时的最深沉、最强烈。“千里共婵娟”，可谓神交，涵盖了“海内存知己，天涯若比邻”的空间阻隔和“海上生明月，天涯共此时”的时间错失，消淡了自慰，浓烈了共勉。情致深厚，境界深闳，将难尽之情融于意象之中，对一切经受着离别之苦的人表示的美好祝愿，不浅露，不直白，委婉深沉，余韵无绝。

3. 婉转者，哀感顽艳。如《江城子·乙卯正月二十日夜记梦》：

十年生死两茫茫。不思量，自难忘。千里孤坟，无处话凄凉。纵使相逢应不识，尘满面，鬓如霜。

---

① 胡仔：《苕溪渔隐丛话》，见胡云翼选注《宋词选》，上海古籍出版社 1962 年版，第 65 页。

夜来幽梦忽还乡。小轩窗，正梳妆。相顾无言，惟有泪千行。料得年年断肠处，明月夜，短松冈。

词作将忆念的痛楚与凄美，定格在“刹那的永恒”：“明月夜、短松冈”。那一刻（那一处）令人魂牵，永不能忘。

4. 细腻者，细柔轻巧。如《水龙吟》：

似花还似非花，也无人惜从教坠。抛家傍路，思量却是，无情有思。萦损柔肠，困酣娇眼，欲开还闭。梦随风万里，寻郎去处，又还被莺呼起。

不恨此花飞尽，恨西园落红难缀。晓来雨过，遗踪何在？一池萍碎。春色三分，二分尘土，一分流水。细看来，不是杨花，点点是离人泪。

词作灵动隐约，写人生心态，体味“我思故我在”（笛卡尔），幽怨缠绵。“似花还是非花”是主旨。落花属苏轼人格的精神意蕴象征，杨花的娇柔形态、飘飞特质和零落命运，却是装点春天的精灵，赋杨花以生命、以情致、以灵动。陈廷焯《词则·大雅集》评曰：“身世流离之感而出以温婉语，令读者喜悦悲歌，不能自已。”

四、强化词的技巧

苏轼“以诗为词”，让词摆脱了对音乐的依附，弱化了词的音乐特性，使词的文学特质得到强化。词，作为一种新型的文学范式，在苏轼这里得到了一种转换和改变，他增强了词的文学性而削弱了词的音乐性，让词不只是一种口头之作，还可以独立成为一种案头之作。词，不仅仅依靠演唱来传承，还可以通过文字游戏来交流，彻底颠覆了“倚声填词”作派，填词可不必依声律来创作，极大地提高了词的表达技巧和表现手法。所以，晁补之说：“居士词，人谓多不协音律，然横放杰出，自是曲子中缚不住者。”① 此语诚然，道出了苏轼词的创新之处在于：基于音律而不囿于音律，顺应节奏即可。王灼说：“东坡先生非醉心于音律者，偶尔作歌，指出向上一路，新天下耳目，弄笔者始知自振。”② 苏轼革新词，将诗的境界引入词里，大大提高了词的品格。

苏轼于词筚路蓝缕式的开拓，“以诗为词”的革新总体来说是成功的。他通过自己的主张和创作，打破了诗与词在内容和题材上的严格界限，适应了诗、词合流这一历史的必然趋势。苏轼的大胆探索，为词的发展提供了成功与失败

① 见顾易生《宋元金文学批评史》，上海古籍出版社 1996 年版，第 552 页。

② 王灼：《碧鸡漫志》，岳珍校正，巴蜀书社 2000 年版，第 37 页。

两方面的经验，在形式和技术方面丰富了词的表现能力。同时，也给词的发展带来负面影响。苏轼的词不再强调对音乐依附性，使词朝着独立抒情诗体的方向发展，消融了词的音乐特质，强化了词的文学特征，使诗词逐渐合流。

五、苏轼词派

苏轼及其门下雄踞文坛时，宋词词坛臻于极盛，苏轼"以诗为词"的作派深刻地影响了宋词的发展。只不过，在北宋阶段，苏门词人承继了其婉约之风格，以秦观为代表；在南宋时期，苏辛词派发扬了其豪迈之气度，以辛弃疾为代表。

苏门词人得苏轼之"婉"，主要有秦观、黄庭坚以及与他们交往密切的贺铸。

秦观，与黄庭坚、晁补之、张耒并称"苏门四学士"，号淮海居士，有《淮海词》传世。秦观词风调婉约清丽，情韵兼胜，内容多写柔情，亦多身世之感。词心细微，词情慧敏。其一，深挚多情，婉恻缠绵。如《鹊桥仙》：

> 纤云弄巧，飞星传恨，银汉迢迢暗度。金风玉露一相逢，便胜却人间无数。
>
> 柔情似水，佳期如梦，忍顾鹊桥归路。两情若是久长时，又岂在朝朝暮暮。

"两情若是久长时，又岂在朝朝暮暮"，超越了形式上的不久长，追求精神上的久长。借天上神侣际遇，来隐喻人间情侣的聚散，使人间情与宇宙意相沟通，从而在世俗情爱与美丽神话的心理体验相错综之间，升华出高洁独标的精神境界。

其二，柔媚伤情，空幻谩诞。如《满庭芳》：

> 山抹微云，天连衰草，画角声断谯门。暂停征棹，聊共引离尊。多少蓬莱旧事，空回首，烟霭纷纷。斜阳外，寒鸦万点，流水绕孤村。
>
> 销魂。当此际，香囊暗解，罗带轻分。谩赢得，青楼薄幸名存。此去何时见也，襟袖上，空惹啼痕。伤情处，高城望断，灯火已黄昏。

全词基调凄凉感伤，景致空幻谩诞，境界却凄艳动人。王国维《人间词话》说："淮海、小山，古之伤心人也。其淡语皆有味，浅语皆有致。"①

其三，凄婉迷情，幽眇朦胧。如《踏莎行·郴州旅舍》：

---

① 王国维：《人间词话》，佛雏校辑，华东师范大学出版社1990年版，第113页。

雾失楼台，月迷津渡。桃源望断无寻处。可堪孤馆闭春寒，杜鹃声里斜阳暮。

驿寄梅花，鱼传尺素。砌成此恨无重数。郴江幸自绕郴山，为谁流下潇湘去！

秦观多愁善感，“愁”是词中常见的主题，“泪”是词中常用的字眼，杜鹃啼血、斜阳向暮，诚如词人的生命象征。“雾失楼台，月迷津渡。桃源望断无寻处”，寥寥三语，隐喻了人生昨日、今日和明日的历程，却又把这种凄苦无望的人生意义的反省，化生为朦胧奇妙的审美幻象，取象柔美哀婉，将人心间细微幽眇、难以捉摸的情感外化得有形有感。

“苏辛词派”得苏轼之“豪”，主要有辛弃疾、陆游、陈亮以及刘克庄等，他们高举爱国主题，弘扬民族正气，展现豪迈风格。辛弃疾，字幼安，号稼轩居士，济南人。辛弃疾以气节自负，凭功业自许，具将相之才，上疏《美芹十论》和《九议》等强国方略，有军人的勇武精神和敢作敢为的魄力，在家乡组织“飞虎军”抗金，曾徒率五十轻骑袭入五万人的敌营，擒缚叛徒张安国，驰送建康斩首。一生豪情万丈，却遭压抑，所以，其词多为英雄之词，充分展示了英雄之才、忠义之心和刚正之气。其一，“英雄行”，骋英雄之才，壮怀激烈。有《鹧鸪天》：

壮岁旌旗拥万夫，锦襜突骑渡江初。燕兵夜娖银胡𩨰，汉箭朝飞金仆姑。

追往事，谈今吾，春风不染白髭须。却将万字平戎策，换得东家种树书。

词题说：“有客慨然谈功名，因追念少年时事，戏作。”词作书写感情炽烈、踔厉风发的英雄气概，与他一生立身行事相表里，是他一生肝胆的写照。

其二，“英雄志”，彰忠义之心，老当益壮。有《永遇乐·京口北固亭怀古》：

千古江山，英雄无觅孙仲谋处。舞榭歌台，风流总被雨打风吹去。斜阳草树，寻常巷陌，人道寄奴曾住。想当年，金戈铁马，气吞万里如虎。

元嘉草草，封狼居胥，赢得仓皇北顾。四十三年，望中犹记，烽火扬州路。可堪回首，佛狸祠下，一片神鸦社鼓。凭谁问：廉颇老矣，尚能饭否？

词作豪壮悲凉，大气磅礴。用典贴切，咏志自然，上片赞“金戈铁马”的霸业，下片讽“元嘉草草”的误国，最后以廉颇自喻，展老当益壮雄心，词间闪耀着爱国主义的思想光辉。

其三，“英雄气”，扬刚正之气，壮心未已。有《南乡子》：

何处望神州？满眼风光北固楼。千古兴亡多少事，悠悠，不尽长江滚滚流。

年少万兜鍪。坐断东南战未休。天下英雄谁敌手。曹刘，生子当如孙仲谋。

题为“登京口北固亭有怀”，在称颂英雄孙权的背后，却藏着对南宋朝廷苟安不成器的痛心。“北伐”是词人的主张，“收复”是词人的宗旨，“剑气”应是英雄的姿态，“文心”却成为英雄的誓言。

其四，“英雄老”，叹“补天”宏愿，壮志难酬。有《破阵子》：

醉里挑灯看剑，梦回吹角连营。八百里分麾下炙，五十弦翻塞外声。沙场秋点兵。

马作的卢飞快，弓如霹雳弦惊。了却君王天下事，赢得生前身后名。可怜白发生！

词作题为：“为陈同甫赋壮语以寄”，名为壮词，实则悲词。词作结构属“非常 9+1”，前九句皆写壮词，为想象之事，酣畅淋漓，持肯定的态度；后一句仅为悲词，为现实之状，平直朴质，含否定的语调。

辛弃疾充盈着生命抗争的“剑气”，散发着浓郁的英雄情结、爱国热忱和豪迈风格，成为继苏轼之后豪放词最杰出的代表，时人谓之“诗书帅”（杨炎正）。爱国词人陆游，以及与辛弃疾唱和的陈亮、刘过，还有后期的刘克庄、刘辰翁等，或与辛弃疾同声相应，或者明显受到辛弃疾的影响，形成了南宋中叶前后声势浩大的爱国词派。

第三节 周邦彦：律化词

周邦彦（1056—1121），字美成，号清真居士，钱塘（今浙江杭州）人。早年“疏隽少检，不为州里所重，而博涉百家之书”（《宋史·周邦彦传》）。宋神宗元丰初游汴京，因献《汴京赋》擢升为太学正。后为庐州教授、溧水知县，还为国子监主簿等。哲宗时，除秘书省正字，历校书郎等职，曾知河中府。徽宗时，入拜秘书监，进徽猷阁待制，提举大晟府（中央音乐机关），旋知顺昌府，后徙处州、睦州等地。有《清真词》（《片玉词》）。词风浑厚和雅，富艳精工。

词与音乐关系密切，词早期本是合乐歌唱的。早期词未讲究严格的音律，只要合拍即可，如刘禹锡说“以曲拍为句”，像温庭筠能“逐弦吹之音，为侧艳之词”，甚至可不押韵。每个词牌也没有严格固定的词式相配。柳永通音律，创制了许多词牌，是否皆严于音律？未可查证。至苏轼，词不协音律，即与乐谱不一定严格地合拍，此时词应还未形成严格的“律”。前人谓秦观词“语工而入律”（叶梦得），然例作不多，尚不能形成音律的范式。苏轼、秦观之后，周邦彦作为知音识律的一代词家，于宋词音律的严格规范的形成应起了关键作用。宋词的律化，实则始于周邦彦。

周邦彦精通音律，能自度曲，常能变化六朝小赋和唐诗的语言、意境入词，且能出以新意，其词作被婉约词人奉为“正宗”。词作多羁旅闲愁和离情别绪，长于铺叙，善于琢句，言情委婉，状物工巧，语言秾丽，风格典雅，格律精审，为后来格律派词人所宗。上承温庭筠、柳永之风，下开吴文英、史达祖一派，时誉甚高。周邦彦以其卓越的艺术成就结束了北宋词，并打开了南宋词的新风。正如吴梅所说：“余谓词至美成，乃有大宗。前收苏、秦之终，后开姜、史之始。自有词人以来，为万世不祧之宗祖。”① 王国维说周邦彦是“词中老杜”②，叶嘉莹也说周邦彦在有宋一代词坛上是个“结北开南”③ 的人物。

一、律度精严，以求精雅

如果说柳永走的是“市场化”的路子，苏轼追求的是“文人化”的途径，那么，周邦彦崇尚的应是“格律化”的渠道，既摒弃了柳永的“词语尘下”与苏轼的“不协音律”，又融合文辞本身的音韵格律，让词达到一种“富艳精工”之雅。

1. 音律严整，形式精致。张炎《词源》说：“古之乐章、乐府、乐歌、乐曲，皆出于雅正。……迄于崇宁，立大晟府，命周美成诸人讨论古音，审定古调。……美成负一代词名，所作之词，浑厚和雅，善于融化诗句，而于音谱且间有未谐，可见其难矣。”④ 指出了周邦彦在词坛上的作为和贡献，以音律严整著称，为格律词派所遵奉。在北宋，以苏轼为代表的文人词派在大力开拓词的

---

① 吴梅：《词学通论》，华东师范大学出版社 1996 年版，第 76 页。

② 王国维：《人间词话》，佛雏校辑，华东师范大学出版社 1990 年版，第 114 页。

③ 叶嘉莹：《唐宋词名家论稿》，河北教育出版社 2000 年版，第 146 页。

④ 张炎：《词源》，见唐圭璋《词话丛编》（第 1 册），中华书局 1986 年版，第 255 页。

表现领域的同时，往往使词成为“曲子中缚不住者”，走的是词的音乐性与文学性分离的道路，词可以独立为纯文学性的作品。但，周邦彦却是朝着另一个方向在发展，走的是词的音乐性和文学性密切配合的道路，使词的声律模式进一步规范化、精密化，诚如“沈宋”于律诗的贡献一致，讲究音律的严整，追求形式的精致，让诗和词走上格律化的尊位。

一是自创“新声”词调。周邦彦精通音乐声律，其词作讲究格律音韵，且喜为“新声”填词。清人《词谱》中详细罗列出“调见清真乐府”“调始清真乐府”“创自清真”等多类词调，所创词调和自度曲共有五十多种，音韵清雅，多为文人雅士乐用。二是注重四声搭配。词的字声有一个发展演变的过程。温庭筠已经分出平仄；晏殊分辨出去声，而且用在结拍处；柳永分出上声和去声，入声用得更严。周邦彦继承了温、晏、柳的做法，但用四声更多变化，严分平上去入，从而开出后来词律家一派。

2. 思索安排，神化无迹。于北宋词“雅化”进程中贡献最大、成就最高的是周邦彦。在前辈词人的基础上，将精力集中于歌词字面、句法、布局、修辞、音韵等诸多技巧方面的精雕细琢、“深加锻炼”之上，将北宋词人创作以自然感发为主，转变为“以思索安排为写作之推动力”①，为南宋雅词作家确立“家法”。周邦彦极讲究“章法”即整篇结构，能精心构置词，把词写得有张有弛，曲折回环，以矫健的笔力和疏朗的风格，展示其高超的驭词功夫，主要体现在章法的“顿挫”和“勾勒”上。

一是顿挫。周邦彦词多用“逆挽”手法，倒叙、插叙相结合，依据心灵情感的流动过程来谋篇构词。顿挫，有侧笔衬托，缠绵婉转，如《瑞龙吟》；有空际盘旋，缘情布景，如《解连环》；有回环无穷，曲尽情致，如《兰陵王·柳》：

> 柳阴直，烟里丝丝弄碧。隋堤上、曾见几番，拂水飘绵送行色。登临望故国，谁识京华倦客？长亭路，年去岁来，应折柔条过千尺。
>
> 闲寻旧踪迹，又酒趁哀弦，灯照离席。梨花榆火催寒食。愁一箭风快，半篙波暖，回头迢递便数驿，望人在天北。
>
> 凄恻，恨堆积！渐别浦萦回，津堠岑寂，斜阳冉冉春无极。念月榭携手，露桥闻笛。沉思前事，似梦里，泪暗滴。

词分三阙，名为咏柳，并非咏物，实则抒怀，写羁旅之思。词作先写“送行之态”，再逆溯到“送别时情景”，照应到别后之事，结构上浑然一体，此所

---

① 叶嘉莹：《唐宋词名家论稿》，河北教育出版社2000年版，第146页。

谓用笔“顿挫”，“顿挫则有姿态”①（陈廷焯《白雨斋词话》），词人将笔墨跌回现实，以柳喻离恨、“酒趁哀弦、灯照离席”和执手相别的三层递进，写离别之况味。

二是勾勒。所谓“勾勒”之笔，即在作品的关键处，以一二语描绘出结构的大致轮廓，交代清楚来龙去脉，指明词意和意象演变的方向与轨迹。周邦彦歌词“或发端，或结尾，或换头，以一二语勾勒提缀，有千钧之力。”（周济《宋四家词选》）其一，发端揽情。如《解连环》中开篇“怨怀无托”一语总起，下面皆围绕着这一中心话题来叙写怨情。其二，结尾蕴致。结句含情者，如《瑞龙吟》中末三句“纤纤池塘飞雨，断肠院落，一帘风絮”，化景物为情思，让人感慨万千，嘘唏不已。结句妙趣者，如《浣溪沙》：

> 雨过残红湿未飞。珠帘一行透斜晖。游蜂酿蜜窃香归。
> 金屋无人风竹乱，衣篝尽日水沉微。一春须有忆人时。

此词结构属“非常5+1”，前五句皆写景，后一句抒情，结句“一春须有忆人时”为一篇之眼。其三，换头藏意。换头在上片结尾，承述情意，如《宴清都》；换头在下片开篇，接续情致，如《菩萨蛮》（银河婉转三千曲）。

二、格律精致，以求醇雅

周邦彦歌词的“雅化”，虽重音韵谐美，也讲究格律谨严，使词达到一种含蓄委婉、精美雅丽的境地，在形式特征上讲究字工句丽，浑然天成，在内容特征上摹写物态，曲尽其妙。

1. 字工句丽，浑然天成。周邦彦重视语言的锤炼，可以说笔笔勾勒、字字刻画、句句锻炼，“下字运意，均有法度”②（《乐府指迷》），真可谓字工句丽，浑然天成。化用贴切，运典自然，比喻形象。

一是化用：浑厚和雅。张炎《词源》说：“美成负一代词名，所作之词，浑厚和雅，善于融化诗句。”③ 化用诗意。周邦彦融化前贤诗语，左右逢源，如有神来之笔，一经点化，精采纷呈，如《瑞龙吟》就化用了刘禹锡《再游玄都观绝句》、李商隐《柳枝》和杜牧《杜秋娘诗》三诗。化用诗题。直取唐诗主题，化而为词，如《西河》，系隐括刘禹锡《石头城》和《乌衣巷》二诗而成。化用诗句。如官溧水时写的《满庭芳》：

---

① 陈廷焯：《白雨斋词话》，见唐圭璋《词话丛编》，中华书局1986年版，第3787页。
② 沈义父：《乐府指迷》，人民文学出版社1959年版，第16页。
③ 张炎：《词源》，见唐圭璋《词话丛编》，中华书局1986年版，第255页。

风老莺雏，雨肥梅子，午阴嘉树清圆。地卑山近，衣润费炉烟。人静乌鸢自乐，小桥外、新绿芊芊。凭栏久，黄芦苦竹，拟泛九江船。

年年，如社燕，飘流瀚海，来寄修椽。且莫思身外，长近尊前。憔悴江南倦客，不堪听、急管繁弦。歌筵畔，先安簟枕，容我醉时眠。

该词化用若干唐诗，词句与诗句十分相仿，且意近，至少先后用到杜牧、杜甫、刘禹锡、白居易和杜甫等诗句。这首词不仅仅是简单地化用唐人诗句，而且结合唐人的遭遇、诗意，写已身流落之悲慨。

二是用典：深闳典雅。周词中典故运用手法多样，都似信守拈来，自然无痕迹。楼钥《清真先生文集》于其用典一事云："及详味其辞，经史百家之言，盘曲而笔下，若自己出，一何用功之深而致力之精耶!"① 道出了周邦彦词用典的技巧至深而自然协调，主要有直用、反用和曲用。其一，直用。独立用典，直接点题。如《瑞龙吟》中"事与孤鸿去"，直接运用了杜牧《题安州浮云寺楼寄湖州张郎中》"限如春草多，事与孤鸿去"，原诗表达很多事情难以称心如意的伤感，同时又有一种豁达隐藏其间。数典连用，直抒胸臆。如《风流子》（新绿小池塘）中，词的下片连用三个典故，皆含私会之意。其二，反用。反用其字。如《粉蝶儿慢》中"隔叶黄鹂传好音"，仅将杜甫《蜀相》中"隔叶黄鹂空好音"中的一个"空"字变化为"传"字，却使意思相反。反用其意。《燕归梁·咏晓》中有两处反用典故：一是"短烛散飞虫"，反用张籍；一是"关山隔，梦魂通"，反用李白。其三，曲用。曲折有致。比如《解连环》中"妙手能解连环"，曲用了《战国策·齐策》中"连环"故事，将"怨怀无托"的情致展示得细腻入微。曲衷细表。《大酺·春雨》中连续用庾信、卫玠和马融的故事，以这些人自况。在这些人的故事背后，隐藏着的不仅仅是身世之感和羁旅之愁，更有一种对命运无法把握的不确定感。

三是比喻：流丽优雅。周邦彦善用比喻，且是多重比喻连用。比喻一般注重描绘和渲染，使事物生动具体，将抽象孕育于具体形象之中。主要有双重、三重、四重和五重比喻。主要看双重比喻。如《玲珑四犯》中写女子美艳，用"秾李""夭桃"来比喻意中人，显得更加含蓄婉转。又如，《少年游》中"并刀如水，吴盐胜雪，纤手破新橙"写情人双双共进时新果品，"如水""胜雪"比喻，虽写刀的闪亮和盐的晶莹，实则亦写"纤手"之人的艳丽。再如《玉楼春》中结拍"人如风后入江云，情似雨余粘地絮"两句，收转抒情。这两个比喻，都不属那种即景取譬、自然天成的类型，而是刻意搜求、力求创新的结果。

① 转引自蒋哲伦编校：《周邦彦集》，江西人民出版社 1983 年版，第 171 页。

但由于它们生动贴切地表达了词人的感情，读来便只觉其沉厚有力，而不感到它的雕琢刻画之迹。

2. 摹写物态，曲尽其妙。周邦彦喜爱并擅长挥动一支饱蘸感情汁液的词笔，摹写自然界中各种景致，写得切时切地，意象鲜明，细节逼真，工巧精细。体物，曲尽其妙，咏物，不即不离。

一是体物。南宋强焕说他“模写物态，曲尽其妙”（《片玉词序》）。周邦彦运用物我交融手法，寄托身世遭遇之感，摹写物态清新委婉，情致深厚，于凄馨幽怨中有淡雅致趣。于鸟声、树果、倒影、莲花、翠色的描摹可以说是尽得其理趣，让人吟咏无尽。其一，鸟声聒碎：“鸟雀呼晴，侵晓窥檐语”。这是《苏幕遮》（燎沉香）上片的两句，状写小鸟们稚气、活泼的神情动态，极简洁、生动、逼真。其二，果落无语：“夏果收新脆，金丸落、惊飞鸟”。这是《隔浦莲近拍》（中山县圃姑射亭避暑作）两句。一落一惊之间，虽生活之物理，直逼哲思妙趣。其三，倒影生趣：“浮萍破处，檐花帘影颠倒”（《隔浦莲近拍》）。“檐花帘影”是词人实见之景，比起“山影”来，意象更新鲜、细致，也更有动感和色彩感。“颠倒”二字，也较“见”字生动有趣。词人长久注视檐花帘影，表现出清闲中略带无聊、惆怅的心情。其四，荷香妖致：“风定。看步袜江妃照明镜”。这是周词《侧犯》的二句。在此美成以人喻水上莲花，与前面《苏幕遮》词用白描手法写风荷不同，这里描画莲花，却是敷彩设色，使出水莲花的艳丽红妆与漫天晚霞相辉映；又用拟人化手法，将莲花比拟为身着红妆的美人；继之更飞腾浪漫的幻想，活用有关洛神与江妃的典故，营造出江妃步履轻盈揽镜自照的意象，显示出周邦彦写影既能白描写生，清丽传神，又擅奇思壮采，富艳精工。而这一方面，即为吴梦窗予以继承和发展。其五，翠色怡人：“湖平春水，藻荇萦船尾。空翠扑衣襟。”这三句出自周词《蓦山溪》。写景美妙如画。

二是咏物。周邦彦咏物词，于景意事情外，别有一种思致，必心领神会始得，妙处不在言辞上。周邦彦咏物词除了写景写事外，其中还流露着某种思致，沁透着某种感情，景与物披上了一种“感荡性灵”的东西，使人读着，不仅实获我心，而且意味无穷，达到一种“若即若离”审美境地。《六丑·蔷薇谢后作》咏蔷薇可谓形神兼备：

正单衣试酒，怅客里、光阴虚掷。愿春暂留，春归如过翼，一去无迹。为问花何在？夜来风雨，葬楚宫倾国。钗钿坠处遗香泽，乱点桃蹊，轻翻柳陌。多情为谁追惜？但蜂媒蝶使，时叩窗槅。

东园岑寂，渐蒙笼暗碧。静绕珍丛底，成叹息。长条故惹行客，似牵衣待话，别情无极。残英小、强簪巾帻。终不似一朵，钗头颤袅，向人敧侧。漂流处、莫趁潮汐，恐断红、尚有相思字，何由见得?

咏蔷薇，实写游子思念佳人，以美人喻鲜花，用爱的柔笔抒发自己的迟暮之感，惜花伤春的同时，也在自怜自伤。全词笔触细腻，融情于景，构思精巧，回环曲折，与苏轼《水龙吟·次韵章质夫杨花词》有异曲同工之妙。张炎《词源》“咏物”说：“诗难于咏物，词为尤难。体认稍真，则拘而不畅；模写差远，则晦而不明。”① 因而应使“所咏瞭然在目，且不留滞于物”，周邦彦咏蔷薇，可以说完全达到如此要求。周词将蔷薇的落花之态 、长条之情 、残英之神形象可感地描绘出来，把人与花之间的感情，写得缠绵深婉，回旋往复，而非泛泛咏落花，而是抒发对花落后的“追惜”之情，更是感慨“光阴虚掷”的“追惜”之情。

三、韵律精妙，以求风雅

周邦彦词具浑厚之特质，这种浑厚里面有着美成一己之深感久蓄的情思，通过缜密抒写来达到，这种浑厚里面亦有着美成独特的感发意志的朦胧美感，以期含蓄蕴藉之效。

1. 缜密抒写，演绎情思。其词以凄婉的情感色彩和精雅的语言装饰的缜密抒写，来演绎情思。

一是凄婉情调。冷落的“凄”，软媚的“婉”，是周邦彦词的情感基调。周邦彦词亦被称为婉约正宗，也与其凄婉情调密不可分。

其一，软媚之淡远。以美的语言、美的事物、美的意境，展现具有诗情画意的绝妙形体，流溢出淡淡忧伤淡淡愁的韵味，是凄婉美的重要载体。如《蝶恋花》就刻画了别思特写镜头：

月皎惊乌栖不定，更漏将残，辘轳牵金井。唤起两眸清炯炯。泪花落枕红绵冷。

执手霜风吹鬓影。去意徊徨，别语愁难听。楼上阑干横斗柄，露寒人远鸡相应。

全词在讲述一个离愁的故事，将别前、临别以及别后的情形写得沉着之至。写离情，词题曰：“早行”，这很易使人联想到温庭筠的《商山早行》。上片写

① 张炎：《词源》，见唐圭璋《词话丛编》，中华书局1986年版，第261页。

别前。“泪花落枕红绵冷”，写出了软媚之态和凄恻之情，“冷”字还暗示这位女子同样一夜不曾合眼，泪水早已把枕芯湿透，连“红绵”都感到心寒意冷了。王世贞说这两句：“其形容睡起之妙，真能动人。”①下片写别时、别后。“露寒人远鸡相应”，写出了淡远之思和哀怨之境，为“以景结情”的成功的妙句。俞陛云谓此句：“结句七字神韵无穷，吟讽不厌，在五代词中，亦上乘也。”②

其二，软媚之浑厚。以细腻的生活体验来述说厚重的情感寄托，或深沉、或豁达。周邦彦词虽多写愁怨，亦有笔力遒劲厚重者，如《玉楼春》：

> 桃溪不作从容住，秋藕绝来无续处。当时相候赤阑桥，今日独寻黄叶路。
>
> 烟中列岫青无数，雁背夕阳红欲暮。人如风后入江云，情似雨馀粘地絮。

“当时相候赤阑桥，今日独寻黄叶路”与“烟中列岫青无数，雁背夕阳红欲暮”，分述时间之比较和色彩之比较，而色彩比较中有“时间上发展的广度”。（黑格尔）“烟中列岫青无数，雁背夕阳红欲暮”，“列岫”是层山叠嶂，自见出“青”色之浓，“夕阳”而云“欲暮”，亦见出“红色”之淡。每种颜色都有一种兴奋作用，从而有着某种特定的价值。淡烟微抹青山，暮色呈出雁阵，那红那绿，自有一种引人注意的光辉，一种攫人心灵的魅力，在此时是绿远红淡，又自蕴含着一种时不再来的哀怨。

二是精雅装饰。修辞的“精”，炼字的“雅”，是周邦彦词的表现手法。王国维说：“美成深远之致不及欧秦。唯言情体物，穷极工巧，故不失为第一流之作者。”③ 其“穷极工巧”即体现在遣词的艺术和修辞的运用上。

其一，遣词精妙。周邦彦遣词十分着力，认真钻研，充分发挥词语的表现力。独词之妙。如《兰陵王·柳》开篇“柳阴直”，着一“直”字，精妙无比。周邦彦把王维诗中“直”字移用来描状春日正午汴堤上的柳荫，状物切实逼真，又渲染出一种寂寞、单调、苍凉的情调氛围，可谓用字大胆出奇。用词精当。如《蝶恋花》注意撷取具有特征性的事物来精心刻画，“惊乌”“更漏”“辘轳”“霜风”“鬓影”“斗柄”“鸡鸣”等，同时，还特别着意于某些动词与形容词的提炼，如“栖不定”的“栖”字，“牵金井”的“牵”字，“唤起”的“唤”字，还有“吹”“清”“冷”等，这一系列手法综合起来，不仅增强了词的表现

---

① 王世贞：《艺苑卮言》，见唐圭璋《词话丛编》，中华书局 1986 年版，第 388 页。

② 俞陛云：《唐五代两宋词选释》，上海古籍出版社 2011 年版，第 236 页。

③ 王国维：《人间词话》，佛雏校辑，华东师范大学出版社 1990 年版，第 113 页。

力，而且还烘托出浓厚的时代气息与环境氛围，使读者有身临其境之真实感，增强表现力。再如《兰陵王·柳》中“别浦萦回”与“津堠岑寂”，对仗工整而词意直贯而下，音节上抑扬顿挫，效果上声情谐合。以词带情。如《蓦山溪》中“空翠扑衣襟”“落日媚沧州”“鸟度屏风里”和“逶迤没沙痕”词句皆遣词妙趣，写出了春日游湖的情趣。

其二，修辞得体。周邦彦词多用修辞手法，以增强其词作气场，或以致意，或以达情，皆形成一种幽约缠绵之妙趣。修辞以致意。像周邦彦《玉楼春》运用了大量的修辞手法：“桃溪不作从容住，秋藕绝来无续处”属用典与借喻，“桃溪”句用典，用刘晨、阮肇故事写离别之情，给人以美丽的联想，“秋藕”句是借喻，比喻昔人已往，美丽不再，其中“藕”又谐音“偶”，有纠缠不清之丝与思。“当时相候赤阑桥，今日独寻黄叶路”与“烟中列岫青无数，雁背夕阳红欲暮”是映衬，有时间比较，今昔对比中感受沧桑，亦有空间相形，镜头转换间透视凄清。全词句句着意修饰，华光四射、绚丽异常，宛若一幅油画，红、黄、青、白、灰、赤诸色俱全。修辞以达情。用典传情，“夜来风雨，葬楚宫倾国”（《六丑·蔷薇谢后作》），化用唐代韩偓《哭花》诗句“夜来风雨葬西施”，周词在此不言西施而言“倾国”却在“楚宫”，自然而思“楚王好细腰”之典，正是这种楚腰美女又历经风雨沧桑，则若雨打风吹中的蔷薇柔弱无助地惹人悲怜。人与花是交织的，典与喻是叠用的，用典灵活，比喻生动，典中有喻，喻中生象，象外传情。

2. 含蓄蕴藉，反复缠绵。周邦彦开了将词工艺化的风气，这种工艺化的要点，在于以精致的装饰，规范着细密的性情，赋予情感以一种间接化、曲折化和朦胧化的审美状态。

一是间接化。表现人物心理的波动、情感的变化等，体味处不直白，间接而生动。周邦彦词，被喻为“柳欹花亸”（贺裳），给人的印象的确像一束开到了尽头的鲜花，一树倦于飘拂的垂柳。它的美是一种颓废的美，在其中，固然没有愤怒，没有呐喊，没有慷慨高歌，甚至也没有希望和恐惧，有的只是惨淡的微笑、深沉的鼻鼾和怀旧的伤感，这的确有一种唯美主义的风味。二是曲折化。周邦彦不愧婉约正宗，词作悱恻缠绵、沉郁顿挫，转折操纵，不使一直笔平笔，而用意皆透过一层，委婉道来，更觉意趣。三是朦胧化。司空图《二十四诗品》谓其“远引若至，临之已非”，是一种了然于心而又忘情于外的审美体验。一方面，状空蒙微茫，依稀朦胧之境。此词中独擅之境也。词有此境，词便具有了思想和灵魂，“烟中列岫青无数，雁背夕阳红欲暮”（《玉楼春》），那种飘逸之情和凝重之感纠结而成的朦胧体验，有微茫依稀，亦有悠然淡远。一方面，绘要眇宜修，含蓄蕴藉之景。周邦彦绘景，极细极婉亦极执着，步步逼近，密不透风，体物审美朝着朦胧化的方向发展，在细腻之中而饶有蕴藉。

四、南宋雅词

周邦彦在南北词风的转变中具有关键作用，能集苏、秦各家之长，自成一宗，同时又成为南宋姜夔、吴文英等讲究格律词派的源头，于南宋极受推崇。南宋初期即有不少词人追崇雅词的创作，所谓“雅词”，源“义取大雅”，内容上迎合南宋统治者“讴歌载道”、粉饰太平的需要，形式上以协大晟音律为雅。其重要词人有姜夔、史达祖、吴文英、王沂孙、张炎、周密等，虽有部分作品感时伤乱，但内容多以别情、咏物、写景为主，艺术上承周邦彦之余绪，偏重形式的精巧华美，字句务求雅正工丽，音律务求和谐精密。与辛派词双峰对峙，形成了南宋词坛的一个重要流派。

1. 姜夔

姜夔（1155？—1221），字尧章，号白石道人，饶州鄱阳（今江西鄱阳）人。少年孤贫，屡试不第，终生未仕，一生转徙江湖，漫游苏、杭、淮、扬。精通诗词、音乐、书法，艺术才能卓越。词集有《白石道人歌曲》。词风以空灵含蓄著称，与周邦彦一样精通音律，喜用雅词秀句入词，形成格律词派，在南宋有远法清真、近师白石之风。

过扬州，四顾萧条，黍离悲怆，如《扬州慢》：

> 淮左名都，竹西佳处，解鞍少驻初程。过春风十里，尽荠麦青青。自胡马窥江去后，废池乔木，犹厌言兵。渐黄昏，清角吹寒，都在空城。
>
> 杜郎俊赏，算而今重到须惊。纵豆蔻词工，青楼梦好，难赋深情。二十四桥仍在，波心荡，冷月无声。念桥边红药，年年知为谁生？

此词充分体现了姜夔的诗歌主张，要“含蓄”和“句中有余味，篇中有余意”（《白石道人诗说》），词风也确实达到了“清雅空灵”的效果。遣词上清雅空灵。用“清”“寒”“空”等词眼以衬其“凄”，遣“波心”“冷月”等词语来状其“艳”，“凄艳”至极中寓无限悲凉。着意上清雅空灵。化用杜牧诗句，用“杜郎俊赏”“豆蔻词工”“青楼梦好”“二十四桥”等风流繁华，来反衬今日的风流云散，清幽伤感。情致上清雅空灵。抒发“黍离之悲”，竟以典丽温雅之词显清刚峭拔之势和冷僻幽独之情，“变其软媚为骚雅”①（吴熊和《唐

① 吴熊和：《唐宋词通论》，浙江古籍出版社 1989 年版，第 246 页。

宋词通论》），变其秾丽为清空。

过吴松，凭栏怀古，落寞凄清，如《点绛唇·丁未冬过吴松作》：

燕雁无心，太湖西畔随云去。数峰清苦，商略黄昏雨。

第四桥边，拟共天随住。今何许，凭阑怀古，残柳参差舞。

词作提空描写，目极天地，俯仰古今，融自然、历史、人生和时代于一体，气象阔大，悲壮苍凉。“数峰清苦，商略黄昏雨”，情态万端，凄清已极；“残柳参差舞”，愁绪千般，凄美无比。

2. 吴文英

吴文英（1200？—1260?），字君特，号梦窗，晚年又号觉翁，四明（今浙江宁波）人。《宋史》无传。在词的创作上，吴文英主要师承周邦彦，重视格律，重视声情，讲究修辞，善于用典，被称为“词中李商隐”。有《梦窗词》三百余首。

吴文英词亦承自周邦彦，但与姜夔各辟蹊径。与周邦彦的明秀和姜夔的清空不同，吴文英词以“质实”，用张炎话来说，“质实则凝涩晦昧”①。其词以用字秾艳凝涩、结构曲折绵密、境界奇丽凄迷著称。如《风入松》：

听风听雨过清明，愁草瘗花铭。楼前绿暗分携路，一丝柳一寸柔情。料峭春寒中酒，交加晓梦啼莺。

西园日日扫林亭，依旧赏新晴。黄蜂频扑秋千索，有当时纤手香凝。惆怅双鸳不到，幽阶一夜苔生。

遣词“新生”，秾艳凝涩，形成词意迷幻、意象流动之效。“愁草”含情，“绿暗”生意，“柳”状柔情有新意；“瘗花铭”借典融情，借庾信哀悼落花而神伤；“晓梦啼莺”化用唐诗，嗔怪啼鸟惊梦。将情感移入熟词，有似曾相识致趣，用丽词绮语表达深情曲意。况周颐《蕙风词话》云：“梦窗密处，能令无数丽字，一一生动飞舞，如万花为春。”② 结构“紧致”，曲折绵密。词为伤春之作，上片情景交融，前二句写伤春，三四句写伤别，五六句则是伤春与伤别的交融，形象丰满，意蕴深邃。词意有愁风雨、惜年华与伤离别，意象集中精练，而又感人至深，显出密中有疏的特色。但有时往往是一个个缺乏逻辑的片段，它们之间的组合全靠内心流淌的思绪，叶嘉莹谓其类似现代的意识流手法，张

① 张炎：《词源》，见唐圭璋《词话丛编》，中华书局1986年版，第259页。

② 况周颐：《蕙风词话》，见唐圭璋《词话丛编》，中华书局1986年版，第4408页。

炎《词源》就指出梦窗词“如七宝楼台，眩人眼目，碎拆下来，不成片段。”① 境界“幻真”，奇丽凄迷。“黄蜂”两句亦真亦幻，眼前实景与思念幻觉交融，“幽阶一夜苔生”，也是虚幻的夸张，都是通过幻觉将眼前景致和昔日情事或来朝情韵融成一片，吸取李商隐、李贺注重表现心理感觉又好象征的表达手法，跨越时空、化虚为有，营造一种奇丽境界。刘熙载说：“梦窗，义山也。”② 二人在艺术构思上的晦涩难懂，有相似。

第四节 宋词“三有主张”

一、文学发展与文学范式

一代乃有一代之文学，一代文学亦有时代风范。宋词发展，经过了一个赋化——诗化——律化的阶段。

柳永：赋化词。走的是低端路子，属于民间词本色，俗化成分大。他为歌伎创作了许多歌词，柳永有许多超级“粉丝”，柳永使流连于雅宴娇唱的文人词“还俗”为市井狂欢，抒写着歌伎或游子的隐忍之情和落魄之感。在民间。柳永词，超越社会的规范礼制，吟唱世俗男女的狎昵离合，不避村腔野调，宣泄着青春的冲动，风靡一时，“凡有井水饮处，即能歌柳词”。③（叶梦得《避暑录话》卷下）百余年后还有人说：“相君未识陈三面，儿女多知柳七名。”（刘克庄）柳永的明星效应是长远的，也是时尚的，苏轼虽创立了豪放词派，主盟文坛，但依然没有柳永的明星风采。市井传唱，总是以十七八女孩执红牙拍板的表演为时尚的，“晓风残月”正是世俗趣味的心理暗合和情绪明示，柳永在当时的“流行歌曲排行榜”上应是占榜首的。

苏轼：诗化词。走的是中间道路，“以诗为词”，词的文学化、人文化特质浓厚。苏轼于词筚路蓝缕式的开拓，“以诗为词”的革新总体来说是成功的。他通过自己的主张和创作，打破了诗与词在内容和题材上的严格界限，适应了诗、词合流这一历史的必然趋势。苏轼的大胆探索，为词的发展提供了成功与失败两方面的经验，在形式和技术方面丰富了词的表现能力。同时，也给词的发展

---

① 张炎：《词源》，见唐圭璋《词话丛编》，中华书局1986年版，第259页。
② 刘熙载：《艺概（下）》，袁津琥校注，中华书局2009年版，第526页。
③ 叶梦得：《避暑录话》，徐时仪校点，上海古籍出版社2012年版，第137页。

带来负面影响。苏轼的词不再强调对音乐依附性，使词朝着独立抒情诗体的方向发展，消融了词的音乐特质，强化了词的文学特征，使诗词逐渐合流。苏轼的“以诗为词”并不符合当时词人与批评者的审美趣味。然而，正是此点对传统的突破，恰恰体现了苏轼对词坛的贡献，继柳永之后，苏轼给词的创作带来的冲击是最大的，他是崇尚阳刚美的豪放词派的奠基者和开路先锋。

“以诗为词”，诗情者，词之骨也，词也要有一种振奋人心的情感态势，才能支撑起词作殿堂，让词堂庑敞亮，气度不凡。读苏轼词作，自然也是一番精神的洗礼和享受。他的伟岸，他的人格魅力，无不后人望尘莫及；他的豁达，他的笑看风雨，为后世文人提供了一种绝佳的典范。千古之后，再无苏轼；千年之间，唯此一人！他词作中强烈的忧患意识、坚韧的进取精神和旷达的人生态度，是其历久弥新的黄金质地。苏轼“以诗为词”的做法，使得“词以抒情”，使词像诗文具有言志述怀的作用，“词以抒情”与“诗以言志”“文以载道”同样称名文坛。

周邦彦，律化词。走的是高端路径，词曲结合，用音乐来武装词，使词雅化和精致化。周邦彦歌词的“雅化”，虽重音韵谐美，也讲究格律谨严，使词达到一种含蓄委婉、精美雅丽的境地，在形式特征上讲究字工句丽，浑然天成，在内容特征上摹写物态，曲尽其妙。周邦彦词具浑厚之特质，这种浑厚里面有着美成一己之深感久蓄的情思，有含蓄蕴藉之效。

二、宋词“三有主张”

以苏轼为例。苏轼在宋代已经成为一种文化，他以文学上的旷世大才，彰显着士子的才情浩荡，诗、文、词、书、画兼通。吟诗，提出了“诗中有画，画中有诗”的艺术观念；为文，与父苏洵、弟苏辙同列“唐宋八大家”，人称“三苏”，又有“韩潮苏海”之谓；填词，开一代豪放词风，与辛弃疾同称为“苏辛”；书法，长于行楷，与蔡襄、黄庭坚、米芾共称“苏黄米蔡”；绘画，尚简，直追文人画雅趣。倡导“以诗为词”，其间亦包孕着宋词的“三有主张”：有体验、有情感、有蕴涵。

1. 有体验——士子风范

苏轼是宋代士大夫的典范，介于晏殊和柳永之间，较晏殊平易，比柳永清雅。苏轼自谓“东坡居士”，但其一生并未真正“归田”，也未退隐，他通过诗词文赋所表达的那种人生空漠之感，却比前人的退隐、归田和遁世要更深刻更沉重。苏轼体现了一种宋代文人的雍容大度，延续了士子风范，演绎了生命的精彩。“苏轼在美学上追求的是一种质朴无华、平淡自然的情趣韵味，一种退避社会、厌弃世间的人生理想和生活态度，反对矫揉造作和装饰雕琢，并把这一切提到某种透彻了悟的哲理高度。”①（李泽厚《美的历程》）苏轼一生六起六落，可谓曲折，应说“退避”思想明显，但苏轼所表现的“退隐”心绪，已不是对政治的退避，而是对社会的退避。苏轼用之于词，深沉而含蓄。苏轼的士子风范，依皋陶为准，以范滂为模，与范仲淹同列。依皋陶为准，具法制精神。苏轼赴京应试，作《刑赏忠厚之至论》。以范滂为模，有澄清志向。苏轼一直以范滂为楷模，学习其担当、责任和勇毅，希望像他一样能革新政治，安定天下，一展抱负。与范仲淹同列，存奋发作为。受范仲淹“不以物喜，不以己悲”的仁人心境的熏陶，苏轼有“一蓑烟雨任平生”的坦荡和“也无风雨也无晴”的闲适。生活体验亦显士子情怀，所以苏轼一心为民，一生务民。贬黄州，自食其力务耕织，守杭州，疏浚水利筑苏堤，到徐州，抗洪抢险保家园，抵儋州，兴学办医惠黎民。

2. 有情感——人格风范

与政敌相亲。苏轼虽与王安石的政见不合，但“文人相亲”，诗文交往不断。“乌台诗案”，佞臣奸邪欲置苏轼于死地，还是这位已被排挤出朝退居金陵的王安石，超越政见分歧而上书说：“安有圣世而杀才士乎？”才保住了苏轼的性命，苏轼被贬黄州。五年后，苏轼离开黄州途经金陵，特意拜访闲居的王安石，两人游山玩水，诵诗说佛，相得甚欢，且苏轼被王安石赞赏为“不知更几百年方有”的人物，王安石游赏完并作《北山》诗以记，苏轼和诗，表达了同这位政敌兼诗友彻底和解的诚意，同时体现了苏轼宽容仁爱的情怀，诗为《次荆公韵》：“骑驴渺渺入荒陂，想见先生未病时。劝我试求三亩宅，从公已觉十年迟。”真率间荡漾着一种人格魅力。与友人相慰。苏轼在黄州与张怀民（字偓佺，又字梦得，也因贬再黄州，与苏轼交深）相交甚笃，志趣相投，可算是“同是天涯沦落人”。二人交往，有一文一词可观他们的交谊和情致。《记承天寺夜游》记录了他俩夜间散步的情形。《水调歌头·黄州快哉亭赠张偓佺》，亦见其人格魅力。“一点浩然气，千里快哉风”，这一豪气干云的惊世骇俗之语昭告世人：一个人只要具备了至大至刚的浩然之气，就能超凡脱俗，刚直不阿，坦然自适，任何境遇，都能处之泰然，享受使人感到无穷快意的千里雄风。苏轼这种逆境中仍保持浩然之气的进取精神和坦荡姿态，具有显著的积极的社会意义。与大德相友。同佛印、参寥子等僧人相善，且交谊深厚。其词《八声甘州·寄参寥子》，写出了一种友谊：人生有一种友情叫参寥子，得一知己，

① 李泽厚：《美的历程》，广西师范大学出版社2000年版，第281页。

足矣。

3. 有蕴涵——人生风范

真所谓人生“如意者十之一二，不如意者十之八九”，苏轼政治生涯跌落起伏，险夷无常，但他都能以渊博的才学涵养和旷达的襟怀，出入于儒道释，以痛苦激发自己璀璨的才华。生命尽头，百感交集，写下了《自题金山画像》：“心似已灰之木，身如不系之舟。问汝平生功业，黄州惠州儋州。”这是诗人的生命咏叹，也是才子的人生概括，千年后读来仍令人心酸不已。最后一句定位人生轨迹，将自己一生的荣光深刻在三处：黄州、惠州和儋州，既是人生落难时，也是生命留恋地，更是记忆深刻处。地因人名，苏轼在黄州，身虽“居士”，事在“东坡”，却“心忧天下”，“壮怀激烈”，尤于赤壁情有独钟，赤壁的文化意义，是苏轼对自己内心世界矛盾的超越，是对生活、外来、信念的坚定的执着。其词《念奴娇·大江东去》，豪迈无比。词作通过整合的表达，融写景、叙事和抒情于一体，流露出复杂的思想，有儒、道、佛三教之意，让人沉思。思忖其间强烈的士子情怀：忧患意识，读此词，亦可从中读出旷古的历史感、渺远的空间感和深沉的沧桑感。亦可为人生小结和自述，小结精练，自述精辟。

第六章

元曲聚珍——诗歌蜕变时期

这是诗歌的蜕变时期。

曲，亦称“词余”。“曲者，词之变。自金、元入主中原，所用胡乐，嘈杂凄紧，缓急之间，词不能按，乃更为新声以媚之。”①（王世贞《曲藻序》）元曲与唐诗、宋词同为诗歌园地三朵奇葩。词、曲本为合乐的歌词，亦可统称乐府。通常所谓“元曲”，实际上包括两大类型：一是戏曲；一是散曲。前者是剧中人物所唱的歌曲，后者是广义的诗歌的一种。只不过，戏曲有北南之分，北方的戏曲叫杂剧，南方的戏曲叫南戏，杂剧在前，南戏在后。散曲主要有小令和套数。小令是又称“叶儿”，一支曲子就是一首小令。套数又称散套，是将同一宫调中的若干支曲子连缀起来的曲牌。

曲的体制特征。元曲兴起，代表着这一时期文学的最高成就，曲与词都是音乐与文学的结合体，音乐赋予曲与词不同于一般诗歌的体制特征，曲与词在性质和形式上有着相似性，但也有区别。曲在体制上有以下特点：

一是宫调。宫调是指中国古代音乐的调式，曲与宫调出于隋唐燕乐，南北曲常用的有五宫四调，通称九宫或南北九宫，包括有正宫、中吕宫、南吕宫、仙吕宫、黄钟宫，此谓五宫，大石调、双调、商调、越调，此谓四调。曲的每一个宫调都有各自的风格，或伤悲或雄壮，或缠绵或沉重。元曲中的戏曲套数和散曲套数，是由两支以同一宫调的不同曲牌相联而成。

二是曲牌。词有词牌，曲有曲牌。每个词牌或曲牌的字数、句式、平仄均有一定的格式。清代《钦定词谱》收词调 826 个，2306 体；元代周德清《中原音韵》载曲牌 335 个，分属一定的宫调，如《山坡羊》《水仙子》《普天乐》等。

三是用韵。元曲用韵较密，差不多每句都押韵，韵字无入声字，平上去三

---

① 王世贞：《曲藻》，见《中国古典戏曲论著集成》，中国戏剧出版社 1959 年版，第 25 页。

声通押，较诗词里平仄韵要分开押的情况灵活。用韵上呈现：一韵到底，平仄通押，不避重韵，借韵、暗韵、赘韵和失韵。

四是对仗。句式上对偶特别多，不仅“逢双必对”，而且常三句排一起互相构成对偶，为“鼎足对”。有工对更有宽对，俗语入对。

五是衬字。曲与词最显著的区别是有无衬字，衬字是在曲律规定必须的字数之外所增加的字，它不受音韵、平仄、句式等限制，衬字一般用于句首。增加语言的生动性和曲词的表现力。字句重复是诗词创作最要避忌的，但曲不避重复，有时甚至有意追求重复以达艺术效果。

元代散曲是中国古代诗歌的一种文体，其主要特点是可俗可雅，以俗为其本色。其口语化的程度远高于唐诗宋词，可谓鲜活口语的诗化形式，具有独特的“曲味”，体现出一种更为贴近世俗百态的人生情韵。元曲与唐诗、宋词并举，世称“唐诗宋词元曲”，皆一代之文学。

曲的发展。从时间上而言，是先有散曲，再有戏曲（杂剧和南戏）；从空间上讲，先有杂剧后有南戏。其中，以散曲的发展最为持久也成就最高。元曲的发展，以元成宗大德年间为界，大致可以分为前后两期。前期作家活动的中心在大都。这一时期散曲从民间转入文人手中，有鲜明的通俗化、口语化的特点和犷放爽朗、质朴自然的情致。其中从事散曲创作兼作诗文的有杨果、卢挚等，兼写杂剧的有关汉卿、郑光祖、白朴、马致远等。元散曲一开始体现出题材驳杂、雅俗共存的特点，内容上主要是恋情、写景、怀古、叹世、归隐等。关汉卿、马致远的作品以强烈的主观抒情性强化了散曲言志抒怀的功能。像关汉卿的杂剧写态摹世，曲尽其妙，风格多变，小令活泼深切，晶莹婉丽，套数豪辣灏烂，痛快淋漓。马致远创作题材宽广，意境高远，形象鲜明，语言优美，音韵和谐，被誉为元散曲中的第一大家“曲状元”。

后期作家的活动中心逐渐南移到杭州。作家大多专攻散曲或以散曲创作为主。最负盛名的有张可久、乔吉、贯云石、徐再思等。题材上，仍以写景、怀古、恋情、抒怀等为主要内容。艺术上，刻意求工，注重辞藻，以诗词的清丽典雅来匡补散曲的朴素通俗。张可久的散曲被后世认为是清丽派的代表。乔吉兼融豪放与清丽的风格，在后期散曲中成就较为突出。

曲的风格。曲较诗词不同，风格迥异。与诗词相比，曲对语言的运用更为灵活，不避俗语，可添衬字。曲有着鲜明的个性风格，主要体现在遣词、句法和造境等方面。遣词上俗化。诗词注意以精确的文言词语，锤炼语意，以达言外之旨意。而曲与诗词截然不同，在北方流行的方言俗语的基础上，经提炼形成一种活泼新鲜的文学语言。以口语俚词入曲，使得语言生趣盎然，有时甚至刻意追求尖新鲜异，造成“要耸观，又耸听”（周德清《中原音韵》）的审美冲击。句法上晓畅。诗词常隐去语法联系，进行句与句组结，而曲却句法完整连贯，且虚词较多，接近自然口语而明白晓畅。因此曲在叙事言情方面能曲尽其妙、声吻逼肖。造境上直白。诗词贵含蓄蕴藉，曲尚横放豪宕。“曲以说得急切透辟，极情尽致为尚；不但不宽弛、不含蓄，且多冲口而出，若不能待者；用意则全然暴露于辞面，用比兴者并所比所兴亦说明无隐。此其态度为迫切、为坦率，恰与词处相反地位。”①（任中敏《词曲通义》）

第一节　散曲

散曲是一种与音乐密切配合的新型诗歌体式。散曲和词一样，都来自民间，都是合乐歌唱的长短句。这与宋金时期新的音乐形式的流行密不可分，词发展至南宋，在文人手里变得典雅化而走向衰落，而民间“俗谣俚曲”却因与生活切近而得到发展，宋金对立时期，北方少数民族的乐曲和汉族北方地区慷慨粗犷的民间歌曲相结合，便逐渐形成了散曲这种形式。从诗歌发展史来看，元代散曲的形成，是作家重新选择诗歌语言形式以求更直接、更随意地表达其所感所思的结果。散曲的形成，正是诗歌语言进一步口语化、鲜活化的具体表现。

散曲，元代称为“乐府”或“今乐府”。散曲包括小令和套数两种主要形式。小令短小精练，套数富赡雍容，各具不同，但在表现手法上有相同，主要是灵活多变伸缩自如的句式，长短不一，可有衬字，语言风格以俗为尚，口语化和散文化明显；审美价值上以明快显豁自然酣畅为主，与诗、词大异其趣。

一、元代前期散曲

元代前期散曲作家主要有杜仁杰、关汉卿、白朴、马致远和卢挚等。

1. 杜仁杰与“善谑”曲风

杜仁杰（约1201—1282年），原名之元，又名征，字仲梁，一字善夫，世称“善夫先生”，济南长清（今山东济南市）人。由金入元，有诗名，与元好问相契。其人“性善谑，才宏学博，气锐而笔健，业专而心精”，入元后，“屡征不起”。（顾嗣立《元诗选》）

杜仁杰的散曲作品存世不多，最为著名的是［般涉调·耍孩儿］《庄家不识

① 任中敏：《词曲通义》，商务印书馆1931年版，第30页。

勾栏》，其中一曲为：

> ［一煞］教太公往前挪不敢往后挪，抬左脚不敢抬右脚，翻来覆去由他一个。太公心下实焦躁，把一个皮棒槌则一下打做两半个。我则道脑袋天灵破，则道兴词告状，划地大笑呵呵。［九］

滑稽小戏，堪为戏曲演出的“现场记录”。写《调风月》演出，绘张太公受小二哥的调弄，“谐趣”十足，世称“善谑”，可谓恰切。散曲体制完备，其中“般涉调”为宫调一种，“耍孩儿”为曲牌，“一煞”也是曲牌，“九”为第九章节。语言通俗，韵语谐顺。押韵宽泛，平仄可通，如“挪、脚、个、躁、个、破、呵”，其中“个”属重韵，“脚、躁”需方言入韵；俗语和顺，雅俗相生，“皮棒槌”为打诨道具，俗语入曲，增戏剧乐趣，“划地”一词，雅致有蕴意。情调俚俗，符合下层民众的语言和心理，不避粗俗，却又不伤大雅。

2. 关汉卿与“酣畅”曲风

关汉卿（1225？—1300？），其名不详，字汉卿，号已斋叟，大都（今北京）人。他的散曲，内容丰富多彩，格调清新刚劲，具有很高的艺术价值，被誉“曲圣”，与白朴、马致远、郑光祖并称为“元曲四大家”。

关汉卿散曲，无论自况身世还是叙写爱情，都显得真率自然，笔调明快，意态逼真。以“风流浪子”自夸，情绪激昂，有［南吕·一枝花］《不伏老》：

> 〔尾〕我是个蒸不烂、煮不熟、捶不扁、炒不爆、响珰珰一粒铜豌豆；恁子弟每谁教你钻入他锄不断、斫不下、解不开、顿不脱、慢腾腾千层锦套头。我玩的是梁园月，饮的是东京酒，赏的是洛阳花，攀的是章台柳。我也会围棋、会蹴鞠、会打围、会插科、会歌舞、会吹弹、会咽作、会吟诗、会双陆。你便是落了我牙，甭了我嘴，瘸了我腿，折了我手，天赐与我这几般儿歹症候，尚兀自不肯休。则除是阎王亲自唤，神鬼自来勾，三魂归地府，七魄丧冥幽，天哪，那其间才不向烟花路儿上走！

全曲情致高亢，精神倔强。以“浪子班头”“郎君领袖”自居，用夸张的语言表现出不向恶势力屈服、不向困难低头的倔强精神，成为叛逆封建社会价值系统的大胆宣言。笔调大胆泼辣，风格诙谐滑稽，气势汪洋恣肆。语言本色生动，比喻新巧，衬字有趣。首句本格上属七字句式，“我是一粒铜豌豆”，增加 39 个衬字，使之成为散曲中少见的长句。而这些长句，实际上又以排列有序的一连串三字短句组成，长短结合、舒卷自如，增加了句子的内涵，读起来舒缓，却依然酣畅淋漓。

关汉卿散曲，描写男女恋情，清新秀丽，真切感人。如［双调·沉醉东风］

《别情》：

> 咫尺的天南地北，霎时间月缺花飞。手执着饯行杯，眼阁着别离泪。刚道得声保重将息，痛煞煞教人舍不得。好去者，望前程万里。

3. 白朴与“叹世”曲风

白朴（1226—1306），原名恒，字仁甫，后改名朴，字太素，号兰谷，祖籍隩州（今山西河曲），汴梁（今河南开封）人，终身未仕。为“元曲四大家”之一，代表作杂剧《梧桐雨》。散曲现存套数4套，小令37首。

白朴未仕，散曲多写淡泊功名之心，抒向往归隐之趣。“叹世”归隐之作，有［双调·庆东原］《忘忧草》：

> 忘忧草，含笑花，劝君闻早冠宜挂，那里也能言陆贾，那里也良谋子牙，那里也豪气张华。千古是非心，一夕渔樵话。

“庆东原”，双调中的曲调。首末两句要求对仗，中间三个四字句作鼎足对。常以抒发豪放感情。全曲开篇以忘忧草、含笑花起兴，借以表示无畏忧愁、含笑人生的无功名情怀；末尾用“渔樵”言志，否定事业心；中间以四人物作比，讽三赞一，于汉代善辩的陆贾、周朝多谋的姜子牙和晋朝豪气的张华，皆嗟叹为过眼烟云，功名利禄转头空，而于“挂冠”的汉代逢萌非常欣赏，点赞其“大丈夫安能为人役哉”的气概，秉持独立人格，守护刚正精神。

“叹世”淡泊之作，有［双调·沉醉东风］《渔夫》：

> 黄芦岸白苹渡口，绿柳堤红蓼滩头。虽无刎颈交，却有忘机友。点秋江白鹭沙鸥。傲杀人间万户侯，不识字烟波钓叟。

小令语言清丽，情致淡然，风格俊逸。遣词精妙。一二两句，对仗工丽，写景如画。撷“黄”“白”“绿”“红”四色，绘水乡秋光，亦垂钓好时节。情属高尚。以“渔夫”自许，与自然为伴，傲立天地间。“虽无刎颈交，却有忘机友”，流水对，先抑后扬，具回环流走之妙。愿与鸥鹭为友，“傲杀人间万户侯”。曲中文人趣味浓郁。既体现了自己的淡泊宁静志向，又表达了备受压抑的知识分子所追求的理想。卢挚有［双调·蟾宫曲］摹拟这首小令：“碧波中范蠡乘舟。殢酒簪花，乐以忘忧。荡荡悠悠，点秋江白鹭沙鸥。急棹不过黄芦岸白苹渡口，且湾在绿杨堤红蓼滩头。醉时方休，醒时扶头。傲煞人间，伯子公侯。”

4. 马致远与“东篱”曲风

马致远（生卒年不详），字千里，晚号东篱 ，大都（今北京）人。杂剧代表作有《汉宫秋》。马致远在元代梨园界声名显赫，有“曲状元”的美称。是散曲大家，存世套数16套，小令115首。

马致远散曲创作旨趣明显：厌倦世俗的名利争斗，向往着远离红尘的退隐生活。自号“东篱”，效法陶渊明“采菊东篱下”。淡泊世情，自甘清寒，心有郁结，愁绪萦怀，抒写低沉与凄怆，形成独具特色的“东篱”曲风。

“东篱”曲风，悲凉深沉，心灵独语，有［越调·天净沙］《秋思》：

> 枯藤老树昏鸦，小桥流水人家，古道西风瘦马。夕阳西下，断肠人在天涯。

此曲脍炙人口，被誉为“秋思之祖”①。秋郊夕照，萧飒衰颓。绘景形象，秋气袭人。起首三句为鼎足对，一连推出九幅画面，以景托景，景中生情，意象组合，蒙太奇手法直承温庭筠“鸡声茅店月，人迹板桥霜”诗句。其中遣字精当，用“枯、老、昏、古、瘦”状物，最大限度地发挥了汉语独具的审美功能，便觉景色凄清，愁情幽深。游子踽行，凄清悲凉。“断肠人”孑立，身在羁旅，时逢黄昏，面对迷茫色彩作思考，在一个缺乏活力与生机的时刻，似班马长嘶，发出了浪迹人世的一声哀鸣。情景交融，蕴涵丰富。短短二十八字，既有以哀景写哀情，也有以乐景写哀情，情调低沉，意蕴深远，无怪王国维称它：“纯是天籁，仿佛唐人绝句”②。白朴有相似杰作［越调·天净沙］《秋思》：“孤村落日残霞，轻烟老树寒鸦，一点飞鸿影下。青山绿水，白草红叶黄花。”

“东篱”曲风，孤傲散淡，精神自传，有［双调·夜行船］《秋思》：

> ［离亭宴煞］蛩吟罢一觉才宁贴，鸡鸣时万事无休歇，争名利何年是彻？看密匝匝蚁排兵，乱纷纷蜂酿蜜，闹攘攘蝇争血。裴公绿野堂，陶令白莲社。爱秋来时那些：和露摘黄花，带霜烹紫蟹，煮酒烧红叶。想人生有限杯，浑几个重阳节。嘱咐你个顽童记者：便北海探吾来，道东篱醉了也！

全曲由七支曲子组成，纯是作者人生经历写照，鄙弃功名利禄，感叹人生如梦，愤慨污浊现实，陶然大彻大悟。这是最后一支曲煞尾，正面点题：铺排作者所痛恨的功利人生，表明陶然自得才是大彻大悟的人生。散淡的背后是一种识破世情的孤傲，一种独立人格的坚守。散曲语言爽朗流畅，气势挥洒淋漓。

---

① 周德清：《中原音韵》，见《中国古典戏曲论著集成》，中国戏剧出版社1959年版，第247页。

② 王国维：《宋元戏曲史》，叶长海导读，上海古籍出版社1998年版，第103页。

5. 卢挚与“疏斋”曲风

卢挚（生卒年不详），字处道，一字莘老，号疏斋，涿州（今河北涿县）人。诗文皆有名，散曲成就更高，存世小令120首。赵万里辑有《疏斋词》。

卢挚散曲作品疏朗而条畅，雅则清丽，俗则诙谐，亦俗亦雅，自成格局。叙写人生经历，算法人生，语浅而意深，有［双调·蟾宫曲］《想人生七十犹稀》：

> 想人生七十犹稀，百岁光阴，先过了三十。七十年间，十岁顽童，十载尪羸。五十年除分昼黑，刚分得一半儿白日。风雨相催，兔走乌飞。子细沉吟，不都如快活了便宜。

主题为“人生苦短，及时行乐”，语言汲取民间俚曲，生动有趣，构思独树一帜，以妇孺皆知的加减乘除来表达主题。此曲前六句写内心独白，明白如话；后六句则层层比喻，形象感知。

描绘田园风光，清新自然，淳朴亲切，有［双调·蟾宫曲］《寒食新野道中》：

> 柳蒙烟梨雪参差，犬吠柴荆，燕语茅茨。老瓦盆边，田家翁媪，鬓发如丝。桑柘外秋千女儿，髻双鸦斜插花枝。转眄移时，应叹行人，马上哦诗。

抒发男女恋情，蕴藉秀婉，明晓自然，有［双调·寿阳曲］《别珠帘秀》：

> 才欢悦，早间别，痛煞煞好难割舍。画船儿载将春去也，空留下半江明月。

二、元代后期散曲

元代后期散曲作家主要有张可久、张养浩、睢景臣、贯云石、徐再思等。

1. 张养浩与《云庄休居自适小乐府》

张养浩（1270—1329），字希孟。号云庄，山东济南人。有散曲《云庄休居自适小乐府》行世，存套数两套，小令161首。

张养浩宦海沉浮，心系国家、关怀百姓，其散曲作品充满着可贵的人道情怀。心忧百姓，怀古之作，表露“民本”立场，有［中吕·山坡羊］《潼关怀古》：

> 峰峦如聚，波涛如怒，山河表里潼关路。望西都，意踌躇，伤心秦汉经行处。宫阙万间都做了土。兴，百姓苦！亡，百姓苦！

小令语言精练，表达整合，形象鲜明且富有人民性，堪为元曲典范。三句分别写景、叙事和抒情，融为一体，字里行间充满着历史的沧桑感和时代的沉郁感。怀古实乃伤今，沉重实乃责任。以“百姓本位”思考，在历史成为“帝王将相的家谱”的古代语境中，实属难能可贵。“兴，百姓苦！亡，百姓苦！”于王朝“兴”“亡”之事，鞭辟入里，发人深思。其怀古散曲都立意深刻，风格豪迈，气势沉雄，《骊山怀古》写“赢，都做了土；输，都做了土”，《洛阳怀古》写“功，也不长；名，也不长”，《北邙山怀古》写“便是君，也唤不应；便是臣，也唤不应”，将胜负之数、功名之分、生死之际看作无差别，与感兴亡之事的宿命叹，有异曲同工之妙。“‘兴，百姓苦！亡，百姓苦！’可视为一种立意上的‘陌生化’。它们给人以石破天惊之感，使读者极为震愕，震愕之余更加认识了封建王朝对人民的残虐。”①（张晶）

心忧百姓，即事之作，展示“淑世”情怀，有［南吕·一枝花］《咏喜雨》：

［梁州］恨不得把野草翻腾做菽粟，澄河沙都变化做金珠。直使千门万户家豪富，我也不枉了受天禄。眼觑着灾伤教我没是处，只落得雪满头颅。

视百姓的苦难为自己的苦难，视百姓的欢乐为自己的欢乐。推己及人，情致恳切；将心比心，责任为先。

2. 张可久与《小山乐府》

张可久（生卒年不详），号小山，浙江庆元（今宁波）人。曾以路吏转首领官，又为桐庐典史，仕途上不得志。曾漫游江南，晚年居杭州。专力写散曲，现存作品有小令855首，套数9套，为元人中存世作品最多者。有《小山乐府》。与乔吉并称“双璧”，与张养浩合为“二张”。风格典雅清丽。

张可久仕途失意，诗酒消磨，徜徉山水，作品大多记游怀古、赠答唱和。擅长写景状物，刻意于炼字断句。讲求对仗协律，使他的作品形成了一种清丽典雅的风格。《太和正音谱》称他的散曲“词清而且丽，华而不艳”，因其婉约雅丽的风格，被推为“词林之宗匠”②。可以说，元曲到张可久，已经完成了文人化的历程。以丰富的生活阅历来观察世态人心，痛感污浊的社会风气对人性的侵蚀，痛感是非观念的混乱倒置，有［正宫·醉太平］《叹世》：

---

① 张晶：《论元散曲的“陌生化”》，见张晶、白振奎、刘洁《中国古典诗学新论》，北京广播学院出版社2002年版，第303页。

② 朱权：《太和正音谱》，见《历代曲话汇编：明代编》，黄山书社2009年版，第62页。

人皆嫌命窘，谁不见钱亲。水晶环入面糊盆，才沾粘便滚。文章糊了盛钱囤，门庭改做迷魂阵，清廉贬入睡馄饨。胡芦提倒稳。

全曲感情愤激，语言冷峭，全用口语，通篇比喻，寓庄于谐，泼辣尖锐，既通俗生动，又寓意深刻，讽刺性很强。作者向以清词雅语为宗，此曲却一反故常，带有一种散曲特有的“蒜酪味”，取譬市井化俗语，尖新严冷。“文章”三句鼎足对，围绕拜金主义，做了淋漓尽致的揭露与发挥，是对起首两句断语的生动诠释。结尾以“葫芦提倒稳”收文，一语双关。“葫芦提”既是“糊涂”俗语，也可作“提着酒葫芦”借酒图醉装呆，反倒觉得稳便。激愤反语，却也加重了全曲峻冷的韵味。

以深沉的阅读底蕴，来观察宦海奔波，感悟先贤行藏之道，感悟追求功名之累，有［中吕·普天乐］《秋怀》：

为谁忙，莫非命。西风驿马，落月书灯。青天蜀道难，红叶吴江冷。两字功名频看镜，不饶人白发星星。钓鱼子陵，思莼季鹰，笑我飘零。

讲究格律辞藻，用典较多，文词工巧婉约，颇能体现“小山乐府”的特色。

以诗情画意来观察淮安道上风景，似江南秀丽，仿唐人绝句妙处，更显典雅工丽，有［越调·小桃红］《淮安道中》：

一篙新水绿于蓝，柳岸渔灯暗，桥畔寻诗驻时暂。散晴岚，依微半幅云烟淡。杨花乱糁，扁舟初揽，风景似江南。

3. 睢景臣与《高祖还乡》

睢景臣，字景贤，扬州人，生卒年不详。有《屈原投江》等杂剧，散套《高祖还乡》，“制作新奇”，名压时辈。

叙写刘邦衣锦还乡故事，极尽嬉笑怒骂与嘲讽揶揄，将皇帝的威仪与尊严村俗化、滑稽化，有［般涉调·哨遍］《高祖还乡》：

［哨遍］社长排门告示，但有的差使无推故。这差使不寻俗。一壁厢纳草也根，一边又要差夫，索应付。又是言车驾，都说是銮舆，今日还乡故。王乡老执定瓦台盘，赵忙郎抱着酒葫芦。新刷来的头巾，恰糨来的绸衫，畅好是妆幺大户。

［耍孩儿］瞎王留引定火乔男女，胡踢蹬吹笛擂鼓。见一彪人马到庄门，匹头里几面旗舒。一面旗白胡阑套住个迎霜兔，一面旗红曲连打着个毕月乌。一面旗鸡学舞，一面旗狗生双翅，一面旗蛇缠葫芦。

［五煞］红漆了叉，银铮了斧，甜瓜苦瓜黄金镀。明晃晃马镫枪尖上

挑，白雪雪鹅毛扇上铺。这些个乔人物，拿着些不曾见的器仗，穿着些大作怪的衣服。

［四煞］辕条上都是马，套顶上不见驴。黄罗伞柄天生曲。车前八个天曹判，车后若干递送夫。更几个多娇女，一般穿着，一样妆梳。

［三煞］那大汉下的车，众人施礼数，那大汉觑得人如无物。众乡老展脚舒腰拜，那大汉挪身着手扶。猛可里抬头觑，觑多时认得，险气破我胸脯！

［二煞］你身须姓刘，你妻须姓吕，把你两家儿根脚从头数：你本身做亭长耽几盏酒，你丈人教村学读几卷书。曾在俺庄东住，也曾与我喂牛切草，拽坝扶锄。

［一煞］春采了桑，冬借了俺粟，零支了米麦无重数。换田契强秤了麻三秤，还酒债偷量了豆几斛。有甚糊突处？明标着册历，见放着文书。

［尾声］少我的钱，差发内旋拨还；欠我的粟，税粮中私准除。只道刘三，谁肯把你揪扯住，白甚么改了姓、更了名，唤做汉高祖！

这是一篇尖锐泼辣的讽刺作品。在“皇权”至高无上的时代，这位“无知”的村民却道出“帝王本无种”的历史真相，可谓振聋发聩。戏谑的口吻令人忍俊不禁，别有会心。其一，乡民的独特视角。以无知乡民的特殊视角来看待高祖皇帝，将至高无上的皇帝贬得一文不值。在乡民眼中，隆重的接驾场面不过是乱哄哄的一场闹剧，仪仗队的旗帜全然失去威严只煞是好看，原来“汉高祖”就是无赖刘三。乡民是无知的，又是有识的；他的看法多属误解，但又反映出许多真实。无知与有识、误解与真实相交织，皇家的庄严与神圣受到最无情的嘲弄和揶揄。其二，幽默的讽刺喜剧。散曲有背景、有人物、有故事情节，情节中有铺垫、有发展、有高潮。这出喜剧是有头有尾的，却充满着讽刺意味。从接驾场景、仪仗旗帜以及人物扮相乃至高祖身份，都极尽讽刺之能。其三，生动的口语方言。用乡间生动的口语方言来表达。用字不屑。“瞎王留引定乔男女”，“瞎”与“乔”字，道出了对迎驾的厌恶之情，认为那纯属胡闹。合音调笑。“白胡阑”即白圈、“红曲连”即红环，将仪式化的东西进行戏剧性调笑。称呼蔑视。将皇帝随从叫作“天曹判”“递送夫”，流露蔑视之意和憎恶之情；直呼高祖为“那大汉”，名“刘三”，挖苦之语令人称快。

4. 贯云石、徐再思与“酸甜乐府”

贯云石（1286—1324），原名小云石海涯，因父名贯只哥，即以贯为姓，自号酸斋，维吾尔族人。存世套数 8 套，小令 79 首。徐再思（1285？—1345 后），字德可，号甜斋，嘉兴（今属江苏）人，存世小令103首。两人大体同时，并且齐名，明代蒋一葵《尧山堂外纪》：“（云石）自号酸斋，时有徐甜斋失其名，并以乐府擅称，世称酸甜乐府。”近代任中敏将贯云石和徐再思的散曲合为一编，世称《酸甜乐府》。酸甜乐府多写逸乐生活和男女恋情，题材比较狭窄，讲究雕章琢句，对仗工整。

贯云石散曲风格豪放中见清逸，写男女爱情，意态真率，情感奔放，如：

［正宫·塞鸿秋］战西风几点宾鸿至，感起我南朝千古伤心事。展花笺欲写几句知心事，空教我停霜毫半晌无才思。往常得兴时，一扫无瑕疵，今日个病厌厌刚写下两个“相思”字。

［中吕·红绣鞋］挨着靠着云窗同坐，偎着抱着月枕双歌，听着数着愁着怕着早四更过。四更过情未足，情未足夜如梭。天哪，更闰一更儿妨甚么。

［双调·清江引］若还与他相见时，道个真传示。不是不修书，不是无才思，绕清江买不得天样纸。

叙写“相思”，多重状绪，第一曲写病恹乏致，相思入骨；第二曲写时光短暂，浓烈缠绵；第三曲写纸短情长，爱恋绵绵。

徐再思散曲风格婉约清丽。语言尤其流丽别致，如［双调·水仙子］《夜雨》：

一声梧叶一声秋，一点芭蕉一点愁，三更归梦三更后。落灯花棋未收，叹新丰孤馆人留。枕上十年事，江南二老忧，都到心头。

这是一首悲秋怀人之作。全曲语言简洁，风格自然清雅，意境优美。尤其是化用前人诗句、词句，语言流丽，情蕴丰富，意象浑然一体。状凄清：“一声梧叶一声秋”，化用温庭筠《更漏子》：“梧桐树，三更雨，不道离情正苦。一叶叶，一声声，空阶滴到明”；绘愁怨：“一点芭蕉一点愁”，化用李商隐《代赠》：“芭蕉不展丁香结，同向春风各自愁”；感孤独：“落灯花棋未收”，化用赵师秀《约客》：“有约不来过夜半，闲敲棋子落灯花”；叹寂寞：“叹新丰孤馆人留”，化用孟浩然《东京留别诸公》：“主人开旧馆，留客醉新丰”。

语言流丽，情致含蓄。愁苦、无奈与对爱情的渴求，在缠绵回环中低沉地倾泻，如［双调·水仙子］《春情》：

九分恩爱九分忧，两处相思两处愁，十年邂逅十年受。几遍成几遍休。半点事半点惭羞，三秋恨三秋感旧，三春怨三春病酒，一世害一世风流。

第二节 杂剧

杂剧是戏曲，是集音乐、舞蹈、表演于一体的综合艺术；散曲则是一种配乐歌唱的新诗体。元代盛行北曲杂剧。北曲杂剧在宋杂剧和金院本的基础上，融合说唱、音乐、舞蹈等艺术而形成的一种曲艺样式。北曲杂剧是在唐宋以来词曲和讲唱文学的基础上，产生的韵文和散文相结合的文学剧本。

一、杂剧的体制

1. 表演体制

元杂剧作为一种舞台艺术，综合了唱、念、做、打，形成了完整的表演体系。杂剧文本，基本由曲文（唱词）和宾白构成。曲以抒情，白以叙事。此外，杂剧剧本还规定了任务的动作、表情和舞台效果，通称“科范”，简称为“科”，如“把盏科”“打悲科”“内作起风科”等。

2. 结构体制

杂剧结构体制相对固定，一般以四折一楔子为基本体式。剧本分四个大的段落，每个段落包括一个场景或若干场景。杂剧的四个段落一般是故事情节发展的自然段落，大致对应起、承、转、合的结构体制，到明代通称为“折”。大多数杂剧都有一个楔子，篇幅短小，通常放在第一折之前，相当于现代戏的序幕。

3. 音乐体制

杂剧以曲文为主体，而曲文结构是以音乐结构为基础的。杂剧音乐结构一般由四个宫调的曲文（分别内含数量不等的曲子）组合而成。如白朴《梧桐雨》，一共四折，有仙吕宫、中吕宫、双调、正宫四套曲子。这是一种四段式结构。每一折使用同一宫调，每一折的套曲均使用同一韵脚，即所谓“一韵到底”。整个作品四套剧曲只由男主角或女主角主唱，即所谓“一人主唱”。由女主角“旦”主唱的本子称为“旦本”，由男主角“末”主唱的本子称为“末本”。

4. 角色体制

杂剧角色一般分为四大类：末、旦、净、杂。一是末。即扮演男性的角色，男主角叫正末，其余有外末、冲末等。二是旦。即扮演女性的角色，女主角叫正旦，其余有外旦、老旦、小旦、贴旦、花旦、搽旦。三是净。即扮演反面人物或滑稽人物的角色，有净、副净、丑等。四是杂。指以上三类人物之外的登场角色，如皇帝称“驾”，官员称“孤”，老年男子称“孛老”，老年妇女称“卜儿”，小孩称“俫”，秀才称“细酸”，强盗称“邦老”等。

二、白朴与《梧桐雨》

白朴除了词、散曲外，创造了16种杂剧，存世的有《裴少俊墙头马上》《董秀英花月东墙记》《唐明皇秋夜梧桐雨》三种，以及《韩翠苹御水流红叶》《李克用箭射双雕》的残曲若干。代表作为《梧桐雨》。

《梧桐雨》叙述唐明皇与杨贵妃的生死情缘。白朴身经丧乱，怀有国亡家破之痛，词曲抒发兴亡之感。《梧桐雨》沿袭白居易《长恨歌》的感伤基调，着重表现唐明皇与杨贵妃的爱情悲剧。依杂剧一人主唱的法则，将戏剧情节的重心放在唐明皇的行事和心理方面，与马致远《汉宫秋》同属帝王失爱的悲剧套路。在剧中，白朴虽然也花费笔墨描写杨贵妃与唐明皇缠绵悱恻的爱情，但更多则是借这出悲剧揭示人生变幻无常的深意。

白朴是长于情词的文采派作家，富丽堂皇的文辞，都很适合表现高贵豪华的宫廷生活，也符合帝王贵妃雍容华贵的身份。典雅华丽的语言，大量化用古典诗词的意境和意象。剧名《梧桐雨》至少化用三人诗词，哀愁，如白居易《长恨歌》“春风桃李花开日，秋雨梧桐叶落时”，凄清，如温庭筠《更漏子》“梧桐树，三更雨，不道离情正苦”，寂寞，如李清照《声声慢》“梧桐更兼细雨，到黄昏，点点滴滴”。看剧本第四折：

> [正宫·黄钟煞] 顺西风低把纱窗哨，送寒气频将绣户敲。莫不是天故将人愁闷搅，度铃声响栈道。似花奴羯鼓调，如伯牙水仙操。洗黄花润篱落，渍苍苔倒墙角。渲湖山漱石窍，浸枯荷溢池沼。沾残蝶粉渐消，洒流萤焰不着。绿窗前促织叫，声相近雁影高。催邻砧处处捣，助新凉分外早。斟量来这一宵，雨和人紧厮熬。伴铜壶点点敲，雨更多泪不少。雨湿寒梢，泪染龙袍，不肯相饶，共隔着一树梧桐直滴到晓。

这段曲词文采飘逸而又自然生动，具有强烈的艺术感染力。王国维评曰“沉雄悲壮，为元曲冠冕”①，这是着眼于其悲凉的意境。后世《惊鸿记》《长生殿》等传奇作品均不同程度地受其影响，而《长生殿》则更多地承袭《梧桐雨》的曲文。

---

① 王国维：《人间词话》，佛雏校辑，华东师范大学出版社1990年版，第120页。

三、马致远与《汉宫秋》

马致远除散曲外，也是重要的杂剧作家。创作了 12 种杂剧，存世的有《西华山陈抟高卧》《马丹阳三度任风子》《半夜雷轰荐福碑》《吕洞宾三醉岳阳楼》《邯郸道省悟黄粱梦》《江州司马青衫湿》《破幽梦孤雁汉宫秋》。代表作为《汉宫秋》。

《汉宫秋》以昭君出塞为题，注入新的诠释。作者着意写出了王昭君的家国意识和坚贞气节，依托历史故事，又不囿于历史事件，借家喻户晓的"昭君出塞"寄托了深沉的历史追忆和时代体验。剧中，汉元帝成了一个悲苦的抒情主人公。看第三折：

> ［双调·梅花酒］他他他，伤心辞汉主；我我我，携手上河梁。他部从入穷荒，我銮舆返咸阳。返咸阳，过宫墙；过宫墙，绕回廊；绕回廊，近椒房；近椒房，月昏黄；月昏黄，夜生凉；夜生凉，泣寒螀；泣寒螀，绿纱窗；绿纱窗，不思量。

马致远的"失国"兼"失意"痛苦，完全由汉元帝的人生况味来展示，曲词写出了极度的内心孤独与悲凉。绘景上，塞外深秋，旷远悲凉，王宫秋夜，凄清阴冷。叙情上，两相映照，终日伤感，凄凉已极，孤独无比。手法上，顶真具回环跌宕的旋律美，表现了汉元帝离恨未已、相思又继、千结百转的愁绪。后世"昭君出塞"亦在演绎，明代《和戎记》《昭君出塞》，清代《吊琵琶》《青塚记》，都在不同程度上受到《汉宫秋》的影响。

四、关汉卿与《窦娥冤》

关汉卿，北曲杂剧的奠基者，中国古代伟大的戏剧家，具有世界影响的文化名人。在元代演艺界，他是一位大腕人物："驱梨园领袖，总编修师首，捻杂剧班头。"（《录鬼簿》关汉卿挽词）一生创作丰富，所存杂剧约 66 种，现存可以肯定为关汉卿作品的有 16 种，可分为社会剧、爱情婚姻剧和历史剧等。社会剧代表作有《窦娥冤》《蝴蝶梦》《鲁斋郎》等，爱情婚姻剧代表作有《救风尘》《望江亭》《拜月亭》等，历史剧代表作有《单刀会》《西蜀梦》《哭孝存》等。其中，《窦娥冤》的思想艺术成就最高，堪称彪炳一代的悲剧杰作。

《窦娥冤》戏剧冲突有三个层面：社会冲突、道德冲突和意志冲突。社会冲突是外在机缘，也是根本原因。高利贷的经济剥削、地痞张驴儿的社会恶势力和糊涂官吏梼杌的政治压迫，是造成窦娥冤案的"三座大山"。道德冲突和意志冲突是内在情愫，更是直接原因。窦娥冤的主要根源，竟是坚守传统的道德。在不道德的现实社会中，坚守美德反而将她推向火坑，这是对现实社会的深刻揭露。而意志冲突正是这种道德冲突的内化与深化。窦娥内心深处，极端憎恨现实却又不得不安于现状，而对天地鬼神的信仰和怀疑，也始终在窦娥心中争战不已。当蒙冤受屈时，她情不自禁地诅咒天地鬼神的糊涂昏聩（第三折）：

> [正宫·滚绣球] 有日月朝暮悬，有鬼神掌着生死权。天地也，只合把清浊分辨，可怎生糊涂了盗跖、颜渊？为善的受贫穷更命短，造恶的享富贵又寿延。天地也！做得个怕硬欺软，却原来也这般顺水推船！地也，你不分好歹何为地！天也，你错勘贤愚枉做天！哎，只落得两泪涟涟。

好一曲回肠荡气的悲歌，好个敢于反抗的女子。读后百感萦怀，更觉悲愤不已。一叹窦娥冲天之冤。她三岁亡母，七岁抵债为媳，成婚两年又亡夫。后又有张驴儿父子招亲的煎迫，公公死后的含冤认罪。刑场处斩际，悲愤情怀，不平念头，肯定块积在心，有激愤之词，自在情理之中：她呈冤屈，说无辜，直接控诉没有正义的天和地。二悟窦娥道怨之妙。“天地也！”一声浩叹，蕴蓄无限感慨：有愤激和委屈，有埋怨和抗争，更有指责和期待。悲愤至极的窦娥，直斥：“地也，你不分好歹何为地。天也，你错勘贤愚枉做天！”最后叹息：“哎，只落得两泪涟涟。”是愤怒至极后的转折，是悲愤到底的叹息。三窥汉卿胸中之悲。这也是关汉卿借窦娥之口抒一己之愤的载体，把所受冤屈之由直接归结到了天的身上，把控诉矛头直指统治者所赖以维系的精神支柱，具有民主主义思想端倪。此场戏，不仅使窦娥的形象升华到一个很高的思想境界，而且大大地加强了悲剧的感人力量和批判意义。

关汉卿善于根据人物的身份、性格、情境，恰如地安排唱词。关汉卿杂剧，是一个活生生的语言世界，性格化的语言活灵活现，而各种来自市井的谚语、俚语、成语和口头禅等，亦能运用自如，点铁成金，堪称“本色当行”。王国维说《窦娥冤》“一空倚傍，自铸伟词，而其言曲尽人情，字字本色”①。

关汉卿杂剧特色显著，有相对稳定的创作风格，人物形象典型而鲜明，语言本色而传神，情节紧凑而曲折，尤其是戏剧冲突安排合理，宾白与曲词浑然结合，意匠精致而又流转自然。其艺术成就标志着元代杂剧摆脱了宋金以来杂剧创作原有的散漫态势，实现了向真正意义的“戏剧”的成功转化。

---

① 王国维：《宋元戏曲史》，叶长海导读，上海古籍出版社 1998 年版，第 104 页。

五、王实甫与《西厢记》

王实甫，《录鬼簿》载："王实甫，名德信，大都人。"杂剧成就与关汉卿齐名，是中国戏曲史上"文采派"的杰出代表，承诗词之精美，汲俚语之流畅，创造了文采璀璨的元曲词汇，曲词具"风韵美"，华丽而不失婉曲、雅洁而富于情韵。

著有杂剧十四种，现存《崔莺莺待月西厢记》《吕蒙正风雪破窑记》《四丞相歌舞丽春堂》三种。《西厢记》为元杂剧的"压卷"（王世贞《曲藻》）之作。

王实甫的《西厢记》是在董解元的《西厢记》的基础上，成功地将说唱转化为戏剧，既吸收《董西厢》的创作经验，又进行了改革与创新。创新之处重在两个方面：一是重构戏剧情景，强化人物互动关系；二是刻画人物性格的多个层面，深化作品的意蕴。王实甫《西厢记》明确提出"愿天下有情人都成了眷属"，使唐代以来流传的崔莺莺、张君瑞的爱情故事的主题得到彻底的改变，闪耀着令人目眩的思想光辉，在艺术上也达到了元代戏剧创作的高峰。

明初贾仲明称："《西厢记》，天下夺魁。"①（《录鬼簿》补吊词）《西厢记》是中国较早的一部以多本杂剧连演一个故事的剧本。杂剧一般一本四折，《西厢记》却五本二十一折。全剧围绕崔、张爱情故事，以"西厢"为核心和精彩部分，也设置了许多戏剧冲突，具有一定戏剧效果，主要设置了三对戏剧矛盾：一是老夫人和崔、张、红娘之间的矛盾；二是崔、张、红娘三人之间的矛盾；三是孙飞虎和崔家、张生及普救寺僧人之间的矛盾。全剧情节单纯而不贫乏，连贯而不平淡，波澜起伏，变故迭生，具有极强的艺术感染效果。

《西厢记》的语言，人称"字字当行，言言本色，可谓南北之冠"②（徐复祚《曲论》）。在戏剧性和性格化方面取得了突出的成就，并形成通晓流畅与秀丽华美相统一的艺术风格。如第二本第一折：

> ［仙吕·混江龙］落红成阵，风飘万点正愁人，池塘梦晓，阑槛辞春；蝶粉轻沾飞絮雪，燕泥香惹落花尘。系春心情短柳丝长，隔花阴人远天涯近。香消了六朝金粉，清减了三楚精神。

莺莺唱词辞藻华美，节奏舒缓。唱词中揉进了唐诗、宋词，辞采华美，深

① 贾仲明：《录鬼簿》，见《中国古典戏曲论著集成》，中国戏剧出版社1959年版，第173页。
② 徐复祚：《曲论》，见《中国古典戏曲论著集成》，中国戏剧出版社1959年版，第242页。

情含蓄，符合莺莺大家闺秀的学养和身份。晚春时节，春光悄逝，少女瞬息变化的心绪借助于诗化的唱词，形象而婉曲地展现出来。愁绪，化用杜甫《曲江二首》“一片花飞减却春，风飘万点正愁人”；怨情，化用欧阳修《千秋岁春恨》“夜长春梦短，人远天涯近”，翻新出意，既符合人物心境，更是精警动人。但红娘则完全是另一风格，质朴俚俗，生动活泼，口语、俗语流行，如第二本第三折：

> [仙侣·满庭芳] 来回顾影，文魔秀士，风欠酸丁。下工夫将额颅十分挣，迟和疾擦倒苍蝇，光油油耀花人眼睛，酸溜溜螫得人牙疼。

王实甫是酿造气氛、描摹环境的圣手。全剧处处有诗的意境，洋溢着诗情画意的气氛。如《送别》一折，并不着重去渲染主人公摧肝裂胆的痛苦，而是借助古典诗词描写离愁别恨时特有的一些表现手法，以景写人，达到情景交融的艺术境界。如第四本第三折：

> [正宫·端正好] 碧云天，黄花地，西风紧，北雁南飞。晓来谁染霜林醉？总是离人泪。
>
> [正宫·滚绣球] 恨相见得迟，怨归去得疾。柳丝长玉骢难系，恨不倩疏林挂住斜晖。马儿迍迍的行，车儿快快的随，却告了相思回避，破题儿又早别离。听得道一声去也，松了金钏；遥望见十里长亭，减了玉肌：此恨谁知？

第一支曲化用范仲淹《苏幕遮》词句，既写秋天之景，又写离人之情，情景交融，臻于化境，遂成千古绝唱。第二支曲用经过锤炼的口语，一泻无余地倾诉了别离的愁闷。相同句式的排比，既加强了语言的节奏感，又增添了浓重的感情色彩。前曲触景生情，后曲融情于景，皆形象生动，细腻感人。明代李贽对《西厢记》出神入化的艺术技巧由衷赞叹，清代戏曲家李渔直言：“自有《西厢》以迄于今，四百余载，推《西厢》为填词第一者，不知几千万人。”①

第三节 南戏

南戏，约兴起于南宋初年，流行于南方尤其是浙、闽一带，是用民间小曲演唱的小戏，又称“温州杂剧”“永嘉戏曲”。它与北方杂剧在体制、音乐、风

① 李渔：《闲情偶寄》，王永宽、王梅格注解，中州古籍出版社 2013 年版，第 108 页。

格等方面均有不同，地域色彩浓厚，演唱特色鲜明。由于南戏根植于南方民间文化的土壤，并不因为统治者的压制和文人的鄙夷而消绝，相反地，到了14世纪中叶，由于戏曲创作和演出的重心已经转移到了南方，南戏吸收了北曲杂剧的艺术经验，而南戏自身的艺术形式较之北曲杂剧更有优势，南戏渐渐出现压倒北曲杂剧的势头，显示了南戏强大的艺术生命力。

南戏文体，结构特征较明显，主要如下：

一是副末开场。副末为南戏一个角色，负责全剧开演前的剧情介绍。第一出开场先念一首词，隐括该剧的写作主旨，引出剧目名称；再念一首词，概括全剧的剧情纲要；最后念下场诗（最后一句为剧目的全称），退场。

二是人物登场。第二出、第三出安排主要人物登场。第二出出场男主角（生），第三出出场女主角（旦），自报家门，交代人物关系。

三是正戏开演。第四出，剧情开演。围绕一个事件来展示矛盾冲突，引导剧情进入高潮。主人公命运牵动着剧情的走向。

四是全剧结局。高潮过后，剧情落到一个“合”字上，男女主人公团聚，结束全剧。退场前一般有下场诗。

南戏与北曲杂剧有两点明显不同：

一是不限出数。南戏一般篇幅较长，依据故事复杂程度安排场次，少则20出左右，多则50出以上，灵活性大。

二是多人可唱。南戏不限定一人主唱，可根据剧情需要安排多个人物的唱词，还有合唱。

这一时期，有被后人誉为“曲祖”（魏良辅《曲律》）的《琵琶记》，以及“四大南戏”——“荆刘拜杀”，先后问世，标志着南戏正逐渐走向兴盛。

一、“荆刘拜杀”

在南戏创作史上，有四部作品合称“宋元四大南戏”，即《荆钗记》《刘知远白兔记》《拜月亭》《杀狗记》，简称“荆刘拜杀”。“荆刘拜杀”四剧反映世风人情，前三种写夫妻之情，后一种写兄弟之义。

1.《荆钗记》

传为“吴门学究”柯丹邱所作。写温州书生王十朋与女子钱玉莲的悲欢离合。温州书生王十朋家境贫寒，与钱玉莲婚配时只能以“荆钗”为聘礼。婚后，王十朋上京赶考，高中状元。当朝宰相意欲招为婿，因拒而被贬烟瘴之地为官。钱玉莲在家恪守妇道，拒绝巨富孙汝权的求婚，后被逼投河自尽，幸遇救。经过种种曲折，王、钱二人终于团圆。歌颂了“义夫节妇”，生死不渝的夫妇之爱。《荆钗记》文词自然通俗，明代王世贞评曰："近俗而时动人"①。

2.《刘知远白兔记》

传为"永嘉书会才人"所作。写五代时后汉刘知远与李三娘的悲欢离合。刘知远是历史人物，经历传奇。李三娘在《白兔记》中是主角。她嫁给贫寒的刘知远，历尽艰辛。丈夫外出，长年不回，身怀六甲，临产无人接生，自己咬断脐带，故称其子为"咬脐郎"，托窦公将儿子送给刘知远抚养。后来，刘知远命儿子回村探母，咬脐郎一天出外打猎，因追赶一只白兔，与正在井边汲水的母亲相遇。剧中刘知远是个负心汉形象。《白兔记》文词自然质朴，明代吕天成评道："词极古质，味亦恬然，古色可挹。"②

3.《拜月亭》

又名《幽闺记》，元代施惠撰。写大家闺秀王瑞兰和秀才蒋世隆悲欢离合的奇特情缘。战乱逃亡之中，王瑞兰与母亲失散，书生蒋世隆也与妹瑞莲失散。世隆与瑞兰相遇，共同逃难中产生感情，私下结为夫妇。瑞莲则与瑞兰的母亲结伴同行。瑞兰的父亲偶然在客店遇到瑞兰，嫌弃世隆是个穷秀才，门户不相称，催逼瑞兰撇下生病的世隆，跟自己回家，在路上又与老妻及瑞莲相遇。瑞兰一直惦念着世隆，焚香拜月，祷祝世隆平安，心事被瑞莲撞破。二人得知情由，姐妹之外又成姑嫂，愈加亲密。蒋世隆与逃难途中的结义兄弟分别高中文武状元，被势利的瑞兰之父招为女婿。世隆与瑞兰相见，知她情贞，夫妻终于团聚。瑞莲则与世隆的结义兄弟成婚。剧作提倡不以贫富为转移的婚姻观，批判以门第为标准的婚姻观，具有浓厚的民间文化色彩。《拜月亭》语言本色天然，吕天成《曲品》评为："天然本色之句，往往见宝，遂开临川玉茗之派。"③

4.《杀狗记》

据《录鬼簿》所载萧德祥行状及杂剧名目，他可能即为此南戏作者。写孙华与孙荣兄弟之间的家庭纠葛。东京人孙华、孙荣兄弟俩，父母双亡。兄孙华是个纨绔子弟，与无赖柳龙卿、胡子传相混。弟孙荣知书识礼，见兄长不思上进，便屡加劝谏。因柳、胡二人从中挑拨，孙华不仅不听劝谏，反而将孙荣逐出家门。孙荣无奈，只得在破窑内安身。孙华的妻子杨月贞屡劝不听，设杀狗劝夫之计，便杀了一条狗，伪装成死尸放置门外。孙华深夜归来，大惊，急忙去找柳、胡，二人推脱不管。孙荣却不记前恨，帮他把"尸首"埋掉，使孙华

---

① 王世贞：《艺苑卮言》，见《历代曲话汇编：明代编》，黄山书社2009年版，第511页。
② 吕天成：《曲品》，见《历代曲话汇编：明代编》，黄山书社2009年版，第225页。
③ 吕天成：《曲品》，吴书萌校注，中华书局1990年版，第165页。

深受感动，于是兄弟重新和好。剧作倡导“亲睦为本”“孝友为先”“妻贤夫祸少”，写出了世情冷暖，凸显杨月贞的贤惠形象。

二、高明与《琵琶记》

高明（1307？—1359），字则诚，号菜根道人，瑞安（今浙江温州）人。出身于书香门第，元顺帝至正五年（1345）中进士，曾在江南一带做过吏员或地方官。晚年逢乱世，避居浙江四明（今宁波），以词曲自娱。

高明是著名的南戏作家，有“南戏之祖”① 的美誉。撰有《琵琶记》《闵子骞单衣记》（已佚）。《琵琶记》为其代表作。

全剧共四十二出，叙写汉代书生蔡伯喈与赵五娘悲欢离合的爱情故事。结构完整巧妙，语言典雅生动，以鲜明的人物形象、双线结构的传奇模式和个性化语言，成就了剧作的艺术魅力。

1. 塑造了生动的人物形象

一是负心的蔡伯喈。戏文所写蔡二郎，亦称蔡中郎，即汉代著名文士蔡邕，字伯喈，故事只是出于民间传说，陆游《小舟游近村舍舟步归》诗：“斜阳古柳赵家庄，负鼓盲翁正作场。死后是非谁管得？满村听说蔡中郎。”可见该故事流传之广。蔡伯喈是个道德受批判的对象，剧中有“三不孝”行为，即“生不能事，死不能葬，葬不能祭”，这也是当时封建伦理本身所存在的不可化解的矛盾才造成了蔡伯喈的悲剧。蔡伯喈的悲剧，源于矛盾冲突的“三不从”，即“辞试不从，辞婚不从，辞官不从”，“辞试不从”导致了蔡伯喈妻子赵五娘悲剧命运的开始，“辞婚”与“辞官”的行为主体是蔡伯喈，也是酿成他悲剧的根源，他集“三喜”于一身：中状元、当相府东床和任朝廷命官。此际，也是他心理天平发生失衡之时，其中任何一件事都是封建社会士子所梦寐以求的，他无法克服内心的欲望和矛盾，选择适从，亦即选择了痛苦，非幸福。

一是贞烈的赵五娘。赵五娘是个贤妻孝妇，是“有贞有烈”的女性典范，是封建道德的化身。剧中设置几处重要场景，描述了赵五娘的坚忍性格与善良品性，其中，“勉食姑嫜”“糟糠自厌”“代偿汤药”“祝发买葬”“感格坟成”等场景，集中体现她面临家庭变故，却能竭尽全力、克勤克俭、无私无愧地坚守妇道而为事，展现了一位具有中华民族崇高美德的古代妇女形象。

2. 双线结构的传奇模式

自蔡伯喈上京赶考开始，剧情就沿着两条线索展开。一边是蔡伯喈上京赶

---

① 高明：《琵琶记》，见黄竹三、冯俊杰《六十种曲评注》，吉林人民出版社 2001 年版，第 372 页。

考。登第、为官、入赘，风光无限。一边是赵五娘在家从事。苦度灾年、糟糠自厌、剪发买葬，悲苦无比。两线交叉，乐苦交错。如前一场景是蔡伯喈“画堂中珠围翠拥”，与牛小姐洞房花烛；后一场景却是赵五娘“衣典尽，寸丝不挂体”，自食糟糠，侍奉公婆。前面莺歌燕舞，后面凄凉无比。对比中，更显赵五娘悲惨的命运，也更引起人们对造成他们夫妻、家庭悲剧的传统伦理道德的思考。这种双线结构，后来成为明代传奇的固定范式。

3. 个性化的语言色彩

《琵琶记》的语言质朴、本真、感人。作者非常细微地体验到剧中人物在具体情境中的情绪变化和情感动态，调动多种艺术手段描述人物的内心感受，比喻通俗，语句明晓，意义深刻，令人过目难忘，被深深打动。言由心生，言真意切。赵五娘自厌糟糠时唱段，极尽悲苦，凄酸无比，如第二十出《自厌糟糠》：

> ［南调过曲·山坡羊］滴溜溜难穷尽的珠泪，乱纷纷难宽解的愁绪。骨崖崖难扶持的病身，战兢兢难捱过的时和岁。这糠，我待不吃你呵，教奴怎忍饥？我待吃你呵，教奴怎生吃？［吃介］
>
> ［双调过曲·孝顺歌］呕得我肝肠痛，珠泪垂，喉咙尚兀自牢嗄住。糠那！你遭砻被舂杵，筛你簸扬你，吃尽控持。好似奴家身狼狈，千辛万苦皆经历。苦人吃着苦味，两苦相逢，可知道欲吞不去。［吃吐介］［唱］
>
> ［前腔］糠和米，本是相依倚，被簸扬作两处飞？一贱与一贵，好似奴家与夫婿，终无见期。丈夫，你便是米呵，米在他方没寻处。奴家恰便似糠呵，怎的把糠来救得人饥馁？好似儿夫出去，怎的教奴，供膳得公婆甘旨？［不放碗介］［唱］

糠和米，犹如自己和丈夫，两相联想，类比恰如，既通俗易懂又恰切逼真，满腔的悲苦如糠秕一般，吞却难吞，时时刻刻都在逼近忍受的极限。在极端痛苦下，还能忍耐痛楚，以自我牺牲来维持家庭，美德真挚感人。剧作家的语言表现力具有很强的穿透性，震撼人心，催人泪下。

言有特点，因人而异。当蔡伯喈、牛氏同在庭院望月，但各自心情却不同。如第二十七出《中秋望月》：

> ［生上］［生查子］逢人曾寄书，书去神亦去。今夜好清光，可惜人千里。
>
> ［贴］相公，今夜中秋，月色可爱。我请你赏玩一番，你没事推阻怎的？

[生] 月色有甚好处?

[贴] 相公，怎的不好? [酹江月] 你看: 玉楼金气卷霞绡，云浪空光澄澈。丹桂飘香清思爽，人在瑶台银阙。

[生] 影透凤帏，光窥罗帐，露冷蛩声切。关山今夜，照人几处离别。

[净] 须信离合悲欢，还如玉兔，有阴晴圆缺。便做人生长宴会，几见冰轮皎洁。

[丑] 此夜明多，隔年期远，莫放金樽歇。

[合] 但愿人长久，年年同赏明月。[饮酒介] [贴唱]

真是“同一月也，出于牛氏之口者，言言欢悦；出于伯喈之口者，字字凄凉”。①（李渔《闲情偶寄》）不同人物，不同心境，作者巧妙地把握着纯熟的语言技巧，使人物性格更加鲜明，增强了戏剧效果。

《琵琶记》在中国戏剧史上影响深远。高明在剧作开篇有明确表述：“论传奇，乐人易，动人难。”② 提出戏剧作品要以“动人”为目的，要有一种“震撼人心”的力量，不仅仅只具有像参军戏滑稽逗笑的悦乐性，谓“乐人易”；戏剧最重要的特质在于“动人”，以强烈的戏剧冲突、催人泪下的情节场景、品性高尚的人物形象来打动人心。他的《琵琶记》实践了“动人”的文学主张，《琵琶记》因而成为打动了一代又一代人的中国故事。

第四节 俗化与雅化

语言雅化和俗化，是语言实践中的双向驱动。如果一味俗化，则失于粗糙简单；一味雅化，却又脱离民众的语言实际而僵化。俗化是普通民众的口语的必然倾向，雅化是士子阶层用语的基本追求。俗化是脱离书面语言的，而雅化是仰仗书面文字的。俗化是用语的无视规范的类推，如“为伊消得人憔悴”（柳永《蝶恋花》），“伊”应是闽南俗语他（她）念 yi；雅化的用语是思维的精致细密的外现，如“簇带争济楚”（辛弃疾《青玉案》），“济楚”一词，虽释为“漂亮（beautiful）”却含“好看（nice）”和“出众（outstanding）”之谓，“鹤立鸡群”，属万千人中耀眼的那一种。俗化的驱动力是类推所及，求简弃繁；

① 李渔:《闲情偶寄》，见《李渔全集（第三卷）》，浙江古籍出版社 1991 年版，第 12 页。

② 高明:《琵琶记》，见《中国十大古典悲剧集（上）》，上海文艺出版社 1983 年版，第 107 页。

而雅化的前提是文字的使用，书面语的成熟和文献典籍的丰富。

雅化，即锤炼词语，力求准确、简洁和生动。刘勰《文心雕龙·章句》说："夫人之立言，因字而生句，积句而成章，积章而成篇。篇之彪炳，章无疵也；章之明靡，句无玷也；句之清英，字不妄也。"① 雅化成文章，这是基础。陈师道也说："学诗之要，在乎立格、命意、用字而已。"② 既是对诗歌特质的揭示，也是为文作诗准则的宣示，要炼字、炼意和炼格。

一、炼字

主要是锤炼词语的音韵和谐。文字优美，离不开音韵的和谐，遣词造句时锤炼词语的节奏、声调、协韵，以期形成音响节奏美、复沓回环美和连绵意象美。

1. 音响节奏美。词语的组合，要求匀称中有变化，整齐中有错综，力求音韵和谐，增强词语的音律效果。一是音韵整饬。如贾谊《过秦论》："秦孝公据崤函之固，拥雍州之地，群臣固守，以窥周室；有席卷天下，包举宇内，囊括四海之意，并吞八荒之心。"此段文字，声音洪亮，节奏和谐，诗意盎然。二是音韵舒缓。如平声麻韵诗杜牧《山行》(斜、家、花）和刘禹锡《乌衣巷》（花、斜、家)，"斜、家、花"三韵字，协调而舒缓，朗口且顺滑，《山行》记行闲淡雅致，《乌衣巷》绘景幽约蕴藉。三是音韵和谐。如张若虚的《春江花月夜》，252字36句9韵，按韵的音域分为洪亮级、细微级、柔和级、洪亮级、细微级五声部转换，写出了空灵而朦胧的物理、深挚而缠绵的情理和深邃而邈远的哲理。

2. 复沓回环美。为了突出某种思想或情感，反复使用同一或同意词语，激荡情感波澜，形成复沓回环节奏，营造抑扬起伏旋律。《诗经》为复沓美典型。《魏风·硕鼠》首言"硕鼠硕鼠"反复，愤懑高涨，《秦风·蒹葭》中间"所谓伊人，在水一方"循环，情致幽约，《豳风·伐檀》结语"彼君子兮，不素餐兮"复加，指擿强烈。复沓循环，重章叠句遂成为《诗经》的一大亮点。

3. 联绵意象美。一是双声叠韵。毛泽东有语：骄傲使人落后，虚心使人进步。"骄傲"为叠韵对"虚心"双声，掷地有声；有诗句：五岭逶迤腾细浪，乌蒙磅礴走泥丸。"逶迤"对"磅礴"，细美与宏美兼容。又如白居易诗句：

---

① 刘勰：《文心雕龙》，范文澜注，人民文学出版社1958年版，第570页。

② 见张表臣《珊瑚钩诗话（卷二）》，何文焕《历代诗话（上）》，中华书局1981年版，第464页。

“田园寥落干戈后，骨肉流离道路中”，“寥落”状境，“流离”摹人，两双声词绘景精妙；李商隐《落花》：“参差连曲陌，迢递送斜辉”，“参差”“迢递”分从时空落笔状落花之飘飞，低回而凝重。二是叠音。《诗经·采薇》：“昔我往矣，杨柳依依；今我来思，雨雪霏霏。”以“依依”摹写出征时杨柳枝条迎风摇曳，以“霏霏”形容归来时大雪纷纷扬扬景致，声调谐美，意象优雅。《古诗十九首》中常用叠字，摹状自然，增情感强度，显复沓美度。唐诗宋词亦有许多叠词名篇，皆以连绵意象美感而让人记忆深刻。如《杳杳寒山道》《声声慢》等。

二、炼意

主要是锤炼词语的色彩美感。色彩词语不仅能绘物着色，还能激发联想，用以调配形象色彩、感情色彩以及一定语境下形成语体色彩。

1. 形象色彩。色彩是文学家尤其是诗人最直观的审美特征和情感符号。色彩作为生活感性要素，于生活中色彩的感应已成为诗人一种普遍情愫。一者，王维于山水诗色彩美中感自然清新。红绿搭配，鲜明艳丽，诗人在色彩中注入了心灵的生气。如《田园乐·其六》：“桃红复含宿雨，柳绿更带朝烟”，着色让人陶醉于冉冉花香和袅袅柳丝，静中生趣；又如《红牡丹》：“绿艳闲且静，红衣浅复深”，红中见绿，充满生机；再如《辋川别业》：“雨中草色绿堪染，水上桃花红欲燃”，草绿桃红，自然蓬蓬勃勃，色彩绚丽耀眼。二者，杜甫草堂寓居间观花红柳绿感生活气息。“江碧鸟逾白，山青花欲燃”，碧江、白鸟、青山、红花色彩鲜明，搭配巧妙，春光融洽，春色明媚，感岁月荏苒，归期飘摇，勾起漂泊的感伤；“两个黄鹂鸣翠柳，一行白鹭上青天”，翠中含黄、青中带白，色调和谐、清新优美，心情是陶然的，乡情属悠然的。

2. 感情色彩。词语反映人的情感或心态，这是附丽于词语概念意义上的感情色彩。汉语词汇是极丰富的，情感表达是很细微的。其一，《礼记》因地位不同而死法不一。《曲礼》云：“天子死曰崩，诸侯死曰薨，大夫死曰卒，士曰不禄，庶人曰死。”等级分明，情感鲜明。其二，《左传》“一字寓褒贬”。例一：《左传·隐公元年》载：“郑伯克段于鄢”，共六字除“于”外，余五字皆含贬义，简曰：哥哥在某地挖了个坑，让弟弟去跳，这叫坑害。例二：《左传·宣公二年》载董狐直笔书：“赵盾弑其君”，盾及他人不服，董狐宣曰：“子为正卿，亡不越境，反不讨贼，非子而谁?”用今天的话来说，叫不作为须依律严惩。其三，“诗无达诂”蕴哀乐。以解析诗中的“落”字为例，“落”属同语反义，有花开和花谢之意，具体语境需辨析意义和明晓意蕴。如孟浩然《春晓》“花落知多少”中“落”何谓？花开还是花谢？夜来风雨声，花开者有：“知否？知否？应是绿肥红瘦！”和“小楼一夜听春雨，深巷明朝卖杏花”；花谢者有：“杨花落尽子规啼，闻道龙标过五溪”和“簌簌衣巾落枣花，牛衣古柳卖黄瓜”。所以，“花落知多少”，“落”者何谓？花谢，伤春也，花开，喜春也，解词不同，情致不一。

3. 语体色彩。语体色彩有口语语体和书面语体两大类。口语语体一般通俗活泼，书语语体一般庄重典雅。陆游《诉衷情》词语活用蕴致。如“胡未灭，鬓先秋，泪空流。”着一“秋”字，情态万端，不能简单理解为名词用作动词，还实指鬓发早白，暗含鬓发似秋草衰枯，又与“灭”“流”对照，昔日、现实、未来浓缩于一“秋”字，诗意悱然。民国结婚证书祝语情挚，祝词为：“两姓联姻，一堂缔约，良缘永结，匹配同称。看此日桃花灼灼，宜室宜家；卜他年瓜瓞绵绵，尔昌尔炽。谨以白头之约，书向鸿笺，好将红叶之盟，载明鸳谱。此证。”文字优美，用典精妙，书事信雅，祝福真挚。

三、炼格

主要是锤炼词语意蕴深刻。词语不仅能传达表层的语义结构，还能激发读者探索深层结构中潜藏在词语背后的深刻意蕴。沈德潜说：“古人不废炼字法，然以意胜而不以字胜。故能平字见奇，常字见险，陈字见新，朴字见色。”①

1. 平字见奇。词语的锤炼还需要创新精神，所谓“创新”就是要从生活中汲取营养，不断丰富和提高词语的使用技巧，即使是看来异常平淡的语言，在得体的调遣下，也能平中寓奇，具有表达的力度和活力。如王建《雨过山村》：村姑相唤浴蚕去，闲着中庭栀子花。山村之美在一平常字眼：“闲”，以“闲”衬忙，饶有兴味。又如李商隐《宿骆氏亭寄怀崔雍崔衮》：秋阴不散霜飞晚，留得枯和听雨声。一平常“听”字显一份凄然与惆怅，落雨无声，残荷有意，冷雨花魂，残影寒塘。

2. 常字见险。常语含奇、存趣、蕴致。一是常中含奇。如李华《春行即兴》：芳树无人花自落，春山一路鸟空啼。着一“自”字显荒凉，着一“空”感孤寂，景是宜人之景，字是平常之字，情却是凄凉之情，明显“即兴”有着一份对时代的深沉叹惋。二是常中生趣。“春风又绿江南岸”，一个“绿”字，与“过”“到”“入”意一致，然趣殊异，江南之“望”油然而生。三是常中蕴致。张祜《宫词》用平常话语入诗露真情。诗曰：“故国三千里，深宫二十年。

① 沈德潜：《说诗晬语》，王宏林笺注，人民文学出版社2013年版，第332页。

一声何满子，双泪落君前。”语极平常然情却深挚，去家之远、入宫之久，一声悲歌、双泪齐落，诗作以强烈取胜，痛并快乐着。

3. 陈字见新。有时普通或陈旧字眼经诗人的调理，便有不同韵味，自觉新颖别致。元好问评说陶渊明“一语天然万古新，豪华落尽见真淳”，可谓一语中的，“采菊东篱下，悠然见南山”，一普通“见”（现）字情景相生，意境悠然，脍炙人口，美不胜收。韩翃《寒食》：日暮汉宫传蜡烛，轻烟散入五侯家。一常用“散”字，既“散发”着一时权贵的专权气息，又“飘散”了一个王朝的背影。

4. 朴字见色。“大巧之朴，浓后之淡”①（袁枚）是至高境界，绘画如此，文章亦如此。朴字生意。欧阳修《醉翁亭记》开篇“环滁皆山也”五字，无华而精练；宋祁“红杏枝头春意闹”着一“闹”字，实在却澹远。朴字传情。同时回乡，遣词不同情致亦不一。宋之问《渡汉江》：“近乡情更怯，不敢问来人”，一“怯”字表达了“一个长期客居异乡，久无家中音信的人，在行近家乡时而产生的一种特殊心理状态。”②（刘学锴）而贺知章《回乡偶书》：“笑问客从何处来”，一“笑”字展露“一个久客回乡的普通人的真情实感”。③（沈祖棻）朴字达意。一样评价隋炀帝，一委婉一直接。皮日休《汴河怀古》：“若无水殿龙舟事，共禹论功不较多?”“若无”一词假设，为欲夺故予法，一语限制，实是彻底的褫夺。李商隐《隋宫》：“地下若逢陈后主，岂宜重问后庭花!”“岂宜”反问，无须回答，虽直白却也深婉。

---

① 袁枚：《随园诗话（卷五）》，论“巧”：“诗宜朴不宜巧，然必须大巧之朴；诗宜单不宜浓，然必须浓后之淡”，凤凰出版社 2000 年版，第 114 页。

② 见《唐诗鉴赏辞典》，上海辞书出版社 1983 年版，第 36 页。

③ 沈祖棻：《唐人七绝诗浅释》，上海古籍出版社 1981 年版，第 10 页。

第七章

明清复古——诗歌终结时期

这是诗歌的终结时期。

明清两代，诗歌复古主义浓郁，间有创新主义。明清，由于社会政治因素，文人的诗歌创作导向以复古思潮为主脉，诗歌流派盛行。这一时期，文人的社会地位、思想影响以及文化发展都受打压、受禁锢和受钳制。有明一代，废除“宰相制度”和“三省制度”，建立内阁制度，巩固皇权。士大夫阶层的政治地位较唐宋一落千丈，以“廷杖”之类为例，文人受凌辱现象普遍，甚至大臣被诛戮也是司空见惯。如此严酷的高压手段，文人只能是“万马齐喑”，“馆阁”之风盛行，缺乏个性色彩，以复古为主导，旨在以恢宏的文学样式来表现国力强盛和世运升平。有清一代，大兴“文字狱”，文人和学者只能转向研究“汉学”，考据之风盛行，埋头于文字训诂、名物考证、古籍校勘等，缺少一种经世致用的精神。清中叶后，启蒙思潮高涨，也出现了类似晚明的性灵思想，代表人物袁枚强调诗重性情，表现自我，与明代公安派“不拘格套，独抒性灵”同出一辙。

第一节　明代诗词

一、明代诗

明初，“台阁体”盛行。宋濂、刘基、高启等皆由元入明，或死于非命（如高启），或转而歌功颂德（如宋濂），宋濂可谓台阁文风的先驱。永乐至天顺年间，台阁文学臻于鼎盛，代表人物“三杨”（杨士奇、杨荣、杨溥），身居台阁政要，肩负主导国家意识形态功能，故为诗追求“富贵福泽之气”。稍后，成化、弘治之际，以李东阳为主的“茶陵派”兴起，力图摆脱台阁习气，主张超越宋元而学汉唐。“茶陵派”是“台阁体”与“前七子”之间的一个过渡性流派。弘治、正德年间，以李梦阳、何景明为首的“前七子”兴起，提倡“诗必盛唐，文必秦汉”，明诗进入繁盛时期。嘉靖、隆庆年间，以李攀龙、王世贞为首的“后七子”出现，重新提倡以秦汉古文、汉魏古诗和盛唐律诗为取则对象，复兴运动再次兴盛。前、后七子声气相应，诗歌主张一致，都标榜“诗必盛唐”的复古主张。前、后七子中，李梦阳气势恢宏，何景明流丽含蓄，李攀龙长于律绝，王世贞各体皆工，谢榛专擅五律，其他各家也是一时之选。复古之风日盛，万历年间，遭到“公安派”的激烈批评，袁宏道甚至认为“宁今宁俗，不肯拾人一字”，提倡诗歌应该有性情之真，要灵心独运。同时，“竟陵派”又提出以“深幽孤峭”的诗歌主张来纠正“公安派”的清浅之弊。明末，亦产生了陈子龙、夏完淳这样的爱国诗人。

（一）“前七子”

“前七子”是以李梦阳、何景明为中心，包括康海、王九思、边贡、王廷相、徐祯卿的文学团体。“前七子”皆为弘治间进士，属少年新进，以才气自负。以复古为己任，结社唱和，其复古动机为：扶衰起弊、力追风雅、反拨台阁、排抑茶陵。李、何为代表的“前七子”的复古思潮，意图“反古俗而变流靡”（康海《渼陂先生集序》），即借秦汉、盛唐的文学标准，彻底改变明初以来的文学现状，以期振兴明代诗文。“前七子”中，李、何二人影响最大，然亦有别，《明史·文苑传》称“梦阳主模仿，景明则主创造。”

1. 李梦阳

李梦阳（1473—1530），字献吉，号空同子，庆阳（今甘肃庆阳）人。母梦日坠怀而生，故名梦阳。弘治七年（1494）进士，曾任户部主事，宦海沉浮，其间免职四次，系狱四次，官终江西按察司提学副使。《明史·李梦阳传》说：“梦阳才思雄鸷，卓然以复古自命。弘治时宰相李东阳主文柄，天下翕然宗之，梦阳独讥其萎弱，倡言文必秦汉，诗必盛唐，非是者弗道。”有《空同集》。

李梦阳主张古体诗学习汉魏，近体诗学习盛唐。学习汉魏和盛唐，是为了取法乎上，这是“前七子”一致的复古主张。李梦阳的七律亦不乏佳作，如《秋望》：

> 黄河水绕汉宫墙，河上秋风雁几行。
> 客子过壕追野马，将军弢箭射天狼。
> 黄尘古渡迷飞挽，白月横空冷战场。
> 闻道朔方多勇略，只今谁是郭汾阳。

沈德潜评此诗为："开合动荡，不拘故方，准之杜陵，几于具体。"① 题材上，为边塞诗。弘治年间，鞑靼屡扰，西北边境多有战事。李梦阳出使前线，有感而发，描写战云密布下的塞上风光。结构上，起承转合流畅。首联点秋蕴情，颔联绘景，颈联状境，尾联感喟抒情。诗旨上，感时伤今。"只今谁是郭汾阳"的疑问，抒发对于扶危定倾、安边卫国的良将的向往。境界上，风力遒劲，慷慨悲凉。艺术上，则是对杜甫沉郁顿挫风格的模拟，有杜甫《秋兴八首》之韵致。

他对宋诗掊击甚烈，认为宋"无诗"，同时倡言"真诗乃在民间"②。他强调"诗者，吟之章而情之自鸣也"（《鸣春集序》）。其感时抒怀，个性鲜明，情致真诚，如《朝饮马送陈子出塞》：

> 朝饮马，夕饮马，水咸草枯马不食，行人痛哭长城下。城边白骨借问谁？云是今年筑城者。但道辞家别六亲，宁知九死无还身。不惜身为城下土，所恨功成赏别人。去年贼掠开城县，黑山血迸单于箭。万里黄尘哭震天，城门昼闭无人战。今年下令修筑城，丁夫半死长城前。城南城北秋草白，愁云日暮鸣胡鞭。

拟乐府诗，情真意切。既有汉乐府《战城南》和陈琳《饮马长城窟行》之直陈时弊，也有杜甫《三吏》《三别》之沉郁情调，更吸收了民间歌谣的直白风格，诗作批判性强，情感丰厚。

李梦阳的缺陷在于学古而守古，独守所谓的"尺寸之法"。遵照古人法度，要求诗歌"格古、调逸、气舒、句浑、音圆、思冲、情以发之，七者备而后诗昌也"。③（《驳何氏论文书》）诗歌创作，应在继承中不断积累、突破、丰富和完善，若墨守成规，亦步亦趋，不免堕入"掉书袋"之弊或落下"山寨"之嫌。

2. 何景明

何景明（1873—1521），字仲默，号大复山人，河南信阳人。八岁能诗古文，弘治十五年（1502）进士，授中书舍人，官至陕西提学副使。《明史·文苑传》说："李梦阳、何景明倡言复古，文自西京、诗自中唐而下一切吐弃。操觚谈艺之士翕然宗之。明之诗文，于此一变。"有《大复集》。

何景明学古，较李梦阳要开通。他说："仆则欲富于材积，领会神情，临景

① 沈德潜：《明诗别裁集》，周准编，上海古籍出版社 1979 年版，第 89 页。
② 李梦阳：《诗集自序》，见《中国历代文论选》，中华书局 1962 年版，第 286 页。
③ 李梦阳：《驳何氏论文书》，见《空同集》，上海古籍出版社 1991 年版，第 565 页。

构结，不仿形迹。"①（《与李空同论诗书》）并主张"舍筏登岸"，即学古不能泥古，强调学古为手段，目的在于独创。李梦阳崇尚雄浑的格调，何景明则偏于俊逸的风格。如《秋兴八首·其五》：

汉水东驰入楚来，长沙秋望洞庭开。
江清楼阁中流见，日落帆樯万里回。
去国尚思王粲赋，逢时空惜贾生才。
湘南两度曾游地，惆怅烟花暮转哀。

《秋兴八首》为杜诗旧题。诗人登楼远望，思接千载，愁感楚地，以"王粲""贾谊"之事来述怀，情属哀叹，语却闲雅。更有清俊秀丽之作，如《秋日杂兴六首·其五》：

急杵繁砧一郡秋，西风落月万家楼。
不知塞下征人怨，但见闺中少妇愁。

"杂兴"，属有感而发，随事吟咏，时属秋日，更添致趣。诗作诗意盎然，情意万端，语丽而蕴深，其中"一郡秋"，与韦应物《登楼寄王卿》之情谊相若，虚实相生，情景交融。

以李梦阳、何景明为代表的"前七子"，虽属复古派，以汉魏和盛唐诗歌为标杆，同时也有意识地将创作的视线投向有生气的民间，这是"馆阁体""茶陵派"所欠缺的精神。他们于明代诗歌发展还是有贡献的，《明诗纪事·丁签序》云："明中叶有李、何，犹唐有李、杜，宋有苏、黄。空同诗如巨灵赑屃，凿石开山，大复诗如美女貂蝉，倾城绝代，皆一代作者也。"

（二）"后七子"

"后七子"是以李攀龙、王世贞为中心，包括徐中行、梁有誉、宗臣、谢榛、吴国伦的文学团体。"后七子"于嘉靖、隆庆年间，驰骋文坛，互为呼应，成为"前七子"复古思潮的后续力量，并把明代复古主义文艺思潮推向新的高峰。李、王在文学上完全继承了李、何的复古理论，在王世贞那里，李、何关于"古法"的理论得到进一步发展，更趋精密、系统。"后七子"复古运动逐渐占据诗坛主流，形成了"天下之不为济南（指李攀龙）语者盖寡"的风尚。

1. 李攀龙

李攀龙（1514—1570），字于鳞，号沧溟，历城（今山东济南）人。嘉靖二

① 何景明：《与李空同论诗书》，见《大复集》卷三十四，上海古籍出版社影印文渊阁四库全书本。

十三年（1544）进士，授刑部主事，历官顺德知府、陕西提学副使、河南按察使等。《明史·文苑传》称："其持论谓文自西京、诗至天宝而下，俱无足观，于本朝独推李梦阳，诸子翕然和之，非是则诋为宋学。"有《沧溟集》。

李攀龙的诗以模仿剽窃为能，如《古乐府》，篇篇模仿，句句模仿，像写字的"临摹帖"。近体诗，亦有佳作，如《塞上曲四首·送元美》：

白羽如霜出塞寒，胡烽不断接长安。
城头一片西山月，多少征人马上看。

好一首盛唐边塞诗，"多少征人马上看"与"无那金闺万里愁"（王昌龄《从军行七首》）神韵一致，存"碛里征人三十万。一时回首月中看"（李益《从军北征》）之凄凉，有"不知何处吹芦管，一夜征人尽望乡"之幽怨（李益《夜上受降城闻笛》）。吸取民间曲调为诗，纯然南朝民歌情调，有《夜度娘》：

侬来星始集，侬去月将夕。不是地上霜，无人见侬迹。

2. 王世贞

王世贞（1526—1590），字元美，号凤洲，又号弇州山人，太仓（今江苏太仓）人。嘉靖二十六年（1547）进士，授刑部主事，历官浙江右参政、山西按察使、南京刑部尚书等。叶向高《黄离草序》说："夫七子直弇州之雄也。其才情之宏富，笔调之纵横，盖于明无两焉。"他和李攀龙一样推崇汉魏和盛唐诗歌，但在学古同时，反对模拟蹈袭、固守成规，重视将"学古"和"师心"相结合，即要涵泳吸收前人作品中的精华，使它和自己的艺术积累水乳相融，不使"痕迹宛露"。同时，王世贞倡导作诗要遵循一定的艺术规则，即"法"，"字法有虚有实，有沉有响"①，"句法有直下者，有倒插者"②。既学古，又创新，这是王世贞能够卓然迥别于"后七子"其他诗人的主要原因。有《弇州山人四部稿》。另有文学批评著作《艺苑卮言》。

拟古之作，如乐府诗《战城南》：

战城南，城南壁。黑云压我城北！伏兵捣我东，游骑抄我西，使我不得休息。黄埃合匝，日为青，天模糊。钲鼓发，乱欢呼。敌骑敛，飙迅驱。

---

① 王世贞：《艺苑卮言》，叶朗主编《历代美学文库》（明代卷），高等教育出版社 2003 年版，第 474 页。

② 王世贞：《艺苑卮言》，叶朗主编《历代美学文库》（明代卷），高等教育出版社 2003 年版，第 474 页。

树若荠，草为枯。啼者何？父收子，妻问夫。戈甲委积，血淹头颅。家家招魂入，队队自哀呼。告主将，主将若不知。生为边陲士，野葬复何悲。釜中食，午未炊。惜其仓皇遂长诀，焉得一饱为。野风骚屑魂依之，曷不睹主将高牙大纛坐城中。生当封彻侯，死当庙食无穷！

诗风苍凉悲壮，不失乐府之味。近体如《登太白楼》，气豪调古：

昔闻李供奉，长啸独登楼。此地一垂顾，高名百代留。
白云海色曙，明月天门秋。欲觅重来者，潺湲济水流。

怀古之作，高风骋怀，明写李白，暗指自己，抒发了世无英雄的感慨和傲视碌碌余子的豪情。开篇直抒胸臆，中间即事绘景，结尾以景结情。此诗："天空海阔，有此眼界笔力，才许作登太白楼诗。"（沈德潜《明诗别裁集》）

"后七子"中，真正领袖群伦并产生影响的是王世贞，既有实践创作，也有理论指引。王世贞主张"师心"，肯定"言为心声"，诗歌要传达"性情之真"，这种文学理论，和"前后七子"的文学观已经有了很大的差异，不过从本质上来看，王世贞还是属于明代中期复古思潮的代表人物。

"前后七子"为了振兴文学，改变当时重儒崇道、重经学轻文学的文学传统，矫正一味粉饰太平、用理性代替性情的文坛陋习，高举复古旗帜，以汉魏古诗和盛唐诗歌为效法对象，试图恢复古典诗歌的文学审美传统。其倡导学习汉魏、盛唐诗文，目的是取法乎上，将后学引导至规范的创作道路，这是复古派的积极意义，但同时复古派也陷入了以模拟甚至蹈袭替代创作的泥沼。

"前后七子"在复古理论上主要是两点：一是文学发展观，二是创作观。在文学发展上，主张"文学退化论"。他们作诗，极力推崇汉魏古诗和盛唐诗歌，认为这些诗歌是最完美的，以后的诗歌则是一代不如一代。何景明说："近诗以盛唐为尚。宋人似苍老而实疏卤，元人似秀峻而实浅俗。"①（《与李空同论诗书》）王世贞说："其持论，文必西汉，诗必盛唐，大历以还书勿读。"（《明史·文苑传》）他们认为文学是愈来愈不行，汉魏诗和盛唐诗才是文学审美的经典和标杆，这实际上是一种谬误的"文学退化论"。在文学创作上，倡导模仿蹈袭。既然文学愈古愈好，那么"学的不古，苦心无益"（李梦阳《答周子书》）将古代绝对完美的诗歌当作范本，从篇章结构到句法、词汇都进行模拟，模拟得越像越好，用不着自己来创造一种独特的风格，一切唯古人是尚。复古

---

① 何景明：《与李空同论诗书》，见《大复集》卷三十二，上海古籍出版社影印文渊阁四库全书本。

派在诗歌的内容上没有提出任何新的主张，只是在形式上刻意模仿，使其古色古香。所以，遭受到“公安派”的指斥和反对，他们主张“独抒性灵，不拘格套”。

二、明代词

明代既少有影响的词人，又乏流传后世的经典词作，词风不振。明初，高启以慷慨之声抒未酬之志；明中叶，杨慎虽存词较多，但佳作甚少，多吟咏自身遭际；明末，陈子龙当易代之际，兴亡之慨沉痛。

（一）高启

高启（1336—1374），字季迪，号槎轩，又号青丘子，苏州长洲（今江苏苏州）人。性格疏放，不拘于礼法，反感官场生活，不愿出仕明朝，被朱元璋腰斩。由元入明，其词逊于诗作，情调较低沉，如《念奴娇·自述》：

策勋万里，笑书生骨相，有谁相许？壮志平生还自负，羞比纷纷儿女。酒发雄谈，剑增奇气，诗吐惊人语。风云无便，未容黄鹄轻举。

何事匹马尘埃，东西南北，十载犹羁旅？只恐陈登容易笑，负却故园鸡黍。笛里关山，樽前日月，回首空凝伫。吾今未老，不须清泪如雨。

字里行间充盈着壮志未酬的愤慨，情调有三：抱负不凡，才气超群；豪放洒脱，自负自傲；壮志未酬，满腔愤慨。有人评高启词曰：“大致以疏旷见长”①（沈雄《古今词话》），此词亦可相印证。

（二）杨慎

杨慎（1488—1559），字用修，号升庵，四川新都人。正德间试进士第一，授翰林修撰。嘉靖三年，因“大礼议”受廷杖，谪戍终老于云南永昌。其诗有拟古倾向，又能文能词及散曲，对民间文学也重视。辑有《升庵集》。杨慎最著名的词作，当为《三国演义》开篇词《临江仙》：

滚滚长江东逝水，浪花淘尽英雄。是非成败转头空。青山依旧在，几度夕阳红。

白发渔樵江渚上，惯看秋月春风。一壶浊酒喜相逢。古今多少事，都付笑谈中。

---

① 沈雄：《古今词话》，见房锐《高启生平思想研究》，四川师范大学学报1996年第4期，第64—70页。

本词为杨慎所作《廿一史弹词》第三段《说秦汉》的开场词，后毛宗岗父子评刻《三国演义》时将其放在卷首。词为咏史，借叙述历史兴亡抒发人生感慨，豪放中有含蓄，高亢中有深沉。全词基调慷慨悲壮，意味无穷，令人读来荡气回肠。在观览长江之水滚滚奔腾间，仿佛在聆听历史的叹息，于叹息中追寻生命的价值和人生的意义。

（三）陈子龙

陈子龙（1608—1647），字卧子，号大樽。松江华亭（今上海松江）人。崇祯进士，曾与夏允彝组织“几社”。南明时任兵科给事中，见朝政腐败，辞职归乡。清军破南京后，在松江起兵。事泄被捕，投水而死。被誉为“明诗殿军”，也能词。有《陈忠裕公全集》。

陈子龙论词，扬五代北宋而抑南宋，推重“俊逸之韵”“深刻之思”“流畅之调”“秾丽之态”。其词亦多以“绵邈凄恻”① 见长，如《江城子·病起春尽》：

> 一帘病枕五更钟，晓云空，卷残红。无情春色，去矣几时逢？添我千行清泪也，留不住，苦匆匆。
>
> 楚宫吴苑草茸茸，恋芳丛，绕游蜂。料得来年，相见画屏中。人自伤心花自笑，凭燕子，舞东风。

词作“绵邈凄恻”②，真谓“情深一往，情韵凄清，自是作手”（陈廷焯《云韶集》），钱仲联先生也称此词情韵为“化百炼钢为绕指柔”。全词含情绵邈凄苦，格调低沉哀楚，读来动人心脾，感人肺腑。词作确具“俊逸之韵”“深刻之思”“流畅之调”和“秾丽之态”。“俊逸之韵”，融化诗句词句恰如，增添词作蕴致。既有李后主《捣练子》的“院静”韵致，亦有李白《登金陵凤凰台》的“幽径”景致，更有崔护《题都城南庄》“桃花笑春风”之情致。“深刻之思”，易代之际作复国梦想。故国之思，兴亡之感，确有“后主遗风”。“秾丽之态”，景艳情深。无论是“残红”“草茸”，还是“游蜂”“燕子”，皆春色阑珊，也是苦痛情感之感观。“流畅之调”，情景相融。上片比兴隐恨，下片赋景寓意，在春色消逝间感国破之思。

---

① 陈廷焯：《白雨斋词话》，杜维沫校点，人民文学出版社 1959 年版，第 58 页。

② 陈廷焯：《白雨斋词话》，杜维沫校点，人民文学出版社 1959 年版，第 58 页。

第二节　清代诗词

一、清代诗

清初，一些由明入清而不愿出仕的诗人，创作了大量的“遗民诗”，像顾炎武学习杜甫苍劲高古，吴嘉纪学习杜甫工于白描，屈大均继承屈原、李白而奇诡艳丽，黄宗羲喜爱宋诗而以黄庭坚为师，他们经历时代变迁，于现实有着深切的体验，写下了不少现实主义作品，其间也洋溢着爱国主义精神。钱谦益与吴伟业，不属于“遗民诗人”，却在清初诗坛影响甚大。钱谦益，承“公安派”余绪，抨击“前后七子”的拟古，强调作诗要有情有法，转益多师，属于宗宋一派，受其影响的诗人有吕留良、宋荦、查慎行、厉鹗等。吴伟业，取法盛唐而濡染中晚唐，出入白居易、陆游等，形成了声律妍丽、华艳动人的风格，其七言歌行尤为著名，被称为“梅村体”，属尊唐一派，受其影响的诗人有王士禛、施闰章、宋琬、朱彝尊、赵执信和沈德潜等。康熙年间，王士禛主盟诗坛，创立“神韵派”，诗歌提倡“妙悟”，标举“神韵”，追求一种语言之外的意趣和诗境。同时期，沈德潜持“格调说”，提倡诗歌体裁、音节的温柔敦厚；翁方纲倡“肌理说”，强调钻研古书，以理性和学问为诗。于诗坛上的拟古主义和形式主义表示不满，超越于尊唐和宗宋两派之上，袁枚主张抒写诗人自己的真性情，创立了“性灵派”，继承“公安派”论调，认为“性情”才是写诗的根本。清末，诗歌流派众多，也都以复古为主。如崇尚宋诗的“同光体”，虽都学宋，但宗尚亦不同，可分为赣、闽、浙三支。赣派有陈三立，直承江西诗派；闽派有陈衍，主张学唐宋“三元”（开元、元和、元祐），重点在宋，多学王安石和杨万里；浙派有沈增植，提倡“三元”（元嘉、元和、元祐），强调学诗学颜谢、韩孟和黄山谷。提倡汉魏六朝诗的“湖湘派”，代表诗人有王闿运、邓辅纶等，以模仿汉魏六朝时期的诗歌和骈文为原则。

（一）“神韵派”

王士禛强调“神韵说”，将中国古典诗歌含蓄蕴藉的审美特征，推向了极致。他追宗六朝以来冲和淡远的一路，融合唐代“王孟”及“韦柳”诗风，营造一种含蓄隽永的情致韵味。

“神韵”论诗，王士禛理论体系确立。他说：“余于古人论诗，最喜钟嵘

《诗品》、严羽《诗话》、徐祯卿《谈艺录》。"①又说："表圣论诗，有二十四品。予最喜'不着一字，尽得风流'八字。"又云："'采采流水，蓬蓬远春'二语，形容诗景亦绝妙，正与戴容州'蓝田日暖，良玉生烟'八字同旨。"②（《带经堂诗话》）其诗论理念源于钟嵘《诗品》，讲究蕴藉之致；后又吸收南齐谢赫《古画品录》之妙，有"神韵气力，不逮前贤；精微谨细，有过往哲"之论，其中"神韵气力"指传神，意谓有一种无法言表的艺术魅力。唐代司空图论诗"含蓄"，《诗品》谓"不着一字，尽得风流"，阐释"言约而旨远"的艺术效果，于王士禛"神韵说"有启迪。宋代严羽主张"妙悟"，《沧浪诗话》倡导"羚羊挂角，无迹可寻"，说明"言有尽而意无穷"，亦可为"神韵说"之先声。再者，禅宗所谓"色相俱空"的境界意识也是"神韵说"的理论渊源。"神韵说"是王士禛在钟嵘、谢赫、司空图、严羽等人的基础之上，进一步提倡在诗歌创作中追求一种空寂超逸、不着形迹、含蓄隽永、意在言外的审美境界。"神韵"，至王士禛，才真正成为一种诗歌创作的理论体系。王士禛尝自诩道："神韵二字，予向论诗，首为学人拈出。"③翁方纲也曾言："诗人以神韵为心得之秘，此义非自渔洋始也，是乃自古诗家之要妙处，古人不言而渔洋始明著也。"④

"神韵"所在，内涵有二。从语言上，"神韵"所要求的是精练和含蓄。"神韵"全凭读者在想象中得之，这样的诗才韵味盎然，有令人嚼之不尽的"味外味"。其弟子陈炎《蚕尾续诗集》序中说："酸咸之外者何？味外味也；味外味者何？神韵也。"可谓对"神韵"内涵的一个很好的注释。从意境上，"神韵"所要求的是清奇和冲淡。诗歌意境以缥缈淡远为特色。王士禛追求诗歌"神韵"的同时，还特别强调创作主体在创作中的"兴会神到"和"伫兴而就"。

1. 王士禛

王士禛（1634—1711），字子真，一字贻上，号阮亭，别号渔洋山人，新城（今山东桓台）人。顺治年间进士，官至刑部尚书。谥文简。有《带经堂全集》。又有《渔洋诗集》《蚕尾诗集》。还有《带经堂诗话》，编有《唐贤三昧集》。

---

① 王士禛：《带经堂诗话》，戴鸿森校点，人民文学出版社 1963 年版，第 58 页。

② 王士禛：《带经堂诗话》，戴鸿森校点，人民文学出版社 1963 年版，第 72 页。

③ 王士禛：《池北偶谈》，见郭绍虞《中国历代文论选》，上海古籍出版社 2003 年版，第 363 页。

④ 王士禛：《带经堂诗话》，戴鸿森校点，人民文学出版社 1982 年版，第 247 页。

王士禛主张“神韵说”，倡导诗歌表现要含蓄，力求创造出深远的意境。诗风温柔敦厚，追求“不着一字，尽得风流”的“神韵”，这正是中国诗歌的正宗传承。故胡怀琛先生《中国八大诗人》① 称其为第八位诗人，继屈、陶、李、杜、白、苏、陆之后，为中国第八位诗人。他在理论上和实践上，都作出了贡献，有含蓄委婉、格调清新的诗作。如《秋柳四首》：

> 秋来何处最销魂？残照西风白下门。
> 他日差池春燕影，只今憔悴晚烟痕。
> 愁生陌上黄骢曲，梦远江南乌夜村。
> 莫听临风三弄笛，玉关哀怨总难论。

《秋柳四首》为组诗，此为第一首。顺治十四年，王士禛游历大明湖，即景赋诗。诗成轰动一时，后世很多学者把这组诗誉为“神韵诗”的真正发端。诗作风致清新，抒情曲折，深情绵邈，已向世人初露“神韵”风采。确有唐诗风韵，全诗辞藻妍丽，造句修整，用曲精工，意韵含蓄，风神高华，境界优美。其中，对比鲜明，盛衰对比，今昔对比。造设有力，有意通过优美的意象、流畅的音韵和恰如的典故使用，将悲怆的情感色彩进行稀释，使人隐约感觉交织在诗间的一份伤逝，诗作也显得意在言外，情韵悠远。再如《秦淮杂诗》二十首，其一云：

> 年来肠断秣陵舟，梦绕秦淮水上楼。
> 十日雨丝风片里，浓春烟景似残秋。

诗情如《秋柳》，清丽悠远。诗面极为简淡，而包孕性很强，真是“不着一字，尽得风流”。感时伤世，诗作涵蕴。绘景小诗，亦清新明丽，如《真州绝句》：

> 江干多是钓人居，柳陌菱塘一带疏。
> 好是日斜风定后，半江红树卖鲈鱼。

好一幅渔村唱晚图。景物写生：半江红树绚丽多姿。有三个层面的对比，在色彩组合上，“红”与“绿”对比，“柳陌菱塘”及碧波，构成宏阔的绿色背景，“半江红树”凸显其间，俗话说“红配绿，看不足”，色彩绚丽，强烈对比；在景物布局上，“疏”与“密”对比，“柳陌菱塘”，疏朗相间，“半江红树”，却枝柯勾连，疏处透出散淡，密处显的热闹，疏密有致，诗意妙趣；在环

① 胡怀琛：《中国八大诗人》，中华书局 2010 年版。

境氛围上，“静”与“闹”对比，萧疏闲适的渔村，又值“日斜风定”，安恬而宁静，而“江畔卖鲈”又不乏步履杂沓、人头攒动以及笑语飞扬、熙熙攘攘的热闹喧腾，“静”与“闹”相反相成，相映成趣，绘出了江畔渔村的勃勃生机。诗若盛唐绝句，疏淡清隽，含蓄有味，言语之外确有一种诗人追求的意趣和情韵在。旅途怀人，触景生情，亦是情挚感人，如《高邮雨泊》：

寒雨秦邮夜泊船，南湖新涨水连天。

风流不见秦淮海，寂寞人间五百年。

2. 施闰章

施闰章（1618—1683），字尚白，号愚山，宣城（今安徽宣城）人。顺治六年（1649）进士。有《学余堂诗集》。施闰章与宋琬、王士祯、朱彝尊、赵执信、查慎行，合称为“清初六家”，与宋琬合称“南施北宋”。施闰章是与“神韵派”有关系的诗人，王士禛认为施闰章的诗“温柔敦厚，一唱三叹，有风人之旨”①，其诗以五言近体为重，取径“王孟风致”，诗作空灵凝练，意境悠深，呈现出独具一格的“清真雅正”特色。如《山行》：

野寺分晴树，山亭过晚霞。春深无客到，一路落松花。

写山色幽静，与《辛夷坞》意趣相近，笔触细腻，用语浅近，恬静而淡远。

（二）“性灵派”

1. 袁枚

袁枚（1716—1797），字子才，号简斋，晚号随园老人，钱塘（今浙江杭州）人。乾隆四年（1739）进士，曾官江苏溧水、江浦、沭阳、江宁知县。三十三岁辞官，购置江宁小仓山下的随园，闲居五十年。与赵翼、蒋士铨并称“江右三大家”。著有《小仓山房诗文集》《随园诗话》。

袁枚是“性灵说”的积极倡导者，同沈德潜“格调说”、翁方纲“肌理说”直接对立，和王士禛的“神韵说”则既相排斥又相关联。其诗论理论既远祧于钟嵘和南宋的杨万里，近承晚明公安派的“独抒性灵，不拘格套”理论，标举性灵，反对、抨击拟古主义和形式主义诗风。“性灵说”，这里的“性”即性情、情感，“灵”即灵机、灵趣。其诗论理论具体含义体现在以下两个方面：一是强调“性情”“情感”，认为诗的本质是诗人性情和情感的表现。这是“性灵

---

① 王士禛：《池北偶谈（卷十三）》，靳斯仁点校，中华书局1982年版，第303页。

说”的重心所在。从诗歌的本质来看，“诗者，人之性情耳”。① 在他看来，好诗必具真情，没有一首佳作能离开情字，这就是他对诗的本质特征的深刻理解和把握。二是强调“灵机”“灵趣”，认为诗歌应有新鲜的风味和灵活的笔致。这是“性灵说”的创新之处。从具体创作来说，他强调要有“才”、有“灵机”，即必须有创作的积累和冲动，才能有所展示。在创作中，他还强调诗要“著我”，即要表现出诗人的个性，而不能盲目模仿古人。

感时抒怀，活脱巧丽，如《春日杂诗》：

清明连日雨潇潇，看送春痕上鹊巢。
明月有情还约我，夜来相见杏花梢。

前两句描绘春色初发，后两句想象月华融漾。咏史抒怀，关怀民生，如《马嵬》：

莫唱当年长恨歌，人间亦自有银河。
石壕村里夫妻别，泪比长生殿上多。

诗如诗人所云：“借古人往事，抒自己之怀抱。”②（《随园诗话》）将唐明皇与杨贵妃的爱情悲剧放在民间百姓悲惨遭遇的背景下加以审视，强调广大民众的苦难远非帝妃可比。清代吴应和《浙西六家诗钞》：“沉痛，足以动人，咏古诸作并传无疑。”诗中比照鲜明，情致深沉。一是帝妃爱情悲剧与牛郎织女故事的比照。二是石壕村与长生殿比照。前者深沉，后者浅近，前者重在映照，后者重在对比。两相比照，“人间”一语道破诗人的情致所系，老百姓之苦胜于帝妃之难，思想厚实而凝重，情感鲜明且愤慨，诗作尖锐而深刻。咏物抒怀，直抒胸臆，如《苔》：

白日不到处，青春恰自来。苔花如米小，也学牡丹开。

小诗灵机与谐趣皆在，虽是闲适之作，却也个性意识突出。苔藓，如米粒般花朵，也默默地存活着、默默地生长着、默默地绽放着，和普通大众一样。

2. 赵翼

赵翼（1727—1814），字云崧，一字耘崧，号瓯北，阳湖（今江苏常州）人。曾任翰林院编修、广州知府等职，晚年辞官，致力于著述。有《瓯北集》

---

① 袁枚：《答施兰垞论诗书》，见《袁枚全集新编（第6册）》，浙江古籍出版社2015年版，第325页。

② 袁枚：《随园诗话》，顾学颉校点，人民文学出版社1982年版，第467页。

《瓯北诗话》。赵翼主张推陈出新，如《论诗》：

李杜诗篇万口传，至今已觉不新鲜。

江山代有才人出，各领风骚数百年。

3. 郑燮

郑燮（1693—1765），字克柔，号理庵，又号板桥，兴化（今属江苏）人。以书画闻名，是“扬州八怪”之一。曾任山东范县、潍县知县。有《板桥诗钞》《板桥词钞》等。郑燮主张书写真情，“删繁就简三秋树，领异标新二月花”，如《竹石》：

咬定青山不放松，立根原在破岩中。

千磨万击还坚韧，任尔东西南北风。

4. 黄景仁

黄景仁（1749—1783），字汉镛，一字仲则，号鹿菲子，武进（今江苏常州）人。是一位身世凄凉、怀才不遇和多愁善感的才子。一生只中过秀才，死时仅三十五岁。有《两当轩集》。七律“刻琢沉挚”①，有《旅夜》：

天高野旷肃孤清，落木萧萧旅梦惊。

病马依人同失路，冷蝉似我只吞声。

荒城月出夜逾悄，小阁灯残水忽明。

一卧沧江时节改，深杯柏叶为谁倾。

通过一系列凄冷的秋景描绘，展露出孤独悲怆的情怀，以及不与环境妥协的态度，艺术上兼有唐宋之格。七绝哀怨感伤，如《癸巳除夕偶成》：

千家笑语漏迟迟，忧患潜从物外知。

悄立市桥人不识，一星如月看多时。

深厚凝重，凄哀感人。轻松的欢声笑语中，透露出的是诗人难以言传的深深悲哀。

二、清代词

词至南宋而达于极盛。元明两代，散曲兴起，词一度衰落。到了清代，词却受到普遍重视，词家渐多，出现了一些优秀词人和优秀词作，被人称为词的

---

① 王昶：《黄子景仁墓志铭》，见《黄仲则研究资料》，上海古籍出版社 1986 年版，第 8 页。

中兴。其中，产生了许多重要的词派和词人。清初，有以陈维崧为代表的“阳羡词派”，蹈扬苏辛豪放词风；有以朱彝尊为代表的“浙西词派”，标举南宋姜夔、张炎一派“清空”“醇雅”词风；以及“国初第一词手”① 纳兰性德，其词缠绵婉约，出语天然，不事雕琢，风格类似李后主，独成一家。清中叶，“常州词派”兴起，代表人物张惠言、周济等倡导意内言外，比兴寄托，于扭转词风起到了积极的作用。清季，基本上是继轨“常州词派”，出现了“清末四大词人”：王鹏运、郑文焯、朱祖谋和况周颐。

（一）阳羡词派

阳羡词派因其代表人物陈维崧为阳羡（宜兴）人而得名。在词学理论上，陈维崧的观点有三：一是主张以词存史。专心于词体，把词体与经、史并论，力辟词为“小道”之说，认为词足以与杜甫的歌行、西京的乐府并立，有人称其词为“词史”。这在清初推崇词体的理论中是出现得较早较有影响的。二是提倡豪放词风。主张词应以欧苏陆辛为典范，协以轩然豪气，运用壮丽的辞采，宏大的意象，去描写饱含丰富历史内容的事物，创造出沉雄俊爽、骨劲力遒的艺术风格。词风近辛弃疾。三是反对因袭模仿，主张标新独创。词的创作，得力于各自的境遇与性情，一切创作都必须从自己的生活遭遇、思想感情出发。

除陈维崧外，属于阳羡词派的词人还有任绳隗、徐喈凤、曹亮武、万树、蒋景祁、董儒龙等。阳羡词派还编有三部大型词选：一是陈维崧主编的《今词苑》，二是曹亮武主编的《荆溪词初集》，三是蒋景祁主编的《瑶华集》。

1. 陈维崧

陈维崧（1625—1682），字其年，号迦陵，江苏宜兴人。出身名门，父亲陈贞慧为复社重要成员，以气节著称。他少负才名，性豪迈，潦倒数十年，至五十五岁才被推举应博学鸿词试，授翰林院检讨。能诗，工骈文，尤以词著称，著有《湖海楼集》《迦陵词》。

陈维崧词题材广泛，无所不入，继承了苏辛以诗为词的传统，语言风格以豪放为主，明显学辛弃疾。通过怀古来表达生活感受，如《永遇乐·京口渡江用辛稼轩韵》：

如此江山，几人还记，旧争雄处。北府军兵，南徐壁垒，浪卷前朝去。惊帆蘸水，崩涛飐雪，不为愁人少住。叹永嘉、流人无数，神伤只有卫虎。

① 况周颐：《蕙风词话》，见孙克强辑考《广蕙风词话》，中州古籍出版社 2003 年版，第 93 页。

临风太息，髯奴狮子，年少功名指顾。北拒曹丕，南连刘备，霸业开东路。而今何在，一江灯火，隐隐扬州更鼓。吾老矣、不知京口，酒堪饮否？

词追辛弃疾，如和《永遇乐·京口北固亭怀古》一般，词人于京口渡头，追怀东晋谢玄和东吴孙权，感叹伟业不再。通过个人遭际来表达不平之气，如《贺新郎·秋夜呈芝麓先生》：

掷帽悲歌发。正倚幌、孤秋独眺，凤城双阙。一片玉河桥下水，宛转玲珑如雪，其上有秦时明月。我在京华沦落久，恨吴盐、只点离人发。家何在？在天末。

凭高对景心俱折。关情处、燕昭乐毅，一时人物。白雁横天如箭叫，叫尽古今豪杰，都只被江山磨灭。明到无终山下去，拓弓弦、渴饮黄獐血。长杨赋，竟何益？

迦陵词风格明显效法辛弃疾，融个人经历和时代风云于一体，辞气慷慨，笔力浑厚，词人兀傲不群、狂气轩举的形象鲜明。

2. 蒋景祁

蒋景祁（1646—1695），字京少（一作荆少），宜兴人。以诸生终老。自幼师事陈维崧，自称“阳羡后学”，在理论和创作上都是阳羡词派的后劲。其词多壮语，在写景抒情方面亦有独到之处，如《临江仙·桑桥落照》：

雨后苍山霜后树，碧溪遥跨晴虹。夕阳低处起西风。寒葭深雁迹，衰柳隐渔篷。

忘岁月，几番绿叶红枫。沧桑满眼乱流中。一桥横渡北，斜月又升东。

从细腻处着笔，写出豪放壮阔、悲凉郁勃之气。在多彩的景物描绘中，寄寓着美人迟暮、世道沧桑的深慨，给人以丰富的启迪和审美的享受。

（二）浙西词派

浙西词派是清初与阳羡词派并立而影响更为深远的一个词派，以《浙西六家词》而得名。所谓六家，指朱彝尊、李良年、李符、沈皞日、沈岸登和龚翔麟等六人。他们多为浙江嘉兴、平湖一代人，故名浙西词派或浙派。此派重要成员还有中期的厉鹗和后期的郭麐等。

浙西词派的词学理论，主要见于朱彝尊《词综》和《曝书亭集》的若干篇词序，概而言之，即推崇词体，提倡醇雅，宗法南宋，标举姜夔、张炎。提倡醇雅，是浙西词派词学理论的核心。朱氏要求“词以雅为尚”，亦即在思想情感上必须有儒家伦理规范的约束，有“兴观群怨”的功用，艺术上则要有象征性、暗示性，语言工丽，音调和谐。

1. 朱彝尊

朱彝尊（1629—1709），字锡鬯，号竹垞，晚号小长芦钓鱼师，又号金凤亭长，浙江秀水人。举博学鸿词科，授检讨。能诗词善古文。于词推崇姜夔，多写琐事，记宴游，为浙西词派创始者。诗与王士禛齐名，时称“南朱北王”。著有《曝书亭集》。编有《词综》《明诗综》。

朱尊彝的词比诗影响要大，他改变了明代以来词局限于男女艳情的格局，将笔触伸向广阔的社会生活，传达出对复杂人生的种种感受，展现了清初时代精神。

怀古咏史，抒发故国之思和亡国之痛，如《水龙吟·谒张子房祠》：

当年博浪金椎，惜乎不中秦皇帝！咸阳大索，下邳亡命，全身非易。纵汉当兴，使韩成在，肯臣刘季？算论功三杰，封留万户，都未是，平生意。

遗庙彭城旧里，有苍苔断碑横地。千盘驿路，满山枫叶，一湾河水。沧海人归，圯桥石杳，古墙空闭。怅萧萧白发，经过揽涕，向斜阳里。

在传统文人眼里，张良是一个成功的典范，属“汉三杰”；而在朱彝尊笔下，我们却看到了一个不一样的张良。词人以遗民身份，批判张良行节有亏，实则是抒发自己壮志未酬的悲愤，意蕴浓郁且深沉。

感时伤世，表现一种零落凄凉、物是人非的感受，如《卖花声·雨花台》：

衰柳白门湾，潮打城还，小长干接大长干。歌板酒旗零落尽，剩有渔竿。

秋草六朝寒，花雨空坛，更无人处一凭栏。燕子斜阳来又去，如此江山。

上片写登雨花台远望之所见。白门、石头城、大小长干是南京繁华之地，只今却空有渔翁的钓竿，一派萧瑟与冷落，对比鲜明。以荒寂空疏之意象，写兴亡盛衰之感。下片写雨花台之景色。笔调轻盈，将内心的苍凉沉痛之情融入景物之中，融情于景，情景交融。以全词辞采清丽自然，声律和谐宛转，在萧瑟凄凉的意象中，寄托着作者深沉绵远的感慨。

崇尚空灵，以清丽高秀见长，如《桂殿秋》：

思往事，渡江干，青蛾低映越山看。共眠一舸听秋雨，小簟轻衾各自寒。

此词炼字琢句，讲究声律辞藻，以精雅的语言形式构造清空虚渺的意境。深挚回忆，凄婉幽怨，在一“看”、一“听”与一“寒”中传出；复杂心绪，清丽细柔，在一“共”与一“各”字的相互观照间，情意绵绵。

2. 厉鹗

厉鹗（1692—1752），字太鸿，号樊榭，钱塘（今浙江杭州）人。一生未仕，工诗词。有《樊榭山房集》。其词崇善醇雅，更注重“比兴”，讲究格律。厉鹗今存词一百四十首，轻疏细巧，闲雅修洁，字工句炼，清空灵秀，多有佳构。又学白石，喜用小序，如《百字令》，序曰：“月夜过七里滩，光景奇绝。歌此调，几令众山皆响。”词云：

秋光今夜，向桐江，为写当年高躅。风露皆非人世有，自坐船头吹竹。万籁生山，一星在水，鹤梦疑重续。拏音遥去，西岩渔父初宿。

心忆汐社沈埋，清狂不见，使我形容独。寂寂冷萤三四点，穿过前湾茅屋。林净藏烟，峰危限月，帆影摇空绿。随风飘荡，白云还卧深谷。

将七里滩的清幽山水、严光的高风亮节和词人自己的情志交融在一起，创造出一个孤峭幽深又悠远高逸的境界。陈廷焯评此词曰：“无一字不清俊”，“炼字炼句，归于醇雅，此境未易到也。”① 厉鹗所追求和崇尚的，是一种清空、超脱的审美境界。

（三）纳兰性德

纳兰性德（1655—1685），原名成德，字容若，号楞伽山人，满洲正黄旗人，大学士明珠之子。康熙十五年（1676）进士，官至一等侍卫。在清初词界，与陈维崧、朱彝尊鼎足三立。王国维称其在词坛上地位为“北宋以来，一人而已”②。有《通志堂集》《饮水词》。

他喜爱北宋词人的作品，以小令见长。清新自然，直抒胸臆，风格近李煜。词多写个人的相思离别和哀感闲愁，情调感伤低沉，凄婉哀怨。多用白描手法，真挚而不虚假，自然而不造作。婉丽凄清是纳兰词的主要风格。陈其年评曰：“饮水词哀感顽艳，得南唐二主之遗。”③

① 陈廷焯：《白雨斋词话》，杜维沫校点，人民文学出版社 1959 年版，第 83 页。
② 王国维：《人间词话》，佛雏校辑，华东师范大学出版社 1990 年版，第 121 页。
③ 见冯金伯《词苑萃编（卷八）》，唐圭璋《词话丛编》，中华书局 1986 年版，第 1937 页。

朋友离别，凄婉缠绵，如《木兰词·拟古决绝词柬友》：

> 人生若只如初见，何事秋风悲画扇。等闲变却故人心，却道故人心易变。
>
> 骊山语罢清宵半，泪雨霖铃终不怨。何如薄幸锦衣郎，比翼连枝当日愿。

“人生若只如初见”，语丽情挚，道出了相遇的当初，一切都是美好的、快乐的。回味亦是甜蜜的。“人生若只如初见”，以爱情为喻，友情亦应始终如一，生死不渝。

悼念亡妻，凄婉动人，如《浣溪沙》：

> 谁念西风独自凉，萧萧黄叶闭疏窗，沉思往事立残阳。
>
> 被酒莫惊春睡重，赌书消得泼茶香，当时只道是寻常。

上片写此时此地的沉思，孤单凄凉；下片是对往时往事的回忆，深婉悲怆。一句“当时只道是寻常”，七个字却是字字皆血泪。

乡关之思，深沉缠绵，如《长相思》：

> 山一程，水一程，身向榆关那畔行，夜深千帐灯。
>
> 风一更，雪一更，聒碎乡心梦不成，故园无此声。

这是写军旅乡思的佳作。羁旅间，“山一程、水一程”的身漂异乡、梦回家园的意境，信手拈来不显雕琢，王国维评其曰“容若词自然真切”①。其中，“夜深千帐灯”绘景与抒情深沉，谓“千古奇观”②（王国维），可与“明月照积雪”“大江流日夜”“中天悬明月”“长河落日圆”等诗句境界相若。

（四）常州词派

继阳羡词派和浙西词派之后，嘉庆年间，常州词派兴起。常州词人张惠言，为扭转当时词坛浮薄衰退的局面，力挽狂澜，正本清源。随之有同调者张琦、董士锡、周济、恽敬、左辅、钱季重、李兆洛、丁履恒、陆继辂、金应城、金式玉等人，相互应和，于是形成了一个颇具声势的“常州词派”，使清词体格为之一变。在理论上，常州词派强调词的比兴寄托。张惠言《词选》序云：“词者，盖出于唐之诗人，采乐府之音以制新律，因系其词，故曰词。《传》曰：‘意内言外谓之词。’其缘情造端，兴于微言，以相感动。极命风谣里巷男女哀

---

① 王国维：《人间词话》，佛雏校辑，华东师范大学出版社1990年版，第121页。

② 王国维：《人间词话》，佛雏校辑，华东师范大学出版社1990年版，第83页。

乐，以道贤人君子幽约怨悱不能自言之情，低徊要眇，以喻其致。盖《诗》之比兴、变风之义，骚人之歌，则近之矣。”① 张惠言作词倡导比兴寄托，还提出了“意内言外”主张，即词的意旨在两方面：“意内”和“言外”。“意内”即“缘情造端，兴于微言”，词要在情感上有深厚寄托；“言外”即“低徊要眇，以喻其致”，词还要在表达上含蓄委婉。

常州词派的领袖和代表人物是张惠言与周济。

1. 张惠言

张惠言（1761—1802），字皋文，号茗柯，江苏武进（今常州）人。嘉庆四年（1799）进士，官翰林院编修。论词强调比兴，所为词颇沉着而意旨隐晦，为常州词派创始人。同时也是古文家，和恽敬开创了“阳湖派”。有《茗柯文编》《茗柯词》。编有《词选》。

张惠言《茗柯词》多为咏物之作。咏物往往有所寄托，或是感叹身世坎坷，或是担忧国家局势，有时二者纠合，难分彼此。如《木兰花慢·杨花》：

> 尽飘零尽了，何人解当花看？正风避重帘，雨回深幕，云护轻幡。寻他一春伴侣，只断红相识夕阳间。未忍无声委地，将低重又飞还。
>
> 疏狂情性，算凄凉耐得到春阑。便月地和梅，花天伴雪，合称清寒。收将十分春恨，做一天愁影绕云山。看取青青池畔，泪痕点点凝斑。

词专咏杨花，情意缠绵悱恻，体现出特有的忠厚缠绵风格。严迪昌先生《清词史》分析说：“《木兰花慢·杨花》表现的游转无定、托身无着的形象，可说是精彩的‘寒士’写照，当然也就是词人的自我刻画。”② 上片绘境，冷落孤寂，却又锲而不舍；下片抒情，清高自洁，不随波逐流。词尾以景结情，“看取青青池畔，泪痕点点凝斑”，化实为虚，将怨恨之情展示得真挚深微，“池畔泪痕”是独处伤神，可谓“怨而不怒”的体现，有“温柔敦厚”品格。

2. 周济

周济（1781—1839），字保绪，号未斋，晚号止庵，别号介存居士，江苏荆溪（今江苏宜兴）人。嘉庆进士，官淮安府学教授。论词推崇周邦彦，崇尚“雅”“正”，强调兴寄。著有《存审轩词》。编有《宋四家词选》。

周济在张惠言“意内言外”的基础上，进一步提出：“夫词，非寄托不入，专寄托不出。”③“寄托”说是对张惠言理论的深化和补充，给人以启示，他认

---

① 张惠言：《词选》，中华书局 1957 年版，第 3 页。

② 严迪昌：《清词史》，江苏古籍出版社 1990 年版，第 433 页。

③ 周济：《宋四家词选目录序论》，见唐圭璋《词话丛编》，中华书局 1986 年版，第 1643 页。

为词要有寄托有寓意，更要追求一种超越神理的效果，给读者留下尽可能多的自由联想空间。

周济写景、咏物词也有所寄托。如《蝶恋花》：

柳絮年年三月暮，断送莺花，十里湖边路。万转千回无落处，随侬只恁低低去。

满眼颓垣欹病树。纵有余英，不值风姨妒。烟里黄沙遮不住，河流日夜东南注。

以暮春景色暗示王朝颓势，貌似合理亦无理，然颓败境遇却也相似。全词构思精巧，含蕴颇深，寄托似有却难测度。故有人批评周济："词涉隐晦，如索枯谜，亦是一弊。"①

（五）"清末四大词人"

清季，词学兴盛。词比其他文学样式更像是哀婉的"古典"回声，出现了"清末四大词人"：王鹏运、郑文焯、朱孝臧和况周颐。他们强调比兴、寄托，同时提出"重""拙""大"的词学范畴，既是对"常州词派"的继承，也是新的历史条件下词学的发展。四大家的词均有特色，或沉郁、或凄清、或清深、或绮美，无不婉转深沉，动人心魄。在词学理论上，王鹏运提出了"重""拙""大"的主张，"重"，指词人作词时必须有厚重的思想感情，"拙"，指表现方法恰到好处，不要做作，不要过于雕琢，"大"，指思想境界要高远。这一词学理论对当时词坛的轻靡空灵之风起了矫正作用。

1. 王鹏运

王鹏运（1849—1904），字佑遐，号半塘，广西临桂（今桂林）人。同治举人，官至礼科给事中。有《半塘定稿》。编有《四印斋所刻词》。词作体现"重""拙""大"理念，情感深沉，寓情于景，以怀古形式来写现实感触，浑厚苍凉，如《念奴娇·登旸台山绝顶望明陵》：

登临纵目，对川原绣错，如接襟袖。指点十三陵树影，天寿低迷如阜。一霎沧桑，四山风雨，王气消沉久。涛生金粟，老松疑作龙吼。

惟有沙草微茫，白狼终古，滚滚边墙走。野老也知人世换，尚说山灵呵守。平楚苍凉，乱云合沓，欲酹无多酒。出山回望，夕阳犹恋高岫。

2. 郑文焯

郑文焯（1856—1918），字俊臣，号小坡，别署冷红词客，奉天铁岭（今属

① 吴梅：《词学通论》，江苏文艺出版社2008年版，第150页。

辽宁）人。光绪举人，曾任内阁中书，后旅居苏州。工诗词，有《樵风乐府》。

3. 朱孝臧

朱孝臧（1857—1931），原名朱祖谋，字古微，号彊村，浙江归安（今湖州）人。光绪进士，官礼部侍郎。词风近姜夔、吴文英。有《彊村语业》。

4. 况周颐

况周颐（1859—1926），原名周仪，字夔笙，号蕙风，广西临桂（今桂林）人。光绪举人，官内阁中书。能词，有《蕙风词》。词论有《蕙风词话》。

第三节　复古与创新

一、复古

古训有云：立志须如三古圣，为书自起一家言。这是对复古主义的一种重要启示，复古要有标准——“三古圣”，也要有原则——“一家言”，否则就是开历史倒车，泥古而不化。许多冠名为“拟古诗”，仅仅是形式化追求，完全缺少一种标准和原则，故生命力并不强。又如“宋初三体”即白体、晚唐体和西昆体，总体上是“仿有余，创不足”，在复古的层面上形式化模仿过甚，故成就不高。陈子昂标举汉魏风骨，强调兴寄，反对柔靡之风，在《与东方左史虬修竹篇序》中说：“文章道弊，五百年矣。汉魏风骨，晋宋莫传，……观齐梁间诗，彩丽竞繁，而兴寄都绝。”虽是复古，却有标准：“汉魏风骨”，有原则：“兴寄”，提出文学发展新方向。李白《古风》：“大雅久不作，吾衰竟何陈？……正声何微茫，哀怨起骚人。……自从建安来，绮丽不足珍。圣代复元古，垂衣贵清真。”李白“复元古”，提出标准为“正声”，创设原则为“清真”，“清真”虽是李白个人说法，不足以代表盛唐风格，但诗人以开创一代诗风为己任，奠基了盛唐诗歌的骏发与飘逸。自晋以后，追崇陶渊明的诗人许多，唯有苏轼《和陶诗》是其知音，苏轼模拟陶渊明，志在人格魅力彰显，复古标准是“独立人格”，原则是“诗性哲思”，在“拟陶诗”“和陶诗”大军中，得陶渊明之精髓者，唯有苏轼。“前后七子”主张“诗必盛唐”，复古主张鲜明，标准有：“盛唐诗”，然原则乏，没能具体提出学习盛唐诗的若干原则。以复古为号召，反对当时虚浮、萎弱的“台阁体”，有一定的积极意义。同时，矫枉过正，强调必须遵奉盛唐诗的格调、法度，乃至遣语用字都模仿，这就成了拟古所带来的消极因素。

诚如严复所说："非新无以为进，非旧无以为守。"① 只有创新，才能发展。没有继承，不能发展。

二、创新

《尚书》铭文："苟日新，日日新，又日新"，自然变化万千，时代日新月异，诗歌也在不断创新发展。鲁迅也主张"拿来主义"："运用脑髓，放出眼光，动手来拿"，创新要具思想、有视野和能实践。《摩罗诗力说》："今且置古事不道，别求新声于异邦，而其因即动于怀古。""别求新声于异邦"，其出发点即认为复古不力，需借助外力才能振兴古诗魅力。刘勰《文心雕龙·时序》云："文变染乎世情，兴废系乎时序。"② 此语，闪耀着唯物论光辉，激活着创新论细胞。如果说哲学是时代精神的精华，那么文学则是时代精神的风标。它以文本的形式、感性的形象，向历史敞开，显示那个时代的"一份和全部、现在和未来、死路和活路。"（鲁迅）文章的兴衰和时代息息相关，文章的演变局限于特定的社会状况。文学属于社会意识形态，和其他意识形态是相互渗透、相互作用的。《诗大序》言："治世之音安，以乐其政和；乱世之音怨，以怒其政乖；亡国之音哀，以思其民困。"诗写时代心声，诗是时代的"传声筒"，喜怒哀乐同体；然"国家不幸诗家幸，赋到沧桑句便工"（赵翼），诗写时代异样，诗又成为时代的"宣言书"，创新精神与革新主义高涨。公安派提出"独抒性灵"主张，创新鲜明，直接影响诗界革命，黄遵宪主张"我手写我心"，创新第一。

---

① 王栻主编《严复集（第一册）》，中华书局1986年版，第119页。

② 刘勰：《文心雕龙（下）》，范文澜注，人民文学出版社1958年版，第675页。

第八章

新诗流响——诗歌裂变时期

这是诗歌的裂变时期。

自《诗经》以降，中国诗歌延续了两千多年，至19世纪末和20世纪初，诗歌产生了重大变化，完全变了样。诗歌不但外在的形体和样式变了，而且内部质素和整体格调也发生了变化，变得几乎认不得它的原来面目了。这是中国古典诗歌的彻底转型，一次大裂变，也是新诗运动的开始。新诗，随着“百日维新”和“五四运动”社会革命应运而生，以外国文学、文艺、文化理论来革命中国古典诗歌。“戊戌变法”后，以黄遵宪、梁启超为主的维新派倡导“诗界革命”，对古典诗歌要“革其精神”而非“革其形式”（梁启超）。“五四”新文化运动，胡适将他的“文学工具的革命性”移植到“诗国革命”上，认为新诗可算得是一种“诗体的大解放”①（胡适）。“革其精神”，主张“熔铸新理想以入于旧风格”②，革新古典诗歌主题内容；“诗体的大解放”，主张从“文的形式”下手，革新古典诗歌语言形式。新诗，自诞生之日起，就存在着不同形态的艺术探求和美学差异。新诗发展的一个重要趋势，是作者的传达方式越来越追求复杂和多元，对于诗歌的阅读和接受，也越来越多了一些隔膜和障碍。在论及20世纪初的新诗时，朱自清将当时的诗坛分为三派：自由诗派、格律诗派和象征诗派。其中，自由诗派以胡适、郭沫若为代表，格律诗派以闻一多、徐志摩为代表，象征诗派以李金发、戴望舒为代表。

第一节　新诗运动

新诗发展，经历两个兴盛时期：一是戊戌变法前后，以黄遵宪、梁启超为

---

① 欧阳哲生编《胡适文集（第9卷）》，北京大学出版社1998年版，第81页。

② 梁启超：《饮冰室诗话》，见《饮冰室合集（5）》，中华书局2011年版，第2页。

代表，主张“诗界革命”；二是五四运动前后，以胡适为代表，主张“诗体解放”。

一、“诗界革命”

“诗界革命”的早期倡导者是夏曾佑、谭嗣同、梁启超三人。光绪二十二年至二十三年之间（1896—1897），他们开始试作“新诗”。在理论上和创作上开辟“诗界革命”道路的是黄遵宪，被梁启超称为“诗界革命”的一面旗帜。黄遵提出“我手写我口，古岂能拘牵”（《杂感》）。梁启超提出，要“能以旧风格含新意境”；康有为提出“新世瑰奇异境生，更搜欧亚造新声”。总之，他们主张旧诗要表现资产阶级改良主义思想，“诗界革命”要求诗歌为改良主义政治服务。主要代表作家有黄遵宪、康有为、梁启超、谭嗣同、丘逢甲等，而以黄遵宪成就最高。

“诗界革命”口号的提出者是梁启超，1899年，梁启超在《夏威夷游记》中正式提出“诗界革命”的口号，认为想要挽救中国诗歌日益衰落的命运，必须使诗歌创造出全新的境界来。“诗界革命”冲击了长期统治诗坛的拟古主义、形式主义倾向，要求诗人努力反映新的时代和新的思想，部分新体诗语言趋于通俗，不受旧体格律束缚，这些在当时都起了解放诗歌表现力的作用。但是，梁启超等强调保持旧风格，这就又束缚了手脚，使得它只是“旧瓶装新酒”，在中国古典诗歌的改革上虽有前进，却前进不大。后期，梁启超说：“欲为诗界之哥伦布、玛赛郎，不可不备三长：第一要新意境，第二要新语句，而又须以古人之风格入之，然后成其为诗。”① 新意境、新语句、古人之风格，此三标准为“诗界革命”的典范。又说：“革命者，当革其精神，非革其形式。吾党近好言诗界革命，虽然，若以堆积满纸新名词为革命，是又满洲政府变法维新之类也。能以旧风格含新意境，斯可以举革命之实矣。”② 他于新诗提出“意境”概念，非常符合诗歌的艺术特征，是值得肯定的。同时，他强调新诗要“革其精神，非革其形式”，有片面性，属形式主义作派。

“诗界革命”的旗帜属黄遵宪，他提出了推陈出新的一整套纲领。在“方法”上，黄遵宪有集中的概括：“一曰复古人比兴之体；一曰以单行之神，运排偶之体；一曰取离骚乐府之神理，而不袭其貌；一曰用古文家伸缩离合之法以

---

① 梁启超：《夏威夷游记》，见《饮冰室合集（7）》，中华书局2011年版，第189页。

② 梁启超：《饮冰室诗话》，见《饮冰室合集（5）》，中华书局2011年版，第41页。

入诗。"[1] 此四种方法，都直接或间接地涉及诗体问题，都是针对当时诗坛一味拟古的风气而言的。这些方法只不过是自韩愈之后至宋人而大张旗鼓的“以文入诗”的套路。然，黄遵宪却是取古人之体、古人之法中切近现实之精神和自由表达之形式，来写“今人所见之理，所用之器，所遭之时势”[2]（黄遵宪）。故，在理念上，黄遵宪领时代先河，有两点值得称道。一是以诗写新事物、新理想、新意境，所谓写“古人未有之物，未辟之境”[3]，扩大了诗的题材和主题的范围。二是追求自由的表达，除“以文为诗”外，更倡导言文合一，主张“我手写我口”，引“流俗语”入诗。

黄遵宪（1848—1905），字公度，广东嘉应（今梅州）人。光绪举人，曾任驻日、英使馆参赞及旧金山、新加坡总领事。有《人境庐诗草》。被誉为“诗界革命”的旗帜。有诗《赠梁任父同年》：

寸寸山河寸寸金，侉离分裂力谁任。
杜鹃再拜忧天泪，精卫无穷填海心。

七绝言志，此为1896年黄遵宪邀请梁启超到上海办《时务报》时写给梁的一首诗。诗中表现了作者为国献身，变法图存的坚强决心和对梁启超的热切希望。诗化用“杜鹃啼血”和“精卫填海”典故来展露报国心切，又引用古典俗语“侉离”来描绘国家破碎之状。

与“诗界革命”有关的还有台湾诗人丘逢甲，被誉为“诗界革命一巨子”，有诗《春愁》：

春愁难遣强看山，往事惊心泪欲潸。
四百万人同一哭，去年今日割台湾。

诗作于1896年春，即《马关条约》签订一年后，面对一年春好时，不免“感时花溅泪”，痛定思痛，爱国情深，气节崇高。诗作，“感人心者，莫先乎情”，同呼吸、共爱憎，强烈地表达了诗人及世人的情感和先声。

二、“诗体解放”

胡适在《尝试集》自序中说：“若要做真正的白话诗，若要充分采用白话的

① 黄遵宪：《人境庐诗草》自序，见钱仲联笺注，上海古籍出版社1981年版，第3页。
② 黄遵宪：《与梁任公书》，见钱仲联《人境庐诗草》笺注，上海古籍出版社1981年版，第1213页。
③ 黄遵宪：《人境庐诗草》自序，见《近代文论选（上）》，人民文学出版社1959年版，第169页。

字，白话的文法，和白话的自然音节，非做长短不一的白话诗不可。这种主张可叫做‘诗体大解放’。诗体大解放就是把从前一切束缚自由的枷锁镣铐，一切打破：有什么话，说什么话；话怎么说，就怎么说。”① 他所说的“诗体大解放”，就是要把诗歌从文言中解放出来，从格律中解放出来，从整齐的句式中解放出来。简言之，就是要把诗歌从古典的格律中解放出来。

胡适把“诗体大解放”称作中国历史上“第四次的诗体大解放”。前三次为：“南方的骚赋文学对于《三百篇》来说是一次解放；汉以后的五七言古诗对于骚赋体来说，是二次解放；诗变为词是第三次解放。”②（胡适《谈新诗》）这是胡适“文学革命论的基本理论”，也是他诗体解放的基本理论。新诗的发生，打破了全部的古典诗体，推翻了古体的种种束缚，成了完全解放的自由的白话诗体。

胡适“诗体解放”重在两个层面：一个层面是旧体的利用；一个层面是新体的草创。

旧体的利用表现在三个方面：一是诗的外形。主要是诗的语言改文言为白话，诗的句法则一仍其旧。整个诗的外形并无太大改变。其攻击对象是律诗严格的平仄和对仗，尚未涉及律诗的句法问题。所以，“长短不一”的词、曲一旦脱去词牌和曲牌的音律束缚，即与真正自由的白话诗体的外形无异。二是诗的语言。新诗虽“不讲文法”，但在语言方面又不得不对旧体诗的句法有所迁就。如白话诗“输入”文言的字（含虚字），由“不避俗语”转而“不避文言”，又如“缩略”白话的文句，简化白话的文法。三是诗的音节。白话新诗最大胆的解放是废除律诗的平仄，包括对仗和主张“于有韵之诗外，别增无韵之诗”。（刘半农）

新体的草创主要有两种走向：一是无韵自由体。重点是两个问题：无韵和自由体。无韵，胡适主张：“有韵固然好，没有韵也不妨”，“新诗的声调既在骨子里，——在自然的轻重高下，在语气的自然区分——故有无韵脚都不成问题”③。所以，在新诗自由押韵上，有几点改进：第一，用现代的韵，不拘古韵，更不拘平仄韵；第二，平仄可以互相押韵。自由体，主要是音节的自由、

---

① 胡适：《尝试集·自序》，见《胡适研究资料》，十月文艺出版社1989年版，第402、403页。

② 胡适：《谈新诗》，见《中国新文学大系·理论建设集》，良友图书公司1935年版，第298、299页。

③ 胡适：《谈新诗：八年来一件事》，见《胡适学术文集·新文学运动》，中华书局1993年版，第395页。

句法的自由和择体的自由。这种无韵自由体的诞生，既宣告了2000多年来中国诗坛占统治地位的古典诗体时代的结束，也标志着现代中国诗歌创造新体的一个崭新的开始。二是散文体。这是一种介于诗与散文之间的边缘文体，即散文诗体。“诗体的解放”，最早是从诗的“散文化”开始的，“以文为诗”也是这个意思，只是将散文的句法和音节引入诗体。但散文体主要是受国外散文诗的影响，在句子的长短、建行的方式、章节的安排，乃至整体的组织结构上，都比无韵自由体还要自由，是一种更加解放的诗体形式。由于过于“解放”和“自由”，易流于散漫，有散文之嫌。

第二节 自由诗派

自由诗派学美国诗人惠特曼、朗费罗，代表诗人有胡适、郭沫若等。

自由诗，按照艾青先生的观点，特质如下：第一，什么叫“自由诗”？简单地说，这种诗体，有一句占一行的，有一句占几行的；每行没有一定音节，每段没有一定行数；也有整首诗不分段的。第二，“自由诗”有押韵的，有不押韵的。第三，“自由诗”没有一定的格式，只要有旋律，念起来流畅，像一条小河，有时声音高，有时声音低，因情感的起伏而变化。

在胡适倡导下的“诗体大解放”，新诗确实朝着无韵自由体的方向发展，将以前一切束缚自由的枷锁镣铐都打破了。自由诗派以胡适、郭沫若为代表，既是新诗发展的理论倡导者，也是新诗成长的实践创作者。

一、胡适

胡适（1891—1962），原名嗣穈，学名洪骍，字希疆，笔名胡适，字适之，安徽绩溪人。因提倡文学革命而成为新文化运动的领袖之一。历任北京大学教授、北京大学文学院院长、中华民国驻美国特命全权大使、北京大学校长等职。有《尝试集》，为新诗史上第一部诗集。

胡适提出“要须作诗如作文”主张，并贯彻于其诗歌创作实践，革新意味浓厚，重在诗的句法的“散文化”和诗体的“自由化”上。以《尝试集》为代表，有人也戏称其为“胡适之体”。大体特征如下：

1. “洗刷过的旧诗”

是指基本上沿用旧体诗词的形式创作的白话诗。仍采用旧体五言、七言的句法和词调的格式，在音律方面对旧体也有迁就，但白话诗的语言基本上采用现代白话。写蝴蝶，属“旧瓶装新酒”，如《蝴蝶》：

两个黄蝴蝶，双双飞上天；
不知为什么，一个忽飞还。
剩下那一个，孤单怪可怜；
也无心上天，天上太孤单。

这是堪称中国最早的白话诗。属“旧瓶装新酒”，采用旧体五言律诗体例，遵照了一定平仄押韵的规则，仅写蝴蝶相依相伴情景。其一，旧体诗痕迹明显。语言是现代白话，体制却似古诗，且用韵协调。胡适曾说此类诗“很像一个缠过脚后来放大了的妇人回头看她一年一年的放脚鞋样”。①（《尝试集》）其二，是一首解放了“诗体”的诗。有感而发，随手写就，行文自由，意象清新，诗意浅露，艺术水平不算高，但却具有划时代的意义。其三，诗作内蕴较为丰厚。这只孤独的黄蝴蝶其实就是诗人孤独心灵的外化，是诗人那凄然的情绪的意象化。它有力地抒发了诗人内心的孤独意识和矛盾情绪，内蕴又较为丰厚，含蓄有致。

2.“自由变化的词调”

即借用词、曲“长短不一”的句法，以改善五、七言“整齐划一”的句式，却不拘于一词一调，而是杂糅了众多词、曲的句法和声调，用来创作现代的白话新诗。写鸽子，属弃旧图新，如《鸽子》：

云淡天高，好一片晚秋天气！
有一群鸽子，在空中游戏。
看他们三三两两，
回环来往，
夷犹如意，——
忽地里，翻身映日，白羽衬青天，十分鲜丽！

此诗“完全是词”，凡四句，句句韵，全用白话，仅“夷犹如意”稍嫌绕口，语言流畅。细节描绘精致，措语妙致，状鸽子活动有趣：从关系上看，是“三三两两”，有“飞鸟相与还”之境，从动作上看，是“回环往来”，有“青鸟飞相逐”之形，从神态上看，是“夷犹如意”，有“五里一徘徊”之感。特写镜头，色彩鲜明，画面感十足，诗的境界油然而生。

① 胡适：《尝试集》自序，见《胡适研究资料》，十月文艺出版社 1989 年版，第 414 页。

3. “纯粹的白话新诗”

即新诗“既不是五七言旧诗的音节，也不是词的音节，也不是曲的音节，乃是‘白话诗’的音节”①，是新诗进化的最高一步，达到了“极自由、极自然”的境界。写老鸦，属崭新面孔示人，如《老鸦》：

（一）
我大清早起，
站在人家屋角上哑哑的啼。
人家讨嫌我，说我不吉利；——
我不能呢呢喃喃讨人家的欢喜！
（二）
天寒风紧，无枝可栖。
我整日里飞去飞回，整日里又寒又饥。——
我不能带着鞘儿，翁翁央央的替人家飞；
不能叫人家系在竹竿头，赚一把黄小米！

诗作清新自然，活泼生动。通篇用象征手法，以“寓言诗”形式，来表达作者一种强烈的社会责任感，隐喻新文化运动的倡导者斗争之艰辛。采取“抽象的题目用具体的写法”，以内心独白来揭示社会的思想风貌，手法虽老道情致却真纯，语言直白然意义深刻。

二、郭沫若

郭沫若（1892—1978），原名郭开贞，四川乐山人。1918年开始新诗创作。1921年与郁达夫等组织创造社。有诗集《女神》。是新文学的奠基者之一。

胡适尝试白话诗，意在试验白话文可否用来作诗，其意在“文”不在“诗”；郭沫若创作新诗，则纯粹为了“心中的诗意诗境之纯真的表现”②，其意在“诗”不在“文”。郭沫若认为诗是“我们心中的诗意诗境之纯真的表现，生命源泉中流出来的Strain，心琴上弹出来的Melody，生之颤动，灵的喊叫”③。他认为新诗的生命在“诗的创造贵在自然流露”④。他主张“内在韵律”⑤说：

---

① 胡适：《尝试集·自序》，见《胡适研究资料》，十月文艺出版社1989年版，第411、412页。
② 《郭沫若论创作》，上海文艺出版社1983年版，第237—243页。
③ 《郭沫若论创作》，上海文艺出版社1983年版，第237—243页。
④ 《郭沫若论创作》，上海文艺出版社1983年版，第237—243页。
⑤ 《郭沫若论创作》，上海文艺出版社1983年版，第237—243页。

> 诗之精神在其内在的韵律，内在的韵律并不是什么平上去入，高下抑扬，强弱长短，宫商徵羽；也并不是什么双声叠韵，什么押在句中的韵文！这些都是外在的韵律或有形律。内在的韵律便是“情绪的自然消涨”。

他的这种诗论主张表现在诗作中，主要有以下几种艺术取向：

1. 以抒情代替写实

至郭沫若，新诗才真正回到了抒情的本体——“诗的本职专在抒情”①，才真正与自由无定的内心世界联系在一起，在自由的情感抒发的过程中，诗人可以寻求更为广阔的艺术表现的自由度。如《炉中煤》：

炉中煤

——眷念祖国的情绪

啊，我年青的女郎！
我不辜负你的殷勤，
你也不要辜负了我的思量。
我为我心爱的人儿
燃到了这般模样！

啊，我年青的女郎！
你该知道了我的前身？
你该不嫌我黑奴卤莽？
要我这黑奴的胸中，
才有火一样的心肠。

啊，我年青的女郎！
我想我的前身
原本是有用的栋梁，
我活埋在地底多年，
到今朝总得重见天光。

啊，我年青的女郎！
我自从重见天光，

① 《郭沫若论创作》，上海文艺出版社1983年版，第237页。

我常常思念我的故乡，
我为我心爱的人儿
燃到了这般模样！

一九二〇年一、二月间作

诗人当时虽远在日本，却时刻关注着祖国发生的一切。汹涌澎湃的五四运动浪潮同样冲击着他，诗人说：“‘五四’以后的中国，在我的心目中就和我的爱人一样。‘眷恋祖国的情绪’的《炉中煤——眷念祖国的情绪》便是我对于他的恋歌。”① “全诗在一系列的比喻中寄托自己的深情，一层深似一层地表现了爱国的衷肠。”②（方铭）这首诗风格豪放、明朗，格调和谐流畅。

2. 以想象代替经验

只有郭沫若，才真正让自由体新诗装上了想象的翅膀。这种想象，一方面来自中国古典诗歌的浪漫主义传统，一方面受西方浪漫主义诗歌的影响，再与作者所持的哲学观点有一定联系，郭沫若受泛神论思想影响甚深。如《凤凰涅槃》以丰富的想象来象征祖国的新生和自我的新生，形象生动又蕴涵深刻。全诗分为《序曲》《凤歌》《凰歌》《群鸟歌》《凤凰更生歌》五个章节。又如抒写诗人醉心的理想，展示心目中天国乐园的美丽，有《天上的市街》：

天上的市街

远远的街灯明了，
好像闪着无数的明星。
天上的明星现了，
好像是点着无数的街灯。

我想那缥缈的空中，
定然有美丽的街市。
街市上陈列的一些物品，
定然是世上没有的珍奇。

你看，那浅浅的天河，
定然是不甚宽广。

① 郭沫若：《创造十年》，见《郭沫若文集（第7卷）》，人民文学出版社1992年版，第64页。

② 见《新诗鉴赏辞典》，上海古籍出版社1991年版，第62页。

那隔河的牛郎织女，
定能够骑着牛儿来往。

我想他们此刻，
定然在天街闲游。
不信，请看那朵流星，
那怕是他们提着灯笼在走。

诗歌语言清新朴素。句式短，韵律齐，每节四句，每句顿数大体相等，甚至连标点都互相对应，读来朗朗上口，和谐优美。诗歌情致清朗隽美。属于一首“沉静调”的夜歌。诗人心里向慕“平和洁净”的诗的世界，呈现在诗中正是一幅“平和美丽清净”的想象世界的图画，将“街灯”与“明星”互喻，让灯与星皆成为美好事物的象征。诗歌蕴涵清新淡雅。

3. 以内律代替外律

如果说抒情和想象是从功能上改变了自由体新诗的内在质素，并因此而强化了艺术表现的自由度的话，那么，郭沫若创“裸体美人”说，主张诗的“内在律”，则是从构造上改变了自由体新诗的形相和状态，并且“无形”的“内在律”，正是诗人流动的情感和自由的想象的基础。诗歌在诗体特征上的“口语化”和“散文化”，便是以情绪的节奏为内在的韵律，摆脱了一切外在束缚的形式上的“绝端的自主”和“绝端的自由”，诗受了惠特曼的影响而“奔放起来了”。如《凤凰涅槃》中“凤凰和鸣”章节，采取反复抒情，情绪的高亢与语言的急促随之而生；再如《天狗》，以排山倒海之势语言来体现天狗“要爆了”的情绪和节奏，炽烈而狂飙；又如《太阳礼赞》，以怒涛狂卷之势来抒发强烈澎湃的欢乐之情。

第三节　格律诗派

格律诗派学英国诗人华兹华斯，代表诗人有闻一多、徐志摩等。

格律诗派是由新月派成员所发动并形成新诗潮流的一派诗人，他们以《诗刊》为主阵地，提出“创格”论，“要把创格的新诗当一件认真事情做”①（徐志摩）。在理念引领上，以徐志摩的“创格”为主基调；在内容要求上，以闻一

① 见《徐志摩资料研究》，陕西人民出版社 1988 年版，第 168 页。

多的“三美”说为主旋律。

“创格”理念。徐志摩说：“我们信诗是表现人类创造力的一个工具，与音乐与美术是同等同性质的；我们信我们这民族这时期的精神解放或精神革命没有一部像样的诗式的表现是不完全的；我们信我们自身灵性里以及周遭空气里多的是要求投胎的思想的灵魂，我们的责任是替它们抟造适当的躯壳，这就是诗文与各种美术的新格式与新音节的发现；我们信完美的形体是完美的精神唯一的表现；我们信文艺的生命是无形的灵感加上有意识的耐心与勤力的成绩；最后我们信我们的新文艺，正如我们的民族本体，是有一个伟大美丽的将来的。”①

诚然一份浪漫的宣言，徐志摩的整个人生态度和艺术观点都受到浪漫主义的深刻影响，他也因此成了一位名副其实的浪漫主义诗人。同属浪漫气质诗人，郭沫若倾向于美国诗人惠特曼一泻无余的自由体，作感情的“喷火口”；而徐志摩则倾向于借助英国维多利亚时代的富于韵律的格调，诉一己之柔肠。“创格”受维多利亚时代的诗人和20世纪初哈代的影响甚大，终使徐志摩成为一个讲求精美形式的浪漫主义诗人。这种形式的追求，都在徐志摩“创格”的过程中留下了深刻的痕迹，如丁尼生的整饬的诗形、交错排列的诗行和基本的押韵方式，白朗宁夫人的十四行诗体，白朗宁先生的“戏剧化独白”体以及哈代的诗格多变等。

“三美”主张。闻一多认为诗歌的音乐美是最首要的。他大肆宣扬格律，声称“诗所以能激发情感，完全在它的节奏；节奏便是格律……越有魄力的作家，越是要戴着脚镣跳舞才跳得痛快，跳得好。只有不会跳舞的才怪脚镣碍事，只有不会做诗的才感觉格律的缚束”。② “戴着镣铐跳舞”是闻一多对格律诗经典比喻，格律就是节奏。他认为格律可从两方面讲：“属于视觉方面的格律，有节的匀称，有句的均齐。属于听觉方面的有格式，有音尺，有平仄，有韵脚。但是没有格式，也就没有节的匀称，没有音尺，也就没有句的均齐。”③ 所以，他提出：“诗的实力不独包括音乐的美（音节）、绘画的美（词藻），并且还有建筑的美（节的匀称和句的均齐）。”④ 关于新诗“三美”主张遂成为新格律诗派的理论纲领。

---

① 见《徐志摩资料研究》，陕西人民出版社1988年版，第167页。
② 武汉大学闻一多研究室编：《闻一多论新诗》，武汉大学出版社1985年版，第82页。
③ 同上，第84页。
④ 武汉大学闻一多研究室编：《闻一多论新诗》，武汉大学出版社1985年版，第84页。

1. 闻一多

闻一多（1899—1946），原名闻家骅、又名闻亦多，字友三，号友山，湖北浠水人。早年就读于北京清华学校。1922 年赴美留学，先后入芝加哥美术学院、科罗拉多大学美术系学习，其间创作了不少爱国思乡诗歌。1925 年回国，任北京艺术专科学校教务长。1928 年参加新月社，和徐志摩创办《新月》杂志，后任武汉大学、青岛大学文学院院长，清华大学中文系教授。抗战期间任西南联大中文系教授。1946 年 7 月 15 日遭国民党特务杀害。诗作风格沉郁凝重，语言绚丽精练，对仗工整，为开创富有民族特色的新格律诗做出了有益的贡献。同时还提出“音乐美”“绘画美”和“建筑美”的诗歌创作主张，曾产生一定的影响。有诗集《红烛》《死水》。

闻一多的新格律理论，是在实践创作中丰富和成长起来的。所以，他在尝试间非常注意以下问题：第一，批评“自然的音节”，主张人工的“修饰”（“艺术化”）。“自然的音节”是胡适等所主张的，于“诗体的大解放”有着积极的建设意义，但闻一多认为那不过是散文的音节，而词曲的音节却是经过“修饰”的“诗的音节”，是更完美的音节，需继承和发扬。同时，他也不同意郭沫若的“诗不是‘做’出来的”观点，他倡导诗的“唯美主义”，要有艺术化的“修饰”之功。第二，反对“没有形式”的诗，主张诗要有“美的形体”。第三，反对复古和“欧化”，主张诗的形式应当是“中西艺术结婚后产生的宁馨儿”。① 综合而言，闻一多新格律理论的核心观念是“三美”说。他还创立诗歌的“音尺”。如《死水》：

死水

这是一沟绝望的死水，
清风吹不起半点漪沦。
不如多扔些破铜烂铁，
爽性泼你的剩菜残羹。

也许铜的要绿成翡翠，
铁罐上锈出几瓣桃花；
再让油腻织一层罗绮，
霉菌给他蒸出些云霞。

① 武汉大学闻一多研究室编：《闻一多论新诗》，武汉大学出版社 1985 年版，第 74 页。

让死水酵成一沟绿酒，
漂满了珍珠似的白沫；
小珠们笑声变成大珠，
又被偷酒的花蚊咬破。

那么一沟绝望的死水，
也就夸得上几分鲜明。
如果青蛙耐不住寂寞，
又算死水叫出了歌声。

这是一沟绝望的死水，
这里断不是美的所在，
不如让给丑恶来开垦，
看它造出个什么世界。

《死水》不愧为新诗史上“一本标准诗歌”①。（沈从文）

醇厚深沉的诗情。诗人以对于一沟“死水”的诅咒，抒发了对现实社会极端的绝望的情绪，在否定意象中深深隐藏着自己对祖国刻骨铭心的爱。

“以丑为美”的诗法。最丰富的想象在这里开花，一沟脏臭的“死水”，被别出心裁地写得美妙无比。诗人不仅以丑来传达否定性情感，而且把丑抒写得很美，美与丑的交织反差，造成了很新颖的艺术效果：越美，人们越憎恶强烈。全诗五节，犹如一首律诗节奏，前后两节抒情，首节写对“死水”的绝望感情，尾节写对“死水”的愤激感情；中间三节绘景，分别从视觉、嗅觉和听觉上来写“死水”的肮脏、霉烂和寂寞，却将“丑”穿上“美”的“精致”，刺激着读者情感和理智上的“逆向接受”。

“三美”实践的诗格。全诗追求音乐美、绘画美与建筑美的和谐统一，运用音尺、押韵、色彩感的意象和匀称的诗行，达到构建现代格律诗的理想。诗人对这首诗的“三美”实践十分着力。全诗共五节，每节四行，每行九言，各节大体押韵 abcb 型的二四韵脚，各节的每行诗又以四音尺为主。闻一多也认为是

① 沈从文：《论闻一多的〈死水〉》，见《闻一多研究资料》，北岳文艺出版社 1986 年版，第 699 页。

自己“第一次在音节上最满意的试验”①，如诗的第一节：

这是/一沟/绝望的/死水，
清风/吹不起/半点/漪沦。
不如/多扔些/破铜/烂铁，
爽性/泼你的/剩菜/残羹。

每行都由一个“三字尺”（三个字构成的音尺）和三个“二字尺”组成，一共四个“音尺”，每行“音尺”总数是相等的，因而字数也是“整齐的”。但行与行之间音尺的搭配秩序却不同，显诗人有意而为之，以求“音节的调和”。若以数代字，上四行诗的“音尺”排列为：

2232
2322
2322
2322

这种“音尺”排列秩序有点类似中国古代律诗的平仄关系，只不过这里已不是字与字之间的声调的和谐与对称，而是“音节”与“音节”之间的组织的匀称与均衡。既保证了内在的“音节的调和”，又做到了外在的“字句的整齐”，实现了“内在的精神”和“表面上的形式”的比较完美的结合。

2. 徐志摩

徐志摩（1897—1931），原名徐章垿，浙江海宁人。1918 年赴美就读克拉克大学，次年转入哥伦比亚大学。1920 年入英国剑桥大学，其间开始写作新诗。1922 年回国任教北京大学。1923 年参加文学研究会，与胡适等人成立新月社。1924 年与胡适、陈源等创办《现代评论》周刊。1925 年任北京《晨报副刊》主编。1926 年与闻一多、朱湘等创办《晨报》副刊《诗镌》周刊。1927 年与胡适、邵洵美等人创办新月书店。1928 年与胡适、梁实秋等创办《新月》月刊。1929 年任南京中央大学教授及中华书局编辑。1931 年初，与陈梦家等人创办《诗刊》，任主编。同年 11 月 19 日，因飞机失事遇难。诗作章法整饬，讲究意境和形象，形式富于变化。徐志摩是新月派代表诗人，新月诗社成员。代表作品有《再别康桥》：

---

① 闻一多：《诗的格律》，见《闻一多全集（第 2 卷）》，湖北人民出版社 1993 年版，第 144 页。

再别康桥

轻轻的我走了，
正如我轻轻的来；
我轻轻的招手，
作别西天的云彩。

那河畔的金柳，
是夕阳中的新娘；
波光里的艳影，
在我的心头荡漾。

软泥上的青荇，
油油的在水底招摇；
在康河的柔波里，
我甘心做一条水草！

那榆荫下的一潭，
不是清泉，是天上虹；
揉碎在浮藻间，
沉淀着彩虹似的梦。

寻梦？撑一支长篙，
向青草更青处漫溯；
满载一船星辉，
在星辉斑斓里放歌。

但我不能放歌，
悄悄是别离的笙箫；
夏虫也为我沉默，
沉默是今晚的康桥！

悄悄的我走了，
正如我悄悄的来；

我挥一挥衣袖，
不带走一片云彩。

《再别康桥》是现代离别诗的一颗明珠。

承继古典诗歌的意蕴传统。中国古典诗歌中关于离别主题的佳作太多，诗人不自觉间感受良多，积淀为一份愁怨。为了强化“再别”的意味，最后一节又回到诗的开头的告别：

悄悄的我走了，
正如我悄悄的来；
我挥一挥衣袖，
不带走一片云彩。

其中，“悄悄”“挥一挥”“云彩”等词眼蕴涵深刻，诗人撷词生意。以李白诗为例，徐志摩化用无痕。如“悄悄”，虽无直接字眼引述，却有“相看两不厌，惟有敬亭山”之寂寞和“床前明月光，疑似地上霜”之静谧。“挥一挥”，直接脱胎于《送友人》：“浮云游子意，落日故人情。挥手自兹去，萧萧班马鸣。”由“挥手”变为“挥一挥衣袖”，增加一点“生气”，多一份“灵气”。“云彩”，更是诗意十足，既有“朝辞白帝彩云间”的轻快，也有“孤云独去闲”的闲适，更有“苍茫云海间”的恢宏。简单四句诗，措语平淡，却有着深厚的古典蕴涵。

营造潇洒飘逸的浪漫风格。诗中处理情与景的关系恰如，没有刻意抒写离别时的波动与激动，这也是与古典诗歌所追求蕴蓄的审美传统相关。诗作淡化了离别这一主题的宣泄，着重于康桥美丽景致的描写，将自己爱和眷恋的感情与对自然景色美的歌颂熔于一炉，景中含情，融情于景，情景交融间，将一个海外学子的离别之情，表现得更深、更美，更为浑厚和潇洒、朴实和自然。诗中蕴涵着现代知识分子的寻梦意识和一个富有个性的诗人对于自由与美的强烈追求，使得“离别”这个古老的主题获得了新的时代品格。

奠基现代格律是的典范。徐志摩倡导现代格律诗，《再别康桥》就是实践的典范。全诗一样追求音乐美、绘画美与建筑美的统一。全诗共七节，每节四行，每行有三到四个音节，如诗的第二节：

那/河畔的/金柳，
是/夕阳/中的/新娘；
波光/里的/艳影，
在/我的/心头/荡漾。

每节诗的二、四行，在排列上均低一格处理，也属于“梯式排列”，使得诗外形的“建筑美”，似乎要与诗里所歌咏的康河流水的波纹取得内在的一致。每节诗均二、四句押韵，个别的诗节一、三也押韵，将音乐美与造型美协调。尤其是在音乐美上，继承了《关雎》之风，叠词与连绵词运用娴熟。叠词涵蕴。开篇三“轻轻”，结尾两“悄悄”，辞和意深境静，营造宁静基调和氛围，中间亦有一“悄悄”状笙箫一“油油”绘“青荇”，抒发优美景致和惜别情愫。连绵生意。双声有“艳影”“软泥”“甘心”“榆荫”“清泉”“沉淀”等，叠韵有“荡漾”“青荇”“招摇”“斑斓”，皆在婉转舒缓的节奏间抒情。

第四节　象征诗派

象征诗派学法国诗人波特莱尔，代表诗人有李金发、戴望舒等。

1. 李金发

李金发（1900—1976），原名李淑良，字遇安，广东梅县人。早年就读于香港圣约瑟中学，后至上海入南洋中学留法预备班。1919 年赴法勤工俭学，并开始新诗创作。1921 年就读于第戎美术专门学校和巴黎帝国美术学校。于 1925 年至 1927 年出版的《微雨》《为幸福而歌》和《食客与凶年》，是中国早期象征诗派的代表作，为中国新诗艺术的发展进行了有益的探索和尝试。曾长期周游各国，后定居美国纽约。早期诗作受法国象征主义影响，抒写直觉，重视艺术联想与艺术形式，诗意朦胧，语言晦涩，讲究感官刺激；后期诗歌趋于平实朴素。李金发称为中国现代象征派诗歌的开山鼻祖，也被称之为“诗怪”。

李金发的象征诗体，艺术特征主要体现在以下两个方面：

一是结构的省略和跳跃。朱自清说李金发的诗：“没有寻常的章法，一部分一部分可以懂，合起来却没有意思”①，这就是被人称作“省略法”或“观念联络的奇特”的金发体的独特结构方法。苏雪林认为其具体运用的表现是：“行文时或于一章中省去数行，或于数行中省去数语，或于数语中省去数字，他们的诗之暧昧难解，无非为此。”② 特别是省掉一些“联络的字句”，整首诗从字面上看如“一盘散沙”。

二是句法的“欧化”和“拟古”。朱自清说李金发“不知是创新语言的心

① 朱自清：《中国新文学大系 · 诗集导言》，良友图书公司 1935 年版，第 8 页。

② 苏雪林：《论李金发的诗》，《现代》第 3 卷第 3 号，1933 年 7 月号。

太切，还是母舌太生疏，句法过分欧化，教人像读着翻译；又夹杂着些文言里的叹词语助词，更加不像”。① 句法“欧化”和借用文言，很大因素上是受模仿象征主义诗歌的译笔的影响，也是他在中西文学间作了点“调和”。这种句法，“欧化”和“拟古”，都是以一种异质的语言因素破坏固有的语言秩序和语法习惯，使之出现语意的断顿或裂痕，从而使全诗在结构上形成了一种断续连接和颠倒错置的奇特的观念联络方式。这种“暗示”效果，与象征主义的主旨一脉相承。

李金发以个人的内心世界为美的最高追求，运用象征的方法描写主观世界，追求“朦胧之美”，诗作在情感、手法和结构上表现独特。如《弃妇》：

弃妇

长发披遍我两眼之前，
遂隔断了一切羞恶之疾视，
与鲜血之急流，枯骨之沉睡。
黑夜与蚊虫联步徐来，
越此短墙之角，
狂呼在我清白之耳后，
如荒野狂风怒号：
战栗了无数游牧。

靠一根草儿，与上帝之灵往返在空谷里。
我的哀戚唯游蜂之脑能深印着；
或与山泉长泻在悬崖，
然后随红叶而俱去。

弃妇之隐忧堆积在动作上，
夕阳之火不能把时间之烦闷
化成灰烬，从烟突里飞去，
长染在游鸦之羽，
将同栖止于海啸之石上，
静听舟子之歌。

① 朱自清：《中国新文学大系·诗集导言》，良友图书公司 1935 年版，第 8 页。

衰老的裙裾发出哀吟，
徜徉在丘墓之侧，
永无热泪，
点滴在草地
为世界之装饰。

情感上，以营造灰色意象为主。李金发将一系列灰色意象引进诗歌领域，以“丑、怪、忧郁”等为美。他的诗歌主题常充满了丑恶、死亡、梦幻、恐怖、畸形甚至绝望等因素，意象包括污血、残阳、死尸、枯骨、荒野、寒夜……这些灰色的主题和荒诞的意象构成了他诗歌内容特质，深受波特莱尔的影响，“艺术有一种神奇的本领，可怕的东西用艺术表现出来就变成了美，痛苦伴随上音律节奏就使人心神充满了静谧的喜悦。”（《恶之花·序》）《弃妇》诗借“弃妇”这个总体意象隐喻着自身漂泊无定孤独寂寞的命运。这首诗也成了李金发自身命运感慨的象征。诗人用大量的意象，象征弃妇幽隐悲苦的心理，表现她的孤寂的生存。而弃妇，亦可以代指弃儿，可以是被这个世界或者被他人所抛弃的每一个人，每一个孤独寂寥生存的个体或灵魂。用感伤忧郁的情调，营造着一种黑色的忧郁，将人生不幸当作审美对象，如肮脏而蓬乱的长发，“披在眼前”，不仅使她看不到人们轻蔑的羞辱与冷眼的歧视，而且还使她看不到人间的流血与死亡。

在手法上，富有象征意义。李金发善于将思想直觉化，善于用富于象征意义的形象来表现自己的情感、感受与思想。李金发的所有诗歌，几乎都不用“直说”，而是通过具体的形象来一点一点地暗示、隐喻，即以主要意象来表现审美感受与审美体验。如诗句：“衰老的裙裾发出哀吟”，裙裾不仅“衰老”，还能发出“哀吟”，这是对心如死灰、身心皆已苍老的弃妇发出的哀叹，也着力刻画了弃妇的行动迟缓、精神恍惚和心境之悲哀。

结构上，思想跳跃。李金发的诗歌充满想象的跳跃。对于诗歌的想象与感觉问题，朱自清曾有过这样一番论述，“想象的素材是感觉，怎样玲珑缥缈的空中楼阁都建筑在感觉上”。[①]《弃妇》有一种神秘的感伤氛围。神秘也是美的一种范畴。为了到达这种效果，诗人注意意象与意象、词语与词语之间的跳跃性。一些意象或诗句表面看没有什么连贯性，甚至往往打破了语法逻辑的规范。如“与鲜血之急流，枯骨之沉睡”，字面意义与内涵有着很大的距离，让读者去猜想。

---

① 朱自清：《诗与感觉》，见《新诗杂话》，广西师范大学出版社 2004 年版，第 20 页。

《弃妇》是象征主义的杰作，李金发是中国象征诗派的代表，孙玉石说："李金发遵从象征派的美学原则，特别注意诗歌意象的象征性，认为'诗之需要image（形象，象征），犹人身之需要血液'。"① 弃妇的形象在诗作中已经成为一个象征的符号，它的背后有幽深的象征内涵。《文心雕龙》含蓄："隐以复义为工"，② 又云"诗有恒裁，思无定位"，③ 诗具不确定性。谢榛《四溟诗话》说："作诗不必执于一个意思，或此或彼，无适不可"，④ 诗具多意性。黑格尔说象征具有"本意"和"暗寓意"，"象征在本质上是双关的或模棱两可的"，⑤ 是具有模糊性和暧昧性。正是象征诗派的这种形象的朦胧性、内涵的多意性和不确定性，虽给诗的传达来了理解上的困难，同时也带来了更柔韧的审美弹性。

2. 戴望舒

戴望舒（1905—1950），原名戴梦鸽，浙江杭州人。早年就读于上海震旦大学。1922年开始诗歌创作。1926—1927年，和戴克崇（苏汶）编辑《璎珞》旬刊和《无轨列车》月刊。抗日战争爆发后南下香港，任《星岛日报》《珠江日报》《大众日报》副刊主编，后被捕入狱。1949年3月到北平，在华北大学任教。是20世纪30年代"现代派"的代表诗人之一，诗作注意意境的创造和语言的锤炼，讲究节奏和音乐性，追求一种朦胧的意象，有较强的艺术感染力。

《雨巷》是戴望舒的成名作。《雨巷》产生于1927年夏天，是中国历史上一个黑暗的时期。他们中的一些人，找不到革命的前途，在痛苦中陷于彷徨迷惘，在失望中渴求新的希望出现，在阴霾中盼望飘起绚丽的彩虹。《雨巷》虽充满了彷徨失望和感伤痛苦的情绪，却也用短小而抒情的吟诵"再现"了这部分青年心灵深处典型的声音，属于一种低沉的倾诉和失望的自白。《雨巷》中狭窄阴沉的雨巷，在雨巷中徘徊的独行者，以及那个像丁香一样结着愁怨的姑娘，都是象征性的意象，分别比喻了当时黑暗的社会，在革命中失败的人和朦胧时有时无的希望。这些意象又共同构成了一种象征性的意境，含蓄地暗示出作者既迷惘感伤又有期待的情怀，并给人一种朦胧而又幽深的美感。

雨巷

撑着油纸伞，独自
彷徨在悠长，悠长

---

① 孙玉石：《新诗十讲》，中信出版集团2015年版，第99页。
② 刘勰：《文心雕龙（下）》，范文澜注，人民文学出版社1958年版，第632页。
③ 刘勰：《文心雕龙（上）》，范文澜注，人民文学出版社1958年版，第68页。
④ 谢榛：《四溟诗话》，宛平校点，人民文学出版社1961年版，第67页。
⑤ 黑格尔：《美学（第二卷）》，朱光潜译，商务印书馆1996年版，第12页。

又寂寥的雨巷，
我希望逢着
一个丁香一样地
结着愁怨的姑娘。

她是有
丁香一样的颜色，
丁香一样的芬芳，
丁香一样的忧愁，
在雨中哀怨，
哀怨又彷徨；

她彷徨在这寂寥的雨巷，
撑着油纸伞
像我一样，
像我一样地
默默彳亍着，
冷漠，凄清，又惆怅。

她静默地走近
走近，又投出
太息一般的眼光，
她飘过
像梦一般地，
像梦一般地凄婉迷茫。

像梦中飘过
一枝丁香地，
我身旁飘过这女郎；
她静默地远了，远了，
到了颓圮的篱墙，
走尽这雨巷。

在雨的哀曲里，
消了她的颜色，
散了她的芬芳，
消散了，甚至她的
太息般的眼光，
丁香般的惆怅。

撑着油纸伞，独自
彷徨在悠长，悠长
又寂寥的雨巷，
我希望飘过
一个丁香一样地
结着愁怨的姑娘。

《雨巷》是一首优美的抒情诗。它超越时间和空间的限制而唤起人们审美的情感，以象征手法、古典意蕴和优美音节而闻名。

一是象征主义的抒情方法。象征主义是19世纪末流行于法国，在诗歌中以魏尔伦、马拉美、波特莱尔为代表的一个艺术流派，他们以世纪末的颓废反抗资本主义的秩序。在表现方法上，强调用暗示隐喻等手段表现内心瞬间的感情。《雨巷》用象征主义营造了一种感伤而哀婉的情调。诗人把当时的黑暗而沉闷的社会现实暗喻为悠长、狭窄而寂寥的“雨巷”。这里没有声音，没有阳光，没有欢乐。而诗人自己，是在这样的雨巷中彳亍着彷徨的“孤独者”。在孤寂中怀着一个美好的理想，希望有一种美好的理想出现在自己面前，而“丁香一样”的姑娘，就是这种“美好理想”的象征。理想实难出现，充满惆怅和苦闷，倏忽即逝，像梦一样从身边飘过。现实依然前行，只有在黑暗中彷徨，心间不泯的依旧是美梦一样的希望。抒发着一种隐藏幽深的诗意，诚如戴望舒自己所说：“表现自己与隐藏自己之间”,① 诗“不单是真实，亦不单是想象”,② 而是“由真实经过想象而出来的”。③ 这就是象征派诗人魏尔伦所说的“模糊与精确相连”的意思，亦即中国古代“温李”诗派所崇尚的“似”与“不似”之美。“精确”的是语言的传达，即明白的表现；“模糊”的是内涵的意蕴，即深藏的

① 《戴望舒诗全编·读诗零札》，浙江文艺出版社1989年版，第692页。
② 《戴望舒诗全编·读诗零札》，浙江文艺出版社1989年版，第692页。
③ 《戴望舒诗全编·读诗零札》，浙江文艺出版社1989年版，第692页。

诗意。《雨巷》的诗意是深邃的，在低沉而优美的调子里，抒发着作者浓郁的失望和彷徨情绪。

二是古典诗词的形象意蕴。戴望舒《雨巷》深受古典诗词的影响，诗人创造了一个“丁香一样地结着愁怨的姑娘”的象征性抒情形象。“丁香”一词，诗词意蕴浓郁，用“丁香结”（丁香的花蕾）来象征人们的愁心，是中国古典诗词的一个传统表现手法。如晚唐李商隐《代赠》诗：“芭蕉不展丁香结，同向春风各自愁”，丁香喻愁苦，在春风中摇曳；南唐李璟将丁香结与雨中惆怅连在一起，《浣溪沙》词：“青鸟不传云外信，丁香空结雨中愁”，雨中丁香结，更加凄丽动人。“丁香结”在诗词中象征愁心，在《雨巷》中诗人想象着一个如丁香一样，“一个丁香一样地结着愁怨的姑娘”，她有：“丁香一样的颜色，丁香一样的芬芳，丁香一样的忧愁”。这样，丁香由单纯的愁心借喻，变成了含着愁怨的美好理想的化身。这个新形象，既包含了诗人美的追求，也包含了诗人美好理想幻灭的痛苦和哀怨。丁香亦成为美丽、高洁和愁怨“三位一体”的象征。

三是优美流畅的节奏语言。《雨巷》一诗的流行，很重要因素是音节的流美。叶圣陶盛赞这首诗“替新诗底音节开了一个新的纪元”,① 戴望舒也因此赢得“雨巷诗人”桂冠。诗作节奏回环。全诗共七节，首节和末节几乎一样，将“逢着”改为“飘过”，这样起结复见，首尾呼应，统一主旋律在诗中反复出现，加强了全诗的音乐性，也加重了诗人彷徨心境的表现力。整首诗每节六行，每行字数长短不一，参差不齐，然又大体在相隔不远的行里重复一词韵脚。每节押韵两次或三次，一韵到底。句式较短，有些短的句子还切断了词句的关联。诗作语言复沓。有些词眼多次出现，如“雨巷”“姑娘”“芬芳”“惆怅”等，有意地使一个音响在人们的听觉中反复，造成一种回荡的旋律和流畅的节奏。读来，似一首轻柔的小夜曲。

第五节　唯美主义与象征主义

唯美主义与象征主义可谓新诗运动中的“暗流”，却从未真正成为中国现代诗歌发展的滚滚“洪流”。究其实，唯美主义与象征主义有着自身的时代特质，未能与中国古典诗歌进行耦合而达成一种和谐发展的效果。

---

① 杜衡：《望舒草·序》，见《戴望舒诗全编》，浙江文艺出版社 1989 年版，第 52 页。

一、唯美主义

唯美主义文学为19世纪中叶源于法国盛于英国的文学流派，具有明显的个人主义、享乐主义倾向。提出“为艺术而艺术”的口号，认为艺术不应反映生活，无须顾及道德。要追求的只有诉诸感觉、印象的形式。作品多以爱情和欢乐为基本主题，以消遣度日的特权人物为主人公，讲究辞藻、韵律，重视静物的描写，以造成视觉和听觉的美感。它对西方的现代主义文学产生了广泛、深远的影响，尤其于超现实主义、表现主义和未来主义等流派影响甚大。王尔德是唯美主义文学的倡导者，作品有《道林·格雷的画像》。他认为“美”才是艺术的本质，并且主张生活应该模仿艺术，而不是艺术模仿生活，反对艺术为了传递道德信息和功利观点。

穆木天1926年提出了“纯诗”理论，他认为：“诗的内生命的反射，一般人找不着不可知的远的世界，深的大的最高生命。我们要求的是纯粹诗歌，我们要住的是诗的世界，我们要求诗与散文的清楚分界。我们要纯粹的诗 inspiration。”① 此主张迅速得到了王独清、冯乃超等人的积极响应。“纯诗”概念对美的经验的传达源于唯美主义的诗学理念。“《现代》中的诗是诗，而且是纯然的现代诗。”（施蛰存《又关于本刊的诗》）现代诗不再是狂热地像新月派一样追求诗的“三美”，而是如戴望舒所主张，特别强调诗歌的“情绪”，认为“诗的韵律不在字的抑扬顿挫上，而在诗的情绪的抑扬顿挫上，即在诗情的程度上”。② 所以，从诗情的角度出发，穆木天提出了一个著名的指控：“中国的新诗的运动，我以为胡适是最大的罪人。”③ 诚然，中国古诗历来是唯美的，国风、乐府、律诗、绝句、令词等，无一不是诗情和字眼皆完美的。

二、象征主义

象征主义文学起源于19世纪中叶的法国，并于20世纪初期扩及欧美各国的一个文学流派。象征主义文学的诞生是古典文学和现代文学的分水岭。象征主义在题材上，侧重描写个人幻影和内心感受；在艺术方法上，否定空泛的修辞和生硬的说教，强调用有质感的形象和暗示、烘托、对比、联想；在韵味上，

---

① 穆木天：《谭诗：寄郭沫若的一封信》，见《穆木天诗文集》，时代文艺出版社1985年版，第259—266页。

② 《戴望舒诗全编·读诗零札》，浙江文艺出版社1989年版，第691页。

③ 穆木天：《谭诗：寄郭沫若的一封信》，见《穆木天诗文集》，时代文艺出版社1985年版，第259—266页。

追求朦胧美和神秘色彩。法国波德莱尔《恶之花》（1857）是象征主义诗歌代表作。马拉美在《谈文学运动》中称："直陈其事，这就等于取消了诗歌四分之三的趣味，这种趣味原是要一点一点去领会它的。暗示，才是我们的理想。一点一滴地去复活一件东西，从而展示出一种精神状态，或者选择一件东西，通过一连串疑难的解答去揭示其中的精神状态：必须充分发挥构成象征的这种神秘作用。"① 诗歌以象征为主体，多暗示隐喻，诗意飘忽，或明或暗，留下更多品味余地和想象空间，更增添了诗歌梦幻般的诗意和多义的魅力。

"兴"与象征。这是古典诗歌与外国文学思潮在新诗运动中的碰撞与融合。"兴"与象征，相似亦有别。

在崇拜对象上不同。"兴"孕育于"人文化"哲学传统，诗人希望达到一种"天人合一"的微妙状态，属于一种依附于自然而个体生命有所感发的现象。象征诞生于宗教神学，本质上是诗人对形而上的神性世界的感知和暗示。波特莱尔说："正是由于诗，同时通过诗……灵魂窥见了坟墓后面的光辉。"

在物象理念上不同。"兴"的物象自成一体，浑融完整，而象征的物象较支离破碎。"兴"的物象能够与诗人的心灵相互交流，彼此默契，具有一定独立意义；象征的物象纯粹是诗人的主观意志、宗教信仰的产物。所以，在西方诗学中，象征又被冠之为"标志"，是"作为逻辑表象的替代物"。

在诗思过程上不同。"兴"的启动必须"致虚极，守静笃"，"涤除玄览"，以平和宁静的心灵观照大千世界；象征却充满了亢奋和宗教似的狂热，诚如柏拉图说："诗乃神授"。

在主体感受上不同。"兴"侧重对客体的尊重和对主体的磨砺，注重"情感性"熏陶；象征要求自我崇拜和强化诗人主体性，尤以"想象力"为最。

---

① 马拉美：《谈文学运动》，黄晋凯主编《象征主义·意象派》，中国人民大学出版社 1989 年版，第 42 页。

第九章

古诗教学——诗歌温习时期

这是诗歌的温习时代。

古诗既是文学经典，也是文化宝藏。《义务教育语文课程标准》实施建议："有些诗文应要求学生诵读，以利于丰富积累，增强体验，培养语感。"① 诗文学习，重在积累、感悟和运用。习近平同志指出："应该把这些经典嵌在学生的脑子里，成为中华民族的文化基因。"足见诗文价值之重要，古诗属文学经典，其价值意义深远。孔子说"诗可兴观群怨"，培根说"读诗使人灵秀"，叶嘉莹先生也说"古典诗词中所蕴含的一种感发生命对我的感动和召唤"②。古诗学习，具有恒常意义，简言之，就是要"打好中国底色"。

"新课标"实施，重新定位古诗教学地位，"部编本"教材出版，增加古诗文比重，再次审视古诗教学作用和意义。重视古诗教学，要有积累与策略，要能激发学生的学习兴趣，让学生体会到古诗的魅力，从而热爱古诗，热爱传统文化，提升语文素养，积淀文化基因。古诗教学，虽是基础教育之重，却属素质教育之难。中小学古诗教学总体目标只八个字："朗读诗歌，背诵诗歌。"教学生态却退化成了一个词："死记硬背"，古诗教学实施难度甚大、收效甚微，主要存在两大难境：教者积淀不够和学者积累不足。

古诗，不仅仅是文学经典，还承载着文化基因。古诗学习，要深切体会诗的语言美、音乐美、形象美与意境美，享受徜徉古典文化的无穷乐趣，领略生命的美好和生活的美妙。积累语言，体味情感，丰富想象，提升审美和传承文化，这是古诗学习的应有之义。在此点上，语文教师义不容辞。"义"理上而言，建构古诗教学的理论体系。需从学理层面，亦即古诗解读方法上加强学习和训练，以期熟练且精彩地教授古诗。语文教师和师范生要能有一定古诗理论

---

① 教育部：《义务教育语文课程标准》（2011 年版），北京师范大学出版社 2012 年版，第 22、23 页。

② 叶嘉莹、祝晓风：《"书生报国成何计，难忘诗骚李杜魂"—叶嘉莹教授访谈录》，见《文艺研究》2003 年第 6 期，第 79 页。

的积淀，提高古诗解读能力，促进古诗教学水平提升。要能在古诗教学中，有自己独到且合理的解读思路，于古诗的重点字词、音韵格律、艺术手法、言外之意以及意境情韵等元素，有一定的把握和理解水准。“不容辞”作为来说，要创新，与时俱进。视角创新。审视古诗，视域多重。语言层面，古诗有基本词语的积累和文言词汇的理解，也有诗歌语言的吟诵和感悟；教育层面，古诗中既有古代生活的感知，也有现实生活的感遇；文化层面，古诗，不仅仅在于记诵，更在于传承，传承语脉、德脉和文脉。方法创新。传承古诗，策略多端。理论积累。通过学习相关的古诗理论，积淀古诗解读素养。案例揣摩。学习名师大家经典案例，感知古诗解读经验。实践教学，能将“yue 读法”应用于日常教学，学习和教授古诗。具体为：阅读、乐读和悦读。

践行“yue 读”：阅读、乐读和悦读。阅读主要内容是积累字词，乐读主要方式是吟诵，悦读主要目的是通晓诗情。阅读属语言层，乐读为语音层，悦读是语意层。

第一节 阅读

主要是从字词层面来解读古诗。包含音、形、义三个方面，谓音准、形定和义明。

一、音准

含多音字、异读字、通假字和古今字等。

1. 多音字

多音字是指一个字有两个或两个以上的读音，不同的读音表义不同，用法不同，词性也不同，即同字而音义不同。古诗多音字一般用于人名、地名和专名，有时还需“异读”。

一是人名

古人名字有意义。古人的名、字有一定的联系意义，所以名字中的多音字因根据其命名的含义来定音。《礼记·檀弓下》：“幼名，冠字”，古人出生不久就要取名，成年后还要有字。东汉班固《白虎通义·姓名》：“或旁其名为之字者，闻其名即知其字，闻字即知其名。”名与字之间常常有意义上的联系。有名与字意义相近，如陶渊明字元亮，诸葛亮字孔明，“明”“亮”同意。有名与字意义相反，如子贡本名端木赐，“贡”是向上进献，“赐”是向下赏赐；朱熹字元晦，“熹”是光明，“晦”是阴暗。有名与字意义相关，仲由字子路，“由”是经过，与“路”相关；苏辙字子由，“辙”是车轮印，“由”乃经过。

古人名字需读准。

如春秋时军事家伍员，字子胥，楚国人，吴国大夫，“员”读作 yún 而非 yuán，因“员”读 yún 有“众多”之意，“胥”有“皆、都”之意，与“众多”意义相关。西晋名臣周处，《世说新语》载“除三害”故事，“处”读作 chǔ 而非 chù，周处，字子隐，读 chǔ 为“居住”意，含义为“隐居”，如“处士”即“隐士”。唐代名人卢藏用，字子潜，“终南捷径”成语创始者，藏读作 cáng 而非 zàng，“藏”与“潜”意义相近，都有“隐藏”之意，成语“用舍行藏”即此谓。宋代大儒张载，字子厚，“四为”句创立者，载读作 zài 而非 zǎi，源于《易经》：“地势坤，君子以厚德载物。”

诗人名字亦需读准。

张说，字道济，前后三次为相，执掌文坛三十年，为开元前期一代文宗，与许国公苏颋齐名，号称“燕许大手笔”，有诗《送梁六自洞庭山》《蜀道后期》。其名读作 yuè 而非 shuō，源于《尚书・兑命》，说的是商君武丁得贤臣傅说而成治道的故事，陆德明《经典释文》载：“说，本又作‘兑’，音‘悦’。”

刘长卿，字文房，自称“五言长城”，有诗《逢雪宿芙蓉山主人》《送灵澈上人》等。长读作 zhǎng 而非 cháng，刘长卿之名源于西汉司马相如，字长卿，文章大家，“文房”谓“官府掌管文书之处”，司马相如可相当，刘长卿也想居此位，刘长卿以字“文房”对应名“长卿”。而司马相如因慕名战国蔺相如而改名，蔺相如因渑池会后被封为上卿，为众卿之长。故司马相如字长卿、刘长卿之名中的“长”理应念 zhǎng，有着丰富的文化意义。同理，诗句亦要读准“长”音，如“道狭草木长”（陶渊明），“宁为百夫长，胜作一书生”（卢照邻），“可怜闺里月，长在汉家营”（沈佺期）和“草长莺飞二月天”（高鼎）。山西东南部有相邻两县：长治和长子，东边谓长（cháng）治，西边谓长（zhǎng）子。

晏几道，字叔原，北宋词人，为“小晏”，几读作 jī 而非 jǐ，“几”有“接近、靠近”之意，而“原”为“推究本原”之意，如韩愈《原道》，意义相近。曾几，字吉甫，南宋诗人，有诗《三衢道中》。几读作 jī 而非 jǐ，其名字源于《易经・系辞下》：“几者动之微，吉之先见者也。故君子见几而作，不俟终日。”这个“几”由“隐微、不明显”引申为“事情的苗头或预兆”，此意义后来写作“机”。像唐代史学家刘知几，字子玄，同此理。

秦观，初字太初，后字少游，北宋词人，有词《鹊桥仙》《踏莎行・郴州旅舍》。观读作 guān 而非 guàn，源于《庄子·知北游》：“外不观乎宇宙，内不知乎太初，是以不过乎昆仑，不游乎太虚。”“观”为“观察”之意。陆游，字务观，南宋诗人，同理。

元好问，字裕之，金代诗人，有诗《同儿辈赋未开海棠》。好读作 hào 而非 hǎo，语出《尚书·仲虺之诰》：“好问则裕，自用则小。”“好问”就是今天“勤学好问”之意。翁卷，字灵舒，“永嘉四灵”之一，有诗《乡村四月》。卷读作 juǎn 而非 juàn，“卷”为“翻卷”与“舒”（舒展）意义相应。

温庭筠，本名岐，字飞卿，晚唐诗人、词人，诗与李商隐齐名，谓“温李”，词与韦庄齐名，谓“温韦”，有《商山早行》《过陈琳墓》《苏武庙》《菩萨蛮》等。他因少年时客游江淮受辱，遂由岐改名庭筠，筠应读作 yún 而非 jūn，有时别称“温庭云”，筠，《北梦琐言》作“云”。字“飞卿”，似作“云”为是，其弟名“庭皓”可证，然两唐书上皆写作“筠”。王昌龄，字少伯，“少”音 shào。白居易，世称白少傅，“少”音 shào。

高适与岑参，合称“高岑”，是盛唐边塞诗派的代表人物。高适中的“适”是读作 shì 还是 kuò？岑参中的“参”是读作 shēn 还是 cān？

高适，字达夫，一字仲武，有诗《燕歌行》《别董大》等。“适”与“达”、“武”有意义联系，谓行走之意。适，音 kuò，意义为“疾速。多用于人名”，一般写作“适”，如南宫适，周朝名臣，《论语》《封神演义》中都出现此人物，都注音为 kuò。又如南宋金石家洪适，三兄弟誉为“三洪”：洪适、洪遵、洪迈，他本名“造”改为“适”，字景伯，“适”，疾速，与“景（影）”意义相关，同“遵、迈”意义相类。王力《古汉语常用字字典》将此二人都注音为音 kuò，段玉裁《说文解字注》：“适，疾也……读与括同。”① 适，音 shì，意义为“到……去”，一般写作“適”。南宋诗人叶适，字正则，号水心先生。现代名人胡适，字适之，应取义唐代善饮左相李適之。高适之名，《全唐诗》《唐诗三百首》《唐诗鉴赏辞典》都写作“高適”，而《高适诗集编年笺注》（刘开扬）《唐诗三百首新编》（马茂元、赵昌平）多写作“高适”，无论怎样，还是应念作 shì。

岑参，与高适齐名，有诗《白雪歌送武判官归京》《走马川行》《逢入京使》等诗。岑参可与曾参、曹参之名来定音。一是曾参，参音 shēn，字子舆，世遵其“宗圣”，称“曾子”。按意，字子舆，与孟子名柯字子舆一样，“参”应是“骖”意，也应念 cān。但实际流传中，都读作 shēn。杨伯峻《论语译注》

① 段玉裁：《说文解字注》，上海古籍出版社 1986 年版，第 71 页。

注“参”作“音 shēn”。唐宋以“曾参”名字入诗且为韵脚，押的是“侵韵”，如王安石《次韵平甫喜唐公自契丹归》：“留犁挠酒得戎心，并夹通欢岁月深。奉使由来须陆贾，离亲何必强曾参。”清代车万育《声律启蒙》“十二侵”部：“眉对目，口对心。锦瑟对瑶琴。晓耕对寒钓，晚笛对秋砧。松郁郁，竹森森。闵损对曾参。”都押“侵韵”，音 shen。二是曹参，参音 cān，字敬伯，参有“参拜”之意。三是岑参，参音 cān。一者从兄弟命名来看。岑参的父亲岑植，做过刺史，有子五：岑渭、岑况、岑参、岑秉、岑亚，五人取名并非循着“兄弟连名”的命名方法，难断其意，仅从其兄“况”为“比况”可猜测“参”为“比勘、验证”意，可读 cān。二者从岑参家族的兴衰史来看。其伯父岑羲相睿宗，作诗《参迹枢揆》，受诗启发，“参”有重振相国家声之义，其名当读 cān。

二是地名

并州，并音 bīng，古地名，在今山行太原一带。如刘皂《旅次朔方》：

客舍并州数十霜，归心日夜忆咸阳。
无端又渡桑干水，却望并州似故乡。

又如：

焉得并州快剪刀，剪取吴淞半江水。（杜甫《戏题王宰画山水图歌》）

如地名镐（hào）京、阳夏（jiǎ）、阿房（páng）宫，又如国名大宛（yuān）、龟（qiú）兹、身（yuān）毒以及族名吐谷（yù）浑、先零（lián）、吐蕃（bō）等。

三是专名

词牌名。《清平乐》，乐读作 yuè，原为唐教坊曲名，取用汉乐府“清乐”“平乐”这两个乐调而命名，后用作词牌。辛弃疾有《清平乐·村居》。《永遇乐》，乐读作 lè，源于唐中叶书生与邻家女的忧伤故事，叙写人生经常（“永”）遇到（“遇”）到的哀乐（“乐”）情事。李清照有《永遇乐》。又如，四川乐（lè）山和浙江乐（yuè）清。

事物名。槛，读 jiàn，栏杆；读 kǎn，门槛。如李商隐《宿骆氏亭寄怀崔雍崔衮》：

竹坞无尘水槛清，相思迢递隔重城。
秋阴不散霜飞晚，留得枯和听雨声。

槛，音 jiàn，本意栅栏，引申为栏杆。北京前门大栅（shí）栏，乌镇有西栅和东栅（zhà）。槛，一般念作 jiàn，意为栏杆。如：

阁中帝子今何在，槛外长江空自流。（王勃《滕王阁》）

槛菊愁烟兰泣露。（晏殊《蝶恋花》）

四是因义定音

“朝”字读音。读 zhāo，名词，早晨，与“暮”相对。如：

君不见高堂明镜悲白发，朝如青丝暮成雪。（李白《将进酒》）

我醉欲眠卿且去，明朝有意抱琴来。（李白《山中与幽人对酌》）

朝辞白帝彩云间，千里江陵一日还。（李白《早发白帝城》）

我言秋日胜春朝，晴空一鹤排云上。（刘禹锡《秋词》）

画栋朝飞南浦云，珠帘暮卷西山雨。（王勃《滕王阁诗》）

渭城朝雨浥轻尘，客舍青青柳色新。（王维《送元二使安西》）

小楼一夜听春雨，深巷明朝卖杏花。（陆游《临安春雨初霁》）

两情若是久长时，又岂在朝朝暮暮。（秦观《鹊桥仙》）

读 cháo，动词，与“上朝”相关。如：

一封朝奏九重天，夕贬潮州路八千。（韩愈《左迁至蓝关示侄孙湘》）

折戟沉沙铁未销，自将磨洗认前朝。（杜牧《赤壁》）

“重”字读音。读 zhòng，名词为“重量”，引申为分量大，与“轻”相对，又有“重大”意；动词为“重视”等。如：

汉皇重色思倾国，御宇多年求不得。（白居易《长恨歌》）

遂令天下父母心，不重生男重生女。（白居易《长恨歌》）

鸳鸯瓦冷霜华重，翡翠衾寒谁与共。（白居易《长恨歌》）

商人重利轻别离，前月浮梁买茶去。（白居易《琵琶行》）

晓看红湿处，花重锦官城。（杜甫《春夜喜雨》）

读 chóng。为“重复”或“重新”。如：

移船相近邀相见，添酒回灯重开宴。（白居易《琵琶行》）

凄凄不似向前声，满座重闻皆掩泣。（白居易《琵琶行》）

两岸猿声啼不住，轻舟已过万重山。（李白《早发白帝城》）

枝间新绿一重重，小蕾深藏数点红。（元好问《同儿辈赋未开海棠》）

京口瓜洲一水间，钟山只隔数重山。（王安石《泊船瓜洲》）

重门深锁无寻处，疑有碧桃千树花。（郎士元《听邻家吹笙》）

“骑”字读音。读 qí，动词，骑（马）。如：

郎骑竹马来，绕床弄青梅。（李白《长干行》）
此身合是诗人未？细雨骑驴入剑门。（陆游《剑门道中遇微雨》）
牧童骑黄牛，歌声振林樾。（袁枚《所见》）

读jì，名词，一人一马。如：

欲将轻骑逐，大雪满弓刀。（卢纶《塞下曲》）
翩翩两骑来是谁，黄衣使者白衫儿。（白居易《卖炭翁》）
一骑红尘妃子笑，无人知是荔枝来。（杜牧《过华清宫》）
萧关逢候骑，都护在燕然。（王维《使至塞上》）
锦帽貂裘，千骑卷平冈。（苏轼《江城子·密州出猎》）

“将”字读音。读jiāng，副词，“将要”，连词，“和”“与”，动词，“扶”“持”或“带领”。如：

爷娘闻女来，出郭相扶将。（《木兰诗》）
将军百战死，壮士十年归。（《木兰诗》）
谁能将旗鼓，一为取龙城。（沈佺期《杂诗》）
李白乘舟将欲行，忽闻岸上踏歌声。（李白《赠汪伦》）
暂伴月将影，行乐须及春。（李白《月下独酌》）
心将流水同清净，身与浮云无是非。（岑参《太白胡僧歌》）
欲将轻骑逐，大雪满弓刀。（卢纶《塞下曲》）

读jiàng，动词，“带兵”，引申为“将领”。如：

将相本无种，男儿当自强。（汪洙《神童诗》）
使臣将王命，岂不如贼焉？（元结《贼退示官吏》）

有时还读作qiāng，如李白诗歌《将进酒》，将谓“请”意。又如《诗经·卫风·氓》：“将子无怒，秋以为期。”

“教”字读音。读jiāo，有“使、令、让”意思，相当于英语“let”，但口语有时写作“叫”且念jiào是不妥的。如：

曲罢曾教善才服，妆成每被秋娘妒。（白居易《琵琶行》）
打起黄莺儿，莫教枝上啼。（金昌绪《春怨》）
忽见陌头杨柳色，悔教夫婿觅封侯。（王昌龄《闺怨》）
承恩不在貌，教妾若为容。（杜荀鹤《春宫怨》）
但使龙城飞将在，不教胡马度阴山。（王昌龄《出塞》）

谁为含愁独不见，更教明月照流黄。（沈佺期《独不见》）

自是桃花贪结子，错教人恨五更风。（王建《宫词一百首》）

似花还是飞花，也无人惜从教坠。（苏轼《水龙吟·杨花词》）

酒边难使客愁惊，帐里不教春梦到。（周邦彦《玉楼春》）

读 jiào，动词，“教育、教导”，相当于英语“teach”，后引申为名词“教育”或“与教育相关的”。念 jiào 有“教授、传授”意义，一般口语成分较大。

十三教汝织，十四能裁衣。（《古诗为焦仲卿妻作》）

二十四桥明月夜，玉人何处教吹箫。（杜牧《寄扬州韩绰判官》）

“思”字读音。读 sī，动词，有“思考、想”意义，有时理解为“思念、想念”。如：

踏阁攀林恨不同，楚云沧海思无穷。（韦应物《登楼寄王卿》）

两处春光同日尽，居人思客客思家。（白居易《望驿台》）

至今思项羽，不肯过江东。（李清照《夏日绝句》）

锦瑟无端五十弦，一弦一柱思华年。（李商隐《锦瑟》）

永巷长年怨绮罗，离情终日思风波。（李商隐《泪》）

读 sì，名词，有“心情、思绪”的意义。有时，此意也可理解为动词“悲（愁）”。像元稹诗《离思》和马致远曲《秋思》，思都念 sì。如：

今夜月明人尽望，不知秋思落谁家？（王建《十五夜望月》）

西路蝉声唱，南冠客思深。（骆宾王《在狱咏蝉》）

夜闻归雁生乡思，病入新年感物华。（欧阳修《戏答元珍》）

五是订正字音或韵脚

校正字音，明确字意。如王维《观猎》诗句：

忽过新丰市，还归细柳营。

“还”读音为“xuán”，同“旋”，意为“迅速、立即”，与“忽”同意，都作为时间副词来修饰动词“过”与“归”，词类相同，词意相仿，后继以两地名“新丰市”和“细柳营”，对仗工整。亦如：

旋抹红妆看使君，三三五五棘篱门。（苏轼《浣溪沙》）

订正韵脚，理解诗意。如刘禹锡《望洞庭》：

湖光秋月两相和，潭面无风镜未磨。

遥望洞庭山水色，白银盘里一青螺。

“和”在此读作 hé，为“平和”本意，可理解为“融和”，“和”字精练，显水天一色融和画境。“和”为五歌韵，意义与张志和（字子同）命名一致。像骆宾王《鹅》（鹅、歌、波）与贺知章《回乡偶书·其二》（多、磨、波）都是五歌韵。而杜牧《沈下贤》：斯人清唱何人和，草径苔芜不可寻。一夕小敷山下梦，水如环珮月如襟。“和”念 hè，为“唱和”之意，且为仄声不押韵。

又如，王安石《泊船瓜洲》：

京口瓜洲一水间，钟山只隔数重山。
春风又绿江南岸，明月何时照我还。

“间”在此读作 jiān，平声，首句入韵绝句。其一，根据诗韵来看。“间、山、还”属于上平十五删韵，“间”在此念 jiān，为“中间”意义，非“间隔”意。其二，根据字义来究。“一水间”源于《古诗十九首》：“盈盈一水间，脉脉不得语”，为成词，是形容空间距离（之遥），而此处诗句不是，而是要描绘时间距离（之速）。其三，根据诗意来察。“一水间”是形容时间之快，说明行程急忙。李白《早发白帝城》：“朝辞白帝彩云间，千里江陵一日还。两岸猿声啼不住，轻舟已过万重山。”同是删韵，“彩云间”也是说明时间之快，衬行程之疾速和心情之急切喜悦。又如，刘伯承所作《记羊山集战斗》，展现战争之激烈，亦用此韵和“间”（中间，显疾速）意：“狼山战捷复羊山，炮火雷鸣烟雾间。千万居民齐拍手，欣看子弟夺城关。”

读准字音，明确字义，理解诗意。可参看王维《少年行》，从诗题到每一句诗句中，都有多音字，需读准方能意明，如：

少年行

王维

一身能擘两雕弧，
虏骑千重只似无。
偏坐金鞍调白羽，
纷纷射杀五单于。

2. 异读字

破音异读。如《天盛长歌》中有“厌胜”一词，厌念 yā，“厌胜”为魔镇之术。贺知章《回乡偶书》“乡音无改鬓毛衰”中，衰念 cuī。破音异读，也叫破读。破读是中古通过声调的变化来引起词性的变化，以表达词义的一种方法。

像“衣”，名词读阴平，用如动词，破读为去声，“衣锦还乡”；“王”，名词阴平，动词去声，“大楚兴，陈胜王”。如：胜，平声，一为“尽”意，像“不胜枚举”，一为“能承受”意，“武王靡不胜”（《诗经·商颂·玄鸟》）。如：

玉山翘翠步无尘，楚腰如柳不胜春。（杨炎《赠元载歌妓》）

可怜细丽难胜日，照得深红作浅红。（皮日休《重题蔷薇》）

二十五弦弹夜月，不胜清怨却飞来。（钱起《归雁》）

古音异读。如叶公好龙，叶读作 shè，“叶”用作地名、人名、姓氏时旧读 shè，像今天河南还有叶（shè）县。有时也是外族语异读。像单于、可汗等，如：

月黑雁飞高，单于夜遁逃。（卢纶《塞下曲》）

校尉羽书飞瀚海，单于猎火照狼山。（高适《燕歌行》）

昨夜见军帖，可汗大点兵。（《木兰诗》）

前军夜战洮河北，已报生擒吐谷浑。（王昌龄《从军行七首》）

胡马大宛名，锋棱瘦骨成。（杜甫《房兵曹胡马》）

通假异读。可见通假字。如“家祭无忘告乃翁”中，“无”通“毋”，不，不要。

3. 通假字

通假字，主要是“因音通假”。清代赵翼《陔余丛考》说：“字之音同而异义者，俗儒不知，辄误写用，世所谓别字也。”① 通假字就是古人写的“别字”，两字仅“音同”，意义上是没有联系的，假字的意义是“错字”，若按假字理解，意义上是“假的”“错误的”。

俭——险

俭，通“险”，如秦韬玉《贫女》诗句：

谁爱风流高格调，共怜时世俭梳妆。

“俭”，不能理解为“俭朴”，要理解为“险”，有“高（峨）”之意。此处“俭梳妆”，非贫女平时生活习惯：俭朴；乃贫女“爱”（羡慕）时尚：“峨髻”。

争——怎

争，通“怎”。张相《诗词曲语辞汇释》云：“自来谓宋人用怎字，唐人只

---

① 赵翼：《陔余丛考》，吕宗力校点，河北人民出版社 2007 年版，第 655 页。

用争字。”① 如：

诚知老去风情少，见此争无一句诗。（白居易《题峡中石上》）
若是有情争不哭！夜来风雨葬西施。（韩偓《哭花》）
争渡，争渡，惊起一滩鸥鹭。（李清照《如梦令》）
怎敌它晚来风急。（李清照《声声慢》）
争知我，倚栏杆处，正恁凝愁。（《八声甘州》）

清代王念孙说：“字之声同声近者，经传往往假借。学者以声求义，破其假借之字而读之以本字，则涣然冰释；如其假借之字而强为解，则诘为病矣。”② 例“华”通“花”，如：

常恐秋节至，焜黄华叶衰。（《长歌行》）
多情应笑我，早生华发。（苏轼《念奴娇》）

例“不”通“否”，句末语气词，表询问，相当于“能否”，如：

使君谢罗敷，宁可共载不？（《陌上桑》）
晚来天欲雪，能饮一杯不？（白居易《问刘十九》）

著——着

著，通“着”，音 zhuó，在“穿、戴”的意义上是固定的，如陶渊明《桃花源记》：“男女衣著，悉如外人。”又如《木兰诗》：“脱我战时袍，著我旧时裳。”又如岑参《白雪歌送武判官归京》：“将军角弓不得控，都护铁衣冷难著。”著，通“着”，音 zhuó，“着”是“著”的俗字，意义上是变化的，有多重。

“接、近、切”，如隋代无名氏《送别》：“杨柳青青著地垂，杨花漫漫搅天飞。”又如谢翱《北府酒》：“柳枝著地春垂垂，只管人间新别离。”

“遇、值”，如陆游《卜算子 · 咏梅》：“已是黄昏独自愁，更著风和雨。”又如杨万里《风花》：“海棠桃李雨中空，更著清明两日风。”

“落、下”，如司空图《诗品 · 含蓄》云：“不著一字，尽得风流。”后来的“着笔”“着色”“着墨”词中“着”即是此意。又如黄庭坚《题落星寺》：“星宫游空何时落，著地亦化为宝坊。”

“安、置、容”，如杜甫《江上值水如海势聊短述》：“新添水槛供垂钓，故

① 张相：《诗词曲语辞汇释（上）》，中华书局 1953 年版，第 248 页。
② 王引之：《经义述闻》，见郭在贻《训诂学》，中华书局 2005 年版，第 52、53 页。

著浮槎替人舟。”又如张孝祥《念奴娇》：“玉界琼田三万顷，著我扁舟一叶。”

“发、生”，如王维《杂诗》：“来日绮窗前，寒梅著花未?”又如王安石《陆机宅》：“野桃自著花，荒棘自生针。”“著”与“生”互文。

“作、成”，如杨万里《桑茶坑道中》：“童子柳阴眠正著，一牛吃过柳阴西。”陆游《观花》：“我游西川醉千场，万花成园柳著行。”“着行”与“成园”相应。

“有、带”，如陆游《泊舟》：“两行杨柳吹晴雪，只著莺啼未著蝉。”言只有莺啼未有蝉鸣，脱胎于李商隐《柳》诗句：“已带斜阳未带蝉”。又如杨万里《春望》：“垂杨幸自风流杀，莫著啼鸟只著莺。”

“将、把”，如元稹《酬孝甫见赠》：“怜取自道当时语，不著心源傍古人。”

“在”，《河岳英灵集》载王维诗美：“在泉为珠，著壁成绘”，“著”与“在”互文，又陆游《午睡觉复酣卧至晚》：“枕痕著面眼芒羊，欲起元无抵死忙。”“著面”即“在面”。

4. 同源字

“同源字”是训诂术语，王力在《同源字典》中对“同源字”定义为：“凡音义皆近，音近义同，或义近音同的字，叫作同源字。这些字都有同一来源。”① 凡语义相通（或相同），声音相近（或相通转）的字称为同源字。同源字就是由于汉字所代表的词的意义引申后又形成了不同的字之间的关系。同源字主要以字音为先决条件研究字与字之间的语源关系，古人称之为“谐声训诂”，即因声求义的“声训”。

班、半、判、别、辨、片——“分开”“剖析”，音近意通，同源字。

挥手自兹去，萧萧班马鸣。(李白《送友人》)

其中，“班马”为分道扬镳的马，离群分开的马，非成群的马。“班，《说文解字珏部》：分瑞玉也。”② 将玉一分为二，有“分开”之意。再如“别”字，亦有“分开”之意，如高适《别董大》以及李白《送友人》：“此地一为别”，再如骆宾王《易水送别》：“此地别燕丹”。

缺、阙、玦、决——“缺口”“缺损”，音近意通，同源字。“水缺为‘决’，玉缺为‘玦’，器缺为‘缺’，门缺为‘阙’，四字同源。”③ 如：

① 王力：《同源字典》，商务印书馆 1982 年版，第 3 页。
② 许慎：《说文解字》，中华书局 1963 年版，第 14 页。
③ 王力：《同源字典》，商务印书馆 1982 年版，第 482 页。

缺月挂疏桐，漏断人初静。（苏轼《卜算子·黄州定惠院寓居作》）
月有阴晴圆缺，人有悲欢离合。（苏轼《水调歌头·中秋词》）

“缺”，本是器皿（缶）有缺口，“缺月”“月缺”是指月亮的圆亏状态，圆月有缺口，月圆是画，月缺是诗，“缺月昏昏漏未央，一灯明来照秋床”（王安石）。

城阙辅三秦，风烟望五津。（王勃《送杜少府之任蜀川》）
待从头收拾旧山河，朝天阙。（岳飞《满江红》）
伤心秦汉经行处，宫阙万间都做了土。（张养浩《潼关怀古》）
西风残照，汉家陵阙。（李白《忆秦娥》）

阙，说文：“阙，门观也。”① 指宫殿、祠庙、陵墓前的高台，左右各一，中有道路，以其“阙然为道”，谓之阙。

玦，缺玉，代表“诀别”，环，圆玉，代表“团圆”。如纳兰性德《蝶恋花》：

辛苦最怜天上月，一夕如环，夕夕都成玦。

决决，水流貌，溪水从山石缺处流出。如卢纶《山店》：

登登石路何时尽，决决溪泉到处闻。
风动叶声山犬吠，一家松火隔秋云。

兹、此、斯、是——“这、这里”，音近意通，同源字。

像《论语》中不用“此”，文中有七十余处表示“这、这个、这里”意思时，无一处用“此”字，只用“兹”和“斯”或“是”，如“文不在兹”（《论语·子罕》），“逝者如斯夫”（《论语·子罕》）、“是谁之过与”（《论语·季氏将伐颛顼》）。又如：

挥手自兹去，萧萧班马鸣。（李白《送友人》）
此地一为别，孤蓬万里征。（李白《送友人》）
只在此山中，云深不知处。（贾岛《寻隐者不遇》）
蓬山此去无多路，青鸟殷勤为探看。（李商隐《无题》）
风一更，雪一更，聒碎乡心梦不成，故园无此声。（纳兰性德《长相思》）

① 许慎：《说文解字》，中华书局1963年版，第248页。

余亦能高咏，斯人不可闻。（李白《夜泊牛渚怀古》）

冠盖满京华，斯人独憔悴。（杜甫《梦李白二首》）

二、形定

含古今字、异体字、繁简字、形近字等。

1. 古今字

古今字，是不同时代记录同一个词使用的不同形体的字，使用年代较早的是古字，使用年代较晚的是今字。古今字中古与今是相对的，段玉裁《说文解字注》言："古今无定时，周为古则汉为今，汉为古则晋宋为今，随时异用者谓之古今字，非如今人所言古文、籀文为古字，小篆、隶书为今字也。"①

古今字与通假字有别，通假字是两字没有意义上的联系，只是音同而已，而古今字则不同，两字既有意义上的联系，也有字音上的相通。古今字在意义结构上一般有联系。古今字具有时间先后的历时性，即古字在前，今字在后。如"然——燃"，古字"然"有"灬"表示火，今字"燃"另加"火"作形旁构成形声字。再如"昏——婚""要——腰""禽——擒""内——纳""责——债"等。而通假字一般在意义上是没有联系的，如"蚤——早""倍——背""与——举""惠——慧"等。古今字在读音上有联系。绝大多数今字是以古字为声符另加形符构成形声字。古字为声符，如"见——现""景——影""反——返""那——哪"

见——现

风吹草低见牛羊。（《敕勒歌》）

采菊东篱下，悠然见南山。（陶渊明《饮酒》）

旧时茅店社林边，路转溪桥忽见。（辛弃疾《西江月》）

"悠然见南山"中"见"同"现"，"出现"意义。"见"读作 xiàn，脍炙人口，美不胜收。一老面孔"见"字蕴涵新意无端，既无"图穷匕首见"之"客"观（别人看见），也无"风吹草低见牛羊"之"主"观（自己看见），只有"你见/或者不见/我就在那里/不悲不喜"之"臆"（心看见）。见（同"现"，出现），观篱侧菊香梦南山，览山岚暮霭思飞鸟，知觉的直观性、时间上的同时性、空间上的距离化，使知觉与现象臻于妙合无垠，想象无限。诚然"一语天然万古新，豪华落尽见真淳"。

① 段玉裁：《说文解字注》，上海古籍出版社 1986 年版，第 94 页。

那——哪

问渠那得清如许，为有源头活水来。（朱熹《观书有感》）
那堪玄鬓影，来对白头吟。（骆宾王《在狱咏蝉》）
更那堪冷落清秋节。（柳永《雨霖铃》）

那，同“哪”，表疑问。

反——返，景——影

反景入深林，复照青苔上。（王维《鹿寨》）

反，同“返”，“回”意，如《逍遥游》：“适莽苍者，三餐而反，腹犹果然”，又如《愚公移山》：“寒暑易节，始一反焉”。景，同“影”，“影子”意，《诗经》有云：“高山仰止，景行行止。”

间（閒）——闲

人闲桂花落，夜静春山空。（王维《鸟鸣涧》）

閒是间的异体字，闲是间的今字，与“静”相对且意和。

2. 异体字

异体字就是指声音和意义都相同而存在着几种写法的字。由于“言语异声、文字异形”，难免出现大量的异体字。这种“音义悉同形体变异”的字在《说文解字》中称为“重文”。所以，在注释时不能注为“同”或“通”，应注为“亦写作”。如“避贤初罢相，乐圣且啣杯”（李適之《罢相》）中“啣”，亦写作“衔”，“用嘴含”意，亦如“衔远山，吞长江，浩浩汤汤，横无际涯”（《岳阳楼记》）。

异体字是汉字特有的造字原则和结构体制，由于地域广阔或口音不同，书写的汉字会同中有异，异体字的基本类型有四种：

构字方法不同产生异体字。“泪——淚”，“泪”是会意字，“淚”是形声字。例：妆——粧，岩——巖，尘——塵，村——邨。如：

绿树村边合，青山郭外斜。（孟浩然《过故人庄》）

村，亦写作“邨”，与对句“郭”属同类（“右耳旁邑旁”），意近。

又如：王维《鹿柴》，其中“柴”，读 zhài，也写作“砦”，今统一写作“寨”。

形声字的形符不同产生异体字。例：陇——垄，炮——砲，瓶——缾，咏——詠。如：

小麦覆陇黄（白居易《观刈麦》）

陇，亦写作“垄”，田埂。《史记·陈涉世家》：“辍耕之垄上”。田埂许是山地间叫“陇”，平地间叫“垄”，亦如武陵山区将“洞”写作“峒（峝）”。

形声字的声符不同产生异体字。“叹（嘆）——歎”，“叹（嘆）”从口，“歎”从欠。例：袴——裤，韵——韻，烟——煙，线——綫。如：

纨绔不饿死，儒冠多误身。（杜甫《奉赠韦左丞丈二十二韵》）
寄言纨绔与膏粱：莫效此儿形状。（《红楼梦》）

绔，亦写作“袴（裤）”。又如：

村南村北响缫车（苏轼《浣溪沙》）

缫，亦写作“缲”，与蚕丝相关。

形符声符的位置不同产生异体字。书法“鵞池”，“鵞”为上声下形，“鹅”为左声右形。例：群——羣，略——畧，峰——峯，够——夠。如：

来龙去脉绝无有，突然一峯插南斗。（袁枚《独秀峰》）

峰，亦写作“峯”，桂林独秀峰摩崖石刻有：“秀多群峯”。

3. 繁简字

繁简字就是在不同时期由于汉字笔画多与少、繁与简而产生的对应字。如憐—怜，親—亲等。繁体字虽然增多了笔画，但认识字意上更容易，有利于阅读与理解文意；简体字却减少了字符的笔画，节约了书写的时间，有利于大众掌握文化。

胡——鬍

但使龙城飞将在，不教胡马度阴山（王昌龄《从军行》）
何日平胡虏，良人罢远征。（李白《子夜四时歌》）
遗民泪尽胡尘里（陆游《秋夜将晓出篱门迎凉有感》）
胡未灭，鬓先秋（陆游《诉衷情》）

例如，电影《知音》中有镜头是一副对联：上马击狂胡，下马草军书。其中将“胡”字写成繁体应是错的，“胡”，古代西北民族统称，只能写简体。

个——箇——個

七八个星天外，两三点雨山前。（辛弃疾《西江月·夜行黄沙道中》）
两个黄鹂鸣翠柳，一行白鹭上青天。（杜甫《绝句》）
白发三千丈，缘愁似个长。（李白《秋浦歌》）

个，繁体为箇，量词，与竹子相关（“箇”），后引申为与人相关（“個”）。但“缘愁似个长”中“个”为“此、这”意思。

4. 形近字

形近字指字形结构相近但字意却不同，形近字需区分。一如人名，颢与灏。写《黄鹤楼》的崔颢，不能写作崔灏，其名与宋代程颢、程颐兄弟一样道理，程颐有《春日偶成》。二如地名，猇与虢。猇亭在湖北宜昌，虢国在今河南郑州境内。三如时名，己亥与乙亥。龚自珍有《己亥杂诗》，共315首，作于道光十九年，即公元1839年（己亥年），有时误念“己”为“已”（干支中无“已”字），“已”又讹变为“乙”，乙亥与己亥间隔24年。

陵——棱

动力火车有首歌曲《当》，琼瑶作词，开篇歌词为：“当山峰没有棱角的时候，当河水不再流……”误唱许多年，歌词源于汉乐府《上邪》：

> 上邪！我欲与君相知，长命无绝衰。山无陵，江水为竭，冬雷震震，夏雨雪，天地合，乃敢与君绝！

所以，“山无陵”绝不是“山峰没有棱角”，“陵”，音líng，为大土堆，“棱”，音léng，谓棱角。“山无陵”是自然异象，高山变平地，沧海桑田巨变，用“难”来比拟痴情不改。

霏霏——靡靡

> 昔我往矣，杨柳依依；今我来思，雨雪霏霏。

十六字源于《诗经·小雅·采薇》，其中“霏霏”经常被人误读。“霏霏”，音fēifēi，雨雪或烟云很盛的样子，如韦庄《台城》诗句：“江雨霏霏江草齐，六朝如梦鸟空啼。”靡靡，音mímí，迟缓貌，如《诗经·王风·黍离》：“行迈靡靡，中心摇摇。”

场（場）——埸

孟浩然《过故人庄》有诗句：

> 开轩面场圃，把酒话桑麻。

其中“场圃”中“场”有“場”和“埸”两种写法：写作“場”，音chǎng，是场的繁体，谓打谷场；写作“埸”，音yì，谓田埂。开轩，看见的应是田园风光，主要是田埂和菜园，这要贴切些；开窗所见为打谷场和菜园，也可，然境未免有点不和。

度——渡

有水旁“渡”应与水相关，如：

春潮带雨晚来急，野渡无人舟自横。（韦应物《滁州西涧》）

春雨断桥人不渡，小舟撑出柳荫来。（徐俯《春游湖》）

楼船夜雪瓜州渡，铁马秋风大散关。（陆游《书愤》）

金陵津渡小山楼，一宿行人自可愁。（张祜《题金陵渡》）

欲渡黄河冰塞川，将登太行雪满山。（李白《行路难》）

雾失楼台，月迷津渡。（秦观《踏莎行》）

金山水拍云崖暖，大渡桥横铁索寒。（毛泽东《七律·长征》）

有水旁“渡”与水相关，一般为“渡河”或“津渡”等。无水旁“度”为“越过”，一般对象为山（岭）、关（口）等。如：

但使龙城飞将在，不教胡马度阴山。（王昌龄《出塞》）

度岭方辞国，停轺一望家。（宋之问《度大庾岭》）

羌笛何须怨杨柳，春风不度玉门关。（王之涣《凉州词》）

长风几万里，吹度玉门关。（李白《关山月》）

岐——歧

“岐”为山名，是“山”字旁，与封地相关；“歧”为岔路，是“足”字旁，与行走相关。

岐王宅里寻常见，崔九堂前几度闻。（杜甫《江南逢李龟年》）

无为在歧路，儿女共沾巾。（王勃《送杜少府之任蜀州》）

多歧路，今安在？（李白《行路难》）

有时，通过形近字教学，可以更好地理解诗意。

例：耕——耘，织——绩。试看范成大《夏日田园杂兴》：

昼出耘田夜绩麻，村庄儿女各当家。

童孙未解供耕织，也傍桑阴学种瓜。

耘为除草、绩为搓麻，为具体农活，通常分别在白天和夜间进行；而“耕织”合称耕种纺织，犹言农桑，如贾谊《过秦论》：“内立法度，务耕织，修守战之具。”诗中“耘”“绩”为具体行为动作，分说昼夜劳作，“耕织”为概指，合称言小农生活。一具写，一概写。

例：销——锁。试看杜牧《赤壁》：

折戟沉沙铁未销，自将磨洗认前朝。

东风不与周郎便，铜雀春深锁二乔。

销，言明时间的销蚀（之久），锁，言明空间的锁闭（之深）。

例：宵——霄。试看林杰《乞巧》：

七夕今宵看碧霄，牵牛织女渡河桥。

家家乞巧望秋月，穿尽红丝几万条。

宵，为时间，“夜”也，如“元宵”“良宵”，白居易有诗《寒闺夜》：“通宵不灭灯”。霄，为空间，“天空”也，如“云霄”“九霄”，刘禹锡有诗《秋词》：“我言秋日胜春朝，变引诗情到碧霄。”

例：条——绦。试看贺知章《咏柳》：

碧玉妆成一树高，万条垂下绿丝绦。

不知细叶谁裁出，二月春风似剪刀。

条，量词，白描柳枝形状；绦，名词，丝带，拟人化状柳枝。

三、义明

含偏义复词、同语反义词以及古今异义词等。

1. 偏义复词

两个意义相关或相反的语素组合成一个词，在特定语境中，实际只取其中一个语素的意义，另一个语素只起作陪衬音节的作用，这类词就叫偏义复词。如曹操《短歌行》“契阔谈宴，心念旧恩”中“契阔”即为偏义复词，“契”是投合，“阔”是疏远，偏用“契”，两相契合，在一起谈心宴饮。

例：作息

昼夜勤作息，伶俜萦苦辛。（《孔雀东南飞》）

其中，“作息”是偏义复词，偏义“作”，“息”是衬字，“勤”字只能修饰“作”。

例：生死

问世间情为何物，直教人生死相许。（元好问《摸鱼儿·雁丘词》）

金庸《白马啸西风》多次出现此词，后经琼瑶将此句作为主题词用于《梅花三弄》，便红遍大江南北。词句 7 字，格式为 3+4，故后句断句为“直教人+生死相许”，“生死”偏义“死”，情致真纯需生死抉择，以死明誓，演唱者姜育恒也是用一滑音过渡，唱腔中还是在“生死”间徘徊，不是大众模唱者直接唱成4+3“直教人生+死相许”。林则徐有名句：

苟利国家生死以，岂因祸福避趋之。

其中“国家”“生死”“祸福”“避趋”等四词皆为偏义。

例：去来

去来江口守空船，绕船月明江水寒。（白居易《琵琶行》）

“去来”偏义“去”，离去。

例：巷陌

寻常巷陌，人道是寄奴曾住。（辛弃疾《永遇乐》）

“巷陌”偏义“巷”，“陌”为衬字。

2. 同语反义词

相同的字词在不同的语境中，有时意义正好是相对或相反的，即同语异义。

例：臭——臭味/香味

臭，本意念 xiù，谓气味（有香有臭），在“闻味”意义上后写作“嗅”。刘向《后汉书》：“与善人居，如入芝兰之室，久而不闻其香；与恶人居，如入鲍鱼之肆，久而不闻其臭。”“臭”字此为臭味。而俗语“不能流芳百世，也要遗臭万年”，理解有误，应是同语反复，而非反语相斥，“臭”字此为香味，与“芳”同意。如：

一言芬若桂，四海臭如兰。（骆宾王《咏怀》）

“臭”为香味，与“芬”同意。

朱门酒肉臭，路有冻死骨。（杜甫《自京赴奉先县咏怀五百字》）
富家厨肉臭，战地骸骨白。（杜甫《驱竖子摘苍耳》）

“臭”为飘香，非“臭味”，朱门与富家应是酒肉“飘香”。有时，“臭”为臭味，与“香”相对，如：

香茎与臭叶，日夜俱长大。（白居易《问友》）

香茎者为兰，臭叶者为艾。

例：落——花开/花谢

屈原《离骚》：“朝饮木兰之坠露兮，夕餐秋菊之落英兮。”此中“落英”之“落”为花开，“落”不能与“坠”同意来解；而陶渊明《桃花源记》：“芳草鲜美，落英缤纷。”此中“落英”之“落”为花谢。陆宗达、王宁《文献语义学与辞书编纂》：“落的本义是草木凋零，植物种子与果实成熟而脱离草木叫‘落’，胎儿生长成熟而脱离母体也叫落，所以落与离相通。植物种子落下时，子囊要破裂，胎儿堕自母体时，衣胞要破裂，所以又与‘裂’相通。就生物的生长过程来说，这是‘终’，而就收获物的存在来说，这是‘始’，所以‘落’亦可以训作‘始’。”①如：

夜来风雨声，花落知多少。（孟浩然《春晓》）

“花落”中“落”为花开，意为喜悦，“落”为花谢，意为感伤。

正是江南好风景，落花时节又逢君。（杜甫《江南逢李龟年》）

此处“落花”应为“花开”，“落花时节”应有三谓：一是语意上，“江南好风景”是为“江南好，风景旧曾谙。日出江花红胜火，春来江水绿如蓝。”自然是“花开”时节。二是语源上，“落花时节”《现代汉语词典》上释为：暮春三月，而“暮春三月”源于“暮春三月，江南草长。杂花生树，群莺乱飞”（丘迟《与陈伯之书》），为“花开”之景。三是语蕴上，“落花时节”是“花开”盛况，与诗人和李龟年的衰状形成反差，对比鲜明，蕴涵丰富。再如一些诗句中，“落”即“花谢”之意：

篱落疏疏一径深，树头花落未成阴。（杨万里《宿新市徐公店》）

杨花落尽子规啼，闻道龙标过五溪。（李白《闻王昌龄左迁龙标遥有此寄》）

无可奈何花落去，似曾相识燕归来。（晏殊《浣溪沙》）

簌簌衣巾落枣花，牛衣古柳卖黄瓜。（苏轼《浣溪沙》）

落红不是无情物，化作春泥更护花。（龚自珍《己亥杂诗》）

例：杂——纷乱芜杂/配合协调

刘勰《文心雕龙·情采》：“五色杂而成黼黻，五音比而成韶夏。”② 其中，“杂”即搭配协调，与“比”意相类。“杂然相许”（《愚公移山》），“杂然”，整齐，异口同声；“杂然而前陈者，太守宴也。”（欧阳修《醉翁亭记》），“杂然”，整齐，排放有序。如：

相见无杂言，但道桑麻长。（陶渊明《归园田居》）

① 陆宗达，王宁：《文献语义学与辞书编纂》，见《辞书研究》1982年第5期，第22页。

② 刘勰：《文心雕龙（下）》，范文澜注，人民文学出版社1958年版，第537页。

"杂"为纷乱，"无杂言"即话题一致为"但道桑麻长"。又如：

天地有正气，杂然赋流形。（文天祥《正气歌》）

"杂然"为统一整齐，只有"正气"，非囚室中"七气""混杂、杂乱"样子，乃心中"一气"：正气，"整齐、划一"。

3. 古今异义词

古汉语中有一些字形相同而与现在的词意义用法不同的词，即古今异义词。如"誓将去女，适彼乐土"（《魏风·硕鼠》）和"去国怀乡"（《岳阳楼记》）中的"去"，古义是"离开"，后来演变为"到某地去"，今义是"往"，与"离开"方向相反。

例：好——古义：漂亮，今义：与"坏"相对。

好，意为漂亮，如"好鸟相鸣"（《与朱元思书》），如"秦氏有好女，自名为罗敷"（《陌上桑》），"好女"即美女，罗敷就是美女的代名词。又如：

水光潋滟晴方好，山色空濛雨亦奇。（苏轼《饮湖上初晴后雨》）

"好"为西湖最美所在，谓晴雨时山水景色。

正是江南好风景，落花时节又逢君。（杜甫《江南逢李龟年》）

"好"为江南优美所在，风景宜人，风光旖旎。

自知颜色好，愁被彩光凌。（王建《同于汝锡赏白牡丹》）

"好"为牡丹之美，颜色艳丽。

山中好处无人别，涧梅伪作山中雪。（顾况《山中赠客》）

"好"为山中景色秀美，心旷神怡。

例：走——古义：跑，今义：行走。

走，意为跑。如"走狗""走马观花""飞沙走石"等。又如：

儿童急走追黄蝶，飞入菜花无处寻。（杨万里《宿新市徐公店》）
何当金络脑，快走踏清秋。（李贺《马诗》）
嗟余听鼓应官去，走马兰台类转蓬。（李商隐《无题》）
一川碎石大如斗，随风满地石乱走。（岑参《走马川行》）

例：恨——古义：遗憾，今义：仇恨。

恨，古代表示遗憾、不满的意思。如：

还君明珠双垂泪，恨不相逢未嫁时。（张籍《节妇吟》）

长恨春归无觅处，不知转入此中来。（白居易《大林寺桃花》）
自是桃花贪结子，错教人恨五更风。（王建《宫词一百首》）
江流石不转，遗恨失吞吴。（杜甫《八阵图》）

恨，有时由遗憾转为怨恨，但还达不到仇恨。像“欢娱嫌夜短，寂寞恨更长”中的“恨”即是“怨恨”，又如：

天长地久有时尽，此恨绵绵无绝期。（白居易《长恨歌》）
但见泪痕湿，不知心恨谁。（李白《怨情》）
多少泪珠无限恨，倚阑干。（李璟《摊破浣溪沙》）
人生自是有情痴，此恨不关风与月。（欧阳修《玉楼春》）

例：市——古义：动词，买；今义，名词，城市。

市，贸易，做买卖。有成语“日中为市”，即中午开始做买卖，又“郑商人弦高将市于周”（《左传》），弦高是郑国人，去成周经商，半路遇到袭击郑国的秦国军队，遂有“弦高犒师”故事。如：

愿为市鞍马，从此替爷征。（《木兰诗》）
牛困人饥日已高，市南门外泥中歇（白居易《卖炭翁》）
昨日入城市，归来泪满巾。（张俞《蚕妇》）

例：可怜——古义：可爱；今义：可值得怜悯。

古义，“可爱”，如“可怜体无比，阿母为汝求”（《孔雀东南飞》），又引申为“可喜”“可羡”；今义，对他人的不幸表示怜悯，如“可怜天下父母心”。

可怜九月初三夜，露似真珠月似弓。（白居易《暮江吟》）
浅束深妆最可怜，明眸玉立更娟娟。（张仲立《浣溪沙》）
可怜春浅游人少，好傍池边下马行。（白居易《曲江早春》）
姊妹兄弟皆列土，可怜光彩生门户。（白居易《长恨歌》）

例：但——古义：只（只是），仅；今义：但是。

但，古义：只（只是），仅，表条件或假设关系，如口头语“但愿如此”；而今义“但是”，表转折关系。如：

不闻爷娘唤女声，但闻黄河流水鸣溅溅。（《木兰诗》）
江上往来者，但爱鲈鱼美。（范仲淹《江上渔者》）
空山不见人，但闻人语响。（王维《鹿寨》）
晓镜但愁云鬓改，夜吟应觉月光寒。（李商隐《无题》）

死后原知万事空，但悲不见九州同。（陆游《示儿》）
但使龙城飞将在，不教胡马度阴山。（王昌龄《出塞》）
但使主人能醉客，不知何处是他乡。（李白《客中行》）

4. 方言词

因地域特色而产生的词语，在诗中有时难以理解，甚至误读。

问渠那得清如许，为有源头活水来。（朱熹《观书有感》）

渠，是客家方言第三人称代词“佢”（它）的同音假借。

日啖荔枝三百颗，不辞长作岭南人。（苏轼《惠州一绝》）

“一啖荔枝三把火”，是广东俗话，是说荔枝多吃易上火，苏轼误听写作了“日啖荔枝三百颗”。

知否兴风狂啸者，回眸时看小於菟。（鲁迅《答客诮》）

小於菟：小老虎。於菟：音 wūtù，虎的别称。《左传》宣公四年：“楚人……谓虎於菟。”

玉箸（筯），谓泪水，比拟俗语。如：

铁衣远戍辛勤久，玉筯应啼别离后。（高適《燕歌行》）
花边马嚼金衔去，楼上人垂玉箸看。（章碣《春别》）
四蹄不凿金砧裂，双眼慵开玉筯斜。（曹唐《病马》）

第二节　乐读

主要是从音韵层面来解读古诗。包含韵脚、节奏、旋律三个方面。

一、韵脚

1. 用韵

用韵是诗词格律的基本要求之一。诗人在诗词中用韵，叫作押韵。从《诗经》到新诗，几乎都要押韵。一般遵奉《平水韵》。而北方戏曲中，韵又叫辙，押韵叫合辙。一般遵奉“十三辙”。押韵就是用同韵的字，而同韵的要求一般是以韵腹为主，因韵母一般由韵头、韵腹、韵尾构成，而韵腹是必备的，所以押韵以韵腹相同为主。

凡是同韵的字都可以押韵。所谓押韵，就是把同韵的两个或更多的字放在同一位置上。韵，一般放在句尾，所以也叫韵脚。

例1：上平十灰韵——苔、栽、来。如王安石《书湖阴先生壁》：

茅檐常扫净无苔，花木成畦手自栽。

一水护田将绿绕，两山排闼送青来。

“苔”“栽”“来”三字押韵，韵母都是ai，属平声灰韵。“绕”的韵母是ao，与前三字不是同韵字，且是仄声，依照诗律，此诗第三句是不押韵的。

例2：下平一先韵——天、船。如杜甫《绝句》：

两个黄鹂鸣翠柳，一行白鹭上青天。

窗含西岭千秋雪，门泊东吴万里船。

“天”“船”二字押韵，韵母是分别是ian和uan，韵头不同，韵腹韵尾相同，属平声先韵。“柳”“雪”的韵母与前两字完全不同，不是同韵字，且是仄声，依照诗律，此诗第三句是不押韵的，第一句可押韵可不押韵，此处亦不押韵。

例3：下平六麻韵——麻、家、瓜。如范成大《四时田园杂兴》：

昼出耘田夜绩麻，村庄儿女各当家。

童孙未解供耕织，也傍桑阴学种瓜。

“麻”“家”“瓜”三字押韵，韵母为a、ia、ua，韵头不同，韵母虽不完全相同，都是同韵字，属平声麻韵。

例4：上平十二文韵——曛、纷、君。如高适《别董大》：

千里黄云白日曛，北风吹雁雪纷纷。

莫愁前路无知己，天下谁人不识君？

“曛”“纷”“君”三字押韵，韵母为un、en、un，貌似韵腹不同，实则un由u+en合音而成，韵头不同、韵腹韵尾相同，三字是同韵字，属平声文韵。

押韵的目的是为了音韵和谐，同类的乐音在同一位置上的重复，就构成了声音的回环美，有了一定的结构意义。

2. 叶韵

有时，我们用现代的语音去读古诗的韵，觉得它们的韵并不十分和谐。这是时代不同的原因。语言发展了，语音起了变化。南北朝时，学者因按当时语音读《诗经》，韵多不和，便以为作品中某些字需临时改读某音，称为叶韵。后人并以此应用于其他古代韵文。此风至宋代而大盛。明代陈第《毛诗古音考》："时有古今，地有南北，字有更革，音有转移，亦势所必至。故以今之音读古之作，不免乖剌而不入。"① 他认为所谓叶韵的音是古代本音，读古音就能谐韵，不应随意改读。

例 1：斜——xie/xia。如杜牧《山行》：

远上寒山石径斜，白云生处有人家。
停车坐爱枫林晚，霜叶红于二月花。

"斜""家""花"属平声麻韵，用现代汉语念为 xie 和 jia、hua，明显不是同韵字，唐代"斜"字读 sia（xia），和今天上海话"斜"字读音一样。因此，在当时的音韵是和谐的。斜，一般作韵脚，读作 xia，如：

过江千尺浪，入竹万竿斜。（李峤《风》）
春城无处不飞花，寒食东风御柳斜。（韩翃《寒食》）
朱雀桥边野草花，乌衣巷口夕阳斜。（刘禹锡《乌衣巷》）
别梦依稀到谢家，小廊回合曲阑斜。（张泌《寄人》）
秋丛绕舍似陶家，遍绕篱边日渐斜。（元稹《菊花》）

例 2：回——hui/huai。如李白《望天门山》：

天门中断楚江开，碧水东流至此回。
两岸青山相对出，孤帆一片日边来。

"开""回""来"属平声灰韵，用现代汉语念为 kai 和 hui、lai，明显不是同韵字，但唐代"回"属灰韵，念 hui，含"徊""槐"等都音 hui，若念 huai，则属平声佳韵。回，一般作韵脚，读作 hui，如：

紫陌红尘拂面来，无人不道看花回。（刘禹锡《戏赠看花诸君子》）
山围故国周遭在，潮打空城寂寞回。（刘禹锡《石头城》）
阊阖千门万户开，三郎沉醉打球回。（晁说之《打球图》）
子规夜半犹啼血，不信东风唤不回。（王令《晚春》）

有时"徊"作韵脚，习惯读作 huai，一般与"徘徊"连用，如：

奉帚平明金殿开，暂将团扇共徘徊。
玉颜不及寒鸦色，犹带昭阳日影来。（王昌龄《长信秋词五首》）

---

① 陈第：《毛诗古音考》，康瑞琮点校，中华书局 1988 年版，第 7 页。

半亩方塘一鉴开，天光云影共徘徊。

问渠那得清如许，为有源头活水来。（朱熹《观书有感》）

一曲新词酒一杯。去年天气旧亭台。夕阳西下几时回？

无可奈何花落去，似曾相识燕归来。小园香径独徘徊。（晏殊《浣溪沙》）

二、节奏

1. 平仄

平仄是诗词格律的专业术语，与四声相关。四声为平上去入，其中平声属平，上去入声为仄，仄就是不平的意思。按发声来说，平声是没有升降的，发声较长；而上去入声是有升降的（入声有微升或微降），发声较短。根据气息习惯，两类声调在诗词中交错，能使声调多样化而不至于单调。平仄在诗词中是交错的，诚如沈约所云："一简字内，音韵尽殊；两句之内，轻重悉异。"

平仄在本句中是交替的。如晏殊诗句："梨花院落溶溶月，柳絮池塘淡淡风。"上句"梨花院落溶溶月"平仄为平平仄仄平平仄，错落有致；下句"柳絮池塘淡淡风"平仄为仄仄平平仄仄平，也错落有致。句中平仄是交替出现的，似竹节一样，一节一节而成。

平仄在对句中是对立的。两句诗，上句和下句的平仄是完全对立的，即平对仄，平平对仄仄，仄对平，仄仄对平平，工整有力。

诗中平仄是交错的，如：

明月松间照，清泉石上流。（王维《山居秋暝》）

无边落木萧萧下，不尽长江滚滚来。（杜甫《登高》）

春蚕到死丝方尽，蜡炬成灰泪始干。（李商隐《无题》）

横眉冷对千夫指，俯首甘为孺子牛。（鲁迅《自嘲》）

金沙水拍云崖暖，大渡桥横铁索寒。（毛泽东《长征》）

2. 句式

唐诗的基本句式为五言和七言，而五言和七言可以分为两个较大的节奏单位：五字句可分为2+3，七字句可分为4+3。以五字句为例，看下诗句的节奏单位和语法结构。

一是常规格式。主要有"二二一""二一二""一一三""二三"式。

"二二一"式，如：

白日依山尽，黄河入海流。（王之涣《登鹳雀楼》）

床前明月光，疑是地上霜。（李白《静夜思》）
明月松间照，清泉石上流。（王维《山居秋暝》）

“二一二”式，如：

举头望明月，低头思故乡。（李白《静夜思》）
锄禾日当午，汗滴禾下土。（李绅《悯农》）
蝉声集古寺，鸟影度寒塘。（杜甫《和裴迪》）

“一一三”式，如：

猿护窗前树，泉绕谷后田。（刘长卿《初到碧溪》）
行到水穷处，坐看云起时。（王维《终南别业》）

“二三”式，如：

黄绮终辞汉，巢由不见尧。（杜甫《朝雨》）
戍鼓断人行，边秋一雁声。（杜甫《月夜忆舍弟》）

二是变体格式。主要有“一三一”“四一”“一四”式。
“一三一”式，如：

蜂绕香丝住，蝶怜艳粉回。（宋之问《奉和立春日》）
山临青塞断，江向白云平。（王维《送严秀才》）
山随平野尽，江入大荒流。（李白《渡荆门送别》）

“四一”式，如：

紫崖奔处黑，白鸟去边明。（杜甫《雨》）
登俎黄柑重，支床锦石圆。（杜甫《季秋江村》）

“一四”式，如：

露从今夜白，月是故乡明。（杜甫《月夜忆舍弟》）
紫收岷岭芋，白种陆池莲，（杜甫《秋日夔府》）

三、旋律

1. 结构

绝句结构：两样格式。

一是一句一绝。人生四大乐事，谓：“久旱逢甘霖，他乡遇故知。洞房花烛夜，金榜题名时。”四句各言一境，皆人生喜事，拼凑一起，只说喜却未名喜状，有些茫然无凭，缺少一类可以联想的物象和一种想象的空间，总体而言，还没能构成一个有机的整体。绝句四句，“一句一绝”体式，颇耐玩味。它句句写景，一句一景，各句之间似无关联，但句与句又彼此照应，构成一个统一完美的意境。杜甫有《绝句四首·其一》：

两个黄鹂鸣翠柳，一行白鹭上青天。
窗含西岭千秋雪，门泊东吴万里船。

一句一景，杨慎《升庵诗话》说“不相连属”①，胡应麟讥讽是“断锦裂缯”②，实则诗中“鹂、鹭、雪、船”四景统一于诗人自己的遥想之中，心境与景物融成一体，与物俱适，有趣的景致只能让诗人暗想无情的阻隔，好一幅“高斋闲坐图”。杜甫一句一景绝句，还屏风式绘景了许多图画。如“江天听静图”，有《漫成一首》：

江月去人只数尺，风灯照夜欲三更。
沙头宿鹭联拳静，船尾跳鱼拨刺鸣。

四句分写月灯鸟鱼，各成一景，不相联属，确是“一句一绝”。又如，“闹春图”，有《江畔独步寻花七绝句·其六》：

黄四娘家花满蹊，千朵万朵压枝低。
留连戏蝶时时舞，自在娇莺恰恰啼。

又如，“夏和图”，有《绝句漫兴九首·其七》：

糁径杨花铺白毡，点溪荷叶叠青钱。
笋根雉子无人见，沙上凫雏傍母眠。

前两句写景，动景孕静；后两句景状物，静物思动，而景物相间相融，各得其妙。再如，“艳阳沙滩图”之一，有《绝句六首·其一》：

日出篱水东，云生舍北泥。
竹高鸣翡翠，沙僻舞鹍鸡。

再如，“艳阳沙滩图”之二，有《绝句二首·其一》：

迟日江山丽，春风花草香。
泥融飞燕子，沙暖睡鸳鸯。

---

① 杨慎：《升庵诗话》，王大厚笺证，中华书局2008年版，第242页。

② 胡应麟：《诗薮》，上海古籍出版社1958年版，第121页。

一句一景绝句，宋人偶作。一如，欧阳修《梦中作》：

夜凉吹笛千山月，路暗迷人百种花。

棋罢不知人换世，酒阑无奈客思家。

全诗写了秋夜、春宵、棋罢、酒阑四个不同境界，各自独立，但又都显得凄清、迷茫，表现出作者想超脱人世而又不能忘怀的“仕”与“隐”的矛盾。又如，王安石《题齐安壁》：

日净山如染，风暄草欲薰。

梅残数点雪，麦涨一溪云。

写了春天的四种景致：日、风、梅、麦，春意阑珊。又如，徐俯《春游湖》：

双飞燕子几时回？夹岸桃花蘸水开。

春雨断桥人不渡，小舟撑出柳阴来。

初春湖边风景清新可爱。四句四景，鲜明逼真，“远近高低各不同”。高处，燕羽双飞；低处，嫩桃绽粉；远处，雨帘淅沥；近处，小船泛游。

二是四句一结。绝句有一种形式，属意连句结，四句意思前后相承，紧密相关，诗句按照时间或事件发展的顺序进行抒写。在语言上下句承上句，结构上下段承接上段，全诗一意到底，句句相连，意脉不断。承接有两种方式：一是先描述行为结果，再交代产生此行为的原因，属“循因”型；一是先叙述事由，再交代结果，属“溯果”型。

其一，“循因”型。金昌绪有《春怨》：

打起黄莺儿，莫教枝上啼。

啼时惊妾梦，不得到辽西。

为啥打鸟？因鸟喜叫，叫声惊梦，梦破愿难成，“春怨”之因无理。四句诗，每一句属一个疑问，下句解答了此疑问，又令人产生一个新疑问，可谓疑窦丛生。此绝句是描绘闺中少妇急切盼望丈夫归来，属无理取闹型。闺中少妇急切盼望丈夫归来，有任性专注型。如，李端《闺情》：

月落星稀天欲明，孤灯未灭梦难成。

披衣更向门前望，不忿朝来鹊喜声。

第一句写景，第二句写情，第三句写行，第四句写声。闺中少妇急切盼望丈夫归来，亦有心生恼恨型。如，王昌龄《闺怨》：

闺中少妇不知愁，春日凝妆上翠楼。

忽见陌头杨柳色，悔教夫婿觅封侯。

四句诗，一个完整的心理流程：无聊，排遣，偶感，生心。王昌龄用细腻而含蓄的笔触描绘了闺阁女子的心理状态及其微妙变化，前三句直写具体行动，末句直述原因，“悔教夫婿觅封侯”回答诗题“闺怨”，水到渠成，自然顺理。

其二，“溯果”型。李白邀友，有《山中与幽人对酌》：

两人对酌山花开，一杯一杯复一杯。

我醉欲眠卿且去，明朝有意抱琴来。

第一句写开始喝酒，第二句写喝酒过程，第三句写喝酒结果，第四句写醉后邀饮。深情款款，醇香而绵厚。李白送友，有《哭晁卿衡》：

日本晁卿辞帝都，征帆一片绕蓬壶。

明月不归沉碧海，白云愁色满苍梧。

第一句写辞行之状，第二句写途中情形，第三句写行程遇难，第四句写闻讯感受。前两句用赋体叙写经过，实写；后两句用比兴拟况感受，虚写。绘春之活泼，范成大有《春日田园杂兴》：

土膏欲动雨频催，万草千花一饷开。

舍后荒畦犹绿秀，邻家鞭笋过墙来。

首句写雨频，次句写花绽，三句写绿秀，末句写春满。咏绣幛之精美，胡令能有《咏绣幛》：

日暮堂前花蕊娇，争拈小笔上床描。

绣成安向春园里，引得黄莺下柳条。

赞美刺绣精美妙绝。首句写刺绣取样，次句写描取花样，三句写绣成，末句写刺绣之美。“争拈小笔上床描”写认真，女红工巧，一“拈”字显绣女动作的轻巧和姿态的优美；“引得黄莺下柳条”写乱真，绣成屏风放在花园里，栩栩如生，连黄莺都上当了，离开柳枝向屏风飞来。认真为乱真之底蕴，乱真为认真之风采。

律诗结构：起承转合。元代范德机说：“作诗有四法：起要平直，承要春容，转要变化，合要渊永。”

首联，起。是开头，可叙事。

颔联，承。是过程，可绘景。

颈联：转。是转折，可描摹。

尾联：合。是结果，可评议。

律诗一般首尾两联抒情，中间两联写景，情景交融，虚实相生。

2. 用语

为强化咏叹的调子，绝句在关键的三四句上，运用假设、否定（不、无、莫）、诘问、排除（唯有、唯见）等句式特多。

其一，假设关系

"纵"。"纵使""纵然""纵是""纵有""纵令""纵被"等词的使用，相当于现代汉语的关联词"即使……也……"，表假设关系。用"纵"等勾勒字，将上文之意推进或翻进一层，从而使全诗含意富于曲折变化。如：

> 孰知不向边庭苦，纵死犹闻侠骨香。（王维《少年行》）
> 纵使晴明无雨色，入云深处亦沾衣。（张旭《山行留客》）
> 纵然一夜风吹去，只在芦花浅水边。（司空曙《江村即事》）
> 纵被东风吹作雪，绝胜南陌碾作尘。（王安石《北陂杏花》）

"若"。在假设的前提，转换一种语气，表达另一种意蕴，或肯定、或递进、或反问。相当于现代汉语的关联词"如果……就……"，表假设关系。如：

> 若非群玉山头见，会向瑶台月下逢。（李白《清平调词三首·其一》）
> 若无水殿龙舟事，共禹论功不较多？（皮日休《汴河怀古·其二》）

绝句在第三句要有变化，是一种规律，元代杨载《诗家法数》指出："绝句之法，要婉曲回环，删芜就简，句绝而意不绝，多以第三句为主，而第四句发之，有实接，有虚接，承接之间，开与合相关，反与正相依，顺与逆相应，一呼一吸，宫商自谐。大抵起承二句固难，然不过平直叙起，从容承之为是。至于宛转变化之工夫，全在第三句。若于此转变得好，则第四句如顺流之舟矣。"① 杨载强调的第三句相对于前面两句，是一种"转变"的关系，这种"转变"，不是断裂，而是"婉转"的"变化"的承接，不是直接连续，其中有虚与实，虚就是不直接连续。

其二，否定态度

"不"。表明对某种事物、某种现象持反对意见或否定意义。有一重否定、双重否定和多重否定。如：

---

① 杨载：《诗家法数》，见何文焕辑《历代诗话（下）》，中华书局 2006 年版，第 732 页。

芙蓉生在秋江上，不向东风怨未开。（高蟾《上高侍郎》）
黄沙百战穿金甲，不破楼兰终不还。（王昌龄《从军行七首·其四》）
子规夜半犹啼血，不信春风唤不回。（王令《春怨》）

“无”。有时也写作“毋（勿）”。如：

王师北定中原日，家祭无忘告乃翁。（陆游《示儿》）
临行泻赠君，勿薄细碎仇。（刘叉《赠姚秀才小剑》）

“莫”。表否定，相当于“不”，可译为不或不要。不要去做某件事，以免造成某种不良后果。如：

莫学武陵人，暂游桃源里。（裴迪《送崔九》）
更催飞将追骄虏，莫遣沙场匹马还。（严武《军城早秋》）
我亦且如常日醉，莫教弦管作离声。（欧阳修《别滁》）

其三，诘问语气

一是用“未”和“无”在句末，或作韵脚。

“未”。用在句末，表示疑问，相当于“否”字。如：

来日绮窗前，寒梅著花未？（王维《杂诗·其二》）
此生合是诗人未？细雨骑驴入剑门。（陆游《剑门道中遇微雨》）

“无”。用在句末，表示疑问语气，可译为“吗”。如：

晚来天欲雪，能饮一杯无？（白居易《问刘十九》）
妆罢低声问夫婿，画眉深浅入时无？（朱庆馀《近试上张水部》）
为问寒沙新到雁，来时还下杜陵无？（杜牧《秋浦途中》）
一行书信千行泪，寒到君边衣到无？（陈玉兰《寄夫》）
山间儿女应相望，十月初旬得到无？（元好问《客意》）

二是“何”字。有“何人”“何时”“何处”“何事”“何如”“何曾”等。如：

夜台无李白，沽酒与何人？（李白《哭善酿纪叟》）
此夜曲中闻折柳，何人不起故园情？（李白《春夜洛城闻笛》）
春风不相，何事入罗帏？（李白《春思》）
不应有恨，何事长向别时圆！（苏轼《水调歌头》）
人生若只如初见，何事秋风悲画扇？（纳兰性德《木兰词》）
何事春风容不得？和莺吹折数枝花。（王禹偁《春居杂兴二首》）

同来望月人何处？风景依稀似去年。（赵嘏《江楼感旧》）
三百年间同晓梦，钟山何处有龙盘？（李商隐《咏史》）
不知何处吹芦管，一夜征人尽望乡。（李益《夜上受降城闻笛》）
今夜不知何处宿，平沙万里绝人烟。（岑参《碛中作》）
闻说梅花早，何如北地春？（孟浩然《访袁拾遗不遇》）
何如学取孙供奉，一笑君王便着绯。（罗隐《感弄猴人赐朱绂》）
青山一道同云雨，明月何曾是两乡。（王昌龄《送柴侍御》）
宁可枝头抱香死，何曾吹落北风中。（郑思肖《画菊》）

其四，条件原因

一是表排除性条件。绝句中主要用“惟（唯）”和“只”。表示只有在某种条件下，事情方能发生。

“惟（唯）”。表示排他的唯一性，即除了此条件外，不存在其他。如：

相看两不厌，惟有敬亭山。（李白《独坐敬亭山》）
谁敢横刀立马，唯我彭大将军。（毛泽东《赠彭德怀》）

或表示存在性的唯一，有时可译为“仅有”。如：

孤帆远影碧空尽，惟见长江天际流。（李白《送孟浩然之广陵》）
惟有门前镜湖水，春风不改旧时波。（贺知章《回乡偶书·其二》）
惟有春风最相惜，殷勤更向手中吹。（杨巨源《和练秀才杨柳》）
长安陌上无穷树，唯有垂杨管别离。（刘禹锡《杨柳枝词十一首》）

“只”。表示轻微的转折意味，可组词为“只是”“只将”“只缘”“只今”等。

夕阳无限好，只是近黄昏。（李商隐《登乐游原》）
莫笑关西将家子，只将诗思入凉州。（李益《边思》）
万户千门成野草，只缘一曲后庭花。（刘禹锡《台城》）
宫女如花满春殿，只今惟有鹧鸪飞。（李白《越中览古》）
只今惟有西江月，曾照吴王宫里人。（李白《苏台览古》）

二是表原因性条件。在绝句中，表示由于某种原因、目的而能怎么样，主要采用“才”“为”“但”“坐”以及“自……，不……”等。

“才”。可译为“仅仅”“只”。如：

寻常一样窗前月，才有梅花便不同。（白居易《寒夜》）

"为"。表示一种想象，预设情状，可译为"可能"或"因为"。如：

莺啼如有泪，为湿最高花。（李商隐《天涯》）
为问门前客，今朝几个来？（李适之《罢相》）
遥知不是雪，为有暗香来。（王安石《梅花》）
问渠那得清如许？为有源头活水来。（朱熹《观书有感》）

"但"。表假设或条件，说明一种缘由，可译为"只要"。如：

但使龙城飞将在，不教胡马度阴山。（王昌龄《出塞》）
但使主人能醉客，不知何处是他乡。（李白《客中作》）
但得众生皆得饱，不辞羸病卧残阳。（李纲《病牛》）

"坐"。介词，相当于"因为"或"由于"。如：

来归相怨怒，但坐观罗敷。（《陌上桑》）
停车坐爱枫林晚，霜叶红于二月花。（杜牧《山行》）

"自……，不……"。表原因，相当于"因为……，所以……"。如：

自从一闭风光后，几度飞来不见人。（李益《隋宫燕》）
自说孤舟寒水畔，不曾逢着独醒人。（杜牧《赠渔父》）

第三节　悦读

主要是从韵味层面来解读古诗。包含主题、情感、意蕴三个方面。

一、主题

白居易有《赋得古原草送别》，"赋得"属形式，为应制诗，现场考试所作，"古原草"属内容，多为咏物，"送别"属主题，为抒写离别情感。

1. 内容

诗歌内容一般四类，谓自然、历史、社会和个人。

一是自然。主要是山水风月，吟咏自然风光。像盛唐有山水田园诗派和边塞诗派。

二是历史。主要是咏史怀古。像左思的《咏史》、刘禹锡的金陵怀古主题诗、李商隐的咏史七绝等，借史抒情。

三是社会。主要是感遇诗。像陈子昂的《感遇三十八首》杜甫的《三吏》《三别》以及白居易的《秦中吟》等，皆感喟时事。

四是个人。主要是诗歌形成吟咏风格。如李白的酒诗与月亮诗、王建的宫词、李商隐的无题诗等，皆个人擅写之内容。

2. 主题

有时，诗歌主题难判定，或模糊，或偏离。

例 1：王翰《凉州词》

> 葡萄美酒夜光杯，欲饮琵琶马上催。
> 醉卧沙场君莫笑，古来征战几人回。

昂扬的主题和兴奋的情绪，应是正题。“醉卧沙场君莫笑，古来征战几人回”，有人认为这两句“作旷达语，倍觉悲痛”①，亦有人说：“故作豪饮之词，然悲戚已极”。（沈德潜《唐诗别截集》卷十九）说法不一，然离不开一个“悲”字，主题（情感）几乎为低沉、悲凉、感伤、反战等。诗是语言的艺术，“古来征战几人回”显然是夸张之词，非写实而是显情。所以，清代施补华说：“作悲伤语读便浅，作谐谑语读便妙，在学人领悟。”诗写盛唐之音，主题豪迈，情感奔放狂热，有着令人激动与向往的艺术魅力，“功名只向马上取，真是英雄一丈夫”（岑参《送李副使赴碛西官军》），“孰知不向边庭苦，纵死犹闻侠骨香”（王维《少年行》）。

例 2：“徙倚”

> 洞庭之东江水西，帘旌不动夕阳迟。
> 登临吴蜀横分地，徙倚湖山欲暮时。
> 万里来游还望远，三年多难更凭危。
> 白头吊古风霜里，老木沧波无限悲。（陈与义《登岳阳楼》）

理解此诗的关键词在“徙倚”，为体现主题所在。徙倚，意义是“徘徊，逡巡，来回地走”，是一种行为动作。《楚辞·远游》：“步徙倚而遥思兮，怊惝怳而乖怀。”又《楚辞·哀时命》：“独徙倚以仿徉”。王逸注徙倚为：“彷徨东西，意愁愤也。”“徙倚”一词，“愁愤”之意自带，屈原于亡国之际“徙倚”，忧愁家国，陈与义于南渡之后“徙倚”，亦忧愁家国。王绩于易代之际，陆游于支离之时，亦忧愤万端：

① 蘅塘退士：《唐诗三百首》，陈婉俊补注，中华书局 1959 年版卷八，第 3 页。

东皋薄暮望，徙倚欲何依。（王绩《野望》）

渔扉夕不掩，徙倚欲三更。（陆游《徙倚》）

二、情感

思想情感是诗人主观灵性的展示，它有着独特性，倾注着诗人的个人情愫，有着极其微妙的作用和显露，值得认真体味，不能误读。

例1：《朝发白帝城》表达的是乐情还是愁情？

朝辞白帝彩云间，千里江陵一日还。

两岸猿声啼不住，轻舟已过万重山。（李白《朝发白帝城》）

此为李白流放途中遇赦之作，心情自然愉悦，全然没有半点愁情。

例2：《早春》是咏物还是赞人？

天街小雨润如酥，草色遥看近却无。

最是一年春好处，绝胜烟柳满皇都。（韩愈《早春》）

明言早春景色之美，暗示张籍诗作清新怡人。

例3：《赠刘景文》是绘景还是比德？

荷尽已无擎雨盖，菊残犹有傲霜枝。

一年好景君须记，正是橙黄橘绿时。（苏轼《赠刘景文》）

全是勉励之语，“荷尽菊残”仍要保持气节，“橙黄橘绿”才是本色品质，劝勉和鼓励同在，关怀与友谊兼具。

三、意蕴

意蕴即古诗的审美特质或理性内涵，尤其要能理解某些“意象性”遣词，洞悉所蕴含的象征内容或文化意义。

1. 人物原型

一是功业卓著人物与政治失意人物。

历史上的伊尹、皋陶、傅说、管仲、范蠡、诸葛亮等辅佐君王建立伟业，皆为功勋人物，为崇拜对象。如“伊皋”，为伊尹和皋陶的合称，“求傅野”与殷之贤臣傅说有关。仕途失意，命运坎坷者，也为惋惜对象，像屈原、贾谊等。如：

诸葛大名垂宇宙，宗臣遗像肃清高。（杜甫《咏怀古迹五首》）

伯仲之间见伊吕，指挥若定失萧曹。（杜甫《咏怀古迹五首》）

贾生年少虚垂泪，王粲春来更远游。（李商隐《安定城楼》）

二是名士与隐士。仕与隐是古代文人所面对的人生抉择，多仕而少隐。所以，仕是文人生命的主旋律，隐是文人生命的变奏；仕是文人生命的基调，隐是文人生命的变调；“达则兼济天下，穷则独善其身”是古代文人士大夫的一贯主张。名士有阮籍、嵇康、袁安等，隐士有陶渊明、严子陵等。如：

泥巷有人寻杜甫，雪庐无吏问袁安。（陆游《岁晚幽兴》）

借问袁安舍，翛然尚闭关。（王维《冬晚对雪忆胡居士家》）

化用“袁安卧雪”典故，表面写雪夜怀人，实则是状诗人内心的精神变化，烘托一种理想的精神境界。又如：

南归犹谪宦，独上子陵滩。（刘禹锡《却归睦州下七里滩作》）

安得征南驰捷报，分湖便是子陵滩。（柳亚子《七律·感事呈毛主席》）

运用“严子陵隐钓”故事，展示高风亮节，寓示诗人自身高洁。

三是神话人物与寓言人物。像神话人物穆天子“巡天下”、王质“烂柯”、刘晨与阮肇“遇仙”、嫦娥“奔月”；寓言人物庄子“梦蝶”、卞和“抱璞”、南郭先生“齐竽”等。如：

八骏日行三万里，穆王何事不重来？（李商隐《瑶池》）

怀旧空吟闻笛赋，到乡翻似烂柯人。（刘禹锡《酬乐天扬州初逢席上见赠》）

嫦娥应悔偷灵药，碧海青天夜夜心。（李商隐《嫦娥》）

庄生晓梦迷蝴蝶，望帝春心托杜鹃。（李商隐《无题》）

老来抱璞向涪翁，东坡原是知音者。（黄庭坚《戏答欧阳诚发奉议谢余送茶歌》）

2. 词语原典

例 1：“归家”

西塞山前白鹭飞，桃花流水鳜鱼肥。青箬笠，绿蓑衣，斜风细雨不须归。（张志和《渔歌子》）

理解此首词的关键和核心词眼是“不须归”三字，有着深层的文化意蕴，非简单的返回行为。张志和号“烟波钓徒”，隐逸之情可见，故“不须归”三字源于陶渊明《归去来兮辞》:“归去来兮，田园将芜胡不归?”“归去来兮，请息交以绝游。”“归去”是陶渊明愿做隐士的行动与口号，遂成“隐逸”的代名词。如:

柴门闻犬吠，风雪夜归人。(刘长卿《逢雪宿芙蓉山主人》)
归去，也无风雨也无晴。(苏轼《定风波》)
牧童归去横牛背，短笛无腔信口吹。(雷震《村晚》)
长歌一曲烟霭深，归去沧江绿波远。(李群玉《沅江渔者》)
我年五十七，归去诚已迟。(白居易《和微之诗二十三首》)

例2:“鸡黍”

故人具鸡黍，邀我至田家(孟浩然《过故人庄》)

“鸡黍”不能简单理解为烧鸡和黄米饭。“鸡黍”语本《论语·微子》:“止子路宿，杀鸡为黍而食之。”① 为款待客人的“鸡黍”之餐，显主人“盛情”;后经东汉范式和张劭“鸡黍”之约，“鸡黍”成为“信誓”和“生死之交”的代名词。“鸡黍”由待客食物上升为文化象征，多指友人间的诚信之举和心灵契合，后称“鸡黍”为“友情和高义”。如:

雁鱼空有信，鸡黍恨无期。(鱼玄机《期友人阻雨不至》)
厨人具鸡黍，稚子摘杨梅。(孟浩然《裴司士见访》)
儿童喜我至，典衣具鸡黍。(苏轼《端午游真如迟适远从子由在酒局》)

例3:“离离”

离离原上草，一岁一枯荣。(白居易《赋得古原草送别》)

“离离”，行列貌，说明(草)很茂盛的样子。源于《诗经·王风·黍离》:“彼黍离离，彼稷之苗(穗、实)”，“离离”明写草木繁茂的状态，实则为“黍离之悲”，谓国破家亡之痛。有时将发自心底的、失落的悲哀亦称作“黍离之悲”。“离离”一词，不止状物，更在显情。如:

漫漫晚花吹瀼岸，离离春草上宫垣。(陆游《试院春晚》)
鄂王墓上草离离，秋日荒凉石兽危。(赵子昂《岳鄂王墓》)

---

① 李泽厚:《论语今读》，生活·读书·新知三联书店2004年版，第500页。

例4：“采薇”

相顾无相识，唱歌怀采薇。（王绩《野望》）

“采薇”，语出《诗经·小雅·采薇》：“采薇采薇，薇亦作（柔、刚）止”，纯是途间眼中所见景物的变化，暗示时间流逝，岁月漫长。后“采薇”的主人公变成了“不食周粟”的叔齐和伯夷，“采薇”遂有了坚守气节的文化底蕴。如：

遂令东山客，不得顾采薇。（王维《送綦毋潜落第还乡》）
举才天道亲，首阳谁采薇。（孟郊《感怀》）
诗人公署如山舍，只向阶前便采薇。（郑谷《题汝州从事厅》）

例5：“杖藜”

古木阴中系短篷，杖藜扶我过桥东。
沾衣欲湿杏花雨，吹面不寒杨柳风。（僧志南《绝句》）

“杖藜”，语源《庄子·让王》：“原宪华冠縰履，杖藜而应门。”是说原宪甘贫却又是志向高洁之士。“杖藜”一语自然非平常拄杖之意，乃有高洁之韵味。故，僧志南“杖藜扶我过桥东”属行为艺术，存高僧大德之风。如：

说与旁人浑不解，杖藜携酒看芝山。（刘季孙《题屏》）
村舍外，古城旁。杖藜徐步转斜阳。（苏轼《鹧鸪天》）

刘季孙重名节，官清廉；苏轼虽遭贬谪却性旷达，幽居雅致。

第四节 诗歌与文化

一、诗歌是文化的载体

文化孕育了诗歌，诗歌铭刻着文化。

中国古诗教学，要朝着审美化方向努力，力求夯实大学生的精神底蕴和力图构建大学生的精神风貌，提升能力，传承文化。古诗教学在某种意义上理性地承继和阐释着中华文化道统。古诗教学从广义上来讲也是一种文化教育，文学亦文化，文学蕴文化。文学亦文化，《诗经》《论语》《庄子》既是文学著作，也是哲学著作。文学蕴文化，读汉赋必涉及经学，览唐诗必关注佛教，阅宋诗必谈到理学等。文学教育须在广阔的文化背景中展开，文史哲不分家，文学是起点、史学是中介、哲学是终点，指引学生接受文学教育，让阅读成为经历一番文化濡化的过程。

古诗的功能用途重大。“诗，可以兴，可以观，可以群，可以怨。迩之事父，远之事君，多识于鸟兽草木之名。”（《论语·阳货》）有人文科学的“审美”功用，也社会科学的“实用”价值，亦有自然科学“认识”功用。

古诗的审美价值重大。“学习古典诗词最大的好处就是使你的心灵不死。……我之喜爱和研读古典诗词，本不是出于追求学问知识的用心，而是出于古典诗词中所蕴含的一种感发生命对我的感动和召唤。”①（叶嘉莹）诗词能怡心养性。

古诗教育意义重大。语文课标指出：“语文课程对继承和弘扬中华民族优秀文化传统和革命传统，增强民族文化认同感，增强民族凝聚力和创造力，具有不可替代的优势。”②古典诗歌等文学经典具有“铸魂”意义，可以为学生成长“打下精神的底子”。

二、古诗教学的价值追求

文学是人学。古诗教学要树立以人为本的理念，“教文育人”（于漪），生命意识、情感态度和审美趣味是三大价值追求，古诗教学不仅仅是一个传授基本知识的过程，更是一个感悟生命意义、传承文化精神和培养审美情趣的过程，古诗教育要能体悟生命、陶冶情操和提升审美。

1. 体悟生命

古诗教学应以生命为起点，理解生命、尊重生命和体悟生命。古诗教学在理解字词、解析成语典故和品析意象时，要以生命为对象，以体悟生命为契入起点。

一是玩味字词，理解生命。字词是生命意识的载体。人生烦恼识字始，文字记录着生命的跳动，字词能确事、能寓意、能涵情。首先，字词有定位名称。《论语·阳货》云：“诗可以兴，可以观，可以群，可以怨。迩之事父，远之事君，多识于鸟兽草木之名。”识名为人伦开端，对事物的称名和人物的称谓要尊奉一个信字，不能“指鹿为马”。《礼记》因地位不同而死法不一，其《曲礼》云：“天子死曰崩，诸侯死曰薨，大夫死曰卒，士曰不禄，庶人曰死。”等级分

① 叶嘉莹、祝晓风：《“书生报国成何计，难忘诗骚李杜魂”—叶嘉莹教授访谈录》，见《文艺研究》2003 年第 6 期，第 79 页。

② 教育部：《义务教育语文课程标准》（2011 年版），北京师范大学出版社 2002 年版，第 1 页。

明，情感鲜明。其次，字词能褒贬意义。《左传》一字寓褒贬。孔子成《春秋》而乱臣贼子惧。再者，字词可蕴藉情感。“红杏枝头春意闹”，着一“闹”字，境界全出；“春风又绿江南岸”，下一“绿”字，春色盎然。以“落”字为例，同语反义，有花开和花谢两意。孟浩然《春晓》“花落知多少”中“落”何意？花开还是花谢？花谢，伤春也，花开，喜春也。解词不同，情致不一。

二是体味成语典故，尊重生命。成语典故是生命意识的精华。《庄子》善用成语，在诙谐中尊重生命。其“逍遥游”实乃“寄沉痛于悠闲”①，而其思想生命的底层，却未始不潜藏着深厚的愤激之情。他的许多成语故事蕴含着平凡的生活世态，“涸辙之鲋”含贫穷的生活，“螳螂捕蝉，黄雀在后”责物物相残，“相濡以沫”喻助，“唇亡齿寒”比联等，皆显示了庄子独特的生活观照和恬适的生命态度。诗词喜用典故，于要眇间尊重生命。李白《行路难》用吕尚、伊尹遇合的典故，表明了对生命的自信，展望了积极的理想：“长风破浪会有时，直挂云帆济沧海”；李商隐《锦瑟》用庄周梦蝶、杜宇啼春、蓝田日暖、沧海月明四个典故，感慨生命之惆怅，确实“深情绵邈”②；苏轼《江城子》用“遣冯唐”“看孙郎”和“射天狼”三个典故，叹生命多舛、展豪迈之情；辛弃疾《永遇乐》用孙权、刘裕、刘义隆、廉颇四人的典故，感英雄无势，显悲壮之心。成语和典故蕴藏了生活的真谛，尊重了生命的律动，凝练了情感的“集体无意识”，应一脉相承，发扬光大。《夸父追日》，勇于牺牲，是生命意志的礼赞，充盈着悲壮与崇高，是中国文化精神、美学精神和悲剧精神的象征，具刚健有为的进取风格、知其不可为而为之的执着力量和死而后已的坚韧品质。

三是品味意象，体悟生命。意象是生命意识的守望。守望者，怀敬畏之心，守卫文学，仰望生命。下面试述燕雁意象、柳月意象和文学三梦中的生命特质。其一，“燕雁”意象，属沉痛之留恋。“燕”，俗称“双双燕”，双宿双飞，筑巢华屋梁檐，执着于旧巢。故喻厮守，“燕燕于飞，差池其羽”；叹变迁，“无可奈何花落去，似曾相识燕归来”；慨沧桑，“旧时王谢堂前燕，飞入寻常百姓家”。“雁”，又称“鸿雁”，鸿雁传书，秋高队飞，辗转迁徙。思念，“雁字回时，月满西楼”，孤独，“惟见幽人独往来，缥缈孤鸿影”。“燕雁无心，太湖西畔随云去，数峰清苦，商略黄昏雨”，感伤之至。其二，“柳月”意象，乃美丽之定格。“柳”者，留也，情意所在，“月”者，夜里，思念所系。柳，恋恋不舍，“昔我往矣，杨柳依依”，直挽离人之手，无论王维《渭城曲》，还是周邦彦《兰陵

① 林语堂：《生活的艺术》，陕西师范大学出版社2003年版，第122页。
② 刘熙载：《艺概（上）》，袁津琥校注，中华书局2009年版，第315页。

王》（柳荫直），皆有杨柳临风之纤柔和思念，如眉之柳叶，情致可堪“杨柳岸，晓风残月”（柳永《雨霖铃》）。月，是故乡明，张九龄《望月怀远》、张若虚《春江花月夜》、苏轼《水调歌头》等月下相思，“明月”成为诗人深邃的宇宙意识与生命意识的形象载体，成为融感性与理性为一体的鲜活意象。其三，文学“三梦”，为曼妙之记忆。蝴蝶梦、邯郸梦和南柯梦，三梦浪漫气息十足，然皆梦中欢喜，醒后惊乍叹息。圆短暂之满足，留片刻之记忆。用梦来描绘生活，彰显生命特质，以揭示宇宙哲学、反映人生哲理、讽刺人生世相。浪漫是对客观现实的一种扭曲，是现实与理想存在差别的写照，是对作者心理的强烈平衡，是现实生活中一切失意者的心灵慰藉和理想梦境。

2. 陶冶情操

古诗教学应以情感熏陶为过程，陶冶情操贯穿始终，成就学生一生在于传承文化、涵养智慧和塑造人格。

一是传承文化。文学教育某种意义上理性地承继和阐释着中华文化道统。文学教育中的文学经典皆凝聚着、闪耀着时代先锋关于社会、人生的思考。白居易倡导：“文章合为时而著，歌诗合为事而作”，均体现了文学与政治、时代、社会的紧密联系。文学教育让学生直面文学经典所承载的文化魅力，学生既是文化传统的接受者，也是文化传统的继承者，只有当学生真正沉醉于文化传统的影响，才能认识体悟“我是谁”，理性思考“我从哪里来”，忠实践行“我到哪里去”。唐诗属千古绝唱，展示着恢宏的盛唐气象，有李白的飘逸之美、杜甫的沉郁之美和王维的空灵之美；宋词属浅斟低唱，述说着雍容的大宋华度，有柳永的青楼流连、周邦彦的诗酒美篇、李清照的残酒辞章；元曲属沉痛哀吟，控诉着野蛮的元朝统治，有关汉卿愤怒“错勘贤愚”、张养浩指刺“兴亡，百姓苦”、马致远感叹“利名竭，是非绝”。

二是涵养智慧。文学教育可以说非常感性地呈现了丰富的人生智慧，诗歌亦如此。其一，诗歌能阅世。因时而阅世异，情致堪惜。二十年情意深婉，刘禹锡有《杨枝词》：“清江一曲柳千条，二十年前旧板桥。曾与美人桥上别，恨无消息到今朝。”四十年旧情难忘，历久弥香，陆游有《沈园二首》。四十年人世沧桑，老友相逢，百感丛集。杜甫《江南逢李龟年》，“世运之治乱，年华之盛衰，彼此之凄凉流落，俱在其中”。①（孙洙）因地而阅世异，情致需理。刘皂有《旅次朔方》：“客舍并州已十霜，归心日夜忆咸阳。无端更渡桑乾水，却望并州是故乡。”“忆咸阳”与“望并州”交织，离开是思念，回望却感伤。张

① 蘅塘退士：《唐诗三百首》，陈婉俊补注，中华书局 1959 年版，卷八第 4 页。

祜有《宫词》：“故国三千里，深宫二十年。一声何满子，双泪落君前。”故园思念，沉痛心间，长久不能释怀。因事而阅世异，情致不一。同是咏乌江亭，却是一个“项羽之问”，杜牧、李清照和王安石看事角度不一。项羽是否“过乌江”，杜牧《题乌江亭》说明做人应有志气：败不馁；王安石《乌江亭》剖析处事之时态：人心向背；李清照《夏日绝句》感叹为人原则：须奋争。其二，诗歌能启智。经典启蒙，快乐成长。“三、百、千”蒙学，点亮懵懂的心灵，积淀悠远的素养。书香启智，涵养成习。读书以增智，读书以长才。刘向说：“书犹药也，善读之可以医愚。”文学教育能怡情。文学教育最终还是要落实到生活与生命中去体验，文学能够提供各种生命和生活情景，正如明代文学家茅坤谈读《史记》之感受：“读《游侠传》即欲轻生，读《屈原贾谊传》即欲流涕，读《庄周》《鲁仲连传》即欲遗世；读《李广传》即欲力斗，读《石建传》即欲俯躬；读《信陵君》《平原君传》即欲好士。”① 读诗一样，诗写出了生命的感动，思维的想象和情景的模拟，在一定程度上帮助在理性判断的基础上智慧地应对生活中可能出现的各种情形。伤感了，可写写诗，“有情天地内，多感是诗人”（顾非熊）；困惑了，可读读诗，“睫在眼前长不见，道非身外更何求”（杜牧）；受挫折了，可品品诗，“试玉要烧三日满，辨材须待七年期”（白居易）；受白眼了，也可默念下，“一条古时水，向我手心流。临行泻赠君，勿薄细碎仇。”（刘叉）

三是塑造人格。文学教育诗性地塑造了学生的人格范式。儒学经典《大学》云：“大学之道，在明明德，在亲民，在止于至善”，宣示了儒家理想的人格模式，宋代大儒张载有言：“为天地立心，为生民立命，为往圣继绝学，为万世开太平”，筑牢了儒家坚定的人格追求。同时，文学经典相较于抽象的哲理叙述而言，更能以感性直观的形式影响学生的人格气质。《世说新语》中将“德行”放在开篇，用四十七个小故事，形象地展示了魏晋士子中最值得学习的人格品行。如管宁割席，与华歆断交，不幕荣华；陈蕃言为士则，行为世范。人格显魅力，诗人亦多彩。李白，“安能摧眉折腰事权贵，使我不得开心颜”，傲然之气雄伟；杜甫，“安得广厦千万间，大庇天下寒士俱欢颜”，忧患人格昭彰。辛弃疾，“男儿到死心如铁，看试手、补天裂”，执着情怀炽烈；陆游“位卑未敢忘忧国”，爱国情操高亢。龚自珍，“落红不是无情物，化作春泥更护花”，奉献意识可叹；鲁迅“寄意寒星荃不察，我以我血荐轩辕”，牺牲精神可贵。

---

① 茅坤：《茅坤集》，张梦新、张大芝点校，浙江古籍出版社 1933 年版，第 196 页。

3. 提升审美

古诗教育应以思想奠基、思维训练和思考体历为审美指向。

一是蕴含思想元素。学习古代文学，弘扬文化精粹，重在五种人文素养的熏陶与积淀，谓人文思想、人文精神、人文伦理、人文品德和人文心理。

人文思想。和谐为准。“和为贵”的价值标准，应为现代社会的主流思想和致世主张。《论语》的社会和谐、《庄子》的自然和谐、《史记》的“天人合一”以及边塞诗的和平理想等，都具和谐思想。

人文精神。爱国是魂。爱国为公民的第一品质，是个人的精神底色。屈原、杜甫、陆游、文天祥、龚自珍的诗，爱国主题明显。

人文伦理。仁爱属根。仁者爱人，仁爱是社会政治理想、伦理道德范畴、生活行为准则的最高表述，是人的一切精神生活的灵魂。孔孟的“仁爱”情致、诗圣“民胞”情怀、范仲淹的“忧乐”情结以及《红楼梦》的“博爱”情韵，仁爱普遍。

人文品德。诚信为本。诚信是社会和谐之基。诚信是一个人道德理性最基本的体现，也是社会评价一个人品德素养最基本的尺度。《左传》“春秋笔法”显历史真实，《史记》《汉书》具“实录”精神，《世说新语》“德行”第一具生活启迪，社会生活，诚信为本。

人文心理。美善与真。求真、崇善与向美，应是人性永恒要求，亦是人生不懈追求。“风”之现实主义、“骚”之浪漫主义、“乐府”唯美、唐诗宋词元曲之精美，都是一种真善美的熏陶与养育。

二是砥砺思维品质。古代文学学习，以语言（文字）为起点，文化为终点，其中思维与审美必不可少，锤炼思维品质为核心任务，以期养成思维的深刻性、形象性和独创性。主要有逻辑思维、形象思维和灵感思维。

逻辑思维。以期思维具有深刻性，用概念、判断、推理等思维形式和比较、分析、综合、抽象、概括等思维方法，来理解和学习古代文学。思维逻辑性强。文学名词要洞悉，文学流派可区分，文学作品能详知，文学现象需明晓，文学理解有厚度，文学理论有深度，文学批评有高度。

形象思维。以期思维具有形象性，用感知、感受、体验等思维形式和意象、典型化、想象的思维方法，来塑造艺术形象和文学典型。思维非逻辑性强。“哲学家用三段论法，诗人则用形象和图画说话。”①（别林斯基）诗词曲赋，皆以

① 别林斯基：《诗歌的分类和分科》，见《别林斯基选集》（第3卷），上海译文出版社1979年版，第3页。

形象思维感人。

灵感思维。以期思维具有独创性，是瞬间产生的富有创造性的突发思维状态。思维个性色彩浓郁。陈琳草檄，立马可等；曹操七步成诗；王勃作《滕王阁序》，援笔而就；李白“斗酒诗百篇”，苏轼“文如泉涌”。“应感之会，通塞之际，来不可遏，去不可止。”（陆机）灵感可谓文学的精灵与妙趣，思维机智。

三是体历思考方式。古代文学学习，旨在完善自我。体悟文学，思考生活，思考方式与价值在三端：真善美，求真崇善向美，探求精神的高度、情致的厚度和审美的醇度。

求真。文学“源于生活，高于生活”，生活真实，也是古代文学的重要内容。“国风”纪实地域风情，乐府批判现实，杜诗号称“诗史”，《聊斋志异》“刺时”，《儒林外史》“讽世”等，求真，追求生活真谛。

崇善。“形象大于思想”（高尔基），文学作品所蕴含的世界观、人生观和价值观是深厚的，以高尚的形象和情操影响人的心灵，甚至于引人向善。“老不看三国，少不看水浒，男不看西游，女不看红楼”，即是此谓。崇善尚德，经典魅力所在。

向美。“读诗使人灵秀”（培根），“腹有诗书气自华”（苏轼），古典文学蕴藏着无限魅力，“所蕴含的一种感发生命对我的感动和召唤”①（叶嘉莹）。即如唐诗之美，就有初唐华美、盛唐壮美、中唐精美和晚唐凄美；又如宋词之美，分婉约与豪放；再如戏曲，有案头之美和舞台之美。“美美与共，天下大同。”（费孝通）

① 叶嘉莹、祝晓风：《“书生报国成何计，难忘诗骚李杜魂”—叶嘉莹教授访谈录》，见《文艺研究》2003 年第 6 期，第 79 页。

参考文献

[1] 袁世硕 陈文新. 中国古代文学史（第二版）（上中下）[M]. 北京：高等教育出版社，2018.

[2] 章培恒 骆玉明. 中国文学史（上中下）[M]. 上海：复旦大学出版社，1996.

[3] 四川大学中文系. 中国文学 [M]. 成都：四川人民出版社，2006.

[4] 游国恩. 中国文学史 [M]. 北京：人民文学出版社，1997.

[5] 许结. 中国古代文学 [M]. 南京：南京大学出版社，2011.

[6] 孙静 周先慎. 简明中国文学史（第二版）[M]. 北京：北京大学出版社，2015.

[7] 郭丹 陈节. 简明中国古代文学史（修订版）[M]. 北京：高等教育出版社，2014.

[8] 王齐洲. 中国文学史简明教程 [M]. 武汉：华中师范大学出版社，2008.

[9] 周先慎. 中国文学十五讲 [M]. 北京：北京大学出版社，2003.

[10] 於可训. 新诗文体二十二讲 [M]. 武汉：武汉大学出版社，2012.

[11] 孙玉石. 新诗十讲 [M]. 北京：中信出版社，2015.

[11] 朱光潜. 诗论 [M]. 北京：北京出版社，2005.

[12] 俞陛云. 诗境浅说 [M]. 北京：中华书局，2010.

[13] 袁行霈. 好诗不厌百回读 [M]. 北京：北京出版社，2017.

[14] 江弱水. 诗的八堂课 [M]. 北京：商务印书馆，2017.

[15] 储斌杰. 诗经与楚辞 [M]. 北京：北京大学出版社，2002.

[16] 余冠英. 诗经选 [M]. 北京：人民文学出版社，1997.

[17] 马茂元. 楚辞选 [M]. 北京：人民文学出版社，1998.

[18] 黄节. 汉魏乐府风笺 [M]. 北京：人民文学出版社，1958.

[19] 郭茂倩. 乐府诗集 [M]. 北京：文学古籍刊行社，1955.

[20] 袁行霈. 陶渊明集笺注 [M]. 北京：中华书局，2003.

[21] 程郁缀. 唐诗宋词 [M]. 北京：北京大学出版社，2002.

[22] 宇文所安 贾晋华译. 盛唐诗 [M]. 北京：生活·读书·新知三联书店，2004.

[23] 叶嘉莹. 叶嘉莹说初盛唐诗 [M]. 北京：中华书局，2008.

[24] 林庚. 唐诗综论 [M]. 北京：清华大学出版社，2006.

[25] 余恕诚. 唐诗风貌 [M]. 北京：中华书局，2010.

[26] 郁贤皓. 李白选集 [M]. 上海：上海古籍出版社，1990.

[27] 林海东. 李白诗选 [M]. 济南：山东大学出版社，1991.

[28] (清) 浦起龙. 读杜心解 [M]. 北京：中华书局，1961.

[29] (清) 仇兆鳌. 杜诗详注 [M]. 北京：中华书局，1979.

[30] (清) 杨伦. 杜诗镜铨 [M]. 上海：上海古籍出版社，1980.

[31] 萧涤非. 杜甫诗选注 [M]. 北京：人民文学出版社，1979.

[32] 莫砺锋. 杜甫评传 [M]. 南京：南京大学出版社，2011.

[33] 陈铁民. 王维新论 [M]. 北京：北京师范学院出版社，1990.

[34] 陈贻焮. 王维诗选 [M]. 北京：人民文学出版社，1983.

[35] 胡云翼. 宋词选 [M]. 上海：上海古籍出版社，1962.

[36] 龙榆生. 词学十讲 [M]. 北京：北京出版社，2005.

[37] 吴梅. 词学通论 [M]. 北京：中国书籍出版社，2006.

[38] 叶嘉莹. 唐宋词名家论稿 [M]. 石家庄：河北教育出版社，2000.

[39] 叶嘉莹. 词之美感特质的形成与演进 [M]. 北京：北京大学出版社，2007.

[40] 谢桃枋. 柳永词集 [M]. 上海：上海古籍出版社，2009.

[41] 薛瑞生. 柳永别传：柳永生平事迹新证 [M]. 西安：三秦出版社，2008.

[42] 孔凡礼. 苏轼年谱 [M]. 北京：中华书局，1998.

[43] 王水照 朱刚. 苏轼诗词文选评 [M]. 上海：上海古籍出版社，2004.

[44] 王水照. 苏轼研究 [M]. 石家庄：河北教育出版社，1999.

[45] 刘逸生. 周邦彦词选 [M]. 广州：广东人民出版社，1984.

[46] 刘扬忠. 周邦彦传论 [M]. 西安：陕西人民出版社，1991.

[47] 薛瑞生. 周邦彦别传：周邦彦生平事迹新证 [M]. 西安：三秦出版社，2008.

[48] 隋树森. 全元散曲简编 [M]. 上海：上海古籍出版社，1995.

[49] 顾学颉. 元人杂剧选 [M]. 北京：人民文学出版社，1998.
[50] 刘永济. 元人散曲选 [M]. 上海：上海古籍出版社，1981.
[51] 王季思. 全元戏曲（含杂剧南戏）[M]. 北京：人民文学出版社，1999.
[52] 陈田辑. 明诗纪事 [M]. 上海：上海古籍出版社，1993.
[53] 朱尊彝. 明诗综 [M]. 北京：中华书局，2007.
[54] 钱仲联. 近代诗钞 [M]. 南京：江苏古籍出版社，1993.
[55] 朱自清. 中国新文学大系（诗歌）[M]. 上海：上海良友图书公司，1935.
[56] 尹肇池. 中国新诗选 [M]. 台湾：大地出版社，1975.
[57] 北大中文系. 新诗选 [M]. 上海：上海教育出版社，1979.
[58] 中华人民共和国教育部. 义务教育语文课程标准（2011 年版）[M]. 北京：北京师范大学出版社，2012.
[59] 王波平. 诗情词韵：唐宋诗词巨擘探析 [M]. 武汉：华中师范大学出版社，2014.
[60] 王波平. 绝句三绝：唐宋绝句三昧探析 [M]. 武汉：华中师范大学出版社，2015.
[61] 王波平. 试析王维山水诗的浓淡色感 [J]. 湖北大学学报（哲学社会科学版），2015. 6.
[62] 王波平. 绝句瞬间探美 [J]. 中学语文教学参考，2015. 9.
[63] 王波平. 童趣绝句浅析 [J]. 语文教学与研究，2014. 9.
[64] 王波平. 试述文学教育的理性诉求 [J]. 语文教学与研究，2015. 6.
[65] 王波平. 试述文学经典的审美特质 [J]. 语文教学与研究，2018. 1.
[66] 王波平. 试析炼字之要 [J]. 写作，2014. 5.
[67] 王波平. 审美化：大学语文教学旨归 [J]. 时代文学，2015. 5.
[68] 王波平. 古代文学教学摭谈 [J]. 时代文学，2014. 5.
[69] 王波平. 陶渊明：醉汉、农夫、隐士与读者 [J]. 时代文学，2014. 7.
[70] 王波平. 试析苏轼以诗为词 [J]. 时代文学，2015. 6.
[71] 王波平. 论周邦彦词的修辞美 [J]. 哈尔滨师范大学学报，2015. 6.
[72] 王波平. 论周邦彦词的朦胧美 [J]. 前沿，2014. 12.
[73] 王波平. 试析李白诗歌四大吟咏范畴 [J]. 文教资料，2015. 9.
[74] 王波平. 咏物诗审美特质例谈 [J]. 文学教育，2009. 3.
[75] 王波平. 王维禅诗三境浅谈 [J]. 文学教育，2015. 6.
[76] 王波平. 毛泽东长征诗词精神谈 [J]. 名作欣赏，2019. 10.